PETER HEIM

Die Schwarzwald-klinik

PETER HEIM

Die Schwarzwald-klinik

Roman nach der ZDF-Fernsehserie
von Herbert Lichtenfeld

ERSCHIENEN BEI HESTIA

9. Auflage, 1986

Printed in Austria

Umschlaggestaltung: Atelier 14, München
Umschlagfoto: Peter Bischoff, Worpswede
Satz: Compusatz GmbH, München
Druck und Bindung: Wiener Verlag, Himberg bei Wien

ISBN 3-7770-0293-3

Eine Welt, um darüber hinwegzugleiten! Bequem ins Sitzpolster gelehnt, die Finger spielerisch am Steuer, über Kuppen und Berge, rauf, runter, eine Kurve, die nächste, und die so eng, daß Brinkmann nun doch die Bremse antippen mußte.

Wie er das alles kannte! Den Morgen, der die Sonne in goldene Strahlen auffächert, die Stämme der Tannen glühen läßt. Die stehen noch immer, tapfer wie sie sind, und tun, als wäre ihnen nichts geschehen. Er dachte an damals: Nadelduft und Bäche. Forellenangeln. Gelbe Dotterblumen auf den Wiesen. Ein auffliegender Bussard oder auch nur eine Krähe. Kaputte Fahrräder und aufgeschrammte Knie.

»Mußt du eigentlich dauernd pfeifen?«

»Ja. Muß. Was dagegen?« Brinkmann wandte den Kopf der alten Dame zu.

Daß sie so ungemein aufrecht saß, kam von der Rückenstütze, die sie umständlich vor jeder längeren Fahrt an die Ledersitze des Mercedes spannte. Brinkmann hielt das für überflüssig. Wie unglaublich gut ihre Rückenwirbel die siebzig Jahre überstanden hatten, das hatte er ihr anhand von Röntgenaufnahmen nachzuweisen versucht. Vergeblich – selbstredend. So saß sie also, die perfekte Lady, das Profil von Licht und Schatten überspielt, die Spitzenkrause dicht unter dem Kinn, weil ihre Eitelkeit es nicht zuließ, an dieser Stelle Falten zur Schau zu stellen.

Seit er denken kann, kennt Klaus Brinkmann dieses Gesicht. Seit er denken kann, hat er es gern.

»Sind doch Schlager, die du pfeifst!«

»Immer noch besser, als das Gelabere im Radio.« Dienstfertig versuchte er's mit dem »Postillion«. Dann »Die Mühle am Bach«. Die mißlang gründlich.

Er hob den Arm. »Sieh mal, dort unten das Maisfeld! Erinnerst du dich noch an den alten Scheufele? Da ist ihm der Traktor umgekippt, und er hat sich das steife Knie geholt.«

»Was heißt denn steifes Knie? Ist gar nicht steif geblieben. Dein Vater hat's doch wieder hingekriegt.«

»Wirklich?«

»Das weißt du auch nicht mehr? Er hat ihn nach Freiburg geschickt, den Scheufele. In die Universitätsklinik. Die haben es gründlich verpfuscht. Und dann hat er ihn wieder geholt und ihm eine Spitzen-Prothese gebaut. Und ihn geschunden, bis er Blut schwitzte. So wie er alle geschunden hat.«

»Käte! Du und dein Gedächtnis! Weißt du, an dem Hang, gleich hinter der Hütte...«

»Ja«, sagte sie.

»Ja, was?«

Ganz langsam rollte nun der Mercedes. Die Blockhütte des Straßenwarts. Büsche. Der Wassergraben. Salamander! dachte Brinkmann. Mein Gott, gab's da Salamander... Und dann der Weg zum Weiher.

»Der Weiher«, sagte Käte. »Der kommt gleich nach der nächsten Biegung. Dort habt ihr immer Ping-pang-peng gemacht!«

Er lachte. »Ja, Ping-pang-peng!«

Sie legte Brinkmann die Hand auf die Schulter: »Und die Bierflaschen habt ihr in der Klinikküche geklaut.«

»Aber das Karbid kam nicht von mir... Nein, das war dem Scheufele sein Junge.«

Ping-pang-peng! Tatsächlich: Dort der Weg, der in einem sacht-grünen Schilfgürtel verschwindet. Im Himmel der Erinnerung fliegen Brinkmanns Gedanken Silberkurven...

*

Er erkannte die alte Aussichtsplattform schon von weitem und kurvte auf den Parkplatz. Sand und Kiesel spritzten gegen die Kotflügel.

»Nun geh schon.«

»Mit dir.«

»Na ja, dann hilf mir mal raus.«

Weit war es nicht. Hinter den Büschen senkte sich die Hochebene zu einem Hang. Zusammen mit den Bergen auf der Talseite bildete er eine Mulde, die wie eine geöffnete Hand nach Westen deutete. Darin lag die Stadt.

So klein hatte er sie nicht in Erinnerung. Die alten Dächer. Der Ortskern mit den beiden Kirchen. Die Ringstraße, letzte Spur der Stadtmauer. Und drüben die rote Fassade der Bettenfabrik. Daneben, neu und hochgestaffelt, eine Bungalowsiedlung. Alles spielzeugklein, Straßen und Wege. Von hier oben wirkten sie wie ein Spinnennetz. Eine Spielzeug-Idylle, rührend romantisch, unwirklich, wie einem Baukasten entnommen.

»Na? Was sagst du nun?«

Was sollte er sagen? Auf seinem Gesicht spürte er ein Lächeln. Und doch war ihm nicht danach zumute.

Die Klinik lag am Südhang, direkt neben der Ausfahrtsstraße, die in die Ebene zum Rhein führt. Er konnte das Haus sehen, in dem er aufgewachsen war: Ein altes, dunkles Ziegeldach mit zwei spitzen Türmen. Der Garten. Daneben der Flachbau der Wäscherei. Etwas abgesetzt: Patiententrakt, Verwaltung und OP. Die Fenster leuchteten herauf. Haus und Klinik hatte sein Vater gebaut.

Sie legte die Hand auf seinen Arm.

Nun drehte er doch den Kopf. »Aber Käte...«

Eine Träne kullerte ihr die Nase entlang. Dann eine zweite.

Käte Marek aus Pforzheim. Achtzehn Jahre jung war sie gewesen, als sie sich dort unten im Haus mit den Türmchen vorstellte und zu seiner Mutter sagte: »Ich bin sehr anstellig, Frau Doktor. Und kochen kann ich auch. Schnitzel und Streuselkuchen...«

Sie hatte es ihm mal erzählt. Nun versuchte er es sich vorzustellen. Ganz gelang das nicht. Er kramte in seiner Tasche nach dem Päckchen mit den Papiertaschentüchern.

»Sag mal, wie fühlst du dich jetzt, Klaus? Ehrlich...«

»Weiß nicht.«

»Solltest du aber.«

Das stimmte. Er wußte es trotzdem nicht. Als er das letzte Mal in Offingen gewesen war, hatte er seinen Vater begraben. März war es gewesen und das Tal verhüllt in Nebel. Als sie auf dem Friedhof angekommen waren, hatte der Regen eingesetzt. Und was für ein Regen! Ein wildes Gewitter, das die Schirme umstülpte und die Leute in die Flucht trieb.

Bis auf die Haut durchnäßt erreichte er schließlich die Feldbergstraße. Rittmaier, der damals die Klinik führte, erwartete ihn, und hatte ein Essen vorbereitet. »So tragisch der Anlaß auch sein mag, Herr Professor Brinkmann, ich glaube, es wäre dennoch im Sinne Ihres Vaters, wenn wir uns mal zusammensetzten und die Situation besprechen würden.«

Er hatte sich entschuldigt. Was sollte er hier schon? Das alles schien ihm eine Farce.

Und nun? Nun stand er doch hier. Und irgendwo dort hinter irgendeinem der vielen Fenster wartete ein anderer Brinkmann.

Sein Junge.

*

Er ließ den Wagen durch die Steilkurven hinabrollen. Fünf Minuten, die dir noch bleiben. Bisher hast du die Erinnerungen verdrängt. Doch nun...

Nun lag links das Schützenhaus. Der Name WALDESRUH in Schmiedeeisen... Wieso dieses Unbehagen? Vater und Sohn – der Konflikt ist doch vorprogrammiert. Griechischer Mythos, die Bibel, alle haben sich damit beschäftigt. Freud hat eine ganze Theorie daraus entwickelt.

Ein Mann heiratet eine Frau. Sie zeugen einen Sohn. Dann bleibt der Mann mit seinem Sohn allein... wen willst du dafür verantwortlich machen? Gott etwa? Wer soll dafür herhalten, wenn der Tod dir die Karten aus der Hand nimmt! Ja: Wer ist schuld? Der Junge hatte es nicht einfach. Er hatte es sich auch nicht einfach gemacht. Vielleicht wollte er's dir zeigen: Arzt werden! Numerus clausus. Die Chance eins zu tausend. Der Stachel im Fleisch. Zeig's dem Alten! Zeig's deinem Großvater. Allen!

»Was ist? Erst rast du los. Jetzt schleichst du daher, als hättest du Angst davor anzukommen.«

»Hab ich auch ein bißchen.«

Käte Marek lächelte. Doch der Blick der vergißmeinnichthellen Augen war sehr aufmerksam. »Du denkst an Udo, was?«

»Richtig.«

»Daß er sich für die Klinik bewarb, hat dir nie gepaßt?«

»Komm! Übertreib nicht. Du kennst unsere Probleme. Er hat's mir ja wirklich nicht einfach...«

»Er dir? Du ihm doch auch. Schließlich: Du bist der Widder von euch beiden. Wer hat denn den dicken Schädel? Ist doch deine Schuld!«

»Ach, hör auf...«

Schuld? Widder? Astrologie? – Kosmische Einflüsse noch dazu! Und Udos Haltlosigkeit? Seine Playboy-Masche? Dieser verdammte Egoismus... Schön, ein Witwer, dazu noch Arzt, der seinen Jungen erziehen will – wie soll das gutgehen. Trotzdem.

Er muß erwachsen werden, wollte er sagen.

Doch Brinkmann fluchte.

Er sah die beiden Laster um die Kurve kriechen: ein gelber, ein roter Koloß. Sie sperrten die Gegenfahrbahn. Hinter ihm blitzte eine Lichthupe auf. Gab's denn so was! Wollte dieser Wahnsinnige jetzt überholen?

»Idiot!« fauchte Brinkmann. »Schau dir diesen verantwortungslosen Idioten an!«

»Halt dich ein bißchen mehr rechts. Dann brauchst dich nicht noch mehr zu ärgern.«

»Ich? – Ich denke nicht daran.«

Wieso auch! – Stur blieb Brinkmann auf Kurs und fünfzig Kilometer Tempo. Auch in der nächsten Kurve. Und auf der nächsten Geraden. – Diesem Schwachsinnigen in seinem albernen Sportwagen würde er's zeigen. Hinter den Lastwagen hatte sich inzwischen eine ganze Kette von Pkws gehängt.

»Sieh dir das an! Ich sag doch: bekloppt!«

Die rote, bullige Blechschnauze zappelte hin und her wie die eines angreifenden Bullterriers. Dreimal schien der Fahrer eine Lücke erspäht zu haben. Dreimal mußte er wieder aufgeben. Unter einem Bombardement von Lichtblitzen schloß Brinkmann gequält die Augen. Widder! Und ob! – Anhalten würde er jetzt. Sich den Dreckskerl greifen.

Doch der rote Alfa ließ ihm keine Chance. Er scherte aus, beschleunigte, pfiff an ihnen vorbei, nützte eine winzige Lücke in der Fahrzeugkette, und in diesem Bruchteil jäher Panik registrierte Brinkmann das Profil des Fahrers: Stiernacken, vorgeschobenes Kinn. Im Fahrtwind wehendes Haar. Reifen quietschten. Von den gequälten Pneus eines entgegenkommenden alten Opels lösten sich unter der Gewaltbremsung weiße Rauchwölkchen.

Der rote Alfa war verschwunden.

»Besoffen«, sagte Käte mit Überzeugung.

»Dem Kerl sollte man den Führerschein abnehmen.« Indigniert schüttelte sie den Kopf. »Aber jetzt sind wir ja gleich zu Hause.«

Brinkmann hörte seinen Puls klopfen.

Zu Hause? dachte er. – Richtig! Aber das fängt ja prima an...

*

Die schwarz gelackten Stummelbeine waren ramponiert, an den Seiten des Klangkörpers zogen sich Schrammen entlang. Und die Tasten waren gelblich-braun eingefärbt wie die Zähne eines Rauchers. Der alte Bechstein hatte schon bessere Tage gesehen.

»Vielleicht hat irgendeiner der Herren eine Idee?« Udo Brinkmann, beide Daumen im Jeansbund, war auf hundert.

»Wie sollten wir wissen, daß das Ding nicht reingeht?«

»Wie? Himmelarschnochmal: Ihr hättet doch die Türen vorher ausmessen können! Verkauft ihr euch nicht als Spezialisten für Transporte?«

»Spezialist, Herr Doktor, was heißt schon Spezialist?«

»Daß einer was von dem Krempel versteht, den er anfaßt. Das heißt es. Und gilt auch für euch wie für mich.« Udo Brinkmann blies empört gegen die Locke, die ihm immer wieder über die Augen fiel.

Die Packer warfen sich wortlos Blicke zu. Ein

solcher Karwenzmann von Flügel in diesen Uralt-Schuppen? Und keine einzige vernünftige Tür zu finden?! Und alles kurz vor der Mittagspause!

»Wir fahren mal und holen das Geschirr. Wir kommen dann später wieder.«

»Später? Wollt ihr den Flügel auf dem Rasen stehen lassen? Mein Vater kann jede Minute kommen.«

Ein Schatten fiel über Rasen und Flügel. Eine Hand legte sich auf Udo Brinkmanns Schulter.

Er drehte sich um. Er sah die braune verschmuddelte Lederjacke, die er so gut kannte. Und die graublauen Augen. Und das grau gesprenkelte Haar. Und dieses Lächeln.

»Sag mal, was brüllst du denn hier rum?«

Udo Brinkmann ließ die Arme sinken. »Mann o Mann! So früh...?«

»Beinahe hätten wir's überhaupt nicht geschafft! Da gab's so einen Wahnsinnigen, der wollte uns partout über den Haufen fahren.«

Udo nickte. Viel mehr brachte er nicht fertig. Das hübsche, schmale Gesicht war fassungslos, der Mund trocken. Die Überraschung spannte den ganzen Körper.

»Ist das...«

»Jawohl, Vater. Dein Flügel. Verstehst du, warum ich brülle?«

»Na, stell's mal ab.«

Sie schüttelten sich die Hände. Käte kriegte einige Küsse. Zuerst auf beide Wangen, dann auf den Mund, schließlich umarmten sie sich sogar, hielten sich lange fest und Brinkmann fand es richtig rührend, wie sie da eng umschlungen standen. Die Packer hatten sich verzogen.

Brinkmann lächelte seinen Sohn an. Ganz schön verklemmt, der Junge. Du doch auch. Hemmungen sind ein Symptom der Unsicherheit? Klar... Aber wie lange haben wir uns nicht gesehen? Eine lange Zeit. Eine elend lange Zeit.

Udo hatte seine Mühe mit diesem Blick. »Du wirst dich wundern, was in der Klinik...«

»Später. Hauptsache, uns beide gibt es wieder.« Es klang leichthin, fast nebenbei. Die Stirn des Jungen färbte sich mit feinem Rot. Der Vater bemerkte es und wandte sich ab. Er ging zum Flügel, hob den schwarzen Deckel ab, drückte die Tasten: Zwei, drei Töne, dann ein kurzer Lauf. »Scheußlich verstimmt, was?«

Udo nickte.

»Wenn sie den Flügel nicht hochkriegen, dann muß er in den Schuppen. Könnte ja regnen. Wäre doch schade um das gute Stück.«

Käte räusperte sich.

Brinkmann sah sie mißtrauisch an: »Was ist denn?«

»Nichts. Was ist mit euch? Steht hier rum wie bei einem Klassentreffen. Prima siehst du aus, Udo. Wirklich ganz prima.«

Es war, als löse sich eine Sperre. Das Gesicht des jungen Brinkmann wurde weich, ja zärtlich.

»Ach Käte! Was für ein Glück, daß du da bist. Drinnen im Haus sieht's wild aus.«

»Das habe ich nicht anders erwartet. Ich kenn dich!«

»Komm schon. So schlimm ist es ja nun auch wieder nicht.«

Er hatte die Unterlippe zwischen den Zähnen, grinste, stand zögernd, ein Mann, der noch etwas loswerden will, aber nicht so recht wußte, ob dies der geeignete Augenblick war. Schließlich gab er sich einen Ruck: »Seid mir nicht böse. Aber ich muß in die Klinik. Ich sollte längst weg sein.«

Sein Vater nickte nur, und Käte registrierte dies alles mit Sorge.

Dann waren sie allein.

Allein mit dem Flügel, dem Haus, den Geräuschen des Gartens, mit den Bienen, die um die Fliederbüsche summten, einer fernen Glocke, mit Hundebellen, Autohupen und einem Schwarm Spatzen, der schreiend zur Dachrinne hochstob.

Brinkmann hatte den Drehhocker des Bechsteins entdeckt. Begeistert wie ein kleiner Junge, der sein Spielzeug wieder gefunden hat, nahm er ihn hoch, setzte sich vor das Instrument, versuchte ein paar Akkorde. Die erste Melodie, die der Wind gegen die alte Fassade trug: Töne, die wie Bilder waren, die hauchzart an ihm vorüberzogen.

»Brigitte hat das so geliebt. Weißt du noch, wie schön sie spielte?«

»Sicher, Herr Professor. Aber vielleicht wäre

es besser gewesen, du hättest das Ding nicht hergeschafft.«

»Weißt du, was du bist? Unmöglich bist du.«

»Unmöglich. Voll Klarheit!«

Sie ging zu ihm, nahm sachte seine Hand von den Tasten und zog ihn hoch: »Komm, Klaus! Schauen wir mal, wie's da drinnen aussieht.«

*

In den Trümmern der beiden Unglücksfahrzeuge waren die Uhren stehengeblieben. So ließ sich die Unfallzeit exakt bestimmen: »Zwölf Uhr fünfzig«, schrieben die Streifenbeamten ins Protokoll.

Sie standen in der leichten Kurve am Autobahnzubringer. Zersprungenes Glas bedeckte die Fahrbahn wie Hagelkörner. Öllachen. Metallteile. Eine verbeulte Sitzbank. Und Blut.

Bei dem schweren grauen Ford-Kombi war das Heck wie abrasiert. Mit eingedrückten Flanken und Dach lag er auf der Seite in einem Rapsfeld. Die Schnauze des roten Alfas war zerquetscht, als sei er gegen eine Mauer geknallt. Aus dem Durcheinander verbogener Bleche und zerrissener Polster drangen dumpfe Schmerzenslaute. Im Ford war alles still.

»Laß mal den Alfa! Ich hab schon reingeschaut. Bei dem ist es halb so wild. Aber da drüben...«

Polizeimeister Albert Ott, der Chef der Streife,

hielt seinen Fahrer am Ärmel fest. »Nee! Hat keinen Zweck. Da kannst du nichts machen. Da müssen wir warten.«

Der junge Riedl war blaß. Zwei Menschen, ein Mann und eine Frau, befanden sich im Ford. Die Münder aufgerissen, die Augen geschlossen. Die Gesichter überzogen mit einem schrecklichen, dunklen Delta aus Blutgerinnseln.

»Da kommen sie!«

Ott nickte erleichtert. Auch er hörte das schrille Heulen der Martinshörner. Blaulicht zuckte auf, als die beiden Rettungswagen aus dem Wald herausschossen.

»Und wo bringen wir die hin?«

»Wohin schon, Mensch? Alle, die's hier erwischt, bis zur Autobahngrenze, kommen nach Offingen.«

»In die Schwarzwald-Klinik?«

»Wohin denn sonst?«

»Hoffentlich bringen sie die durch.«

Albert Ott sah den Jungen nur an. Sich darüber noch den Kopf zu zerbrechen! Den Job machte er nun seit neun Jahren. Was das Thema Mitleid angeht, reichte das.

»Na, jetzt ist's soweit.«

Sie stoppten, sprangen aus ihren weißen Autos, holten die Bahren raus, rannten zu den Trümmern.

*

Jede Klinik ist eine Welt für sich. Sie hat ihre eigene Zeiteinteilung, ihre eigene Hierarchie, ihre eigenen Vorschriften und Gesetze. Das Leben hinter ihren Mauern wird von einem Rhythmus geregelt, der wenig oder nichts mit der Außenwelt zu tun hat. Sein Ablauf ist nur dann unterbrochen, wenn draußen etwas geschieht, das tödliche Gefahr für andere Menschen bedeutet. Dann herrscht Alarm. Und meist ist es die Chirurgie, die gefordert wird.

In der Personal-Messe der Schwarzwald-Klinik leuchtete es rot an der Anzeigetafel: Ein altmodisches System, längst durch den Piepser überholt, den jedes Mitglied des Notfall-Teams in der Tasche trägt. Trotzdem: Noch immer wirkte das rote Flakkern so dramatisch, daß jedes Gespräch sofort abbrach.

Am Ecktisch hinter der Theke schob Dr. Walter Renz den Teller von sich und verdrehte ergeben die Augen. »Na ja, auf die Maultaschen war ich eh nicht scharf. Die sind sowieso von gestern.«

Am Fenster hatte sich bereits Oberarzt Dr. Schäfer erhoben. Lang und hager, das Gesicht ausdruckslos wie stets, winkte er herüber.

»Ich komm schon!«

Dr. Renz war nicht der einzige, der jetzt gebraucht wurde. Noch ein Arzt, zwei Schwestern und ein Pfleger eilten zum Ausgang.

»Hoffentlich ist es nicht so schlimm«, sagte jemand. Schlimm oder nicht, was ändert das? Letztlich bleibt die übliche, eingefahrene Arbeit.

Aber auch das Wissen, daß es gerade diese Erfahrung ist, die für andere über Leben und Tod entscheidet.

Renz fühlte sich schlapp. Am Tag vorher hatte er seine Eltern in den Vogesen besucht, war natürlich noch bei einer einstigen Schulfreundin hängengeblieben. Stundenlang hatten sie gesessen, gebechert, von alten Zeiten und neuen, unglücklichen Liebschaften gesprochen, von den Friedens-Demos, an denen Helga teilnahm, von dem Appell der Ärzte gegen den Atomtod, den Renz kürzlich unterzeichnet hatte. Aus den langen und erschöpfenden Gesprächen war eine kurze, erschöpfte Liebe geworden und als Renz endlich im Wagen saß, war's fast vier.

»Kreuz durch!« rief ihm vom Nebentisch Liesel Wieland nach, eine der MTAs. Lustig sollte das klingen. Eine gute Prise Ernst lag trotzdem darin.

Ja, Kreuz durch! Das dachte Renz oben in der Aufnahme. Mann o Mann: Die hat's aber übel erwischt! Ein Ehepaar anscheinend. Sie an die fünfzig, er wohl älter.

Blaß wie Wachsgestalten lagen sie auf den Rollbahren, die Infusionskanülen in den Armen. Der letzte Informationsstand: Milzruptur, innere Blutungen, Rippenfraktur bei der Frau; am bedrohlichsten die angerissenen Halswirbel des Mannes.

Die Bahren wurden durch die Stahltür in den OP-Trakt gerollt. Im Hinausgehen winkte Udo

Brinkmann Renz zu: »Bleib mal da, Walter. Da kommt noch einer.«

»Und was ist mit dem?«

Udo blickte kurz auf die Polizeifunk-Nachricht, die ihm eine der Schwestern auf den Memoblock geschrieben hatte. »Nicht so schlimm. Die hatten nur Schwierigkeiten, ihn rauszukriegen. Ein paar Knochenfrakturen. Na ja...«

Der Streifenbeamte auf der Holzbank des Warteraums hob den grauhaarigen Kopf: »Nur ein paar Frakturen? Und die anderen hat's erwischt. So ist das immer.«

»Wieso?«

»Wieso? Weil die, die nichts dafür können, dran glauben müssen, Herr Doktor. Alte Erfahrung. Wir haben's gesehen. Der Kerl hat die Kurve so geschnitten, daß den anderen gar keine Chance geblieben ist. Mit einem Affenzahn! Wenn der aus der Klinik kommt, müßte man ihn einbuchten. Das sage ich Ihnen: Einbuchten! Ein Leben lang.«

Renz hörte kaum zu. Die Sorte Gespräche kannte er. Darüber konnte er sich jetzt nicht den Kopf zerbrechen. Es ging um die Arbeit im OP, nichts sonst...

*

Es waren die alten Tapeten: Gelbrosa Bänder auf Grau. Auch im Herrenzimmer hatte Professor Rittmaier, der letzte Bewohner des Hauses, kaum etwas geändert.

Brinkmann fühlte etwas wie Dankbarkeit, ja Rührung. Die alten Tapeten. Das dunkelbraune Nußbaumparkett, das manchmal knackte, als bewache es Erinnerungen. Und dieser Geruch! Der Blick auf die beiden Buchen und die Trauerweide drüben an dem kleinen Teich, dessen Steinfassung noch sein Vater angelegt hatte. Geronnene Zeit, zur Bewegungslosigkeit, nein, zum Bild erstarrt.

»Das könnte man alles ein bißchen heller streichen, was, Klaus?«

Streichen? dachte Brinkmann. Von wegen! Restaurieren lassen vielleicht. Doch restaurieren lassen sich Tapeten nicht – also Firnis drauf. Oder könnte ich in Freiburg vielleicht etwas Ähnliches finden? Ziemlich vergammelt ist sie ja schon.

Wieder nahm er das Metermaß und ließ sich auf die Knie nieder. Diese Bande von Packern hatte die Möbel wie Kraut und Rüben in der Halle ausgeschüttet. Hier, gegenüber der Kaminwand, wäre der ideale Platz für die Burgunder-Truhe. Ideal, wenn das Ding nicht zu groß ist.

Er blätterte in seinem Notizbuch nach: drei mal zweiachtzig. Die Wand hat nur zweisechzig... Wieder ein Reinfall! Dabei hatte er sich das doch so schön aufgezeichnet.

Er hörte ein heftiges Schnaufen und drehte sich um: Käte. Mit einem ganzen Stapel Wäsche im Arm!

»Wohin willst du denn damit? Die Kommode ist doch unten.«

»Na, ich dachte, ich bring das erst mal in Sicherheit.« Sie setzte die Wäsche ab und sah sich um. »Wie bei den Sarazenen sieht's hier aus.«

»Die sind ausgestorben. Aber viel schlimmer: Ich glaube, ich habe mich wieder mal verrechnet.«

»Wundert dich das?« sagte sie. »Draußen ist die Kommode, Klaus. Weißt du, so schwer ist sie gar nicht. Wir könnten sie in dein Kinderzimmer tragen.«

»Aha. Na gut.«

»Ich kann das auch allein.«

»Du? Bist du wahnsinnig? In mein altes Zimmer, sagst du?« Er stand auf, ging hinüber, betrachtete die Kommode und faßte unter die Schleiflackfläche. Ein kurzer, scharfer Schmerz. Verdammt! Brinkmann zog die Hand zurück und starrte verstört auf die Rißwunde, die seine Daumenkuppe spaltete.

»Das hast du nun davon, wenn du als Chirurg den Packer spielst!« Käte Marek kam näher. »Zeig mal her.«

Er hob den Daumen hoch, um die Blutung zu stillen. Es nutzte nicht viel. »Ich hätte die verdammte Hand auf eine Million Dollar versichern sollen. Dann hätten wir jetzt Ruhe.«

Sie sagte keinen Ton. Das brauchte sie auch nicht. Sie wußten beide, was die Wunde bedeutete.

»Hol mal das Verbandszeug her.«

»Das Verbandszeug? Wir fahren in die Klinik. In deine Klinik!«

»Meine?« Brinkmann zog eine Grimasse. »Schön wär's ja. Das muß sie erst noch werden...«

*

Die Tür zur Notaufnahme stand weit offen. Brinkmann registrierte es, als er, den notdürftig verbundenen blutigen Daumen hoch erhoben, die kurzatmige Käte hinter sich, die Rampe hoch lief.

Drinnen Verbandsplatz-Atmosphäre: durchtränkte Binden, gebrauchte Kanülen, weggeworfene Infusionsbehälter. Und zwei erschöpfte Gestalten, ein blutjunges Mädchen hinter dem Schreibtisch, offensichtlich eine Lernschwester, und ein junger, blasser, unrasierter Mann, der sich mit beiden Zeigefingern die Nase rieb. Arzt anscheinend. Na, dann wollen wir mal...

Brinkmann hob den Daumen hoch: »Guten Tag! Könnten Sie sich das vielleicht mal ansehen? Ich habe ihn mir an einem rostigen Nagel aufgerissen.«

Eilig schien der's nicht zu haben. Rutschte von der Schreibtischkante runter, verzog sein Gesicht, und die Art, wie er den Verband abnahm, war auch nicht gerade die feinste.

»Au!« sagte Brinkmann erbittert. »Herrgott noch mal, können Sie nicht...«

»Na, das werden Sie ja wohl noch aushalten.«

Die Stirn hatte er in Falten gelegt und musterte ihn mit strengem Doktorblick. Dann über die Schulter: »Du, Helga! Mach mal 'ne Tetanus fertig.«

»Lustiger Laden hier«, sagte Brinkmann.

»Wie bitte?«

»Ich meine, ein bißchen vorsichtiger könnten Sie schon sein, Herr Doktor.«

»Ich habe Ihnen doch gesagt: Sie sollen sich nicht so anstellen. Da hatten wir gerade andere Fälle hier.«

»Und deshalb meinen Sie...«

»Und deshalb meine ich, daß wir auf so was wie Sie gerade noch gewartet haben.«

Brinkmann war sprachlos. Er hatte sich in den letzten Tagen seinen Einzug in die Klinik immer wieder vorgestellt. Die Szene war nicht vorgesehen. Der schafft dich tatsächlich, dachte er, während er noch nach Antworten suchte. Er brauchte sie nicht. Er wurde schon wieder angeraunzt: »Geben Sie der Schwester Ihre Personalien.«

»Wie Sie wünschen.«

Die Spritze wenigstens hatte er anständig gesetzt. Auch Desinfektion und Verband machte er rasch und geschickt.

»Also bitte, wie heißen Sie?« meldete sich die Kleine hinter dem Schreibtisch.

»Brinkmann, Klaus.«

»Beruf?«

»Arzt.«

Das Mädchen ließ den Bleistift sinken.

Der junge Mann wollte gerade die Verbandsklammer setzen. Sie entwischte ihm und fiel zu Boden. Schweigen. Beide starrten Brinkmann an.

Der Junge machte als erster den Mund auf. Das blasse Gesicht hatte sich rot gefärbt. Die Augen wurden rund und groß: »O nein…«

Brinkmann bückte sich nach der Klammer, brachte sie selbst an und hob den eingebundenen Daumen salutierend zur Schläfe: »Na, dann…«

Walter Renz aber stand wie erschlagen.

Sein Blick pendelte hilflos zwischen Udo, der gerade die Tür öffnete, und der alten Frau draußen im Warteraum, die ironisch mit den Augen zwinkerte.

Die Tür klappte zu.

Renz ließ sich in einen Sessel fallen, streckte die Beine von sich und preßte beide Fäuste gegen die Schläfen.

»Mann! Udo! Konntest du mir nicht wenigstens einen Wink geben, daß dein Vater…«

»Wie denn? Als ich draußen dein Auf-so-was-wie-Sie-haben-wir-gerade-noch-gewartet hörte, war's doch sowieso zu spät.«

Walter Renz nickte düster. »Vielleicht machst du ihm wenigstens klar, daß ich das nicht so gemeint habe? Ich meine, daß ich nicht die Sorte bin, die…«

»Klarmachen?« Mitleidig legte Udo ihm die Hand auf die Schulter. »Das lassen wir lieber. Du, Walter, viel Einfluß habe ich nicht auf meinen Vater. Und in solchen Situationen vermaßle ich mehr, als ich nütze.«

Dr. Renz stöhnte. Udo lächelte.

Vom Schreibtisch aber meldete sich die dünne Stimme der jungen Elke: »Also, angestellt hat er sich nun ja wirklich...«

*

Daß er in diesem Haus geboren war, es um sich fühlte wie eine zweite Haut, daß jede Mauer, jeder Gegenstand von Erinnerungen getränkt war, die immer neue Bilderketten in ihm hervorriefen. Brinkmann hatte es als rührend und verwirrend empfunden. Nun war es Zeit, damit abzuschließen.

Nicht deine ausgeprägten Talente in romantischer Sentimentalität sind gefragt, sagte er sich, sondern deine Fähigkeit zu zweckmäßigen Entscheidungen.

Die Übernahme der Klinik – eine klare Aufgabe! War es denn nicht so in all den anderen Häusern gewesen, die er als Chef geleitet hatte? Ob Schwarzwald-Klinik oder nicht, die Ziele blieben dieselben. Das erste hieß: Vertrauen schaffen. Das galt für Ärzte und Personal, galt auch für seine Beziehung zu Udo. Dazu aber gehörte vor allem eines: Geduld. Und wenn's der Junge dir auch schwermacht, sei dir klar, daß es bei dir selbst mit dieser Tugend schon immer gehapert hat.

Nachsicht und Geduld! Vor allem jene »liebende Intuition, ohne die der menschliche Rapport nicht glücken kann«. Sein früherer Lehrer, der alte Keurer, hatte den Satz damals seinen Studenten eingehämmert.

Was Keurer meinte, war die Beziehung Arzt–Patient. Hier aber ging es um einen Jungen, der sich mit Abwehr panzerte; einer Abwehr des lächelnden Nicht-an-sich-Heranlassens.

Zur Geduld gehört Zeit. Die würde er für sich arbeiten lassen. Sich jetzt verrückt zu machen? Wieso? Es gab bei Gott im Moment wichtigere Fragen. Und dies war genau der Tag, sie anzugehen. Die Sonne schien. Die Fenster standen weit offen. Der Frühstückstisch war gedeckt.

Voll Schwung, den zugepflasterten Daumen an die Nase gedrückt, marschierte Brinkmann in sein Arbeitszimmer.

Käte schob ihm eine Zeitung zu: »Offinger Anzeiger«. Auf der Titelseite war ein Artikel mit rotem Kugelschreiber umrandet: »Professor Brinkmann neuer Klinikchef!«

Der Kaffee war wichtiger. Die Brötchen auch. Die Eier vor allem.

Käte funkte dazwischen: »Das kannst du doch nicht mit deinem Daumen!«

»Was kann ich nicht? Der funktioniert. Das wirst du sehen.«

Gerade als er die Schale löste, drang von irgendwo Klavierspiel ins Haus. Von irgendwo? Der Flügel stand im Garten...

Eine der wesentlichsten Berufsvoraussetzungen eines Chirurgen besteht in der Fähigkeit, sich durch nichts und durch niemand erschüttern zu lassen. Sie wurde bei Brinkmann auf die Probe gestellt.

»Das gibt's doch nicht!« Das gab es doch.

Was Brinkmann zuerst auffiel, waren blauseidene Shorts. Die knappsten und engsten, die er je gesehen hatte. Bei solchen Beinen konnte sich das blonde Mädchen, das dort unten auf dem Rasen des Vorplatzes seinen Flügel bearbeitete, die Shorts wohl leisten. Mit ihren musikalischen Talenten verhielt es sich anders. Was Poppiges sollte es wohl sein. Doch sie strapazierte nicht nur das Instrument, sie verstümmelte auch den Schlager.

»Was soll das denn?« stöhnte Käte neben ihm am Fenster.

»Ja, was wohl?« knurrte Brinkmann.

»Ist wohl eine von denen?«

»Von welchen?«

»Na... Aus Udos Schulklasse.«

Wieder einmal behielt sie recht. Da kam er schon: Lang, schlaksig, die Hände in den Taschen, den Tennispulli über die Schulter. Die Blonde bekam gleich ihre Küßchen, zuerst Nacken, dann Hals und Kinn, recht flapsig, aber gekonnt, fand Brinkmann, der die Szene mit einer Mischung von Bewunderung und Skepsis verfolgte.

Jetzt hatte Udo sie entdeckt. Peinlich... sehr peinlich! »Hallo!« Er winkte.

»Kommt doch rauf!« rief Brinkmann. »Hier gibt's Frühstück. Bring die junge Dame gleich mit.«

Das tat Udo nicht. Strahlend, wie stets, betrat er den Raum, strahlend gab er Käte einen Kuß, dem Vater die Hand. Gefrühstückt? Hatte er schon. Mit Yvonne würde er sich jetzt ein bißchen in die Sonne legen. Außerdem, das Leben ist bunt, der Job geht an die Knochen. Und was Mahlzeiten und Familien-Treffs angeht – so eng sollte man das besser nicht sehen.

»Was heißt hier eng?« ärgerte sich Käte. »Schließlich sind wir trotzdem 'ne Familie, oder?«

»Klar«, grinste Udo. Und was der Daumen mache?

»Ich werd's überleben«, sagte Brinkmann.

»Walter Renz hat Angst, daß er's nicht überlebt. Du weißt doch, der junge Assi, der...«

»Ich weiß.«

Unten hackte es weiter: Ein Ton in Cis-Dur. Immer der gleiche.

»Na, dann geh mal an die Sonne!« meinte Brinkmann.

*

Der gelbe Tanz der Forsythien am Hang, sonnengetränktes Gras, Licht, das durch die Zweige tropfte, sich zwischen die Lider zwängte, Sonne auch auf der Haut. Ach ja, Haut: Seidenglatt und warm waren die beiden Kuppen ihrer Brüste. Yvonne! Yvonnchen... So süß!

Udo spürte das Blut in den Fingerspitzen pulsieren. Sie zogen ihre kleinen Kreise enger und enger, fühlten die Knospen, wie sie sich füllten, sich erhoben, fest wurden...

»Laß! Was soll 'n das?«

»Aber Yvonnchen! Du stellst vielleicht Fragen.«

»Doch nicht hier.«

»Nicht hier?« Birken am Hang. Über den Kronen der beiden Blutbuchen die Türmchen des Vaterhauses. – »Vaterhaus«, so sagte man doch wohl?

Vielleicht hatte sie recht.

Doch so zu liegen, mit einem Mädchen, das nichts am Leib trägt als einen Slip, der wiederum so durchsichtig ist, daß sich unter der Nylonspitze die dunkle Wölbung abzeichnet, dazu schimmernde, braune Beine, das Glanzhaar, dieser Busen... Was das soll?! Das! dachte Udo, warf die Zigarette weg, schob sich hoch, um Yvonne in die Arme zu nehmen.

Das Unternehmen blieb im Anlauf stecken. Udos Augen wurden groß und weit. Dort drüben, an den Treppenstufen? Etwas Helles. Ein Kleid...

Ist das nicht?... Ja! Udo warf das Koffergerät um, als er nach dem Knopf grapschte, um die Musik abzustellen. In seiner Hast jedoch drehte er in die falsche Richtung, und das verdammte Ding grölte erst recht los.

Christa! Wie hatte er nur vergessen können, daß sie heute kommen wollte? Da stand sie nun auf der Treppe, steif, wie von einem Stromstoß getroffen.

»Was ist denn?«

Yvonne mußte sich auch noch hochsetzen.

»Leg dich hin, verdammt noch mal!«

Zu spät, alles zu spät... Christa hatte ihn, hatte Yvonne gesehen. Christa drehte sich um, begann zu rennen, die Treppe hinunter, über die Travertinplatten zurück zum Haus... Nun war auch Udo auf den Beinen, hetzte hinterher.

»Bleib doch stehen! Herrgott noch mal, Christa... Hör doch!«

Die dachte nicht daran.

»Christa! Sei vernünftig.«

Er war jetzt an der Treppe. Er keuchte. Vernünftig? dachte er. Was für ein dämliches Wort. Er sah sie bereits am Vorplatz, nun am Hauseingang. Und dort oben, die Hände auf die Sandsteinbalustrade gelegt, stand auch noch sein Vater!

Nicht einmal ihn nahm Christa zur Kenntnis. Den Blick am Boden, hastete sie vorbei zum Gartentor.

»Verdammter Mist!« Udo dachte, fluchte es in das Eisenschmettern der Pforte hinein.

Als er wieder oben war, hatte Yvonne die Bluse übergestreift. Ein bißchen spät. Zu spät! Sie zupfte an ihren Haaren. »Wer war denn das?«

»'ne Schwester aus der Klinik. Ich hab gestern

zu ihr gesagt: Komm doch mal vorbei. Nun ist sie gekommen.«

»Aha! Und wieder weggelaufen. Und du hast gebrüllt wie ein Stier.«

»Wollen wir's mal nicht problematisieren. Gebrüllt wie ein Stier? Ich bin nun mal ein spontaner Mensch. Das größte ist: Mein Vater stand auch noch da unten...«

»Wie ist der eigentlich?«

»Mein Vater? Wie Väter so sind. Weiß alles, kann alles, dreht dich auf null. Und hat auch das Talent, selbst seine Niederlagen als Siege zu verkaufen. 'ne unheimliche Persönlichkeit, mit einem Wort.«

»Und der wird nun dein Chef?«

»Ja«, nickte Udo grimmig. »Dolle Aussichten, was?«

*

Brinkmann stand am Bechstein.

Den richtigen Platz hatte der Flügel noch immer nicht gefunden. Aber mit der Seilwinde war er nun wenigstens ins Haus gehievt, und das Foto darauf machte ihn irgendwie vertraut.

Ein Frauengesicht im Silberrahmen. Udos Mutter. Brinkmann kannte es wie sein eigenes, tausendmal betrachtet, bewußt, in manchen Situationen auch mit dem Gefühl, beobachtet zu werden. Nie zuvor aber war ihm aufgefallen, daß Brigittes

Lächeln auch eine ironische Nuance aufwies. Vielleicht bildest du dir das ein? dachte er. Vielleicht kommt dieses ganze beklemmende Unbehagen nur von Hosenbund und Hemdkragen.

Eine Amtsübergabe – o Himmel! Und wenn dann noch das Hemd drückt... Wie er das liebte: Kammgarn. Nadelstreifen. Weste und graue Krawatte!

»Bist du soweit?«

Brinkmann nickte Käte zu. »Ich glaube.«

Professor Schiermann, der scheidende Klinikchef, empfing ihn mit seinem melancholischen Lächeln: »Gleich haben wir beide es überstanden.« Auch Mühlmann, der Verwaltungsdirektor, schüttelte ihm die Hand. Dann war alles wie gehabt: ein Rednerpult. Der Landrat darauf. Viele Hornbrillen und Krawattenmenschen und voll tönendes Honoratioren-Deutsch.

»Ich glaube sagen zu können, daß diese Klinik auch in den vergangenen Jahren stets den Anspruch erfüllte, den sie sich selbst gesetzt hat. Deshalb, verehrter Herr Professor Schiermann, spreche ich Ihnen als Landrat den Dank des Regierungsbezirks und der Kommune aus und möchte dabei anfügen...«

Das Anzufügende war nicht zu verstehen. Auch wenn Landrat Funke nun den pastoralen Politikerton hochzuschrauben versuchte – das fauchende Gebrüll einer Turbine blieb stärker, überlagerte alles.

Der Landrat zeigte ein irritiertes Gesicht.

Oberarzt Schäfer war bereits aufgestanden. Er zuckte mit den Schultern, sah zuerst Schiermann an, dann den neuen Chef und steuerte dem Ausgang zu.

Der Hubschrauber?! – Na, Schäfer schien Bescheid zu wissen.

Jetzt erstarb das Flattern der Rotoren.

Am Podium hatte der Landrat sich wieder gefaßt: »Der Abschied, meine Damen und Herren, fiele noch schwerer, wenn wir als Nachfolger nicht eine Kapazität wie Herrn Professor Brinkmann begrüßen könnten.«

Beifall. Was sonst? Brinkmann straffte sich und lächelte in aufmerksame, freundlich-neugierige Bewunderung. Er lächelte in das Beifallsrauschen hinein. Er lächelte den drei Reihen Gesichtern an der Fensterseite zu: Klinikpersonal. Zur Feier angetreten. Eine kompakte weiße Mauer verhaltenen Mißtrauens.

»...Professor Brinkmann, den wir als einen Sohn unserer Stadt bezeichnen dürfen... Mit dem Schwarzwald, seinen Menschen, ihren Freuden und Nöten seit Jugend verbunden...«

Hört das denn nie auf!

»Die große medizinische Erfahrung darf nicht unerwähnt bleiben: Eine Erfahrung, die Sie, Herr Professor, in Zürich, Paris und zuletzt in Karlsruhe zu sammeln Gelegenheit hatten...«

Der Lautsprecher knackte. »Dr. Schäfer!« rief

die ungerührte Frauenstimme aus der Zentrale. »Herr Dr. Schäfer, bitte in den OP!«

»Herr Schäfer ist schon drüben«, sagte Brinkmann, entschlossen, dem Berufsredner am Pult keine Chance mehr zu lassen. »Ich danke Ihnen, Herr Landrat! Ich danke Ihnen allen, meine Damen und Herren, die Sie hierhergekommen sind. Ich persönlich habe nur einen einzigen Satz zu sagen: Ich glaube, wir müssen an die Arbeit gehen!«

*

Wie sich die Situationen doch ähneln! Das gleißende, bläuliche Licht der Strahler auf schweißnasser Haut. Der Blick zur Herzanzeige, den man fürchtet. Der Gedanke: Was jetzt, Herrgott? Warum wirkt das Adrenalin nicht?

»Puls weiter unstabil«, meldete die Schwester. Auch sie hatte Mühe, ruhig zu bleiben.

Laß dir was einfallen! Aber was?! dachte Dr. Schäfer. Er hatte beide Hände auf dem Brustkorb des Patienten. Eine Öffnung kam nicht in Frage. Und wenn du jetzt zudrückst, so wie es bei der Herzmassage angezeigt ist, drei, vier Zentimeter gegen das Brustbein, besteht die Gefahr, bei jedem Pressen den angebrochenen Wirbel noch mehr zu lädieren.

»Akuter Sauerstoffmangel.«

Als ob er das nicht selbst bemerkte! Auch der Trachealkatheter half da nichts mehr. Nein, was immer du unternimmst, in diesem Fall läuft es gegen dich.

Er blickte hoch in das wachsam-konzentrierte Gesicht von Renz. Die hellen Augen der OP-Schwester wurden schmal. Sie schüttelte den Kopf.

Verdammt, war denn wirklich nichts zu machen?

Er setzte jetzt alles auf eine Karte, begann mit der Herzmassage. Als er sich dabei aufrichtete, geriet das leuchtende Schirmviereck des Monitors in sein Gesichtsfeld: flimmern. Ein letzter, winziger oszillierender Ausschlag. Und dann der lange, so schrecklich gerade Strich, der die Niederlage anzeigte.

Exitus!

Hermann Schäfer richtete sich auf. Der lange Renz biß sich auf die Unterlippe. Keiner sagte einen Ton. Es gab nichts mehr zu sagen.

Die Schwester legte ein Tuch über das blau angelaufene Gesicht auf dem Tisch.

Schäfer verzog den Mund. »Dieser Sprit wurde umsonst verflogen, Kollege. Sie haben doch den Hubschrauber hierher bestellt, nicht wahr, Herr Renz?«

»Verzeihung, Herr Oberarzt! Aber bei dieser Indikationsstellung gab es ja wohl keine andere Lösung als die Freiburger Neurologie. Und ich dachte, er schafft es noch.«

»Schafft es? Der Mann war gar nicht transportfähig.«

»Nun, vielleicht hätte er…«

»Hätte, hätte! Es wäre besser gewesen, mich früher zu holen. Oder den Chef.«

»Aber es war doch die Klinikübergabe.«

Schäfer warf dem Assistenten nur einen müden Blick zu. Dann, an der Schleuse des OP, blieb er noch einmal stehen: »Rufen Sie die Polizei an, Herr Renz. Die wollte ihn nämlich noch vernehmen. Na, das wenigstens ist ihm erspart geblieben.«

*

Seine bisherige Lebenspraxis hatte Udo Brinkmann gelehrt, Entschuldigungen der Eingebung des Augenblicks zu überlassen. Steif, hölzern und damit unglaubwürdig klang alles Vorbereitete. Wenn's soweit war, fiel ihm schon das richtige ein.

Diesmal ließ seine Begabung ihn im Stich.

Die Tür zum Arzneiraum stand offen, als er vorbeikam. Er sah Christas schmalen Rücken, sah, wie sie Pillen und Tabletten in Porzellanschälchen verteilte, sah das Licht über ihrem dunklen Haar, den gebeugten Hals, ihr konzentriertes Gesicht.

Er blieb stehen, den wohlbekannten, winzigen Stich im Herzen, holte dann tief Luft: Bring's hinter dich! Ein Augenblick ist so gut wie jeder andere.

Sie hörte ihn nicht. Sie zählte weiter. Er legte die Hand auf ihre Schulter: »Tut mir leid. Okay?«

Eine Pille fiel auf das Tablett. Christa stand nun sehr gerade. Ihr Blick war direkt: »Was soll okay sein?«

»Na, was schon? Ich wollte dir nur sagen: Das ist nichts Ernstes. Eine Bekannte. Weißt du, von früher. Du, das war einfach eine Panne. Und...«

Ihr Gesicht wurde eisig. Udo registrierte es mit Unbehagen. Verdammt noch mal! Das lief diesmal wirklich nicht. »Keine Konkurrenz für dich«, versicherte er hastig. »Wirklich. Die ist plötzlich aufgetaucht.«

»Nackt?«

»Was heißt hier nackt? Wir lagen in der Sonne. Du, Christa, es wäre ja wirklich blöd, deshalb nicht mehr miteinander zu sprechen.«

»Wer sagt denn das? Falls es dienstlich ist, dann red ich schon mit dir.«

»Christa! Ich bitte dich!«

»Mich brauchst du nicht zu bitten.«

Er kratzte sich den Nacken. Verdammte Kiste... Auf dem Gang ertönten Schritte. Ein weißer Mantel wogte vorbei. Das Gesicht seines Vaters. Auch das noch.

»Ist sowieso besser«, sagte Christa. »Wie heißt es so schön? – Ärzte sind Ärzte, Schwestern sind Schwestern. Alte Faustregel.«

»Ja.« Udo hatte sein Grinsen wieder. »Aus dem vorigen Jahrhundert.«

Sie schüttelte den Kopf. »Selbstachtung ist zeitlos, mein Lieber.«

»Christa! Ich kann dich doch nur um Verzeihung bitten. Was soll ich denn noch tun?«

»Mich in Zukunft in Frieden lassen.«

*

Ein Uhr dreißig.

Die Essensausgabe war längst vorbei, das Geschirr wieder in die Servierwagen verstaut und zur Küche gekarrt. Flaumig-schläfrige Stille herrschte im Patiententrakt, bei manchen durchwoben von Erwartung: ein Besuch. Ein Gesicht, eine Stimme, auf die man sich freut. Bei anderen das Lauschen auf das Verstreichen der Zeit.

Die sechs Flügeltüren der Männerstation führten auf eine Terrasse. Was dort passierte, nahm jeder wahr. Die Terrasse war zum Laufsteg des Lebens geworden. Nichts, das draußen den Patienten entging. Schon gar nicht Hundebellen.

Was heißt Bellen? Ein durchdringendes Kläffen stieß der weißbraun gefleckte Fellball aus, der da zwischen den Liegestühlen herumtobte.

»Mensch, die Molli! Die ist vielleicht wieder drauf!«

In Zimmer 26 stemmte Armin Echsle sich aus einem der drei Betten hoch. Viel Erfolg hatte er dabei nicht. Mischa, der junge Stationspfleger, drückte ihn energisch zurück: »Gib doch Ruhe!« Mischa hatte Echsle für die Operation vorzubereiten, die dessen von Arthrose zerstörtes Hüftgelenk wieder funktionstüchtig machen sollte. »Paß auf, verdammt! Sonst schneide ich dir nicht nur die Haare, sondern noch was ganz anderes ab.«

»Hört doch diesen jungen Spund an! Du, das wird noch gebraucht.«

»Mit sechzig Jahren kannst du ruhig...« Mischa verschluckte den Rest. Schwester Christa hatte den Raum betreten.

Am Fensterbrett legte Friedhelm Hensle sein Buch zur Seite und drehte ihr den Kopf zu. Daß ihm die Bruchbude, die ganze Linie hier nicht paßte und schon gar nicht seine Zimmergenossen, hatte er oft genug vorgebracht. Bisher ohne Erfolg. Und auch jetzt erntete er bei Christa auf sein: »Hören Sie mal, Schwester, ist die Sache mit dem Einzelzimmer endlich geklärt?« nur ein müdes Achselzucken.

Armin Echsle bekam seine Vorbereitungsspritze. Doch kaum war das erledigt, erwartete Christa ein neues Problem: der Hund! Das war doch dieser kleine Köter, der dem alten Herrn gehörte, der letzte Woche gestorben war? Wie hieß er noch? Bärwald.

Als ob er keinen Gips am Bein hätte, kroch draußen ein braunhaariger Junge über die Keramikfliesen. Knallgrüne Augen hatte er, Sommersprossen, wo man hinsah. Der kleine Werner Schick. Schnappte den Hund am Halsband, und der leckte ihm das Gesicht!

Werner war der Star der Station. Jeder liebte den Kleinen. Doch dies ging nun wirklich zu weit!

»Also, Frau Schick«, sagte Christa zu der dikken Frau, die in einem der Terrassensessel saß, »ich hab doch schon mal gesagt, daß Werner den Hund hier nicht halten kann.«

»Schwester Christa, bitte! Hören Sie mir mal zu...«

Christa hörte nicht. Die Spritzenrunde war noch nicht erledigt. Vor allem aber hatte sie keine Lust, sich mit einem so brisanten Thema wie »Hund im Krankenhaus« herumzuschlagen. Wenn der neue Chef das mitbekam – nicht auszudenken!

Drinnen im Zimmer 26 wiederum tat sich Friedhelm Hensle zwar schwer, sein Anliegen auch noch diesem jungen Rotzlöffel von Zivildienstler vorbringen zu müssen – »was das für Typen sind, weiß man schließlich« – doch wenn's drum ging, aus dieser Bude rauszukommen, war er bereit, sich mit dem Teufel zu verbünden.

»Sie haben 'nen Überblick, Mischa. Es muß doch möglich sein, daß ich mein Zimmer bekomme. Irgendwas muß sich doch machen lassen.«

»Läßt sich aber nicht.«

»So? Und wieso?«

»Wieso?« Der kleine Pfleger trug eine Nickelbrille und einen dünn zerfaserten Bocksbart. Ein Gesicht, das man schon deshalb nicht so leicht vergaß, weil es so sträflich-häßlich grinsen konnte: »Wieso? Sie haben doch entschieden, sich die Knochen zu brechen, nicht?«

»Was soll denn das?«

»Was das soll? Aber Herr Hensle! Ein Badezimmer könnte ich vielleicht besorgen. Aber da paßt das Streckbett nicht rein. Gut. Stecken wir Sie in die Wanne. Aber in einer Wanne heilen Knochen schlecht.«

»Hören Sie: Falls Sie glauben, Sie könnten mich verarschen, dann habe ich einen guten Tip: Ich werde Sie…«

Was er vorhatte, brachte Friedhelm Hensle nicht mehr an.

Die Tür von Zimmer 26 hatte sich erneut geöffnet. Der Mann, der eintrat, füllte den ganzen Türrahmen. Er hatte eine Polizeimütze unterm Arm und trug eine grüne Uniform. Er lächelte freundlich, mit jener wachsamen Milde, die bisweilen zu Polizeiuniformen gehört.

»Störe ich? Tut mir leid. Mein Name ist Stengelmaier. Ich suche den Herrn Hensle.«

Hensle sagte nichts. Er hob nur die Hand. Die Anstrengung, die ihm das Hochstemmen bereitete, verzerrte sein blasses, teigiges Gesicht.

Der Beamte zog einen Hocker herbei und lächelte der Oberschwester zu, die eben hereinrauschte. Schwester Hildegard hatte die Station im Griff: »Mischa! Deine Arbeit kannst du auch unten erledigen, ja? Herr Echsle, Sie haben doch nichts dagegen, daß wir Sie in den Vorbereitungsraum bringen.«

Kurz und bestimmt kamen die Worte. In den Jahren, in denen sie hier den Laden schmiß, hatte

Schwester Hildegard sich angewöhnt, Anordnungen so zu artikulieren, daß Nachfragen überflüssig waren. Nachfragen kosten Zeit.

»Herr Hensle! Das ist Polizeimeister Stengelmaier. Er hat von Dr. Schäfer die Erlaubnis zu einem Besuch.« Die Tür klappte zu.

Hensle bemühte sich um Zuvorkommenheit: »Eine Zigarette?«

»Danke. Ich bin Nichtraucher. – Herr Hensle, das gleich mal vorweg: Ich bin in erster Linie hier, um Ihnen die Fahrerlaubnis zu entziehen.«

Hensle runzelte die Stirn. Seine rauchgrauen Augen beobachteten, wie der Beamte umständlich ein amtliches Papier auseinanderfaltete: »Hier bitte! Der Beschluß des Amtsgerichts.«

»Und wieso, wenn ich fragen darf?«

»Dürfen Sie. Die Antwort steht drin: Eins Komma acht Promille, Herr Hensle!«

»Soll das heißen, daß mir Blut entnommen worden ist, während ich ohnmächtig im Wagen lag? Eine Blutentnahme gegen meinen Willen?«

»Mit oder gegen. Diese Maßnahme ist nicht ungesetzlich, Herr Hensle.«

»Das sagen Sie. Ich habe andere Vorstellungen! Ich lege Widerspruch gegen diesen Bescheid ein. Ich bin vorschriftsmäßig gefahren. Dieser Knallkopf, der mir da entgegenkam...«

»Ist tot. Außerdem, Herr Hensle, haben die Rekonstruktion am Unfallort und die Zeugenbefragung ein ganz anderes Bild ergeben.« Kein Lächeln mehr. Keine Spur von Zuvorkommenheit. Nur harte dunkle Augen. Sie waren auf Hensle gerichtet.

Der holte tief Atem: »Was... was sagen Sie da? Er ist tot?«

»Ja. Tot. Aber bitte, Sie waren ja gerade am Erzählen. Fahren Sie fort. Wie ist das denn alles aus Ihrer Sicht abgelaufen?«

»Ich? Wie bitte? Aus meiner Sicht? Na, ich mußte ausweichen. Wegen eines Radfahrers. Der schwenkte plötzlich nach links. Warum schauen Sie mich so an? Den hat natürlich kein Zeuge gesehen, diesen Radfahrer?«

Stengelmaier drehte den Kopf zur Terrasse. Von dort kam das fröhliche Kläffen eines Hundes.

Dann wandte er sich erneut Hensle zu. Er schüttelte den Kopf. »Nein, den hat keiner gesehen.«

*

Brinkmann betrachtete melancholisch den Stapel Akten auf seinem Schreibtisch: Administrationskram, Baupläne, Krankengeschichten, Protokolle. Oben angeheftet ein handschriftlicher Zettel: »Ich erlaube mir, lieber Herr Kollege, Sie auf folgende Punkte noch einmal hinzuweisen...« Eine schonungslose und, was noch wertvoller war, selbstkritische Analyse der Klinik-Schwachpunkte. Unterschrift: »Schiermann«.

Feiner Kerl, dieser Schiermann! Nicht nur ein

tüchtiger Arzt, ein Mann, der nachdachte. Und sich dabei selbst nicht ausnahm. Ein weiser Mann. Vielleicht nicht der Macher, der mein Vater war, dachte Brinkmann. Klüger, distanzierter. Zwei Typen von Arzt. Der Philosoph – und der, der Philosophie im Handeln sieht.

Er blickte kurz auf. Drüben an der Wand hatte das Bild gehangen: Dr. Karl Brinkmann im weißen Mantel. Mit Kneifer, Stethoskop und dem modisch gestutzten Schnurrbart der damaligen Zeit. Dazu ein quadratischer ostelbischer Schädel, der ihn stets ein wenig an Sauerbruch erinnert hatte.

Schiermann dagegen? Wie hatte er gesagt? Ein Satz, der verdiente, festgehalten zu werden: »Wissen Sie, lieber Herr Brinkmann, als Arzt haben Sie nur eine Chance, guten Gewissens zu sein: Wenn Sie den Kittel an den Haken hängen. Nur so sind Sie davon befreit, Fehler zu machen.«

Klaus Brinkmann nickte und nahm eine der Krankenakten, die Schiermanns Filzstift mit einem grünen Kreuz versehen hatte: Gerda Beck. Der Name war ihm zwar entfallen, doch die Dramatik, auf die ihn Schiermann noch hingewiesen hatte, war ihm sofort gegenwärtig: Ein Cervix-Karzinom. Stadium vier. Vom Gebärmutterhals aus hatte der Krebs Eierstöcke, Darm und Blase befallen. Zu spät erkannt natürlich, zu spät den Arzt aufgesucht. Auch die kombinierte Bestrahlung konnte nichts mehr ändern: inoperabel.

Gerda Beck und dieses Unfallopfer, das gestern bei Schäfer auf dem OP-Tisch starb, waren die hoffnungslosen Fälle der Klinik. Nun gab's nur noch einen...

Keine Fehler machen? Aufgeben?

Oder den Tanz auf dem Hochseil fortsetzen?

Es gibt welche, dachte er, die sich leicht ans Hochseil gewöhnen. Schon deshalb leicht, weil der falsche Schritt nicht ihre Gesundheit und ihr Leben kostet, sondern das eines anderen.

Schiermann war fein raus. Der hatte sich eines dieser neuen amerikanischen Wohnmobile angeschafft, und in vier, fünf Wochen würde er dabei sein, den Traum seines Lebens zu verwirklichen: In Sizilien und Apulien auf den Spuren des Mannes zu wandern, den er schon sein Leben lang verehrte: den mittelalterlichen Staufenkaiser Friedrich II.

Einmal nur du selbst sein, Brinkmann! sagte er sich, während er Akten und Krankheitsprotokolle durchblätterte. Wann hast du dich in den letzten Jahren überhaupt darum bemüht, dir selbst auch nur nahezukommen? Hast du in der Zeit, die dir verbleibt, die Chance dazu? Wirst du sie dir nehmen? Geben sie dir die anderen, oder machst du dir nur was vor? Vielleicht ist auch irgend etwas Unbestimmbares in dir, das dich wie so viele Ärzte weitertreibt? Eine Art Geheimnis, nicht zu definieren. Berufung. Gott. Schicksal? Ach, Unsinn...

Aus dem Umschlag mit dem Namen »Beck« glitten die histologischen Befunde der letzten Gewebeproben: Zeugnisse des Unabänderlichen.

Brinkmann schob sie sanft zurück und stand auf. Er würde mit Gerda Beck reden. Vielleicht war Schiermann doch zu weich gewesen. Jedes Leben geht einmal zu Ende. Eine ebenso banale, wie heilige Wahrheit. Sich ihr zu öffnen und zu stellen, sie zu akzeptieren, ist eine der Lasten, die in diesem Beruf zu tragen sind.

Er blickte durch das grüngoldene Netz der Zweige in den Garten. Er hörte Hundekläffen. Und das Geräusch tat gut: Statt Weltschmerz etwas Aktion, wenn's recht ist!

Ein letzter Blick hinauf zu dem leeren Platz an der Wand: In dem Punkt bist du dann doch ein echter Brinkmann...

*

»Nah-Erholungszentrum«, so hieß der Park im Klinikjargon. Für die hechelnde, Kreise schlagende, außer Rand und Band geratene Molli war er an diesem Nachmittag der ideale Spielplatz.

Ein einigermaßen verblüffter Klinikchef hingegen hatte dies alles erst mal zu verdauen: Eingedrückte Schnauze, braune Schlappohren, braunweißes Fell. Hund – zweifellos! Doch wie dieses Ding auf und ab hüpfte, konnte man auch von einem Fußball sprechen, ohne die Phantasie zu strapazieren.

Ein Hund jedoch auf dem Klinikgelände?!

Brinkmann setzte sich in Marsch. Und nun war

es nicht mehr allein der Hund, nun war es bereits eine Dreiergruppe, die er ansteuerte. Zu ihr zählten eine rundliche Frau und ein kleiner Junge mit Gipsbein.

Die Fellkugel umtanzte sie in einer Art Begeisterungstaumel, ließ jetzt ab und schoß pfeilgerade und laut kläffend auf Brinkmann zu.

»Na, laß mal! Sei brav! Der Mantel kommt gerade aus der Reinigung.«

Das interessierte Molli wenig. Braune Pfotenabdrücke sprenkelten den weiß gestärkten Baumwollstoff. Ein Dreieck hatten ihre Zähne bereits herausgerissen.

»Molli!« Gott sei Dank. Die Dame war heran. Anscheinend die Besitzerin. Nun packte sie die kleine Molli-Bestie und wollte sie tatsächlich in ihrer Einkaufstasche verstauen.

»Hören Sie mal, Frau...«

»Schick. – Mein Name ist Schick.«

»Frau Schick! Wie haben Sie den hier reingeschmuggelt?«

»Na, in der Tasche. Weil... Wissen Sie, es ist so, daß mein Junge, also der Werner, den Hund so unheimlich liebhat. Und nachdem der dann gestorben ist, doch niemand für ihn sorgte.«

»Wer gestorben ist?«

»Na, der Herr Bärwald. Wissen Sie, der Rentner, dem der Hund gehört hat. Der war mit Werner auf dem Zimmer. Und so hat ihn natürlich Werner betreut. Ich meine den Hund.«

»Aber hier dürfen nun mal keine Hunde rein. Das ist ein Krankenhaus. Sie verstehen doch: Die Ansteckungsgefahr...«

»Ruhig, Molli! – Bist du jetzt brav!«

Molli war ruhig. Molli war brav. Molli guckte aus der Einkaufstasche. Und Brinkmann mußte ganz schnell wegschauen. Für ein Grinsen war dies wohl nicht der richtige Augenblick.

»Wenn die Molli eingeschläfert wird, Herr Doktor, bringt das den Jungen um. Der Werner hat doch dem alten Mann versprochen, für sie zu sorgen. Verstehen Sie doch! Mein Mann erträgt den Hund nicht. Mein Mann ist allergisch. Er kriegt keine Luft.«

»So? Allergie gegen Hundehaare? Von Katzen kenn ich das, von Hunden weniger. Ist er in Behandlung?«

»Der Werner, ich sagte doch, der hat...«

»Ihr Mann, meine ich. Wegen der Allergie.«

»Nein. Das ist es ja. Ich weiß einfach nicht mehr ein noch aus. Und umziehen tun wir auch. Nach Freiburg... In eine Wohnung, wo sie dann im Vertrag stehen haben, daß Tierhaltung verboten ist. Ach, ich finde das alles so schrecklich...«

Brinkmann nickte. »Ich auch.«

Die blauen Augen faßten Hoffnung. »Er mag halt keine weißen Kittel. Mein Mann ist Anstreicher. Deshalb ist er auch gleich auf Sie los. Na ja, Sie sehen's ja... O Gott!«

»Das mit dem Mantel ist nicht schlimm.«

Brinkmann klopfte die Gartenerde ab. »Der kann ja in die Wäsche. Jetzt beruhigen Sie sich mal.«

Sie wandte den Kopf zu dem kleinen Jungen hinüber. Der stand stocksteif und starrte sie an. »Der Werner liebt Molli so. Er sagt, wenn der Hund eingeschläfert wird, will er nicht mehr leben.«

»Eingeschläfert – eingeschläfert! Was reden Sie da dauernd vom Einschläfern?« Brinkmann zog nun seinen Kittel aus, um das Knurren abzustellen. Dieser Blick aus der Tasche war zuviel! Er kauerte sich nieder und streichelte den struppigen Kopf, und da war schon eine Hundeschnauze und drängte sich ihm entgegen. Was die Menschheit ohne weißen Kittel anging: Molli liebte sie offensichtlich ohne Einschränkung.

»Na«, sagte Brinkmann versöhnlich, während er das weiche Fell kraulte, »ich red mal mit dem Werner, was? Wir werden da schon 'ne Lösung finden...«

*

Ziemlich atypische Idylle!

Udo drückte die Stirn gegen das Fenster des Stationszimmers: Jetzt zog der Alte auch noch den Mantel aus und kraulte an dem Viech herum! Doch was hieß atypisch? Hunde hatte der immer gemocht. Überhaupt mochte er Viecher. Hunde, Käte, die natürlich – und seine Frauen. Alles was ihm an Emotionalität noch blieb, verteilte er zweckgünstig und stets an dir vorbei. Doch was regst du dich auf? Das war doch ausgestanden.

So verstrickt war Udo in sein Gefühlsgeflecht aus Neid und selbstgewählter Erhabenheit über derartige kindische Aufwallungen, daß er das Klopfen an der Tür gar nicht bemerkte.

»Guten Morgen!«

Er drehte sich vom Fenster weg und sein Gesicht verklärte sich. »Sieh an! Wer kommt denn da? Die Sonne geht auf. Guten Morgen!«

Christa Meurer nahm den Überschwang nicht zur Kenntnis. Ihre Stimme kam dienstlich, knapp, wie gestanzt. »Ich wollte dir nur sagen: Die Patientin Melanie Wieck sammelt ihre Medikamente im Schrank.«

»Wer?«

»Frau Wieck von Zimmer neun. Dort liegt auch Frau Kirsch. Die hat's beobachtet.«

»Na und?« meinte Udo heiter. »Dann nimm sie ihr halt weg.«

»So? Meiner Ansicht nach ist es damit nicht getan. Es handelt sich auch um Barbiturate.«

»Na, schlucken sollte die schon, was man ihr verordnet. Übrigens: Ich fahre am Sonntag zum Titisee. Wie ist das, kommst du mit?«

Sie hatte diese kleine Kerbe über der Nasenwurzel, die er so gut kannte. Und den Blick aus den schmalen Augen. »Ich denke, darüber und über ähnliche Vorschläge hätten wir schon gesprochen?

Weder Titisee noch sonst was. Das dürfte ja wohl klar sein.«

Weder Titisee noch sonst was? dachte er. Und sie steht an der Tür, guckt dich an, auf eine Weise, die man einfach verbieten müßte. Nö, so nicht! Udo ging nicht, er stürmte geradezu durchs Zimmer, hatte sie schon an beiden Handgelenken.

»Laß diesen Quatsch!«

»Das ist kein Quatsch.«

»Au! Laß meinen Arm los.«

Das hörte er nicht. Wie auch? »Christa, du! Das ist doch alles Unsinn, was wir...«

»Was Unsinn ist und was nicht...«

»Christa! Nun denk einmal sachlich.«

Sie keuchte. Ihr Gesicht wurde rot.

»Christa! Der Wechsel von einer Freundschaft zur anderen läuft doch nicht immer nahtlos. So ein Übergang geht nie ohne Reibungsverluste ab. Aber das sind nur Worte. Wichtig ist doch, Christa, jetzt hör zu: Wichtig ist nur, daß wir klarkommen.«

»Laß los, hab ich gesagt!«

Udo hörte nicht, ließ nicht. Herrgott, wenn sie nicht begreifen wollte, dann mußte sie's fühlen. Dieses MUSS wurde so ausschließlich in ihm, daß es jeden Gedanken, jede Kontrolle ausschaltete. Es gelang ihr nicht, sich zu befreien. Sie setzte ihm den Ellbogen gegen die Brust, versuchte Udo zurückzudrängen – umsonst. Er hielt fest, eisern fest, selbst noch, als die Tür aufging und im Rahmen der Oberarzt erschien.

Für Christa dauerte der Schock nur eine Sekunde. Dann war sie draußen.

Udo steckte die Hände in die Taschen. Er hatte es mit dem Atem zu tun. Sein Gesicht war knallrot, sein Grinsen wollte diesmal nicht gelingen.

Dr. Schäfer übersah es ohnehin. Er ging einfach an ihm vorbei, so, als sei er allein im Raum, als sei Udo Brinkmann Luft. Die Schultern wie immer etwas hochgezogen, durchquerte er das Zimmer und setzte sich an seinen Tisch.

Na gut: Auch eine Reaktion! Unter anderen Umständen hätte Udo vielleicht so etwas wie Bewunderung aufgebracht. Nicht jetzt. Dies war zuviel!

Er betrachtete den schmalen Hinterkopf seines Vorgesetzten und quasselte einfach los, sagte das erstbeste, das ihm einfiel, sagte: »Tun Sie sich keinen Zwang an, Herr Dr. Schäfer! Für eine solche Szene wie eben hat mein Vater doch immer ein offenes Ohr.«

Schäfer zog nur die rechte Augenbraue hoch. Sein Gesicht blieb ausdruckslos.

»Ja, wirklich, Herr Schäfer! Wenn Sie den Vorfall melden, brauchen Sie sich nicht den Kopf darüber zu zerbrechen, ob Sie sich bei ihm unbeliebt machen.«

»Wirklich nicht?«

Daß dieser Knochen von Schäfer manchmal verdammt ironisch klingen konnte, hatte Udo schon einigemal erlebt. Gut. Dann setzte er noch einen drauf.

»Sie müssen's halt versuchen.«

Der »Ober« drehte sich um, hielt den Kopf schief. Die bernsteinhellen Augen blickten ungerührt. »Hören Sie, Kollege, Ihre Konfliktbereitschaft in Ehren. Aber ob Sie's glauben oder nicht – es gibt Wichtigeres.«

»Ich wollte damit ja nur zum Ausdruck bringen, daß Sie sich einen Gewissenskonflikt ersparen können, Herr Dr. Schäfer. Handeln Sie doch einfach so, als wäre ich nicht der Sohn des Chefs.«

»Nun, private Kontakte zwischen Ärzten und Pflegepersonal sind erlaubt. Außerhalb der Klinik.«

»Richtig. Doch das war innerhalb!«

»Na gut. Haben Sie sich jetzt abreagiert? Sind Sie in der Lage, normal aufzunehmen? Scheint so. Dann weise ich Sie hiermit zurecht. Und zwar in aller Form. Und jetzt lassen Sie mich mit Ihrem Unsinn zufrieden und gehen Sie, verdammt noch mal, an Ihre Arbeit!«

Für zwei, drei Atemzüge lang glaubte Udo sich verhört zu haben. Als es damit vorbei war, vernahm er sein eigenes Stammeln: »Entschuldigen Sie. Verzeihung! – Jawohl, Herr Oberarzt...«

Seine Stirn brannte, als er sachte die Tür hinter sich schloß.

*

Man glaubt es nicht, wehrt sich, betet, verschließt das eigene Ich vor dem Gedanken, versucht sich zu retten – doch es geschieht.

Nun ist es endgültig, das wußte sie. Und sie setzte dieses Wissen, das wie die Krankheit in ihr lebendig und mächtiger wurde, gegen Gerhards aufmunterndes Gesicht, gegen sein: »Na, komm, Gerdalein! Hab dich nicht so. So was geht doch vorüber.«

So was geht nicht vorüber. So was bleibt, bis alles vorbei ist.

Dies war der innerste Kern ihres Wissens. Und merkwürdig genug: Er machte sie frei. Am Anfang hatte sie sich selbst dagegen gepanzert. Nun konnte sie lächeln.

»Frau Beck! Ehe wir keine klaren Befunde haben, besteht doch kein Anlaß...«

»Frau Beck! Nun machen Sie sich doch keine Gedanken. Was heißt denn, Sie kommen hier nicht mehr raus?...«

»Frau Beck! Jetzt wird nicht schon wieder geweint. Kommen Sie, es ist doch ein so schöner Tag.«

Sie haben runde oder schmale, lustige oder freundliche Gesichter, die Mädchen, die ins Zimmer kommen. Sie klopfen das Plumeau zurecht, stützen sie, wenn sie geht. Sie helfen beim Waschen – ach, das ist ihr so peinlich. Sie betasten ihren aufgeschwollenen Körper, der immer fremder wird. Sie halten ihr den Spiegel, wenn sie sich kämmt. Und dann sieht sie in ein Gesicht, das noch weniger zu ihr gehört als ihr Leib.

Nur in einem ist sie sie selbst: In den Schmerzen, die sich durch Adern und Bauch fressen, den Rücken hinauf, die Beine hinab, manchmal bis in den Schädel hinein. Und die sie ihr dann wieder wegnehmen mit ihren Spritzen und Tabletten...

»Sehen Sie, Frau Beck! Jetzt schlafen wir mal schön. Ganz ruhig...«

Ja, ganz ruhig. Sie hatten so liebe Worte, konnten so nett lächeln. Und das waren sie ja wohl auch: nett, hilfsbereit, tüchtig. So hilfsbereit und tüchtig wie ihre Lügen. Sollte sie sie enttäuschen? Tapfer lächeln, das erwarteten sie. Und deshalb würde sie die Rolle spielen, die man ihr zuschob: »Aber ja, Herr Doktor, heute morgen geht's mir schon wieder besser.«

Nichts und niemand zu enttäuschen war schließlich auch eine Art Pflicht, das mindeste, was sie tun konnte. Und das letzte.

Nur wenn Gerhard kam, wurde es schwer.

Es war nicht das Gesicht, das sie so gut kannte, und nicht seine Stimme: »Na, Gerdalein! Das schaffen wir doch. Du, in der Klinik haben sie alles! Die modernsten Geräte... Was sagst du da? Du bist noch nicht operiert?!«

Als wäre das ihre Schuld. Ein bißchen wie zu Hause klang es, wurde zum Echo der Vorwürfe, die sie ein Leben lang verfolgten: »Was, Gerda? Du hast die Rückzahlung noch immer nicht beantragt?...

Was, Gerda, die wollen dir den Halbtagsjob nicht geben?... Was, die Jungens, die brauchen schon wieder Geld für Schulklamotten?«

Da hockte Gerhard nun halb unglücklich, halb zornig am Bett und meinte noch immer, es müsse alles so klappen, wie er sich's vorstellte. Hockte, die Einkaufstasche mit Bananen, Obst und Schokolade zwischen den Knien. Dabei konnte sie das Zeug doch gar nicht essen. Aber seinem ärgerlichen »Wieso denn? Hast du doch immer gemocht!« würde sie sich auch nicht aussetzen.

So sagte sie: »Oh, meine Bananen! Oh, meine Lieblingsschokolade...« Nachher würde sie alles wegschenken. Jetzt aber lächelte sie in dieses Gesicht, das nie verstanden hatte, nie verstehen wollte und das sie im Grunde doch deshalb mochte, weil es so hilflos werden konnte, wenn's »nicht so klappte«.

»Tut mir leid, Gerhard. Die wollen nicht operieren. Sie sagen, ich sei zu schwach.«

Die Antwort wußte sie im voraus: »Zu was sind das Ärzte? Zu was ist das ein Krankenhaus? Die sollen das operieren. Die sollen dich wieder hochkriegen, Herrgott noch mal! Ich werde mit Ihnen reden. Da ist doch dieser Neue, der Chefarzt?«

»Bitte, Gerhard... Schrei nicht so.«

»Was heißt hier bitte? Ich red mit ihm.«

»Gerhard!«

Nichts zu wollen. Er rannte schon zur Tür.

Sie schüttelte den Kopf. Dies war das Schöne: Früher hätte sie sich schrecklich aufgeregt, sogar

Angst gehabt. Heute konnte sie den Kopf ins Kissen legen und zum Fenster hinausschauen. Sie hatte nichts mehr damit zu tun. Die Dinge liefen an ihr vorbei. Sie passierten einfach. Und sie trieb in diesem Geschehen mit.

Sie konnte lächeln. Die Spritzen wirkten, wie man es von ihnen erwartete. Sie trugen sie sanft in einen Schlaf hinüber, von dem sie wußte, daß man in ihm aufgehen konnte.

Der Arme! Er wird nie begreifen, daß...

*

Ehe die Tür seines Zimmers aufflog, hatte Brinkmann sich aus seinem Sessel erhoben. Die aufgeregte Stimme der Sekretärin war Warnung genug gewesen: »Hören Sie! Was glauben Sie eigentlich?... Herr Beck! Sie können doch nicht einfach...«

Die Antwort verstand Brinkmann nicht. Den Ton kannte er aus ähnlichen Situationen. Krankenhauserfahrung. Krankenhausverzweiflung. Patienten- und Verwandtenärger...

Da stand er nun auf der Schwelle: Ein Block von Mann. Braungebrannter, blonder Schädel, ein athletischer Körper, die Krawatte schief gebunden. Die Augen blinzelten in hilfloser Betretenheit und Wut.

»Sie sind doch der neue Professor? Ich komme wegen meiner Frau.«

Und hinter ihm die Sekretärin: »Dies ist Herr

Beck, Herr Professor. Verzeihung, aber ich konnte...«

»Ist ja gut, Fräulein Meis.« Brinkmann wies auf den Sessel vor seinem Schreibtisch: »Bitte! – Sie sind also der Mann von Gerda Beck?«

Der Name war gefallen, die Situation klar. So schrecklich und unwiderruflich klar, wie die Fotografien des vonn Metastasen zerstörten Gewebes: Metastasen, die wie ein Hagel von Geschossen das Leben zerstörten. Daran dachte Brinkmann nun. Und an Schiermanns Worte: »Ein Jammer um die Frau. Zwei Kinder. Und so tapfer!«

Zwei Kinder? Dieser Mann würde sie aufziehen müssen. Allein. Der Gedanke brachte eine Welle von Sympathie.

Vielleicht war es der Raum mit seinen Büchern oder das freundlich-mitfühlende Gesicht des Arztes hinter dem Schreibtisch, vielleicht auch hatte sich seine in Ärger und Rebellion geballte Kraft nun erschöpft: Gerhard Beck setzte sich verlegen auf den Stuhl. »Herr Professor...« Sein Brustkorb spannte sich, so tief mußte er Atem holen: »Was soll das ganze Hin und Her? Jetzt liegt meine Frau schon über eine Woche hier. Und nichts wird gemacht, rein gar nichts. Ihr Vorgänger, der Herr Schiermann – der Herr Professor Schiermann, meine ich, der hat doch gesagt, diese Woche ist sie dran. Da wird sie operiert. Und Sie...«

»...und Sie operieren nicht«, vollendete Brinkmann den Satz.

Gerhard Beck nickte.

Schweigen.

Brinkmann kramte in den Taschen nach Zigaretten. Ein Glück, daß er die halb angebrochene Schachtel heute morgen weggeworfen hatte. Jetzt fing das schon wieder an. Streß? Nein, Schwäche. Oder Nervosität. Kaum am Start und schon mit den Nerven runter.

»Herr Beck! Sehen Sie: Mein Kollege Schiermann hatte recht. Aber ich habe auch recht. Herr Schiermann hatte eine Operation in Aussicht genommen, will ich damit sagen. Aber er hätte sie nie durchgeführt, bevor alle Untersuchungsergebnisse vorlagen. Inzwischen haben wir sie. Ich kann Ihnen versichern: Jetzt würde auch Professor Schiermann nicht mehr operieren.«

Die Augen auf der anderen Tischseite waren blank von Nichtbegreifen. »Und warum nicht?«

Warum nicht? Brinkmann lehnte sich zurück. Was er nun sagte, kam so ruhig, als spräche er zu einem Kind: »Herr Beck, Ihre Frau hat Krebs.«

»Haben andere doch auch.«

»Ja. Aber Ihre Frau befindet sich in einem Stadium, in dem eine Operation nichts mehr bringt. Die Metastasen, die Herde, die der Primär-Tumor gestreut hat, haben die lebenswichtigen Organe längst befallen.«

Wieder diese Pause. Wie er sie kennt! – Der Mann hat einen starken Willen. Einen zu hohen Blutdruck hat er auch. So einer nimmt etwas nicht einfach hin. Er ist nicht dafür gebaut. Da kommt es auch schon:

»Was soll das denn heißen? Ich meine, Sie können Gerda doch nicht einfach so – nee, nee, also das nun nicht!«

»Herr Beck! Schmerzen können wir Ihrer Frau ersparen. Aber sonst...«

»Aber sonst? Schmerzen ersparen. Wie stellen Sie sich das denn vor? Neununddreißig ist Gerda, Herr Professor! Wir haben zwei Kinder. Die ganzen Jahre war sie gesund. Und wie gesund. Sie hat bis zum Umfallen gearbeitet. Da hätte man doch etwas gemerkt.«

»Sie hat's vielleicht bemerkt, Herr Beck. Vielleicht war sie zu tapfer. Vielleicht wollte sie, daß Sie nichts merken. Vielleicht hätten Sie besser auf sie achten sollen.«

War das zu hart? In solchen Situationen lernst du nie aus. Herrgott noch mal, wie oft hatte er diese Gespräche geführt, wie viele hatten sie ihm abgerungen, und wie unterschiedlich waren doch die Reaktionen. Auch diesen Typ kannte er. Jetzt wird er weiterbrüllen.

Doch Gerhard Beck brüllte nicht. Seine Schultern sanken nach vorne, die schweren Hände verknoteten sich. »Das haut einen um...« Die Stimme war kaum zu verstehen. »Da hat ja nichts mehr einen Sinn, wenn das wahr ist... Was soll da noch stimmen, Herr Professor? Die Gerda war nie beim Arzt. Nie! Bis vor zwei Wochen nicht...«

»Das ist es ja, Herr Beck. Davon sprach ich soeben. Vielleicht hätte sie früher gehen sollen.«

Wieder dieses dumpfe, drückende Schweigen. Warum stehst du nicht auf, dachte Brinkmann, und gehst zu ihm? Vielleicht weil auch dies ein Lernprozeß wird, den er durchzustehen hat? – Zwei Kinder? Mein Gott...

»Sie wird also – sterben?«

»Ja. Wir können es nicht ändern. Sterben und leben, eines bedingt das andere.« Er verstummte. Weder mit Sprüchen noch mit Wahrheit kommst du hier weiter. »Nehmen Sie sie doch mit nach Hause, Herr Beck«, sagte er sanft.

»Nach Hause? Ach ja! Wir haben wohl 'ne Villa, was? Mit Personal vorne und hinten? O Gott, o Gott, nee... Nach Hause? Soll ich sie pflegen? Vom Sägewerk aus? Ich hab gebaut. Ich hab Schulden. Ich ackere wie ein Wilder. Gerda darf einfach nicht sterben, Herr Professor! Das geht nicht. Es hat doch keiner was verbrochen von uns.«

Mit dem Ärmel wischte er sich über das Gesicht. Und dann, mit dieser verquollenen, von Schluchzen entstellten Stimme kam die Frage: »Weiß sie's schon?«

»Ja, Herr Beck. Seit einer Stunde.«

»Und wie nimmt sie's auf?«

»Ich sagte schon: Sie ist so tapfer. Wenn sie Angst hat, nur Ihretwegen. Sie hat Angst, daß Sie jetzt verstört sind. Daß Sie nicht mehr weiter wissen. Und auch um ihre Kinder hat sie Angst.«

»Mein Gott...«

»Diese Angst müssen Sie ihr nehmen. Das sind Sie ihr wirklich schuldig.«

Gerhard Beck nahm den Kopf hoch, seine Augen schwammen. Brinkmann versuchte, diesen Blick zu erwidern. »Haben Sie das Gefühl, daß Sie das schaffen?«

»Ich weiß nicht.«

»Sollten Sie aber«, sagte er. »Die letzte Zeit ihres Lebens in dieser Angst zu verbringen hat sie doch nicht verdient, finden Sie nicht?«

Beck nickte.

»Und noch was, Herr Beck: Besuchen Sie sie so oft es geht. Sie liebt Sie nämlich. Und Sie haben es doch selbst gesagt: Sie hat so viel für Sie getan. Wenn Sie sie schon nicht mit nach Hause nehmen können, dann sollten Sie um sie sein.«

Wieder das Nicken. Gerhard Beck stand auf. Er hielt sich an der Stuhllehne fest. Er murmelte etwas, das Brinkmann nicht verstand. Dann kamen die Worte langsam und klar: »Danke. Auch für die Offenheit.«

Brinkmann ging um den Schreibtisch herum. Er wollte die Türe öffnen. Doch Beck war schneller und Brinkmann sah dem Mann nach, der an den Schreibtischen vorbei durchs Sekretariat ging, blicklos, so als nehme er nichts mehr wahr...

*

Mittwoch. Mittwoch und Nichtstun... Vierundzwanzig Stunden lagen vor ihr.

Christa dachte nicht daran, sie in ihrer kleinen Wohnung zu vertun, mit Abwasch, Kleider flicken, Wäsche bügeln, Staubsaugen und Blumen umtopfen. Das Wetter war zu schön. Vierundzwanzig Stunden »Freiwache«. Keine Korridore, keine Betten, Beschwerden, Patienten...

Der Himmel über den Bergen war dunkelblau. Zirruswolken zogen ihre Strähnen nach Süden. Vom Kinderbecken des Freibads Kindergebrüll und Planschen, um sie Geruch von Sonnenöl und Schweiß und dem Kaffee aus dem nahen Kiosk.

Christa setzte die Sonnenbrille auf die Nase. Sie fühlte warmes Holz unter den nackten Sohlen und warf einen letzten zögernden Blick in den Spiegel bei den Umkleidekabinen. Ganz schön gewagt, dieser smaragdgrüne Fetzen von Bikini. »Tanga-Form«, hatte die Verkäuferin geschwärmt: »Ein Gedicht auf Ihrem Körper! Genau das richtige für Frauen wie Sie.«

Vielleicht. Doch auch das richtige fürs Freibad Offingen? Und »Frauen wie Sie« – was ist das eigentlich? Ein schlanker Körper, eine glatte Haut, die Flut von Haaren, die den Männern die Blicke herumriß.

Langsam ging sie dem Hang zu, den Kopf hoch erhoben und die Lippen so arrogant wie möglich zusammengepreßt. Und doch mit dem Gefühl, gleich losrennen zu müssen, um dem Spalier der

Blicke zu entgehen. Sie ertappte sich, wie sie am Elastikband des Höschens herumfingerte: Das reinste Spießrutenlaufen! Der alte Badeanzug hätte es bei Gott getan. Da kam auch schon so ein Goldkettchentyp mit Siegeraugen: »Von welchem Stern bist denn du gefallen?«

Christa schüttelte den Kopf, als sie die Basttasche auf die Decke niedersetzte. Von welchem Stern wohl? Woher nahmen sie bloß die Überzeugung ihrer Unwiderstehlichkeit? Woher nahm sie ein Udo Brinkmann? – Gut, sie war wieder beim Thema, aber vielleicht ging es gar nicht um Udo oder einen Schönling mit Goldkettchen und Rolex, sondern um sie selbst, ihre Nervosität, ihren Wunsch, sich von allem und allen zu isolieren.

Nein, die Geschichte mit Udo hatte keine Bedeutung. Überhaupt nicht. Udo war der, der er war. Darüber hatte sie sich von Anfang an keine Illusionen gemacht. Aber manchmal war Einsamkeit schwerer zu ertragen als der Gedanke, daß eine Beziehung von Anfang an das Ende mit sich trägt. Udo? Im Grunde nur der letzte Teil einer langen Kette.

Sie hatte Kugelschreiber und Schreibblock aus der Badetasche geholt. Beides ließ sie liegen und drehte sich auf den Bauch. Die Sonne streichelte den Rücken, ihre Augen verfolgten einen winzigen, goldschimmernden Käfer, der sich vor ihrer Nasenspitze durchs Gras kämpfte. Nun kippte er zur Seite, richtete sich wieder hoch, nahm tapfer ein neues Hindernis an, stellte die Fühler auf, tastete unsicher herum und entschied sich für stures Weiterkrabbeln bis zum nächsten Widerstand.

Das bist du! dachte sie. Das ist die Christa Meurer der letzten Jahre... Christa auf der Rennbahn!... Wohin solche Vergleiche letztlich führen, war ihr klar.

So setzte sie sich hoch, griff nach den Zigaretten. Hinter den dünnen Rauchschleiern verschwammen das helldunkle Schattenmuster der Liegewiesen und die nackten Leiber, die sie sprenkelten – braune, speckfarbene, weiße...

Sie war froh, so weit weg, am Zaun zu sitzen. Sich abzuschotten wiederum brachte nichts. Reizbar bist du geworden, unmöglich im Grunde. Und jetzt bist du bereits dabei, dir deinen großen, schönen Tag mit kleinen, häßlichen Gedanken zu verderben. Mit denselben, die dir überall nachschleichen und die nur auf eine einzige Forderung hinauslaufen: Gib's auf! Mach dir nichts vor. Besser ist es, die Koffer zu packen und zu kündigen! – Sicher, die Wohnung hier ist hübsch und billig, die Luft gut, Basel und Straßburg in der Nähe, das Kaff ein Kaff, die Klinik eine Klinik.

Auch das war ungerecht: Das Arbeitsklima war persönlicher als in anderen Häusern. Und die Kollegen, wenn man Hildegard und Udo mal ausklammerte, alle lieb.

Es lag doch an ihr: Christa Meurer auf der Flucht vor sich selbst...

Vielleicht erschien es ihr deshalb so, weil sie den Ausgangspunkt dieser Flucht ständig im Kopf hatte: Marburg. Das Vorexamen. Und praktisch war das alles schon ausgestanden, als die Katastrophe passierte... Warum mußte Ulli damals auch darauf bestehen, sie mit dem Motorrad von der Kneipe nach Hause zu bringen? Warum hatte sie sich überreden lassen, wo sie Motorräder so haßte? Und, Herrgott, warum hatte sie nicht bemerkt, daß er betrunken war? Und warum sah Ulli das Glatteis nicht?!

»He, Christa! Was machst denn du hier oben?«

Sie drückte die Zigarette ins Gras und blickte zu dem kleinen, pummeligen Mädchen hinüber, das ihr zuwinkte. Nicht mal hier war man vor den Lernschwestern sicher.

»Ich schreibe ein paar Briefe.«

»Wir sind am Becken!«

Sollen sie. – Ja, warum? Wie kam sie dazu, sich Abend für Abend mit diesen Fragen herumzuquälen, statt die einzig mögliche Antwort endlich zu akzeptieren: Schick deine Illusionen in den Wind! Der Film ist gelaufen. Du bist nun neunundzwanzig. Die letzten Jahre Arbeit hätten dir bei Gott zeigen können, daß du die Kraft nicht mehr hast, Job und Studium zu vereinen.

Die Kraft nicht, vielleicht auch nicht mehr den Mut.

Ja, die Antwort lag so nah.

Sie hatte nur einen großen Nachteil: Für Christa kam sie einer Selbstaufgabe gleich. Schlimmer noch, die Melancholie wartete dahinter, sie würde völlig darin abgleiten. Und dann? Schlaftabletten sammeln wie eine Melanie Wieck? – Das wohl doch nicht...

Doch Fluchtburgen wie die Schwarzwald-Klinik hatten ihren Sinn für sie verloren. So schön die Arbeit auch sein mochte, das Resultat wog schwer: Du siehst kein Ziel mehr. Du regst dich auf. Du bist im Begriff, die Freude an dir selbst zu verlieren.

Die Sonne war hinter eine der Birken gewandert. Sie blendete nicht mehr. Die Blätter flirrten über ihren Augen.

Dabei könnte alles doch so schön sein, Herrgott noch mal!

Christa stand auf. »Wir sind beim Becken«, hatte Ulrike gesagt. Gut, dann konnte sie sich mit ihr über Melanie Wieck unterhalten. Sie wurde die Vorstellung einfach nicht los: Abgekapselt, von allem getrennt, wie unter einem Glassturz, so hatte die Frau dagesessen, als Christa sie zum letztenmal sah.

Am Bassinrand duschte sie sich, wippte ab. Und während ihr Körper noch durch die grüngläserne Helle schnitt, arbeitete ihr Verstand wieder ganz klar, ganz sachlich, rekapitulierte ihr Gedächtnis nochmals, was sie von Melanie Wieck wußte: Autounfall. Beidseitige Beinfraktur. Ein sehr langsamer Heilungsprozeß... Und dann diese sonderbaren Abwesenheiten. Dieses Starren ins

Leere, die verlangsamten Reaktionen bei Gesprächen, abwechselnd mit hektischer Betriebsamkeit – Symptome, die auf eine Depression schließen ließen.

»Bin ich Psychiater?« hatte Udo sie abgefertigt, als sie ihn nochmals wegen des Falles anging: »Wir sind dazu da, ihre Beine zu richten.«

Sie durchbrach die Wasseroberfläche, schüttelte den Kopf, holte tief Luft, kraulte an den Beckenrand und stemmte sich hoch.

Vierundzwanzig Valium hatte sie bei der Wieck im Schrank entdeckt! Nicht gerade ausreichend, um sich umzubringen, doch wenn sie ihre Eichhörnchenmethode weiter anwandte?! Damit war es vorbei. Jetzt lagen vierundzwanzig Placebo-Tabletten unter den Blusen, im Schrank. Die sahen den Valium-Tabletten täuschend ähnlich, konnten aber keinen Schaden anrichten.

Doch der Grund? Waren es wirklich Depressionen? Warum, Herrgott?...

»Warum? Na logo, ich kann mir vorstellen, warum sie das Zeugs sammelt.« Ulrike hatte eine Erdbeereistüte in der Hand. Sie saß mit drei anderen Lernschwestern und Mischa, dem Ersatzdienstler, auf der Mauer am Bassin. »Willst du nicht auch ein bißchen, Christa? Ehrlich: Erdbeer ist für mich das Größte. Probier doch!«

»Nun sag schon, Ulrike. Warum sammelt sie?«

»Als sie die anbrachten«, sagte Ulrike, »stand sie richtig unter Schock.«

Das Eis war zu Ende, die Reste der Waffel flogen in die Büsche. Dann wurde der Mund saubergewischt. »Ja, und da hat sie immerfort so was Komisches gesagt... Hat doch gar keinen Zweck, hat sie gesagt. Was wollt ihr denn? Hat doch gar keinen Zweck! – Ich hab mir gleich gedacht: Die spinnt. Sieht zwar eigentlich ganz gut aus. Wenn sie sich zurecht macht, spitze, nicht?«

Christa nickte. »Ja. Und weiter?«

»Ja, weiter. Das war nämlich auch so was Sonderbares: Am Tag, als der alte Schiermann sie operierte, hatte ich Dienst bei ihr. Die wacht also auf – ist ja so, wenn sie rauskommen, erzählen sie oft ganz private Dinge. Da erfährt man manches. Da wird oft klar, was sie beschäftigt, nicht?«

»Stimmt, Ulrike.«

»Haben wir auch im Kurs gelernt. Da soll man ganz besonders lieb zu ihnen sein.«

Christa lächelte. Die Kleine gefiel ihr.

»Da lag sie also da, guckte mich an, so wie gestochen, weißt du, ganz weit aufgerissene Augen, ohne Tränen. Aber gezittert hat sie.«

»Und dann?«

»Ja, dann – dann hat sie irgendeinen Namen gesagt. Den Namen eines Mannes. So hat sie das gesagt, als wäre ich der Mann. Vielleicht hat sie mich gar nicht gesehen? Oder nur einen Schatten. Siehst du, hat sie gesagt, siehst du, jetzt glaubst du mir...«

»Und?«

»Nur das: Jetzt glaubst du mir...«

»Mehr nicht?«

»Nein. Aber komisch war das schon. Irgendwie rätselhaft, findest du nicht?«

Christa schwieg. Rätselhaft? Die Situation ergab einen Sinn: Eine unglückliche Liebesgeschichte geht zu Ende. Der Unfall war in Wirklichkeit ein Selbstmordversuch gewesen. Und als sie im Krankenhaus erwachte, wurde Melanie Wieck wieder von der Furcht beherrscht, nicht ernst genommen zu werden. Und warum? Weil sie ihn liebte, na klar! Die Logik, die erpresserische Logik bestimmter Frauen. Diese schreckliche Ausschließlichkeit, die sagt: Wenn du mich nicht willst, will ich nicht länger leben... Wie oft gedacht, wie oft geflucht, wie oft in irgendein tränennasses Kissen geflüstert, in den Stunden, in welchen sich alle Wahrnehmungen auf einen einzigen Menschen verengen.

Das also war es? Morgen würde sie mit dem Chef darüber reden.

»Wie ist das?« Ulrike war aufgesprungen: »Kommst du jetzt Tischtennis spielen?«

Christa nickte und stand auf. Doch plötzlich hielt Ulrike sie am Arm fest: »Du, guck mal! Da drüben!«

Da drüben? Sie wandte den Kopf und drehte ihn sofort wieder geradeaus. Auch das noch! Was für ein Nachmittag: Da stand Udo, steif wie ein Stock, mit dem Gesicht eines beleidigten Gottes.

»Na, hör mal«, kicherte Ulrike, »was soll das eigentlich? Früher wäre er sofort hier gewesen.«

»Früher«, sagte Christa.

»Na, zumindest hätte er uns doch ein Eis gekauft, oder? Die ganze Klinik sprach doch davon.«

Christa wurde nicht mal mehr rot. Ihr Herz schlug ganz ruhig. Sie wußte, daß er zu ihr herüberblickte, hatte sich in Positur gesetzt, beobachtete sie unter gesenkten Lidern: Beine angezogen, Blick starr, Zigarette im Mundwinkel.

Und so blieb er auch. Es war ihr nicht unangenehm. Nur gleichgültig. Auch die anderen nahmen keine Notiz. Nur Mischa konnte das Schandmaul nicht halten: »Den gießen wir jetzt in Gold und schenken ihn Christa als Anhänger.«

Sie lachten. Und Christa lachte mit.

*

»Laufen Sie gern Ski? Damit wird's nämlich dieses Jahr nichts werden. Aber sonst können wir doch zufrieden sein, oder? Das Gelenk wird auch wieder heil. Und später, wenn wir Sie entlassen haben, müssen Sie üben und nochmals üben. Das ist das Wichtigste: Immer üben!«

Später... Wenn wir Sie entlassen haben...

Melanie Wieck blickte über Rasen, über Tulpenrabatten und Rosensträucher hinüber zum Klinikbau. Wann immer es ihr möglich war, flüchtete sie sich hier herauf zu der Bank, die versteckt zwischen blühendem Goldregen auf sie wartete. Selbst vormittags, zur Zeit der Visite. Manchmal auch um die Gespräche mit ihrer Bettnachbarin zu vermeiden. Sicher, die Kirsch meinte es ja gut mit ihr. Alle meinten sie es gut – und alle gingen sie ihr auf die Nerven!

»Laufen Sie gerne Ski, Fräulein Wieck?« – Ein neuer Chefarzt, doch die alte, väterliche Tour. Warum schminkten sie sich das nicht ab? Was heißt denn schon: »Wir können zufrieden sein«? Wer ist »wir«?!

– Ja, ich laufe gerne Ski, Herr Chefarzt! Und dieses Jahr fahren wir nach Kitzbühel. Nicht direkt nach Kitzbühel, Herr Professor, nein, ins Brixen-Tal. Da kennt er nämlich eine kleine Pension. Genau das richtige für zwei, drei Tage ungestörter Liebe, Herr Professor! Falls Sie sich darunter was vorstellen können. »Eine Tagung«, wird er zu Hause sagen. »Meine Kollegen in Österreich haben die veranstaltet. Wir setzen uns in Innsbruck zusammen...«

Wird er? – Hätte er gesagt, Herr Professor. Man muß seine Freundin schließlich bei Laune halten, nicht wahr? Vor allem, wenn sie so jung ist! Doch nun ist die Freundin nicht mehr bei Laune. Nun fühlt sie sich auch nicht mehr jung. Verbraucht fühlt sie sich. Zerschlagen. Weggeschmissen. Tot... Ein Später, Herr Professor, wird's nicht geben. Bedauerlich. Aber nicht zu ändern.

Melanie dachte es nicht weiter. Sie hatte es zu

oft gedacht. Was in der Prozession dieser Gedanken folgen würde, kannte sie sowieso. Nein, es gab nichts zu überlegen. Sie schloß die Augen vor der Sonne. Sie fühlte ihre Wärme auf der Stirn. Und doch erreichte sie sie nicht.

»Entschuldigen Sie...« Selbst die Stimme kam von irgendwo, aus irgendeiner Welt, die nicht zu ihrer gehörte.

»Verzeihung! Ich sah Sie hier. Ich dachte, ich setz mich mal zu Ihnen. Wenn's Ihnen nichts ausmacht?«

Wenn's Ihnen nichts ausmacht? – Melanie Wieck öffnete die Augen. Sicher machte es etwas aus. Warum ließen sie sie nicht in Frieden, Herrgott? Wann endlich hatte sie ihre Ruhe?

Das Gesicht kannte sie. Rund, freundlich, ganz hübsch. Nur etwas verquollen von der Schwangerschaft. Der Mund hatte ihr schon einigemal zugelächelt. Auf der Treppe. Im Garten, im Aufenthaltsraum beim Fernsehen. Da war auch ein kurzes Gespräch gewesen.

Ein nettes Gesicht also, und auch der gewölbte Leib unter dem grünen Umstandskleid wirkte irgendwie rührend. Gut. Doch wieso ging sie nicht weiter? Sie hatte doch alles: Kind, Mann, Zukunft.

»Die Beine?« fragte sie. »Geht's schon besser?« Dabei strich sie über Melanies Krücken. »Bald können Sie die Dinger wegstellen, was?«

»Vielleicht.«

»Was heißt vielleicht?«

Melanie zuckte mit den Schultern. Sie starrte auf die Klinik mit ihren spiegelnden Fenstern, sah die beiden Linien der Terrassen, auf denen Menschen saßen und sich unterhielten. Aus dem Kamin der Wäscherei stieg ein dünner, weißer Rauchschwaden auf und verlor sich zwischen den Bäumen. Irgend jemand lachte. Das Geräusch tat ihr weh. Eine hübsche Klinik, liebe Menschen, gutes Essen... So friedlich das alles. Und jeder mit sich so verdammt allein.

»Ich wollte Sie schon mal was fragen. Wissen Sie, nehmen Sie es mir nicht übel, aber mir fällt das einfach auf: Sie sind immer so – nun, sagen wir allein. Bekommen Sie nie Besuch?«

»Wieso?«

»Ja nun, war nur eine Frage.«

»Ich bekomme keinen Besuch.«

»Und das fehlt Ihnen wohl? Ich habe einfach den Eindruck, Sie sind – na, ein bißchen traurig. Stimmt's?«

»Und?«

»Wie bitte?«

Melanie nahm ihr die Krücke aus der Hand, stemmte sie in die körnigen Steine des Weges und schob sich herum. Sie blickte in ein Paar klare, graue, aufmerksame Augen.

»Stört Sie das?«

»Es geht mich nichts an. Vielleicht mache ich mir auch zuviel Gedanken. Und vielleicht gehe ich Ihnen jetzt auf die Nerven?«

»Vielleicht«, erwiderte Melanie knapp.

Die andere wurde ein wenig rot. Doch sie ließ sich nicht aus dem Konzept bringen. »Na gut, ich dachte nur, wenn Sie mal jemand brauchen... Ich finde, wenn man sich unterhält, kann man sich manchmal helfen.«

»Was wollen Sie denn wissen?«

»Ich? – Nichts.«

»Ist auch besser so. Ich hätte Sie nämlich enttäuschen müssen.«

Schweigen entstand. »Guten Tag«, wollte Melanie sagen, »auf Wiedersehn.« Es war nicht notwendig.

Die Frau in dem grünen Kleid hatte sich erhoben. »Entschuldigen Sie bitte. Da kommt meiner! Der will sicher wissen, wie's steht.« Sie hob den Arm und winkte. Dann begann sie zu laufen.

Meiner! – dachte Melanie und ihr Blick verfolgte die auf und ab schwingenden Bögen, die die Schwalben über dem Klinikdach durch den Himmel zogen. Nun tauchten sie ab, flogen ganz dicht über die Wäscherei in den Garten.

Sie versuchte aufzustehen. Der Schmerz in Schienbein und Sprunggelenk riß sie auf die Bank zurück. Sie saß wie in einen Schraubstock gespannt, während die Kälte durch ihren Körper schoß, von den Füßen aufwärts, durch alle Adern und Gefäße, ihre Nerven erstarren ließ, die Gedanken blockierte. In ihren Träumen, ihren Alpträumen hatte Melanie diese Situation immer wieder sich selbst entworfen. Doch nicht so. Nicht so lächerlich – nein, nicht so entsetzlich...

Er trug das schwarzweiß karierte Jackett, das sie an ihm gesehen hatte, als sie sich zum letztenmal trafen. Und auch den ziegelroten Rollkragenpulli. Und er lächelte, die Arme leicht angewinkelt, als er auf die Frau zuging.

Meiner! ...

Nun legten sich die Arme auf ihre Schultern, zogen den unförmigen Leib an sich.

Nein! dachte Melanie. Die also? Und das soll Zufall sein?

Ein Kind? dachte sie. Ja, er hatte davon gesprochen. Sie aber wußte womöglich... Nein, sicher: Sie wußte alles! Und spielte ihr dieses Theater vor.

Melanie schloß die Augen. Ihre Netzhaut bewahrte das Bild. Es war wie eingeätzt und blieb, solange sie dort oben auf der Bank saß.

*

Unter einer Stahlglocke von Himmel sammelte sich die Schwüle. An stummen Bäumen hingen schlaffe Blätter, und die Häuser wirkten, als seien sie aus Papier geschnitten.

Klaus Brinkmann rührte stöhnend im Kaffee. Die wievielte Tasse heute? Er setzte sie an die Lippen. Auch noch lauwarm!

Wetterwechsel! Irgendso ein dämliches atlantisches Tief im Anmarsch. Nein, es war kein guter

Tag. Das Operationsprogramm hatten sie hinter sich gebracht, zwei Gallenblasen, eine unkomplizierte Leisten-Hernie, eine Reihe kleinerer Eingriffe, keine einzige schwere Operation also, und trotzdem; nicht nur dem Team, auch ihm hatte die Arbeit mehr zugesetzt, als er sich eingestehen wollte.

Unter Wetterumschwüngen leiden nicht nur Patienten, sie sind auch der Schrecken vieler Chirurgen. Zu deinem Kreuz gehören sie in jedem Fall, überlegte Brinkmann. Wolltest du nicht mal eine Arbeit darüber schreiben? Wer kümmerte sich schon um Klima-Biologie und ihre Auswirkungen, um diese mysteriöse Alchemie von Elektrostatik, Ionenaufladung, von der Wechselwirkung zwischen dem, was am Himmel und in den winzigsten Körperzellen geschieht. Noch immer unerforscht, letztendlich an die tiefsten Geheimnisse des Lebens rührend – und eine Realität, die nicht nur dir, sondern jedem Wald-und-Wiesen-Arzt zu schaffen macht. Dir jedoch besonders! Zum Beispiel mit einem Kopfschmerz, der leise vor sich hintuckert wie ein unter Dampf stehender Teekessel.

Herrgott, reiß dich zusammen! Schon zwei Uhr...

Klaus Brinkmann blätterte die Postmappe durch, die ihm seine Sekretärin auf den Schreibtisch gelegt hatte, Anträge und Abrechnungen, Protokolle und Berichte, sah noch einmal in die Sparte »privat« und schob mit spitzen Fingern ein schmales Kuvert zur Seite. Der Absenderaufdruck wirkte ungemein dienstlich: »Dr. Elena Bach – Städtische Krankenanstalten Karlsruhe«. Der Inhalt war es sicher nicht. Er drehte es hin und her. Sollte er antworten? Oder anrufen?

Nein. Wieso eigentlich? Was war denn schon zu sagen?

Als der Brief am Morgen gekommen war, hatte Brinkmann sich sogar gefragt, ob er ihn nicht einfach ungeöffnet zurückgehen lassen sollte. Theoretisch entsprach es schließlich den Spielregeln: Hatten Elena und er sich nicht für sechs Monate eine »freiwillige Kontaktsperre« auferlegt? Theoretisch... Doch er kannte Elena. Und außerdem: Sie war eine Frau, sie würde eine solche Geste nicht nur als eine Unhöflichkeit werten, sondern als Brutalität.

Er zog den Brief heraus und lächelte dankbar bei der ersten Zeile. »Lieber Rossi!« stand da. »Ich weiß... Aber keine Sorge: Es handelt sich nur um eine kleine, sachliche Anfrage.«

Die sachliche Anfrage? Ob er auf dem Onkologen-Kongreß in Heidelberg aufkreuzen würde. Und: »Ich hoffe, Dich dort zusammen mit der ganzen alten Mannschaft wiederzusehen...«

Die »alte Mannschaft«? Es gab keine alte Mannschaft mehr. Nur eine: die der Klinik hier. Und der Onkologen-Kongreß? Ein Vorwand, was denn sonst? Sie hatten doch abgemacht, sich ein halbes Jahr Ruhe zu gönnen, das halbe Jahr, das es nach der Theorie der Anästhesistin Dr. Elena Bach brauchte, um »aus einer diffus-verschleierten Seelenkatastrophe eine klar umrissene Freundschaft zu entwickeln«.

Er schob den Brief in das Kuvert zurück und die Erinnerung an Elenas schmerzlich fragendes Gesicht zur Seite. Doch mit der eigenen Beklemmung, diesem Gefühl, das eher Verwirrung als Unbehagen war, wurde Brinkmann nicht fertig. Eines stand fest: Heidelberg kam nicht in Frage! Wenn er etwas fürchtete, dann war es dieses kurze Aufflakkern von Erinnerungen und Emotionen, das die neue Trennung schon beinhaltete.

Sie hatten Schluß gemacht! Na also. Schuldzuweisungen gab es nicht, doch irgendwann mußte man damit beginnen, konsequent zu sein. Außerdem: Hatte er in Karlsruhe nicht durchgedrückt, daß Elena für den Posten der ersten Anästhesistin vorgesehen wurde? Mit ihrer Arbeit und ihrer neuen Verantwortung würde sie sich auch eine eigene Welt aufbauen, und damit die Selbstsicherheit, die es braucht, sich ein Leben ohne Klaus Brinkmann vorzustellen.

Sie würde? Sie mußte!

Nun trank er doch den Kaffee aus, schloß die Augen und unterdrückte den Wunsch nach einer Zigarette, indem er eine Büroklammer auf und zu bog. Wie hatte Käte gesagt: »Ihr beide in eurer Meerschweinchentrommel! Rennt und rennt und kommt doch nicht vom Fleck.«

Käte hatte recht. Doch er war aus der Trommel abgesprungen.

*

Er ging zum Fenster und warf einen Blick in den Klinikhof. Und schon kamen die Kopfschmerzen wieder! Der blaue BMW? Den kennst du doch? Und die Besitzerin auch. Da stand sie nun, Angelika Großmann, Trenchcoat um die Schultern, türkisfarbenes Band im roten Haar, Hände an den Hüften und den Blick auf den Rollstuhl mit dem Patienten Hensle gerichtet, der gerade von der Rampe zum Parkplatz geschoben wurde.

Arrogante Zicke!

Brinkmann dachte es ohne sonderliche Gemütsbewegung. Doch es war die einzig treffende Bezeichnung.

Arrogante Zicke – dies war auch sein erster Eindruck gewesen, als die Dame gestern abend unangemeldet in der Villa aufgetaucht war. Sie hatte selbst Käte einfach überrollt. »Guten Abend, Herr Professor. Verzeihen Sie die Störung, es ist mir wirklich äußerst peinlich. Aber vielleicht hätte sie sich vermeiden lassen.«

»Ich verstehe nicht?«

»Nun, dadurch vermeiden, daß Sie sich zum Beispiel etwas intensiver um meinen Verlobten gekümmert hätten. Ich habe doch einigemal um einen Termin nachgesucht. Und stets vergeblich. Leider.«

Schon da hätte er sie einfach vor die Tür setzen sollen. Doch der Auftritt bewirkte eine milde Form von Verstörung. »Wer ist denn Ihr Verlobter?«

»Herr Hensle. Friedhelm Hensle.«

Natürlich, wer sonst? Brinkmann hatte Mühe mit seinem Lächeln. Andererseits war er nun doch neugierig, was noch kam. »Der zuständige Arzt ist Dr. Schäfer.«

»Sicher, ich weiß. Wenn ich mich vielleicht setzen dürfte?«

»Bitte.«

Sie griff nach der Handtasche, öffnete sie: Zigarette. Der Blick, das Warten, bis er ihr Feuer reichte, die übereinandergeschlagenen Beine, das ganze Ritual! – Er ärgerte sich jetzt noch darüber, wie sie dann den Rauch in den Salon geblasen hatte.

»Herr Professor! Die Angelegenheit hat auch einen etwas delikaten Charakter.«

»Ach nein?«

»Sehen Sie, mein Verlobter führt eine gewisse Reserviertheit Ihrerseits auf die Tatsache zurück, daß...«

»So kompliziert brauchen Sie das gar nicht auszudrücken, Fräulein Großmann. Ich habe Herrn Hensle gesehen. Damals vor dem Unfall. Und ich habe gesehen, was für einen Stil er fuhr. Er hatte mich ja überholt. Und er hatte mir auch noch einen Vogel gezeigt. Und daß er wie ein Verrückter fuhr, hat er ja bewiesen mit dieser schrecklichen Katastrophe.«

»Herr Professor! Die Schuldfrage an diesem Unfall ist noch nicht geklärt. Wenn ich das feststellen darf. Und was den Vogel angeht – vielleicht fühlte er sich durch Ihre betont langsame Fahrweise etwas provoziert. Psychologisch ist ja schließlich so was denkbar.«

»Durchaus. Bei bestimmten Leuten. Also, kommen Sie zur Sache.«

»Gerne. Zunächst einmal: Friedhelm möchte wissen, ob von Ihrer Seite eine Anzeige gegen ihn ausging oder ob Sie das noch zu tun gedenken? Sehen Sie, dieser bedauerliche Unfall ist versicherungsrechtlich noch sehr strittig. Und wenn jetzt hinzu kommt...«

»Ich verstehe. Falls Sie das beruhigt, ich habe keine Anzeige erstattet. Ist das nun alles?«

Sie hatte gelächelt. Still lächelnd hatte sie ihre Zigarette betrachtet. Sie hatte Nerven, das mußte man ihr lassen. »Nein, es ist noch nicht alles. Etwas kommt dazu.«

»Ach ja?«

»Friedhelm kann sich des Eindrucks nicht erwehren, daß die Stimmung in der Klinik gegen ihn ist. Und er ist der Ansicht, er wird deshalb so schlecht behandelt, weil sein Unfallgegner verstarb.«

»Schlecht behandelt? Kann er das begründen?«

»Aber sicher kann er das. Das Einzelzimmer wird ihm vorenthalten. Er bekommt unzureichende Medikamente, hat manchmal unerträgliche

Schmerzen. Und da ist dieser junge Pfleger, Mischa oder wie er heißt, der ihm den Streckverband auf eine Weise…«

»Ja?«

»Nun, mit einem Wort: Er glaubt, nicht ausschließen zu können, daß er unnötig gequält wird.«

Brinkmann fühlte ein gewisses Prickeln im Nacken. Er kannte es. Stets hatte es ihm angezeigt, wenn es Zeit war, sich zu kontrollieren.

»Fräulein Großmann! Da gibt es eine ganz einfache Lösung: Herr Hensle braucht ja nur die Klinik zu wechseln. Warum bringen Sie ihn nicht in die Orthopädie nach Freiburg?«

»Natürlich haben wir auch schon daran gedacht. Die Frage war nur, ob eine solche Verlegung von Ihnen nicht als Mißtrauensvotum bewertet würde und Sie deshalb womöglich…«

»…die Anzeige doch noch erstatten. Ist es das?«

Angelika Großmann hatte nur genickt. Dann kam eine lange Pause. Schließlich hatte sie gesagt: »Ich weiß nicht, von welcher Bedeutung es für Sie sein könnte, daß mein Vater der Chef der Großmann-Industrie ist…«

Da war's soweit gewesen. Brinkmann hatte sich erhoben. Noch ein letzter Blick auf dieses in resedagrüne Seide gehüllte Bündel Überheblichkeit. Dann war er zur Tür gegangen, hatte sie geöffnet und gerufen: »Käte! Die Dame möchte gerne gehen. Bringst du sie bitte hinaus?«

Sie war gegangen...

Nun nahm sie ihren Friedhelm mit.

Brinkmann aber stand am Fenster, verfluchte den Druck in seinen Schläfen und beobachtete, wie der blaue BMW auf dem Hof eine elegante Kurve beschrieb, einem einrollenden Krankenwagen auswich, die Ausfahrt nahm und hinter der ersten Häuserzeile verschwand.

Zorn spürte er nicht, eher erleichterte Verblüffung. Dann trank er den letzten Rest Kaffee und machte sich auf den Weg.

*

Im Zimmer 210 wechselte Christa Meurer zu dieser Zeit die Handtücher aus, die der Zimmerdienst vergessen hatte, fand im leeren Schrankfach einen vereinsamten Handfön, den die nette Frau Kirsch seit Wochen als Verlust reklamierte, und trug schließlich in ihre Liste für Melanie Wieck ein neues Medikament ein: Ein harmloses, auf pflanzlicher Basis aufgebautes Schlaf- und Beruhigungsmittel.

Die ganze Zeit aber überlegte sie sich, wie sie die stumme Gestalt dort auf dem Bett ansprechen könnte. Melanie Wieck hatte die Augen geschlossen. Die Wimpern – schwarze Halbrundschatten in einem blassen Gesicht. Wie gezeichnet. Vogel Strauß, dachte Christa: Wenn's mich nicht gibt, dann gibt's auch nicht die anderen... Was sollte sie sagen? Sie anreden? Doch die Hemmung blieb stärker, diese unsichtbaren Schranken von Abwehr und Selbstmitleid zu durchbrechen, die eine Melanie Wieck von der Welt trennten.

Es klopfte. Als die Tür aufging, spürte Christa dankbare Erleichterung: Das Leben trat ein. – Buchstäblich. Eine Wöchnerin, den Gürtel des zartrosa Schlafrocks um den vorgespannten Bauch geschlungen. Frau Fitz.

»Tag, Schwester!« Auf dem runden, hübschen Gesicht lag ein unsicheres Lächeln: »Ich wollte nur mal...«

»Grüß Gott, Frau Fitz! Kommen Sie doch rein.«

Sie kam. Unter dem Arm trug sie einen ganzen Stapel Zeitschriften, den sie nun hochhob: »Wissen Sie, ich dachte, daß Frau Wieck vielleicht... Aber sie schläft?« Sie senkte die Stimme: »Störe ich?«

»Ich glaube nicht. Sicher wird sie sich über so viele Zeitungen...«

»Doch!« sagte es da aus dem Hintergrund.

Christa drehte sich um. Drüben im Bett saß Melanie Wieck: Beide Arme gegen die Matratze gestemmt, die Augen weit aufgerissen und starr.

»O doch«, wiederholte sie mit einer Stimme, die klar, langsam und sehr ruhig klang, »und ob Sie stören. Was wollen Sie überhaupt? – Alle beide stört ihr mich... Alle beide! – Alle stören mich...«

Maria Fitz und Christa sahen einander an. Mehr war nicht notwendig. Draußen, in der Leere des Korridors, schüttelte Maria Fitz bekümmert den Kopf: »Sehen Sie, so ist das mit ihr. Sie tut mir so leid.«

Christa nickte. »Kennen Sie sie gut?«

»Kennen? Wer kennt denn schon den anderen? Ich habe ein paarmal versucht, mit ihr ins Gespräch zu kommen. Ich wollte sie ein bißchen aufheitern. Aber es ist so schwer mit ihr. Sie hat wohl ziemliche Schmerzen? Vielleicht ist es das?«

»Nein. Kaum. Ich glaub's wenigstens nicht.«

»Depressionen?«

Christa hob hilflos die Schultern. Dann nickte sie. »Sie haben es ja vorhin schon gesagt: Wer kennt schon den anderen, Frau Fitz?«

Was sollte sie sonst antworten? »Depressionen«, gewiß: ein Wort, das überall dort gebraucht wird, wo es an Erklärungen fehlte... »Depressionen«? – Du lieber Gott; jeder, der hier reinkam und litt, war schließlich nicht nur körperlich, er war auch seelisch angeschlagen.

»Na dann«, sagte Christa und nahm ihr Tablett. Sie kam nicht weit.

»Schwester Christa! Einen Moment!«

Udo Brinkmann! Der weiße Mantel wie immer geöffnet, das vom Hals baumelnde Stethoskop auf dem Polohemd, die dunklen Augenbrauen hochgezogen, so segelte er schräg über den Gang.

»Tag!« Für Maria Fitz hatte er immerhin noch ein kurzes Nicken, ehe er auf Christa losging: »Was stehen Sie eigentlich hier herum, Schwester?«

»Ich stehe nicht herum, Herr Doktor! Ich arbeite. Ich habe gerade...« Sie fühlte, wie das Blut in ihre Stirn schoß.

»Was Sie gerade hatten, interessiert mich nicht. Kann mich auch nicht interessieren. Mich interessiert nur eines: Vor einer Viertelstunde habe ich Sie darum gebeten, daß in der 24 die Verbände gewechselt werden. Und nun? Sind sie gewechselt? Ich frage Sie.«

Das war nicht das übliche Stationscheftheater, das Udo manchmal abzog, es war purer Zorn. Maria Fitz machte ein betretenes Gesicht und entfernte sich.

Udo aber brüllte mit hochrotem Gesicht: »Ich frage Sie, Schwester Christa, ob Sie sich an meine Anweisungen nicht gebunden fühlen? Ich frage Sie, was mit den Verbänden ist? Und außerdem frage ich Sie...«

Was Udo Brinkmann ihr unter »außerdem« noch ankreiden wollte, erfuhr Christa nie. Sein Blick wurde starr. Er richtete sich über ihre linke Schulter hinweg auf den Korridor. Auch Christa drehte sich um.

Da stand der Chef.

Professor Klaus Brinkmann wirkte sehr ruhig. Gelassen war auch seine Stimme. Gelassen und sehr präzise. »Falls es sich noch nicht herumgesprochen haben sollte, darf ich doch gleich mal eines feststellen: In meiner Klinik gibt es keine öffentlichen Maßregelungen. Und schon gar nicht auf dem Gang, wo jeder Patient Zeuge sein kann. Dies ist nicht nur eine Frage des Stils, es ist auch eine Frage der Fürsorge, die wir unseren Patienten schuldig sind.«

»Verzeihung. Ich dachte, daß ich auf der Station entscheide, wer was zu machen hat.«

»Ich fürchte, du hast mich nicht verstanden. Zurechtweisungen mögen notwendig werden. Aber sie finden nicht hier statt. Was aber deine Anweisungen anbetrifft – Verbände können auch durch eine Lernschwester gewechselt werden. Schwester Christa hatte von mir einen anderen Auftrag.«

Schwer wurde es jetzt, Udos Gesicht zu ertragen. Noch schwerer den Blick, der verstört hin und her wanderte. »Na dann – dann will ich hier nicht stören!«

Brinkmann blieb bei seiner ungerührten, leisen Sachlichkeit: »Dich muß ich auch sprechen, Udo. Sagen wir mal, in zehn Minuten in meinem Büro. Kommen Sie, Schwester Christa...«

*

Er nahm Platz, wies auf den Besuchersessel vor seinem Schreibtisch, legte die Hände flach auf die Tischplatte und sah in ein höflich-glattes Gesicht, sah eine runde Stirn, eine kurze, gerade Nase, einen breiten Mund und erwartungsvolle Augen. Graugrün. Schön geschnittene Lider. Diese Augen, die ihm vom ersten Augenblick an aufgefallen waren. Vielleicht, weil sie so leicht auf Distanz gehen konnten. Oder weil sie hübsch waren, mehr noch intelligent und wachsam. Etwas stand darin, das ihn auf eine seltsame Weise beunruhigte.

»Na, das war wohl notwendig, Schwester. Aber ich hab den armen Udo angeschwindelt, um Ihnen einen guten Abgang zu ermöglichen.«

»Danke, Herr Professor.« Das kam fast unhörbar.

»Nun, sagen Sie, was war denn los?«

»Sie haben es gehört, Herr Professor.«

»Ja. Hab ich. Ich mach Ihnen einen Vorschlag: Vergessen wir es. Ärger gibt's in jeder Klinik, das wissen Sie. Wo Menschen zusammenarbeiten, bilden sich Knoten. Nennen wir es Stauungen. Sie entstehen, wenn Mißverständnisse, Ärger oder überschüssige Energie nicht abgeleitet werden können. Aber um es nochmals zu sagen, Schwester Christa: Ich bin Ihnen außerordentlich dankbar, daß Sie mich auf den Fall Wieck aufmerksam gemacht haben. Ich habe versucht, mit der Patientin zu reden. Sie haben schon recht, Frau Wieck zeigt alle Merkmale einer tiefen seelischen Erschütterung. Hat sich in der Zwischenzeit irgend etwas Neues ergeben?«

Christa schüttelte den Kopf.

»Was halten Sie denn davon?«

»Schwer zu sagen. An eine echte Depression glaube ich nicht. Vielleicht handelt es sich um einen depressiven Erschöpfungszustand. Oder auch um einen ganz banalen Liebeskummer, der ihre Krise auslöste.« Sie berichtete, was sie von Ulrike im Freibad erfahren hatte.

Brinkmann spielte mit seinem Kugelschreiber. Er legte ihn in die Schale zurück und hob den Kopf: »Sie sind sehr tüchtig, Schwester Christa. Wirklich! – Woher haben Sie eigentlich Ihre Kenntnisse?«

»Ich habe sechs Semester Medizin studiert.«

»Ach was? Das merkt man. Und warum haben Sie das Studium aufgegeben?«

»Ich erörtere das nur sehr ungern, Herr Professor.«

Er lächelte. »Verzeihen Sie. Ich respektiere das vollkommen. Na ja, auf jeden Fall, Schwester, werde ich der Oberschwester gegenüber Anerkennung vermerken.«

»Darf ich Sie bitten, Herr Professor, das nicht zu tun?«

Brinkmann gab sich keine Mühe, seine Überraschung zu verbergen. Er forschte aber auch nicht weiter. »Hm. Wie Sie meinen...« Er zögerte, suchte nach einem Übergang, ließ es sein und wurde direkt: »Einmal eine ganz persönliche Frage, Schwester Christa. Es würde mich interessieren: Sind Sie mit meinem Sohn befreundet?«

»Nein.«

Er bemerkte die flüchtige Röte auf ihrer Stirn, ein nervöses Zucken der langen Wimpern. Er wartete.

»Nein«, sagte sie. »Es stimmt, es gab schon ein

Interesse. Vielleicht sogar mehr. Interesse und Sympathie. Doch das ist vorbei.«

Brinkmann beugte sich über den Schreibtisch vor. »Sie müssen mich recht verstehen, Schwester Christa: Ich will bei Gott nicht in Ihr Privatleben eindringen. Ich kam nur deshalb zu meiner Frage, weil ich fand, daß die Geschichte mit Frau Wieck zwischen Ihnen und meinem Sohn etwas – nun, nennen wir es etwas eingehender hätte besprochen werden können. Meinen Sie nicht?«

Sie schwieg.

Na gut, dachte Brinkmann. »Was machen wir nun mit Melanie Wieck? Einen Psychiater ohne das Einverständnis des Patienten hinzuzuziehen ist etwas problematisch. Halten Sie sie wirklich für so gefährdet?«

Auch Christa hatte ihre Fassung wieder gefunden. Ihr Blick war gerade und direkt. »Verzeihung, Herr Professor: Der Unfall damals, auf gerader Strecke, kein Gegenverkehr, keine Straßenglätte, auch nicht der Verdacht auf Übermüdung – das läßt doch wirklich den Schluß zu, daß Frau Wieck absichtlich gegen den Baum gefahren ist.«

Er nickte. »Und woher wissen Sie das eigentlich alles? Wieso steht das nirgends in den Krankenberichten?«

»Ich weiß es aus der Zeitung. Vielleicht ist meine Überlegung nicht so schlüssig, wie ich das meine, doch jetzt, im Zusammenhang mit den Schlaftabletten…«

»Ich verstehe. Sie haben völlig recht.«

Er hob die rechte Hand. »Vielen Dank, Schwester Christa. Wirklich, herzlichen Dank. Wir werden sehen, was sich machen läßt.«

Und dann sah Brinkmann ihr nach, wie gerade sie ging, den Körper aufrecht, der selbstsichere Gang. Sechs Semester Medizin, dachte er. Doch warum hat sie das Studium aufgegeben? Eine bemerkenswerte Frau. Wirklich, sehr bemerkenswert.

*

Krankenhäuser, Klinikbesuche und all die Erinnerungen, die sich damit verknüpften – für Klaus Fitz gehörten solche Erfahrungen zu den Momenten, die ihn schaudern ließen.

Ein Zimmer in einer Wöchnerinnenstation jedoch war eine Wohltat! Eine Insel war es, so hübsch mit den weißen Vorhängen, den lustigen Tapeten, Blumen überall, Musik, das Radio war voll aufgedreht, irgendwas Klassisches, Tschaikowski, wenn er sich nicht irrte. Im Mittelpunkt aber, dort am Fenster, sie: seine Maria! Hübscher denn je erschien sie ihm, das Gesicht rosig durchblutet, die Haare frisch frisiert, die Hände auf den gewölbten Bauch gelegt.

Klaus Fitz stellte die Blumen zu den anderen, die Kekse brachte er zum Sessel. »Vitamin-Gebäck! Was sagst du dazu? Mit Naschen gesund werden, ist das nicht gut?«

Er strahlte sie an, nahm ihre Hand und legte seine auf den blauen Umstandskittel, fühlte pralle, pulsierende Wärme und dachte ganz flüchtig daran, wie seine Sekretärin ihm heute noch nachgerufen hatte: »Herr Oberbaurat! Jetzt weiß ich, daß es ein Mädchen wird: Männer, die rosa Pullis tragen, kriegen immer Mädchen.«

Das wollte er Maria gerade sagen, war ja auch zu komisch. Doch der prüfende Ausdruck in ihrem Gesicht ließ ihn zögern. »Was hast du denn? Was ist?«

»Was soll schon sein?«

»Du machst so ein komisches Gesicht. Ärger gehabt?«

Sie schüttelte den Kopf. Er drehte die Musik leiser: doch Tschaikowski! Bisher hatte Maria immer Südwest III, Luxemburg oder sonst was eingeschaltet. – Und nun? So klassisch...

»An was denkst du? Hat es mit dem Kind zu tun?«

»Nein, nein. Hat nichts mit dem Kind zu tun. Mit einer Patientin.«

»Was ist mit ihr?«

Sie seufzte. »Das möchte ich auch wissen. Eine nette Frau, weißt du. Nein: Ein nettes Mädchen. – Sie ist noch ziemlich jung und hat sich bei irgendso 'nem Unfall beide Beine gebrochen. Ich mag sie. Sie ist so allein. Ich hab versucht, mich um sie zu kümmern, doch sie wehrt alles ab.«

Klaus Fitz nickte mitfühlend: Freundschaften

unter Patienten. Die Einsamkeit der Klinik – er kannte das.

Maria öffnete die Geschenkschachtel. »Weißt du, Klaus, als Kind hatte ich mal zwei Wellensittiche. Max und Moritz hießen sie. Dann stellte sich heraus, daß Max ein Mädchen war, und ich taufte sie Maxine. Der arme Moritz wurde krank und starb. Und da saß nun die Maxine und starrte durch den Käfig. Sie aß nichts mehr, nahm kein Körnchen. Sie wurde immer struppiger, die Federn fielen ihr aus. Und so saß sie schließlich halbnackt in einer Ecke und starrte vor sich hin, bis sie selbst starb!«

Er streichelte ihre Hand. »Was hast du bloß für eine Stimmung heute? Ich versteh dich ja. Und vielleicht hängt das Problem dieser Frau mit dem Unfall zusammen. Was meinst du?«

»Kaum.«

Er bot ihr Kekse an, doch sie schüttelte nur den Kopf. Als er sie so sitzen sah, floß eine warme Welle von Zärtlichkeit zu seinem Herz: Wie gut, daß sie sich wieder gefunden hatten. Sie war immer eine mütterliche Frau gewesen – er vielleicht zu naiv oder zu idiotisch, um zu erkennen, was das bedeutete. Doch jetzt übertrieb sie! Das Kind reichte ihrer Gluckenseele nicht, o nein, irgendwelche Menschen mit gebrochenen Beinen brauchte sie auch noch.

Er löste ihre Hand vom Leib, hob sie an seine Lippen und küßte vorsichtig die Fingerspitzen.

»Du bringst sie schon wieder hoch, die Dame! Da hab ich nicht den geringsten Zweifel.«

»Das hatte ich mir auch eingebildet. Jetzt glaube ich nicht mehr daran.«

»Ist sie von hier?«

»Sachbearbeiterin oder so was, sagte mir die Schwester. Ja, sie ist von hier. Melanie heißt sie.«

Er hielt noch immer die Hand, den Kopf gesenkt. Er hatte noch immer den Blick auf ihren sorgfältig manikürten, schmalen Nägeln. Er versuchte zu denken, doch in ihm war nichts als eine schreckliche Leere, in der jede Überlegung erstickte. Melanie! Und: Sie hat sich »bei irgendeinem Unfall« die Beine gebrochen?

Irgendein Unfall!

Es war ganz still im Zimmer. Unten, an der Kurve der Hochstraße, kreischten Autoreifen. Eine Düsenmaschine zog eine pfeifende Geräuschspur durch den Himmel. Melanie Wieck – er dachte den Namen, er sprach ihn aus. Er fühlte Marias Blick auf sich.

»Kennst du sie?«

Da ließ er die Hand los, stand auf, ging zum Fenster und blickte hinaus in den friedlichen Garten, auf die Fliederbüsche, den Rasen, die Bänke.

KENNST DU SIE?

Die Frage hatte er sich so oft gestellt in den vergangenen Monaten. Doch nie hatte Klaus Fitz solche Angst dabei empfunden, eine Panik, die jeden Gedanken in ein Gestöber unzusammenhängender Partikel auflöste, das sein Gehirn zu lähmen drohte. Wie hatte es soweit kommen können? Wie konnte er vergessen, daß Melanie in die Schwarzwald-Klinik gebracht würde? Schließlich: War sie als Akut-Klinik ausgewiesen? Also konnte er sich das doch ausrechnen! Nur, er hatte keinen einzigen Gedanken daran verschwendet, was mit Melanie nach dem Unfall geschehen würde. Verdrängt hatte er es, gestrichen.

Der Oberbaurat Klaus Fitz hatte ein Leben lang viel auf die Nüchternheit seines Verstandes gegeben. »Meine Arbeit hat mit Logik zu tun« – mit dieser stehenden Formel leitete er die Fachdiskussionen im Bauamt ein: »Architektur ist Klarheit.« Daß sich diese Klarheit nicht auf den privaten Bereich übertragen ließ, daß es nicht nur Melanie, daß es auch andere Zeiten wilder Illusionen und Ausbrüche gegeben hatte, war Klaus Fitz stets als Gegengewicht eines zu strapaziösen, vernunftorientierten Denkens erschienen. Schließlich – als Architekt ist man ja auch Künstler...

»Du wolltest mir doch etwas sagen, nicht?«

»Wie bitte?«

»Ich habe dich gefragt, ob du sie kennst?«

Es war nicht die Stimme, es war noch immer ihr Blick. Er spürte ihn zwischen den Schulterblättern. Und damit nicht nur Hilflosigkeit, schlechtes Gewissen, Furcht vor jeder weiteren Frage, vor jedem weiteren Wort – sondern auch vor jeder weiteren Lüge.

Nein, es gab keinen Ausweg. Es gab nur eines: Die Flucht nach vorne. Die Wahrheit! Melanie im selben Haus. Unter demselben Dach. Was für eine Situation! Er drehte sich um.

»Ja. Ich kenne sie.«

Über Marias Nasenwurzel erschien eine schmale, senkrechte Kerbe. »Du sagst das, als gehe es um eine Beerdigung.«

»Ist es auch.« Er ging zu ihr. Ihr Gesicht war nicht erstaunt, die Augen nicht fragend, ein Schatten von Ahnung stand darin, und er hatte Mühe, ihnen zu begegnen.

»Ich kenne Melanie.« Er kauerte sich neben seine Frau. »Sie war eine Zeitlang meine Assistentin.«

»Ach – das also?«

»Ja, das, Maria! Sie war meine Geliebte... Bitte, laß mich reden. Ich werd's dir erklären. Ich werde es zumindest versuchen...«

*

Zweiundzwanzig Uhr. Anna Kirsch hatte den Kopfhörer des Radios längst zur Seite gelegt, nur die Leselampe brannte. Ohne Lektüre konnte sie nun mal nicht schlafen, eine Angewohnheit aus jener Zeit, als die Bandscheibe ihr solche Schmerzen bereitete, daß sie ganze Nächte lang Bücher und Zeitschriften las.

Aus dem hellen Lichtfleck auf der Illustriertenseite starrte das strenge, etwas pausbäckige Gesicht einer jungen Frau mit einem Diadem im Haar: Beatrix, die holländische Königin. Der Unterschrift konnte Anna Kirsch entnehmen, daß Beatrix' Gemahl, Claus von Amsberg, deshalb in die tiefe Depression verfallen sei, weil er seit seiner Kindheit menschliche Wärme und Zuwendung vermißt habe.

Anna Kirsch legte die Illustrierte weg und blickte zum Nachbarbett hinüber. »Menschliche Wärme und Zuwendung?« Vielleicht war es das? Vielleicht hatte es auch Melanie daran gefehlt?

Nicht einmal ihr Atem war zu hören. Melanie hatte längst das Licht gelöscht, starr und dunkel lag sie dort. Wie eine Mumie, dachte Anna Kirsch und knipste die Leuchte aus.

Draußen, auf dem Korridor, passierten flüchtige Schritte: die Nachtschwester. Wer war heute dran? Die kleine Elke? Nein, Christa...

»Wärme und Zuwendung?« – dachte sie wieder. Über eines konnte sich Melanie bestimmt nicht beklagen: Hier in der Klinik beschäftigte sich jeder mit ihrem Problem.

Die Minuten verstrichen. Anna Kirsch schloß die Augen. Sie stellte sich das große, weite Meer vor, so wie sie es vor zwei Jahren auf Mallorca erlebt hatte. »Denken Sie an das Meer«, hatte der Professor ihr empfohlen, »an seine Weite, an seine Ruhe. Versuchen Sie sich vorzustellen, daß das Meer atmet, wenn es seine Wellen an den Strand schickt...«

Sie versuchte es. Ihr Körper wurde schwer. Sie spürte den Schlaf nahen. – Doch dann war das Meer wieder weg. Und Anna Kirschs Herz klopfte.

Daß Melanie aus dem Bett gestiegen war, hatte sie nicht mal bemerkt. Leise wie ein Mäuschen mußte sie vorgegangen sein. Jetzt öffnete sie den Schrank. Die Tür quietschte.

Im grauen Dämmern, das durch die geschlossenen Vorhänge drang, wirkte Melanie wie eine dunkle Säule.

Anna Kirsch hielt den Atem an: Was kam, war ihr klar: Melanie würde in den Schrank greifen, die Tabletten holen. Melanie wußte nicht, daß sie harmlos waren. Da – tatsächlich! Der Griff nach dem Tod. So sah es zumindest die arme Melanie. Daß das nur harmloses Zeug war, davon hatte sie ja keine Ahnung...

Anna Kirsch wurde es ganz heiß.

Die Augenlider hatte sie nur um eine Winzigkeit geöffnet, doch sie hatte alle Mühe, den Atem ruhig zu halten. Wie im Krimi, dachte sie. Melanie nahm die Mineralwasserflasche vom Tisch: Klar doch, sie brauchte ja Wasser, wenn sie die Tabletten schlucken wollte. Und jetzt? Sie zog sich den Mantel an. Die Flasche steckte sie in die Tasche, ging zur Terrassentür, öffnete sie.

Anna Kirsch hatte Mühe ruhig zu bleiben. Nicht regen. Totstellen. Laß sie bloß gehen!

Und Melanie Wieck ging.

Dann jedoch drückte Anna Kirsch den Finger

auf den Knopf der Rufanlage und nahm ihn nicht mehr weg.

Die Tür wurde aufgerissen: »Was haben Sie denn, Frau Kirsch? Fühlen Sie sich nicht gut?«

»Bitte! Nicht das Licht anmachen, Schwester Christa.«

»Wieso denn? Was ist?«

»Da! Sie sehen's doch!«

Das leere Bett. Ein Leintuch auf dem Boden. Die Schranktür stand weit offen.

»Verstehen Sie: Wenn wir jetzt Licht machen, dann merkt Melanie, daß wir alles entdeckt haben.«

»Ist sie im Garten?«

»Ja.«

Christa griff zum Telefon. »Udo, komm schnell runter! Frau Wieck ist weg, in den Garten. Sie hat die Placebos dabei. Bring eine Taschenlampe mit. Und ruf Johannsen an.«

Wie ruhig sie das sagt, dachte Anna Kirsch voll Bewunderung. Und an alles hat sie gedacht. Ein tüchtiges Mädchen, die Christa, alles was recht ist...

Doch dann kam ihr eine Idee. Sie stand auf und ging zur Terrasse. Die Luft war noch immer weich und warm. Draußen Taschenlampen, unterdrückte Stimmen.

»Christa!« rief Anna Kirsch. Und nun war es ihr ganz egal, daß man sie weithin hören konnte: »Christa! Die Bank! Oben bei den Birken!«

Gott sei Dank, daß ihr das gerade noch eingefallen war! Es war doch Melanies Platz, dort saß sie bei jeder Gelegenheit, dort hatte sie sie immer gesehen.

*

»Melanie!« – Für Sekunden waren Christas Augen vom Licht der Taschenlampe geblendet gewesen; nun hatten sie sich wieder an die Dunkelheit gewöhnt. Hier der Weg. Jede Mauer, jede Treppe kannte sie. Sie ging schneller, hinüber zu den Fliederbüschen. Dann wurde sie sehr langsam, jetzt verhielt sie den Schritt und kniete sich nieder.

»Melanie...« Sie rief es nicht mehr, sie flüsterte: »Melanie, was ist? Melanie, bitte...«

Über Melanies Oberkörper hingen die Zweige. Ihr Nachthemd war zerrissen, der Bademantel weit geöffnet. Neben ihr lag eine Wasserflasche.

»Udo! Komm schnell!«

Das tat Udo auch. Er stellte die Lampe ins Gras, schob Blätter und Zweige zur Seite, legte die Hand auf eine schmale Schulter, rüttelte: »Fräulein Wieck! Nun tun Sie mir schon den Gefallen und stehen Sie auf.«

»Nicht so laut, Udo. – Bitte.«

»Nicht so? Wie denn dann?«

Christa war jetzt neben ihm. Melanie Wieck lag lang ausgestreckt, die Arme rechts und links an den Körper gepreßt wie eine Puppe. Die Augen waren geschlossen, aus dem Mund drang ein leises Röcheln.

»Mach die Taschenlampe aus.«

Christa kauerte sich nieder. Ein Zweig drückte ihr die Haube vom Kopf. Sie beachtete es nicht, sie faßte nach dem Handgelenk. Sie fühlte den Puls, rasch wie der Schlag eines Vogelherzens, doch die Armmuskeln waren hart vorgewölbt, wie erstarrt.

»Melanie! Hören Sie mich, Melanie? Ich bin es, Christa. Melanie?«

Keine Reaktion.

Etwas war sonderbar. Dieser dünne Puls! Die eiskalte Haut. Druckabfall, eine schwere Kreislaufstörung – ganz zweifellos. Aber das Placebo konnte das nicht bewirkt haben. Die Tabletten, die Melanie genommen hatte, waren nichts als harmloser, in einer Tablettenpresse geformter weißer Staub.

Trotzdem: Irgend etwas stimmte nicht! Was war es? Wie kam es zu diesem Zustand?

»Es geht ihr schlecht, Udo«, flüsterte Christa. »Ich glaube sogar, sie ist bewußtlos.«

»Wieso denn? Ausgeschlossen. Pure Hypochondrie ist das, Theater.«

Nein, das war es nicht. Eher schon die Hölle, in der Melanie Wieck eingeschlossen schien, seit sie sie kannte. Vielleicht war es ein verwirrtes Bewußtsein, ein psychotischer Schub, der die Funktion ihres Körpers so störte, daß sie zusammenbrach. Ein Bild, das in der klinischen Psychologie häufig erscheint und das man bei jedem Hysteriker beobachten kann. Und nicht nur bei Hysterikern, bei jedem übersensiblen Menschen.

Erschöpfungs-Depression! Hatte Christa nicht selbst gegenüber dem Chef diese Diagnose aufgestellt? War es nicht möglich, daß die Flucht aus einer Realität, die unerträglich geworden war, zu einem solchen Zusammenbruch führen konnte?

»Fühl doch mal, Udo.«

Er nickte, streckte die Hand aus, betastete Schulter und Arme. »Fast katatonische Muskelspannung. Eindeutig ein hysterisches Syndrom. Was denn sonst? Ich weck sie jetzt auf.«

Er hob die flache Hand vor Melanies Gesicht, doch Christa war entschlossen, diese Form des »Weckens«, Schläge an die Wangen, nicht zuzulassen. Sie hielt Udos Gelenk fest. »Komm! Wir bringen sie auch so runter.«

»Na gut«, seufzte er. »Da ist ja Johannsen.« Ja, da war er: breitschultrig, stumm und wie immer durch nichts zu erschüttern.

»Herr Johannsen! Schwer ist die Patientin nicht. Können Sie sie in ihr Zimmer bringen?«

»Aber klar doch«, sagte der Hausmeister und bückte sich. Als er beide Hände unter Melanies Knie und Schultern schob, drang ein leiser, wimmernder Laut über ihre Lippen. Doch sie wehrte sich nicht. Sie ließ sich hochheben. Der Kopf mit den langen Haaren fiel zurück.

»Selbsthypnose. Die Macht der Autosuggestion.« Udo stand neben Christa, kramte Zigaretten aus der Tasche und zündete sich eine an. »So was muß man gesehen haben, um es zu glauben: Ißt 'ne Handvoll Puderzucker und hält sich für tot. Wie im Kino. Unfaßlich, nicht?«

Christa blieb stumm. Unfaßlich? Vielleicht...

*

Zweimal schon hatte Käte Marek durchs Telefon gemahnt, das Essen werde kalt. Kurz nach eins war es bereits. Brinkmann hatte sich an diesem Vormittag vorgenommen, den wichtigsten administrativen Kram durchzuarbeiten und es auch fast geschafft. – Die Abänderung des Lehrprogramms für den Schwesternunterricht konnte er sich morgen vorknöpfen, noch besser, er nahm das Arbeitsmaterial mit nach Hause. Was noch? Als letzten Programmpunkt hatte er den Fall Wieck angesetzt, die wundersame, halb komische, halb tragische Geschichte eines mißglückten Selbstmords.

»Ich wollte Sie nur noch mal darauf hinweisen, Herr Professor«, meldete sich die Meis über die Sprechanlage, »daß der Herr Oberbaurat Fitz noch immer wartet.«

»Ich lasse gleich bitten. Einen Moment.« Brinkmann blätterte den Memoblock durch, auf dem Udo die wichtigsten Punkte in Stichworten vermerkt hatte: »Auffinden der Patientin in einem Zustand psychischen Schocks. Verabreichung von

Sedativa und Kreislaufmitteln. Seelischer Zustand der Patientin scheint jetzt stabilisiert.«

Das »scheint« rot und dramatisch mit dem Filzschreiber herausgehoben. Brinkmann nickte. Nach dem Vorfall im Garten hatte er selbst ein langes, ein stundenlanges Gespräch mit Melanie Wieck gehabt. Dabei war auch herausgekommen, was hinter der depressiven Teilnahmslosigkeit stand, die ihre Heilung so lange verzögert hatte, eine ganz banale Liebesgeschichte, wie Schwester Christa es von Anfang an vermutete. Das alte Dreiecksverhältnis »Chef – Frau – Geliebte.« Aber banal? Was dem Außenstehenden banal erscheint, mag dem darin Verstrickten zum Lebensdrama werden. Vielleicht auch diesem Herrn Oberbaurat Klaus Fitz...

Moment mal, dachte Brinkmann, den Namen kennst du doch?!

Es klopfte.

»Herein.«

Doch es war nicht Fitz, es war Dr. Schäfer, in der Hand eine Mappe mit Papieren. Die Operationsprotokolle von gestern.

»Lassen Sie sie liegen. Das unterschreibe ich heute nachmittag. Ich habe ohnehin noch eine Besprechung. Und meine Käte dreht mir den Kopf um, wenn ich mich jetzt nicht langsam zum Abflug fertig mache.«

Schäfer nickte. Unterhalb eines Erdbebens Stärke acht auf der Richter-Skala ist bei dem keine

Reaktion zu erwarten, dachte Brinkmann. Dafür im OP die Ruhe und Umsicht selbst: Panikstabil mit einem Wort. Vielleicht ein wenig zu langsam als Chirurg, doch seine kühle Ruhe macht das wieder wett.

»Draußen wartet ein Herr, den wir wohl beide kennen.« Die knappe Bewegung der Mundwinkel, die sich Dr. Schäfer leistete, sollte wohl die Andeutung eines Lächelns darstellen.

»Ja. Der Oberbaurat Klaus Fitz. Ich überlege mir auch schon die ganze Zeit, wo ich ihn unterbringen soll. Ich glaube, wir waren mal auf der Schule miteinander.«

Brinkmann lehnte sich im Sessel zurück und spielte mit dem Brieföffner. »Sehen Sie, Schäfer, das sind so die Sachen, die einen staunen lassen. Da ist eine Frau, neununddreißig Jahre alt, Mutter zweier Kinder, wird gebraucht an allen Ecken und Enden, will leben – und muß sterben. Und da ist eine Sechsundzwanzigjährige, hübsch, frei, ohne nennenswerte soziale Probleme – sie könnte leben und will sterben. Warum? Wegen eines verheirateten Mannes, der ihr Vater sein könnte und dessen Frau auch noch ein Kind erwartet.«

»Ja nun...« Schäfer hob beide Hände. Komm, ich habe den ganzen Vormittag operiert, also laß mich mit diesem Kram in Frieden! signalisierte die Bewegung. Und Brinkmann verstand.

»Bis später dann, Schäfer.« Er drückte die Taste der Sprechanlage: »Jetzt schicken Sie mir bitte den Herrn Fitz herein.« Als er den Satz noch sprach, fiel es ihm ein: Fitz? Ja, natürlich, der Vater war doch Architekt gewesen? Fitz, ein dunkler, hoch aufgeschossener Junge aus der Unterklasse, stets ein wenig zu laut, ein bißchen zu selbstsicher. Oberbaurat? Er ist also hier geblieben und hat Karriere gemacht.

Brinkmann erhob sich, als es klopfte.

Da kam er herein, das Haar noch immer dunkel, doch verkümmert zu einem sorgfältig gelockten Kranz, der eine spiegelnde Glatze umrahmte. Schlank war er auch nicht mehr. Die weißen Hosen und der schicke Sommerpulli sollten das wohl wieder wettmachen. Dies also war der Mann, wegen dem ein junges Mädchen das Leben wegwerfen wollte? Kaum zu fassen. Nun, dachte Brinkmann, in Kleinstädten passiert wohl viel, das man schwer begreifen kann.

»Tag, Herr Fitz!« Er nahm die breite, weiche Hand entgegen, blickte in ein Paar hellbraune Augen, die ihn halb verlegen, halb werbend anstarrten.

»Klaus!«

»Wie bitte?«

»Na, hör mal, ich heiß doch Klaus! Klaus und Klaus, das ist ja nun wirklich leicht zu merken.«

»Ach so, entschuldige. Natürlich, wir waren zusammen auf der Schule.« Brinkmann deutete auf den Stuhl. »Nimm Platz, Klaus. Und wenn ich gleich etwas klarstellen darf: Ich habe dich nur deshalb hierher gebeten, weil wir eine Therapie für eine Patientin entwickeln müssen, nicht etwa, weil ich irgendwelche Interessen hätte, in deinen Privatangelegenheiten herumzugraben.«

Klaus Fitz gab keine Antwort. Er drehte den Siegelring an seiner rechten Hand.

»Zur Vorgeschichte brauchen wir natürlich ein paar Auskünfte.«

»Was heißt Vorgeschichte? So was läßt sich doch sicher diskret regeln, nicht wahr?«

»Mir ist nicht ganz klar, was du unter ›so was‹ verstehst? Doch ich bin Arzt und kein Richter. Nur eines, Klaus: Es muß geklärt werden, was sich abgespielt hat. Dies ist für die Anamnese wichtig, vor allem aber für die Frage, ob wir Fräulein Wieck in die Psychiatrie einweisen müssen.«

»Mein Gott, Klaus! Was heißt denn Psychiatrie? Einer, der durchdreht, muß doch nicht gleich als verrückt abgestempelt werden! Weißt du, was verrückt ist? Verrückt ist, daß meine Frau und meine Ex-Geliebte als Patientinnen hier aufeinander treffen. Das ist Wahnsinn!«

»Vielleicht. Vielleicht solltest du dich auch an die eigene Nase fassen. Unschuldig bist du schließlich nicht daran.«

Klaus Fitz nickte. Seine Schultern sackten nach vorne. Seine rechte Hand lag am Kehlkopf, als habe er plötzlich Atembeschwerden. Das Gesicht wirkte nicht mehr sicher, es wirkte nur noch kläglich. »Ich weiß nicht, ob du meine Stellung hier kennst? Ich bin Oberbaurat und Leiter des Stadtbauamtes. Du bist länger weg gewesen, Klaus. Aber ich kann dir sagen, in einer Stadt wie dieser hier sind Skandale tödlich. Sie haben immer auch kommunalpolitische Konsequenzen.«

»Deshalb brauchst du dir keine Sorgen zu machen. In diesem Haus gilt die ärztliche Schweigepflicht.«

»Trotzdem, so etwas geht rum. Läßt sich gar nicht aufhalten. Na ja, das ist nicht dein Problem...«

»Da hast du recht«, erwiderte Brinkmann kühl.

Fitz blickte verzweifelt. »Aber weißt du, ein Jammer ist das schon. Vor allem für meine Ehe. Wir hatten zuvor schon unsere Krisen. Aber jetzt, mit dem Kind, sind wir richtig glücklich. Und nun das! – Dabei ist Maria eine so prächtige Frau. – Unvorstellbar. Weißt du, was sie heute morgen zu mir sagte? Auf das Mädchen bin ich nicht böse. Ich werd' mich jetzt um sie kümmern. Ich werde ihr helfen.«

Brinkmann schwieg. Was gab es dazu schon zu kommentieren? Fortgerissen von Selbstmitleid und Reue, redete Klaus Fitz weiter: »Soll ich dir sagen, was ich manchmal meine? Daß die Frauen viel stärker sind als wir. Und daß es viele Frauen gibt, die wir überhaupt nicht verdienen. Glaubst du nicht auch?«

Brinkmann lächelte.

*

Käte Marek war in Schwierigkeiten: Mädchen brauchen Schultaschen. Puppenmädchen auch. Schultaschen aber sind aus Leder... Verflixt noch mal, sie hatte doch Lederreste gehabt? Aber wo? In dem gelben Schering-Karton: »Nexona – die wirksame Ekzem-Therapie«? Oder in dem kleinen von Pfizer? Oder in ihrer alten Schokoladenschachtel.

Das war es: Keine Ordnung! Zuwenig Kartons, zuviel Samt-, Baumwoll- und Seidenreste. Ein totaler Verhau. Sie hatte zwar Ordnung zu schaffen versucht hier oben im Zimmer unter dem Dach, doch das Ausgangsmaterial für die Puppenkleider geriet ihr immer durcheinander. Ja, die Köpfe, die standen einer nach dem anderen fein ausgerichtet auf dem Regal und blickten mit starrem Lächeln auf sie herab. Sonst aber – verflixt, wo war das Leder?! Seufzend stand sie auf.

Sonntagmorgen. Die Stunden nach dem Frühstück, die schönsten, seit sie denken kann. Selbst das Ticken der Uhr klingt anders, ein bißchen Glokkengeläut von der Michaeliskirche, das Knacken der Leitungen im Haus. Stille. Eine solche Stille, daß sogar zu hören war, wenn Karl unten auf der Terrasse seine Zeitung umblätterte.

Käte Marek legte die Schere weg und ging zum Fensterbrett. Und dort, in dem kleinen Strohkörbchen, in dem sie ihre Brillen aufbewahrte, wurde sie auch fündig: vier Lederstreifen, schwarz, gelb und rosa. Rosa, dachte sie, na klar doch! Rosa wird der kleinen Anni gefallen. Liegt da im Bett und quält sich mit einem vereiterten Trommelfell. Rosa? Sie konnte sogar »Anni« drauf sticken. Dann...

Ja, und dann lächelte Käte Marek nicht länger. Sie vergaß die kranke Anni aus der Kinderabteilung. Sie hörte einen Wagen. Udo war das nicht. Udos Auto grölte immer so schrecklich. Aber die Kiste da...

Die Kiste war rot. Rot und offen. Und darin saß eine Dame. Eine Dame mit Hut, die behandschuhte Hand auf dem Steuerrad. Sonnenbrille. Das schicke, braune Sommer-Ensemble. Na gut, daß diese Dame hier auftauchen würde, war zu erwarten. Doch nicht heute. Nicht jetzt. Nicht an ihrem Sonntagmorgen!

Himmel, Po und Zwirn!

*

Er sah, wie sie ausstieg. Er sah, wie sie sich zögernd umblickte, die Handtasche nahm und die Wagentür zuschlug.

Es war der Hut, der seinen Zorn dämpfte. Zorn? Nein, Ärger. Sie hatte also die Quarantäne aufgehoben? Einseitig... Dieses mit einem rosa Band gegürtete Wagenrad auf ihrem Kopf, so ein Ding, wie es die Gondoliere in Venedig tragen – wo hatte er es Elena gekauft? Richtig: Paris! Place de Thêtre... Damals saßen sie bei einem Glas Chablis und ihre Welt war in Ordnung. Wieder mal in Ordnung. Und er hatte den Hut entdeckt: »Sieh mal! Ist doch toll! Den kriegst du jetzt von mir verpaßt. Heute bin ich in Gondoliere-Stimmung.«

Heute? – Vor wie vielen Jahren?

Er lehnte am Terrassengeländer und winkte. Und sie sah zu ihm herauf, sehr schlank, sehr aufrecht, das Gesicht im Hutschatten.

»Die Tür ist offen, Elena!«

Nun vernahm er den kurzen, energischen Schritt, den er so gut kannte – und da war sie! Den Hut hatte sie abgenommen. Das dunkle Haar war von der Fahrt etwas aufgelöst.

»Mensch, Elena... Und toll siehst du aus.« Was war sonst schon zu sagen? Was war zu tun, als die Hände auf ihre Schultern zu legen, sie auf die Wangen zu küssen? Wie konnte er je annehmen, daß sie sich an ihre Abmachung halten würde? Eine Elena Bach doch nicht.

»Jetzt bist du böse, Klaus? Gib's ruhig zu.« Ihre Augen waren prüfend. An den Winkeln bildeten sich ein paar Fältchen.

»Was soll ich darauf antworten? Wie hättest du's denn gerne?«

»Ohne Schmäh! Und sag bloß nicht wieder, daß ich gut aussehe. Mitgenommen seh ich aus. Und du auch.«

»Wirklich...« Die Verlegenheit kam wieder. »Willst du einen Kaffee?«

»Danke. Wenn's irgendwas Sprudliges geben würde? Die Fahrerei macht durstig.«

»Gleich.«

Brinkmanns Abgang in die Küche wurde zu einer gnadenvollen Galgenfrist. Herrgott, was jetzt? Und wo steckte verdammt noch mal Käte? Ihr fiel doch immer das Passende ein. Warum ließ sie sich nicht sehen?

»Zugenommen hast du auch«, sagte Elena Bach und ihre Blicke nahmen Maß, als er mit Tablett und Gläser auf die Terrasse zurückkam. »Aber ein tolles Haus ist das hier! Vergammelt, mit Stil. So wie ich's mag.«

»Willst du damit sagen, daß du's noch nicht gesehen hast?«

»Ich? Ach, dein Gedächtnis, Rossi! – Na, wann denn?«

Worte, Worte, Worte... Wie die Sprossen einer Leiter über einem Abgrund von Verlegenheit. Und ihr Lächeln, als er ihr Feuer für die Zigarette gab.

»Komisch ist das schon. Wir kamen ja schließlich oft genug hier durch die Gegend, damals auf dem Weg nach Zürich.«

»Auch auf dem Weg nach Paris«, nickte er.

»Ja. Und Karlsruhe ist schließlich auch nicht so weit weg.«

Ja; Worte! Und jedes bestückt mit kleinen Widerhaken.

»Sonderbar«, lächelte sie. »Nicht wahr? Klaus Brinkmann und seine Heimat-Neurose. Bitte, der

Ausdruck stammt nicht von mir. Aber die hast du ja blendend kuriert.«

»Stört dich das?«

»Nein. Wieso denn?« Ihr Lächeln verschwand. »Ich will ganz ehrlich sein. Ich habe mich tagelang gefragt, ob es gut ist, hierherzufahren. Zuerst habe ich mir Gründe, dann Entschuldigungen zurechtgelegt.« Sie schob sich mit den Fingerspitzen die Haarsträhne über das linke Auge. Wie er die Geste doch kannte! Ihr Blick war klar und auffordernd. »Ich dachte auch daran zu sagen, ich bin gerade vorbeigefahren. Außerdem hatte ich noch eine ganze Reihe anderer Ausreden auf Lager. Zum Beispiel dich zu fragen, warum du nicht nach Heidelberg wolltest?«

»Das weißt du.«

Sie nickte. »Ja.«

»Und weil du's weißt, bist du hierhergekommen, stimmt's?«

Eine zarte, transparente Röte überzog ihre Wangen, verschwand. Sie hob nur die Schulter. Etwas Hilfloses lag in dieser Bewegung. Und noch viel mehr Hilflosigkeit war in der Art, wie sie schwieg. Und in ihrem Blick.

Er versuchte, es ihr leichter zu machen. »Wie sieht's denn bei euch aus? Wie läuft der Laden in Karlsruhe?«

»Ganz gut. Oder kränkt es dich, daß es auch ohne dich gutgehen kann? Es geht ja nicht nur allein um mich, Rossi.«

Wieder diese Pause. »Rossi« – wo hatte das begonnen? Ja, natürlich, damals, als er der jungen Anästhesistin Dr. Bach einen Zettel in den Mantel geschoben hatte: »Ich Riesenroß fürchte, ich hab mich in Dich verknallt.« Elena hatte dann das »Riesenroß« in »Rossi« verwandelt.

»Auch Henninger fand es etwas sonderlich, daß du dich nie gemeldet hast.«

»Glaub mir, Elena! Der Start hier war unheimlich hart. Kaum ein Tag unter zwölf Stunden. Ich hatte wirklich...«

»Geschenkt!«

Irgendwo aus der Tiefe des Hauses erscholl Mollis Sirenengeheul. Auf Brinkmann wirkte es wie eine Erlösung. Und da schoß auch schon ein braungrauer Fellstrich durch die Tür, verhielt, wurde zu einem Hund, stupste eine dunkle Schnauze entschlossen gegen Elenas Handtasche, die prompt auf den Boden plumpste und den Inhalt verstreute.

»Was ist denn das?«

»Na, mit einiger Phantasie könnte man sagen: ein Hund«, lächelte Brinkmann und versuchte seine Hand aus dem Bereich von Mollis hingebungsvoller, feuchter Zunge zu bringen, worauf ihr Perpendikelschwanz prompt sämtliche Gläser in Katastrophennähe brachte. Trotzdem, nie war Brinkmann so froh über Mollis Anwesenheit gewesen. Daß auch Käte jetzt endlich erschien, erleichterte die Situation vollends.

Die alte Frau rückte die Brillenspitze auf die Nase und äugte blaßblau und nachsichtig. »Na, wen haben wir denn da? Die Frau Doktor! – Und wie ich die Frau Doktor kenne, bleibt sie bestimmt zum Essen.«

»Glaub ich kaum...«

»Ich schon.« Käte strich mit entsagungsvoller Milde über Elenas Schultern. »Wenn ich Ihnen sage, daß ich eine Hammelkeule im Ofen habe. Und anschließend eine Zabaione. Was halten Sie davon?«

»Davon hält die Frau Doktor gar nichts.« Brinkmann war entschlossen, die Situation wieder in den Griff zu bekommen. Und dabei half ihm das Prinzip, das er sich in seiner elfjährigen Beziehung zu Elena Bach antrainiert hatte: Wenn du nicht zeigst, wo's lang geht, kommst du ins Hintertreffen!

»Wenn schon essen, dann nicht hier. Wir beide machen einen Ausflug. Was, Elena? Ich wollte schon längst mal hoch zur Hornisgrinde. Kommst du mit?«

Elena Bach schwankte: »Und was tun wir dort?«

»Sauerstoff tanken zum Beispiel. Nerven beruhigen.«

»Brauchst du das? Und da wir schon dabei sind: Wie geht's denn Udo?«

»Oh«, Brinkmann zeigte ein melancholisches Lächeln, »das Kapitel gehört auch zu den Einarbeitungsschwierigkeiten.«

Sie lachte. Da war sie wieder, die alte Elena:

Selbstsicher, zielbewußt, ja hinreißend – nur nicht für ihn.

Als sie abgefahren waren, drehte Käte Marek die Backröhre auf null. Sie schüttelte den Kopf. Nicht der Braten war es, der ihr Kummer bereitete, sondern die Überlegung: Herrgott, muß das denn nun wieder anfangen?...

*

Vor ihrer Abfahrt aus Karlsruhe hatte Elena Bach Zweifel gehabt. So viele Zweifel, daß ihre Reise einer Flucht nach vorne glich. Nun wußte sie: Es war gut.

Gut war es, die Sperren zu durchbrechen und diesen Besuch zu wagen. Gut war auch, daß sie sich beide zusammen auf diesen Berg gerettet hatten: Schiffbrüchige einer Katastrophe, die für Brinkmann offensichtlich nicht nur ihren Schrecken verloren hatte, sondern bereits der Vergangenheit angehörte, aber ihr ganzes Leben noch immer bestimmte.

Ihm dies bewußt zu machen, darauf würde sie nicht verzichten, ihn daran zu erinnern, darauf kam's nun an.

Um sie der übliche Sonntagnachmittagsrummel: Aussichtsturm und Wald-Café, Andenkenkiosk, Parkplatz und lange Tische, Liebespaare, Rudel lachender, trinkender Leute, besorgte Mütter, schreiende Kinder, brave Bürger, die das Ausflugsglück des Sonntags genossen.

Über das Limonadenglas hinweg beobachtete Elena Bach, wie ihr Ex-Liebhaber zufrieden an seiner Pfeife nuckelte. »Klaus, ich möchte unter keinen Umständen falsch verstanden werden. Natürlich geht es mich nichts an. Und noch schlimmer wäre, wenn du mir meine Dickköpfigkeit vorwerfen würdest, wie du das früher immer getan hast. Aber in einem gewissen Sinn, und das läßt sich wohl nach so vielen Jahren nicht vermeiden, fühle ich mich noch immer für deine berufliche Position, nun, nennen wir es mal für deine Haltung im ständischen Umfeld verantwortlich.«

Nun nahm er doch die Pfeife aus den Zähnen. »Oho! Ist das vielleicht eine Einleitung! Über wen bin ich denn da wieder gestolpert?«

Sein amüsierter Ton ärgerte Elena. Und daß sie diesen Ärger nicht zeigen konnte, machte es nicht einfacher. Sie hatte sich vorgenommen, jedes Wort auf die Goldwaage zu legen. Sie würde danach verfahren. Sie kannte ihn.

»Rossi! Ob du das nun akzeptierst oder nicht: Dich vollkommen zurückzuziehen wäre eine Art beruflicher Selbstmord. Zumindest ein Mord an deiner Karriere.«

»Ah, so? Der Heidelberger Kongreß! Da sind wir wieder. Was soll ich denn deiner Meinung nach tun, Elena? Ich kann die Klinik nicht im Stich lassen. Nicht in dieser Aufbauphase.«

»Es sind ja nur zwei Tage. Du mußt dich einfach ab und zu sehen lassen.«

»Ich bin doch kein Pop-Star, Elena. Sehen lassen? Zu was denn?«

Er sah die Lider zittern. Fast tat sie ihm leid. Es war so durchsichtig! Heidelberg... Das erlauchte Getue im Auditorium Maximum, anschließend ein Bummel durch die Altstadt, Brunnengasse, Handschuhsheim, viel guter Wein in einer holzgetäfelten, verräucherten Kneipe, dann ein hübsches Tagungshotel, vielleicht eine Pension im Odenwald – es war so leicht zu erraten, wie sie sich dieses Wochenende ausgemalt hatte. Fast rührend, wie naiv sie ihre Fußangeln auslegte. Doch ganz abgesehen davon, dachte er, was bringt ein solcher Kongreß? »Berufliche Position, ständisches Umfeld« – das waren Albernheiten! Was bringt er in der Substanz, wenn der rhetorische Pulverdampf verweht, die Vorträge und Kommissionssitzungen abgeschlossen sind? Neue Erkenntnisse? Nein, eher Theorieakrobatik: »... und so hoffen wir, bei der nächsten Gelegenheit auch statistisch relevantes Material vorlegen zu können, das das Gewicht unserer Hypothese zu bestätigen imstande ist...« Die nächste Gelegenheit war dann Amsterdam oder Lugano, Hamburg, Kopenhagen.

Kongresse! Über den Stand der Krebsdiskussion hielt er sich seit Jahren dadurch auf dem laufenden, daß er jede nationale oder internationale Publikation nach applikablen Methoden durchforstete. Und die eigene Technik ließ sich ohnehin nur durch Praxis, Besuch anderer Kliniken, durch Begegnungen und Hospitieren in fremden Operationssälen verbessern. Die Schritte der anderen beobachten, die eigenen daran, falls erforderlich, zu korrigieren, darin bestand der Fortschritt. So machten es alle. Elena wußte es. Er hatte es ihr hundertmal erzählt. Und nun kam sie ihm auch noch mit dem »ständischen Umfeld«...

»Komm, Elena! Was soll denn das? Was erzählst du mir da? Es geht doch um etwas ganz anderes. Du willst mit mir wieder in irgendeiner Studentenkneipe zusammensitzen, die Kerze auf dem Tisch, einen guten Pfälzer im Glas. Und dann...«

Er ließ es offen. Doch es traf sie härter als er beabsichtigte. Ihr Gesicht verlor jeden Ausdruck, wirkte völlig leer.

*

»Alles was dir zum Thema Elena einfällt, wird immer auf diesen einen Punkt reduziert. Stimmt's?« Nun lächelte sie, ein Lächeln wie durch ein Visier.

»Ach, Elena!«

Mit dem Handrücken wehrte er eine der Wespen ab, die den Tisch umsummten. Elena Bach verfolgte die lässige Bewegung mit schneidendem Schmerz: Genau dasselbe geschieht dir! Du wirst abgewehrt wie ein lästiges Insekt. Sie schloß die Augen. Was gab es noch zu sagen? Zu schreien vielleicht, danach war ihr zumute, schreiend zu fragen: Weißt du überhaupt, was Liebe ist? Soll das alles vorbei sein?!

Doch selbst das Wort »Liebe« hatte die Zeit abgegriffen. Und wenn man's genau besieht, dachte sie und zündete eine neue Zigarette an, war es bei allen das gleiche: Aus der Euphorie, die Sterne zu greifen, aus Leidenschaft und Sichverlieren wurden berufliche Fachdiskussionen, gelangweiltes Verständnis, Abende in Hobbykellern und Elternrunden im Schulausschuß, Teneriffa-Flüge oder Debatten mit dem Steuerberater über das Thema gemeinsame oder getrennte Veranlagung. So gesehen, dachte Elena, ist bei uns immer noch was drin. Zumindest ein Drama...

Aber dieser Tag, mit den Bänken voller Menschen, war nicht geeignet für eine Klärung. Da saß Brinkmann nun, lächelnd, älter geworden, gezeichnet auch. Zweifellos, die letzten Wochen hatten ihm zugesetzt: Faltenmuster im Gesicht, die Tränensäcke leicht geschwollen – und doch so verdammt zufrieden mit sich selbst!

Sie folgte Brinkmanns Blick. Dort drüben am Parkplatz standen zwei Mädchen. Blond und schlank die eine, blond, rundlich die andere. Sie sahen herüber, nickten grüßend.

»Wer ist denn das?«

»Oh, zwei Schwestern aus der Klinik.«

Er beugte sich nach vorne, versuchte Elenas Hand zu nehmen. Sie entzog sie ihm.

»Du mußt mich doch verstehen, Elena.«

Sie schüttelte den Kopf. »Ich muß nicht. Ich werd' es wohl auch kaum! Komm, gehn wir. Bring mich zu meinem Wagen. Ich möchte zurück nach Karlsruhe.«

Er schwieg. Es gab nichts mehr zu sagen. Doch, noch soviel: daß sie lernen mußte, die Welt mit ihren Augen zu sehen, den eigenen Weg zu suchen und diesem Weg zu vertrauen. »Abnabelung«, so nennt man das wohl. Ein törichtes Wort und doch ein sehr präzises Bild. Und letztlich Hohn für eine Frau, die sich immer soviel auf ihre Emanzipation zugute gehalten und stets von Freiheit gesprochen hatte.

*

Fünf Minuten später, als er den Mercedes aus den Parkplatzreihen zur Ausfahrt steuerte, überfiel ihn das altbekannte, mit Reue gemischte Unbehagen: Warst du unhöflich? Nein, betrachte es vom therapeutischen Standpunkt. Es war notwendig! Sobald sich die Gelegenheit ergibt, wirst du mit ihr reden. Und daß dies sehr bald sein wird, dafür wird Elena schon sorgen, da kannst du beruhigt sein.

Er trat heftiger die Bremse als sonst. Dort, noch keine zehn Meter, den Rücken zu ihm, das helle Haar, die schlanken, langen Jeansbeine breitgestellt?! Beachtliche Beine, bei Gott! Das war doch... Er ließ das Fenster herabschnurren und beugte sich hinaus: »Hallo! Christa!«

Sie drehte sich um, nahm die Sonnenbrille von der Nase und kam näher, leicht, beschwingt, vollkommen gelassen. Wie so eine Schwesternhaube ein Gesicht, ein weißer Mantel einen Körper verändern können! Er dachte es und fragte sich dabei, warum er ausgerechnet heute diese Freude bei ihrem Anblick empfand, ob dieser unerwarteten Begegnung nicht ein Symbolwert zuzumessen sei, und wenn, welcher?

»Ihr wart doch vorhin zu zweit, nicht?«

»Ja. Elke ist nur mal...«

Brinkmann grinste. »Meine Bekannte auch. Schön hier oben, was?«

»Und ob!«

Verlegenheitsgesicht, Verlegenheitsfloskeln. Na, wenn schon. »Soll ich Sie mitnehmen?«

»O ja. Aber dann müßte Elke auch...«

»Natürlich. Klar doch. Dort kommen sie.«

Sie kamen; Elke und Elena. Elena nahm die Vorstellung mit ihrer distanzierten Freundlichkeit zur Kenntnis. Der Wagen rollte an. Sie saß neben ihm. Sie sprach kein Wort. Dann und wann begegnete er im Rückspiegel Christas Augen. Sie hielten seinen Blick nicht fest, wandten sich rasch wieder ab.

*

Das Beauty-Case mit der roten Lederprägung stammte aus der Kurhaus-Boutique in Baden-Baden. Vor all der weißen Kachelhelle wirkte es beinahe exotisch. Melanie Wieck erinnerte sich genau noch an den Tag, als sie es geschenkt bekommen hatte. Nicht daran denken. Nicht an Baden-Baden – schon gar nicht an ihn.

Mit den Fingerspitzen schob sie die rosafarbenen Seifenschauminseln über das Wasser: In der Wanne zu sitzen, die Augen zu schließen, Parfümduft in der Nase, die Glätte des Körpers zu spüren, diese Wärme – wie schön so etwas ist!

Sie richtete sich auf, betrachtete ihre Nägel und beschloß, sie heute zu lackieren. Wieder von vorne anfangen, wie einfach das klingt. Und wie pathetisch zugleich... Alles kann man nicht abwaschen. Was geschehen war, ließ sich nicht wegstellen wie die Krücken. Trotzdem, der Entschluß, die letzten Monate einfach »aus dem Buch des Lebens« zu streichen, half, auch wenn die Worte nicht von ihr stammten:

»Glauben Sie mir, auch ich habe meine Falten nicht ohne Grund«, hörte sie die Stimme des Professors, sah sein nachdenkliches Gesicht. »Aber es ist nun mal so: Die meisten Niederlagen, von denen wir meinen, wir würden sie nie überleben, reizen einen einige Jahre später nur noch zu einem Lächeln. Auch Ihnen wird es so gehen, Melanie. Wahre Tragödien gibt's Gott sei Dank nur wenige im Leben.«

Wahre Tragödien? Eine alberne Komödie im Grunde genommen. So wie die Vorstellung, mit einer Handvoll harmloser Lutschpastillen Selbstmord zu begehen. Und trotzdem: Hatte sie nicht das Gefühl gehabt, tatsächlich gestorben zu sein? Nein, es war keine Komödie gewesen. Ein Schmierenstück. Und du selber eine komische Figur.

Vergessen. Gestrichen!

Sie stemmte sich hoch. Der Raum drehte sich ein wenig, doch die Beine hielten. Und darauf kam's schließlich an. Sie würde sich nicht nur hübsch machen, sie würde nochmals Stefans Brief lesen. Schnoddrigkeit kann manchmal wohltuend sein. »Hör mal, Puschy«, hatte er geschrieben, »habe ich Dir nicht von Anfang an gesagt: ›Regen bringt Segen‹, aber von Opis laß die Finger. – Und jetzt? Das hast Du nun davon. Aber ich hol Dich raus. Nächste Woche nehme ich zwei Tage frei. Und wenn Du noch immer in der Klinik liegst, bohr ich ein Loch durch die Wand.«

Typisch Stefan! Rotzig in jeder Lage. Selbst in Briefen. – Aber es tat gut.

Sie zog den Gürtel des Bademantels fest, warf einen letzten Blick in den Spiegel. Es hatte Tage gegeben, da hatte sie sich nicht wiedererkannt, dies aber war sie: Melanie, die verhinderte Selbstmörderin, das Mädchen, das noch nicht mal einen ordentlichen Unfall fertigbrachte!

Sie streckte sich selbst die Zunge raus, ging zur Tür, öffnete sie und wäre beinahe gegen eine andere Patientin geprallt: Ein rundes, helles Gesicht. Ein rosa Mantel mit Blumen bestickt. Und zwei blaue Augen, die nur für eine einzige Sekunde verwirrt wirkten. Dann wurden sie ganz freundlich.

»Mein Gott, die Frau Wieck! Wie schön, daß ich Sie sehe.«

Die Stimme war sanft, das Lächeln voll Wärme. Melanie aber hatte das Gefühl, das Herz müsse ihr stehenbleiben. Sie stützte sich gegen den Türrahmen. Sie war zu verwirrt, um auch nur ein einziges Wort herausbringen zu können.

»Hier, Ihre Krücken. So geht's doch leichter, nicht wahr?«

Sie reicht mir sogar die Krücken! Melanie Wieck dachte es und war sich doch nicht ganz im klaren, was dieses »sogar« alles beinhaltete.

»Hoffentlich habe ich Sie nicht erschreckt, Melanie. Ich möchte auch nicht, daß Sie es falsch verstehen: Aber ich möchte mich sehr gerne mit Ihnen unterhalten.«

Melanie brachte nichts zustande als ein schwaches Nicken.

»Zu meiner Station ist's Ihnen sicher zu weit. Setzen wir uns doch drüben in den Wintergarten. Ich hätte Lust auf einen Schluck Wein. Da ist doch diese nette, kleine Italienerin, die Pepina, die holt uns sicher eine Flasche.«

Und dann saßen sie in den Peddigrohrsesseln unter Plastik-Papyrus und echten Gummipflanzen, zwei Gläser Offenburger vor sich, der rubinrot vor sich hin schimmerte, während in Melanies Kopf noch immer Aufruhr herrschte, Erklärungen, Worte, Satzfetzen und Satzanfänge wie Schemen durch ihr Gehirn huschten. – Sagen konnte sie nichts.

Maria Fitz aber, die Hände auf dem Bauch, betrachtete sie lächelnd, und dieser Blick brachte Melanie schließlich so in Rage, daß sie herausstieß: »Finden Sie das eigentlich gut, daß wir hier zusammensitzen? Muß das sein?«

»Muß? Natürlich nicht. Aber ich finde es gut.«

»Sie wußten also nichts – von mir und Karl?«

»Nein.«

»Und was erwarten Sie jetzt?«

»Was ich jetzt erwarte?« Maria Fitz beugte sich nach vorne: »Daß wir Freundinnen werden. Oder zumindest etwas Ähnliches. Sehen Sie: Ich habe schon damals Ihre Freundschaft gesucht. Es war wirklich Zufall, Melanie. Ich wollte mich um Sie kümmern, weil ich Sie sympathisch fand. Oder irgendwie allein... Aber jetzt, glaube ich, jetzt könnten wir beide Verständnis gebrauchen, nicht wahr?«

Verständnis? dachte Melanie. Als ob sich das, was geschehen war, mit Worten auseinandernehmen und wieder neu zusammenbauen ließe. Und als ob sich ein Fall mit dem anderen vergleichen ließe. So viele Lieben, so viele Tode – irgendwo hatte sie das gelesen. Und es stimmte. Es war doch überall dasselbe: Zuerst Begeisterung, die nach nichts fragte. Dann Ernüchterung, die Monotonie, die schlimmer sein konnte als der Tod. Und die Kinder immer dazwischen. Die wurden hin und her geschoben wie Möbelstücke. So wie sie selbst damals, als sich ihre Eltern scheiden ließen. Was erwartete schon eine Maria Fitz? Warum zog sie keine Konsequenz? Natürlich, Klaus' »Position«, was werden die Vorgesetzten sagen? Und die schicke Villa in der Heuss-Straße. Skandale kann man sich ja nicht leisten, also bleibt man trotzig beieinander.

»Das ist doch Ihr erstes Kind, nicht wahr?« hörte Melanie sich fragen.

Maria Fitz nickte. Das Lächeln glättete ihr leicht gedunsenes Gesicht. So wirkte es fast schön. »Ja, es ist das erste. Und das ist auch das Entscheidende. Verstehen Sie?«

Melanie schüttelte den Kopf.

»Wir sind schon eine sehr lange Strecke zusammen, Klaus und ich. Mir brauchen Sie nichts zu sagen, Melanie, ich kenne ihn. Aber das Kind, das ist das Neue.«

Melanie nippte an ihrem Glas. »Eine lange Strecke zusammen...« Es tat nicht einmal weh. »Und wenn ein Mann so lange mitmarschiert, braucht er manchmal etwas Abwechslung, etwas zum Auftanken. Meinen Sie das?«

»Vielleicht. Vielleicht könnte man wirklich so sagen. Aber Sie dürfen sich dadurch nicht verletzt fühlen.«

»Bin ich auch nicht mehr.«

»Das freut mich, freut mich wirklich. Sehen Sie: Er ist nun mal so. Es wird auch wieder solche Geschichten geben.«

»Warum bleiben Sie dann mit ihm zusammen? Ist es nur das Kind?«

Das Lächeln erlosch in Maria Fitz' Augen. »Ganz ehrlich gesprochen, nicht allein. Glauben Sie mir, Melanie: Er kann ja auch ganz anders sein. Sie wissen das selbst am besten. Er kann so sein, daß sich selbst ein junges, hübsches Mädchen wie Sie sich in ihn verliebt.«

»Heute kann ich mir das kaum noch vorstellen.«

»Auch das gehört dazu...« lächelte Maria Fitz. »Außerdem, wissen Sie: In einer langen Ehe liebt man einen Mann niemals ›weil‹, sondern ›trotzdem‹. Auch ich habe meine Fehler. Aber Klaus nimmt sie in Kauf. So, unterm Strich gesehen, stimmt unsere Bilanz. Vor allem jetzt. Jetzt haben wir gemeinsam etwas, worauf wir uns beide freuen. Und das auch bleiben wird, das Kind. – So ist es.«

Melanie schwieg. Ein paar Herzschläge lang fühlte sie ihre alte, verzweifelte Mutlosigkeit auf sich zukommen, ein Gefühl, das sie so oft durchlebt hatte, das sie bis zum Grund kannte, ein Gefühl wie eine Woge, übermächtig und bereit, sie zu verschlingen. Ich hol dich da raus... Und wenn ich die Wand durchbohren muß! Die Sätze in Stefans Brief! Gestern hatten die schnoddrigen Albernheiten sie nur amüsiert, jetzt empfand sie sie wie eine Befreiung. Sie konnte wieder lächeln. Sie betrachtete ihr Glas. Und nun nahm das Lächeln auch von ihren Augen Besitz.

»Wissen Sie, Maria, daß ich Sie bewundere?« sagte Melanie Wieck. »Und was Sie vorhin von der Freundschaft andeuteten, ich wäre stolz darauf. – Sie sind wirklich eine tolle Frau.«

*

»Oi-oi-oi-uuh..!«

Der rosafarbene Speck an dem gewaltigen, keulenförmigen Schenkel zitterte. Über einem Berg von Bauch erschien ein schwitzendes, wehleidiges Gesicht. Udo ließ die Nadel in die Schale fallen. Noch drei Stiche, dann wäre er fertig gewesen, und was machte dieses Nilpferdbaby: Wimmerte und heulte, obwohl es nichts spüren konnte. Udo hatte den Schnitt am Fuß mit Betäubungsmitteln vollgepumpt.

»Jetzt machen wir mal 'nen Moment Heulpause, ja? Passen Sie auf.« Udo griff nach einer Spritze, preßte den Stempel gegen den Knöchel: »Spitz oder stumpf?«

»Wie? Was?«

»Ob Sie was spüren? Wie ist das, was merken Sie jetzt?« Er drehte die Spritze herum und drückte leicht die Spitze der Kanüle an. »Spitz oder stumpf?«

»Ich merk' gar nichts.«

Doktor Renz, die Hände in den Taschen seines Mantels vergraben, grinste von der Wand des Ambulatoriums zu ihm herüber. Udo war's nicht nach

Grinsen zumute. »Warum brüllen Sie dann, Mann, wenn Sie nichts spüren?!«

»Weiß nicht. Wissen Sie: Ich bin immer so empfindlich.«

»So? Empfindlich?« Er nahm die Nadel und arbeitete weiter. Empfindlich, na klar doch! Der wievielte war das heute? Die Ferien hatten begonnen. Was die Wirte »Saison« nannten, spülte die Opfer herein: Sie rutschten am Waldweg aus und brachen sich die Arme, am Schwimmbassin schlugen sie sich das Nasenbein ein, bei der Rauferei in der Disco gab's die üblichen Platzwunden, eine Rentnerin hatte sich am Vormittag mit der Gartenhacke das eigene Schienbein gespalten. Nun diese Heulboje hier! Ein Halbbesoffener, der es fertiggebracht hatte, am Fluß in die Scherben seiner Bierflaschen zu steigen.

Udo setzte die letzten Stiche, gab antiseptische Lösung darüber und erhob sich. Sein Rücken schmerzte.

»Geben Sie Ihre Personalien der Schwester.« An der Tür blickte er noch einmal zurück: »Vorsichtshalber. Damit ich das nächste Mal schon weg bin, wenn Sie aufkreuzen.«

Vier Uhr. Die Sonne blendete noch immer. Sein Dienst war in zwei Stunden zu Ende. Was er jetzt schon dringend nötig hatte, war eine Dusche. Aber es reichte ja kaum zu einer Zigarette. – Da erschien auch Renz.

»Was hältst du von einem Bier?«

Udo schüttelte den Kopf. »Für mich wäre das eine Vollnarkose. Kann ich mir nicht leisten. Wirklich nicht.«

Sie setzten sich auf die kleine Bank an der efeubewachsenen Mauer der Gärtnerei. Von hier ließ sich der Eingang der Ambulanz übersehen, noch ehe der Funkruf des Bereitschaftsdienstes es melden konnte, würde Udo einen neuen Notfall registrieren. Stöhnend streckte er die Beine aus, verschränkte die Hände hinter dem Kopf und schloß die Augen.

Walter Renz holte den Tabaksbeutel hervor und begann sich mit Andacht eine Zigarette zu rollen. »Auch eine?«

»O ja, laß mich probieren.« Die braunen Tabakfäden krümelten unter seinen Fingern. Er zerknüllte das rechteckige Blättchen und warf es weg. »Mensch, manchmal hab ich so was die Nase voll! Ich kann's dir nicht sagen.«

»War viel Holz heute vor der Tür.«

»Ach, das ist es ja nicht, Walter. Im Gegenteil...«

»Was dann?«

»Das fragst du? Der ganze Laden. Das Klima, seit...«

»Seit dein Alter übernommen hat?« Walter Renz leckte den Falz, schloß seine Zigarette und zündete sie an. Sein Gesicht wirkte bekümmert.

»Richtig, Walter. Hast wieder mal den Durchblick. Aber im Ernst: Ich schaff das nicht.

Ich hau ab. Wirklich, Walter. Es ist auch nicht zu schaffen.«

»Ödipale Probleme gibt's überall.«

»Nenn es wie du willst, Hobbypsychologe.«

»Und wo willst du hin, wenn man fragen darf? Schon mal was von Ärzteschwemme in der BRD gehört?«

»Ich werde irgendwo unterkommen.«

»So? Meinst du? Was glaubst du, wieviel hoffnungsvolle Talente wie du statt den Facharzt zu machen Taxichauffeur spielen? Soll ich dir die neueste Statistik geben? Zweiundzwanzig Prozent! Mensch, nimm Vernunft an. Das ist doch ein prima Job, den du hier hast. Hier geht's dir doch bestens. – Aber ihr seid ja nun wirklich wie Hund und Katz. Woran liegt das eigentlich?«

Udo sog an seiner Zigarette: Ja, woran?

Ein prima Job? O ja, Schwarzwaldluft und liebe Menschen. Und eine gutgehende Klinik. Was ließ sich diesem netten, ewig dankbaren und dienstwilligen Walter Renz schon erklären? Was würde er verstehen?

»Überleg dir mal, Udo: Vielleicht machst auch du Fehler? Mit euch beiden...«

»Beiden?« unterbrach Udo: »Es gibt doch nur einen: ihn!«

»Er ist schließlich der Chef.«

Udo schwieg. Nach einer Weile sagte er: »Hättest du meine Mutter gekannt, dann würdest du mich vielleicht verstehen.«

»Gut. Aber die ist tot. Und schon lange. Und damit wären wir nun tatsächlich bei einer Art Kindheitsneurose, stimmt's?«

»Vielleicht, Walter. Wenn ich mir das so überlege, könnte was dran sein. Du hast doch die alte Käte erlebt. Sie hat sich wirklich alle Mühe gegeben, meine Mutter zu ersetzen. Ohne Käte wäre ich in der Schule hängengeblieben. Was heißt hängengeblieben, ich hätte den Krempel hingeschmissen und wäre abgehauen.«

»Na gut: wenn Käte nicht gewesen wäre. – Aber sie war da. Und dafür hat letztlich dein Vater gesorgt.«

»Stimmt. Ich will auch versuchen, gerecht zu sein. Oder zumindest objektiv. Er hatte immer eine Menge am Hals. Außerdem, Chirurgie, das ist ein besonderer Job. Und Chirurgen...«

»Und Chirurgen sind eine besondere Rasse«, lächelte Renz. »Sieh uns an.«

Udo hörte kaum hin. »Ständig im Streß, Operationen, Schulungen, die Uni, Kongresse. Und dann die Berufungen nach Paris und Zürich.«

»Aber da warst du ja schon Student.«

»Ja. Aber als ich noch nicht Student war, weißt du, wie das so vor sich ging? Wie du als Junge wartest, wie du dann immer nur einen Herrn siehst, der so mal durch dein Blickfeld wischt, der nie Zeit hat, immer in Hektik ist. Aber auch du willst deinen Papi, zumindest einen zum Vorzeigen. Nur: Der hat nie Zeit. Abends geht vielleicht mal die Tür zum

Kinderzimmer auf und da steht einer. Du aber machst die Augen zu und tust, als würdest du schlafen. Und kriegst einen Kuß auf die Stirn. Oder zehn Mark, weil er dir doch versprochen hat, dich in den Zirkus mitzunehmen und das natürlich nicht geht. Wegen des Jobs! – So läuft das.«

»Nicht nur bei dir. Und manchmal viel schlimmer. Meine Eltern hatten ständig Krach. Was ist da besser?«

Udo nickte, versuchte zu verstehen. Doch schließlich: Welcher Fall erklärt den anderen? »Jedenfalls: Mein Vater war immer anderweitig beschäftigt. Und das nicht nur im OP.«

»Frauen?«

»Auch. Was dachtest du? Aber sicher: Seine letzte Dame war erst vergangenen Sonntag hier.«

»Diese Anästhesistin aus Karlsruhe?«

»Das Kreuz, das er fünf Jahre getragen hat. Eine Frau wie eine Anzeige aus dem deutschen Ärzteblatt: Akademikerin ohne Anhang. Hohen Anforderungen gewachsen, aber auch Ansprüche an hohes Format, sucht glückliche Zweitehe.«

»Jetzt gehst du aber ganz schön hart ran.«

Udo gab keine Antwort. Er blickte den Schwestern nach, die vom Hauptbau hinüber zur Kantine gingen. Sie lachten und scherzten. Er konnte Elke erkennen. Sie warf einen Tennisball hoch und fing ihn aus der Luft.

Udo fühlte sich müde und niedergeschlagen. Alles, die Mädchen, der Bau, diese hübsche, saubere, gut funktionierende Klinik im Schwarzwald erschien ihm wie eine Postkarte, die man in die Hand nehmen, betrachten und mit einem wehmütigen Gefühl zur Seite legen kann.

Doch die nächsten Worte des Freundes ließen ihn hellwach werden.

»Im übrigen: So schmal solltest du die Bandbreite eines Professors der Chirurgie auch wieder nicht einschätzen.«

»Was soll das heißen?«

Walter Renz schüttelte grinsend den Kopf.

»Na, komm schon! Spuck's aus.«

»Okay. So hart wird es den Herrn Stationsarzt ja nicht treffen. Die Geschichte mit Schwester Christa hat er offensichtlich hinter sich gebracht.«

Udos Mund war nun schmal. »Was willst du damit sagen?«

»Guck mich doch nicht so an! – Sicher ist gar nichts dabei.«

»Nichts dabei? Wenn du die Güte hättest, dich um etwas Klarheit zu bemühen.«

»Kannst du haben! Am Sonntag war ich oben auf der Hornisgrinde. Ich hatte dich doch gefragt, aber du wolltest ja nicht mitkommen.«

»Und weiter?«

»Weiter? Dort auf dem Parkplatz stand ein wunderschöner, silbergrauer Mercedes. Und daneben stand ein Herr mit wunderschönen, silbergrauen Schläfen. Er war ganz vertieft in das Gespräch mit einer jungen blonden Dame. Dann öffnete er den Schlag und die junge blonde Dame stieg ein. Dreimal darfst du raten, um wen es sich da handelte.«

Udos dunkle Augen wirkten einen Moment starr und unbewegt. Dann schienen sie aufzulodern. Der Blick war von einer Intensität, die Walter Renz erschreckte.

»Du, na hör mal, das braucht ja nichts zu bedeuten. Ich weiß auch gar nicht, ob er allein gefahren ist. Ich habe auch Elke irgendwo dort oben gesehen.«

Doch Udo nahm dies nicht auf. Zuerst war es ein dumpfer, ziehender Schmerz, der sein Denken lähmte, dann, in dem wilden Aufruhr, der die Überlegungen kreisen ließ, formte sich wie ein Bild die Erkenntnis: Deshalb also! Deshalb die unbeholfene Abwehr des Alten. Seine Kühle, die doch nur Verlegenheit verbarg. Deshalb auch die Szene, die er ihm damals auf dem Flur der Station gemacht hatte, als er Christa zusammenstauchte. Deshalb das Theater wegen seines angeblichen Versagens im Fall Wieck. Deshalb auch Christas überhebliche Ablehnung, wann immer er einen Versöhnungsversuch machen wollte... Ärzte und Schwestern, das geht nicht, hatte sie gesagt. Die Schwester und der Chefarzt aber? Ein Mann, der ihr Vater sein könnte, ging das?

Christa! Jeder hätte er es zugetraut, ihr nicht. Sie war immer so introvertiert gewesen, in ihrer eigenen Welt gefangen. Doch was konnte das schon für eine Welt sein, nach dem Abbruch des Studiums? Eine Welt voll Ehrgeiz und geheimer Träume. Vielleicht baute sie jetzt auf ihn? Glauben würde sie – IHM, dem Obergott, der bestimmte, was recht und falsch ist, der sich nahm, was ihm gefiel, ganz so, als wäre die Welt sein Besitz, sein ganz persönlicher Selbstbedienungsladen!

*

Aus der gläsernen Kabine ihres Büros sah sie es immer wieder: Vier Männer in schwarzen Anzügen auf der Seitentreppe zum Souterrain. Ein Wagen, der mit aufgeklappten Hecktüren bereitstand. Dann kam der Sarg auf dem Rollgestell die Rampe hoch, sie hoben an, schoben ihn in die Gleitschienen. Die Türe klappte zu, sie fuhren weg – hinüber zur Kirche.

Waltraut Stamer seufzte. Der Name stand auf einer der vorgedruckten Stationsmeldungen: Beck, Gerda, geboren 22. 02. 46, gestorben 07. 07., zwölf Uhr dreißig. Sie seufzte leise. Ihre Finger glitten über die Tasten der EDV-Anlage, als sie die Daten eingab. Gerda Beck. Der Mann arbeitete doch im Sägewerk? Ein Blonder, der immer so zornig und aufgeregt war.

Eine neue Meldung: Wöchnerinnenstation? – Na, Gott sei Dank! ...

Fitz, Maria. Entbindung zehn Uhr zwanzig. Kind: weiblich.

Name des Kindes: Ursula Maria.

Komplikationen: keine.

So ist halt das Leben, dachte Waltraut Stamer: Der eine kommt, der andere geht. Aber wenn die Meldungen aufeinander folgen, wird einem doch manchmal ein wenig mulmig.

Die arme Frau Beck… »Wer den Tod verstehen will, muß tief in der Liebe Gottes geborgen sein«, hatte der Pfarrer gesagt. Sicher. Doch manchmal ist das mit der Geborgenheit so eine Sache.

Das Telefon summte. Sie hob ab: Die Chirurgische. Dr. Renz war das.

»Haben Sie den Professor gesehen?«

»Nein.«

»Aber ist er durch die Halle gegangen?«

»Haben Sie es denn nicht mit dem Funk versucht?«

»Na, klar doch.«

»Na und?«

Antwort erhielt sie nicht. Der dort oben hatte den Hörer aufgeschmettert. Im OP mußte wieder ganz schön was los sein. »So 'ne Scheiße!« hatte der Renz noch gesagt.

Der Professor? – Wieso brauchten sie ihn? Wo konnte er nur stecken?

*

Im Augenblick, als Brinkmann aus dem Wagen stieg, stieß Molli jenes anschwellende Geheul aus, das anzeigte, daß sie eine Katze gesehen hatte. Oder sich das zumindest einbildete.

»Na, komm schon! – Die Leute halten dich ja für bescheuert.« Brinkmann schleppte einen hechelnden, halb erwürgten Bastard in die angenehm klimatisierten Innenräume der »Gebrüder Schipfel. – Zeitschriften, Buchhandel, Tabakspezialitäten und Raucherutensilien«. Und tatsächlich, da standen sie nun, hinter spiegelnden Glasscheiben, eine an der anderen: Pfeifen in allen Braun-, Rot- und Schwarztönen, flammend gemasert, aus Ton und Meerschaum, oder Bruyère. Pfeifen aus allen Ländern und Provenienzen. Brinkmann gestand sich ein: Auch sein neuester Anlauf, sich das Rauchen abzugewöhnen, mußte als gescheitert betrachtet werden.

»Wissen Sie«, wandte er sich mit blassem Lächeln an einen der Gebrüder Schipfel, einen kleinen dicken Mann mit Säuglingslippen, »ich liebe Pfeifen. Ich war schon mal Pfeifenraucher. Damals nahm ich die Pfeife, um mir die Zigaretten abzugewöhnen. Und was mach ich? Ich greif wieder zum Glimmstengel.«

»Aber gewiß doch, Herr Professor. Aber sicher.«

»Vielleicht ist's die Arbeit.« Brinkmann riß energisch an Mollis Leine. »Bist du endlich ruhig! – Bei meinem Beruf, verstehen Sie... Nein, das verstehen Sie nicht. Aber zeigen Sie mal, was Sie haben.«

Gerade, als Brinkmann die erste Pfeife hochnahm und ihren Kopf zärtlich streichelte, hörte er hinter sich eine fröhliche Stimme: »Guten Morgen, Herr Professor!«

Er drehte sich um.

Zwei graugrüne, sehr klare Augen. Ein lächelnder, schön geschnittener Frauenmund. Christa, das Mädchen, über das er sich schon einigemal den Kopf zerbrochen hatte, ohne so recht zu wissen warum.

»Sie auch noch?«

»Wieso auch noch?«

»Ja, wissen Sie, Schwester Christa: Ich hoffte, ich könnte diesen Pfeifenkauf inkognito erledigen. Mich hat's wieder erwischt. Ich bin in die Nikotinfalle geplumpst. Und ein Mann wie ich, eitel bis auf die Knochen, zieht es vor, seine Niederlagen ohne Zeugen zu überstehen.«

Nun lachte sie. »Wenn das so ist, Herr Professor, dann schwör ich Ihnen, ich sag's niemand.«

Sie wollte sich abwenden, blieb plötzlich stehen, nahm die Hand hoch und stupste mit dem Zeigefinger seine Brusttasche an: »Entschuldigen Sie...«

»Bitte?«

»Ich glaube, Sie werden gewünscht, Herr Professor. Hören Sie nicht? Der Piepser! Man braucht Sie in der Klinik.«

Tatsächlich. Was hatte ihn so aus dem Konzept gebracht? Molli? Oder dieses Mädchen, ihr Lächeln, ihre Augen?

»Sehen Sie, nicht nur Molli, auch wir sind ständig an der Leine. Herr Schipfel, haben Sie ein Telefon? Ich fürchte, ich muß diesen Besuch verschieben.«

»Hier drüben, Herr Professor.«

Brinkmann nahm den Hörer ab. In der nächsten Sekunde erlosch das Lächeln auf seinem Gesicht. Konzentriert wirkte es nun, konzentriert und besorgt. »Gut. Ich komme. In spätestens fünf Minuten.«

*

Dr. Schäfer stand mit dem Rücken vor der riesigen Milchglasscheibe des OP II. Die Operationsmaske hatte er wieder abgenommen. Er versuchte, sich durch ruhige, gleichmäßige Atmung zu entspannen. Es gelang nur schwer. Noch immer hörte er die Schmerzensschreie der Kleinen, noch immer dachte er an den aufgetriebenen Leib, an entsetzte Augen in einem blaß verfärbten wie zerfallenen Gesicht.

»Fünf Minuten«, hatte Brinkmann gesagt. Herrgott, wo blieb der Chef?

Ein »akuter Bauch«, für junge Chirurgen eine Situation, die einem Alptraum gleicht und Fluchtgedanken eingibt, doch auch für Erfahrene eine Herausforderung, die sie oft bis an die Grenzen ihrer Leistungsfähigkeit führt. – Für Hermann Schäfer aber...

Welchen Witz hatte das Schicksal sich hier geleistet!

Arme, kleine Monika...

Ausgerechnet sie!

Wichtigstes Prinzip jeder Akut-Operation war äußerste Gelassenheit, jener Abstand, der sich nur dann einstellte, wenn alle persönlichen Gefühle vor der Aufgabe zurücktraten. Aus diesen Gründen lehnen die meisten Chirurgen es ab, ihnen nahestehende Personen in schweren Krisen zu behandeln. Dr. Schäfer waren solche Überlegungen stets etwas übertrieben erschienen, er baute auf seine kühle Ruhe. Jetzt aber verstand er sie: Das zwölfjährige Mädchen, das dort langgestreckt und fertig gelagert auf dem OP-Tisch schlief, stand ihm sehr nahe. Bei dieser brettharten Bauchspannung war die Möglichkeit einer inneren Blutung nicht auszuschließen. Wenn Brinkmann nicht bald erschien, würde er öffnen müssen. Die anderen dachten wie er, das wußte er, und sie wunderten sich bereits...

Wieder sah er zu Renz hinüber. Der stand da, beide Arme über dem Magen verschränkt, in der klassischen Warteposition der Chirurgen aller Kliniken dieser Welt. Ein Glück, daß Renz assistierte, er besaß gute Nerven und trotz der wenigen Jahre Allgemeinchirurgie eine erstaunliche Sicherheit. Auch auf Wolters, den Anästhesisten, war Verlaß. Die anderen aber, Schwester Ella, die »Instrumentöse«, die kleine Irmi als Springschwester, auch den OP-Pfleger, alle hatte er schließlich selbst mitausgebildet. Sie standen bereit.

Nur einer fehlte.

Wieder glitt sein Blick hinüber zu Monika.

Sie atmete ruhig und gleichmäßig, das Gesicht von der schwarzen, luftdicht aufgeschnallten Narkosemaske bedeckt. Schäfer hatte eine Intubation angeordnet. Durch das Atmungsrohr, das der kleinen Patientin zuvor in die Luftröhre geschoben worden war, floß Gasgemisch, doch die Atmung war spontan, erfolgte selbständig: Im selben Rhythmus wie der Brustkorb sich hob und senkte, blähte sich der Atembeutel, begleitet von den Lichtimpulsen und dem metallenen Ticken der Pulskontrolle.

Achtzehn Uhr zehn! Und im breiten Spähfenster, das vom OP in den Vorbereitungsraum führte, noch immer niemand zu sehen. Herrgott noch mal! Dabei hatte Brinkmann doch gesagt, er sei bereits unterwegs. Fünf Minuten? Wie lange können fünf Minuten dauern?

Auch Walter Renz schielte zur Uhr hoch. Schwester Ella war zum drittenmal dabei, ihre Schalen und Instrumente zurechtzulegen.

Achtzehn Uhr vierzehn!

...Der Alte würde, mußte kommen, dachte Walter Renz, aber was führt Schäfer sich so auf?!

Sicher, bei dieser ungeklärten Ausgangslage war die Operation für jede Überraschung gut. Auch für die Schlimmste: eine Darmpassagenstörung.

Oder tatsächlich Blutungen im Bauchraum? Die Röntgenaufnahmen zeigten kein klares Bild. Wie auch? Aber gerade darum mußte Schäfer doch anfangen! Wieso hatte er bloß solche Manschetten? Das war doch sonst nicht seine Art. Außerdem: bei seiner Erfahrung im Bauchraum, wieso schrie er nach dem Alten? – Moment, er zog sich die Maske hoch? Also fing er an...

Walter Renz wollte gerade seinen Platz einnehmen, da machte er im Spähfenster eine Entdeckung und hob die Hand. »Moment, Herr Doktor Schäfer! Ich glaube, er kommt.« Schäfer wandte sich hastig um, tatsächlich, hinter der Scheibe, hell erleuchtet, Brinkmanns Kopf, Brinkmanns Lächeln, die grüßende Hand. Kurze Zeit später, die Zeit, die sie benötigten, um das lebenswichtige Ritual der aseptischen Reinigung zu vollziehen, ging endlich die Tür auf. Brinkmann hatte die Schürze bereits umgebunden, die Schwester streifte ihm die Handschuhe über, und wie er nun so dastand, autoritäre Gelassenheit verströmend, die alle Nervosität und Spannung bannte, erinnerte sich Walter Renz an den Spitznamen, den Brinkmann bei Ärzten und Personal in Basel getragen hatte: »King« hatten sie ihn dort getauft. King? – Ein bißchen bombastisch, aber gar nicht so übel.

Brinkmann hob die Hand: »Bitte!«

Schäfer deutete auf die Röntgenbilder am Leuchtschirm. Sein Bericht erschöpfte sich in kurzen, hastig hervorgepreßten Stichworten: chronische Appendizitis. Vor einem Jahr Blinddarmentfernung im Krankenhaus Landsberg. Trotz der Appendektomie immer wieder aufflammende Beschwerden. Gynäkologisch ohne Befund. Seit gestern Fieber, 37,8 rektal, starke Bauchschmerzen mit anschließenden Koliken, Bauchspannungen, leichte Atembeschwerden. Der Hausarzt hatte Antibiotika gespritzt. Die Beschwerden ließen trotzdem nicht nach.

Brinkmann schwieg. Eine ganze Leidenslitanei. Diagnostisch betrachtet brachte sie nichts, außer der Erkenntnis, daß sofort etwas unternommen werden mußte. Es war die alte Geschichte, erlebt in Hunderten von ähnlichen Situationen: Eine verschluderte Operation, ein verpfuschter Patient, und wenn die Folgen dann zum Ausbruch kommen, treiben sie dich in eine Operation hinein ohne die geringste Möglichkeit der Absicherung. Du hast keine Wahl. Auch genauere Röntgenaufnahmen würden daran nichts ändern.

Die Frage an das Team: »Alles in Ordnung?« war nichts als ein Routinetrick, um eine letzte Frist zu gewinnen. Wie ein Computer spulte sein Hirn die Erfahrungsbilder ab, sortierte, verglich, was er in ähnlichen Situationen erlebt hatte, während die Hand jetzt vorsichtig den vorgewölbten, harten Bauch abtastete.

»Verstärkte Darmgeräusche beim Abhorchen«, hatte Schäfer gesagt. Der Darm kämpft gegen ein Hindernis an. Dazu ein streuender Infektionsherd, deshalb die Temperatur. Die Aufnahmen zeigten einen verschatteten Unterbauchbereich – also Flüssigkeitsansammlung. Ein unvollständiger Ileus, eine teilweise Darmabschnürung? Die Ursache?.. Vielleicht ein Verwachsungsstrang nach der Blinddarmoperation, der seine Schlinge um den Darm zuzog und ihn abschnürte? Oder trotz der ergebnislosen gynäkologischen Untersuchung eine Eierstockentzündung? Vielleicht sogar eine stielgedrehte Eierstockzyste... Doch zu einem solchen Bild war die Patientin fast zu jung. Fast? Vielleicht?... Ein Tasten im dunkeln. Hier half nur eines.

»Schnitt!« sagte Brinkmann.

*

Ein chirurgisches Messer ist scharf, sehr scharf. Die Klinge, die Brinkmann benutzte, kam aus dem Kühlschrank: Eisgekühlte Klingen trennen noch feiner.

Die ersten Blutperlen sprangen auf. Brinkmann hatte das Skalpell auf der rechten Bauchseite in Nabelhöhe angesetzt. Nun zog er es nach unten. Längsschnitt neben der Mittellinie, die klassische Eröffnung.

Während er das Unterhautfettgewebe bis auf die Bauchmuskulatur durchschnitt, eine Abfolge von Handgriffen, die nur Routine beanspruchten, kreisten die Fragen weiter, hielt ihn die Ungewißheit im Griff: Ein Tumor vielleicht? Warum nicht? Krebs im Anfangsteil des Dickdarms, hatte er das nicht auch schon bei jungen Leuten erlebt?

Die ersten, kleinen Flächenblutungen aus dem Fettgewebe. »Tupfer!« Ja, Handgriffe – schneller, bloß kein großer Aufenthalt! Die Blutung würde sowieso stehen, sobald die Bauchsperre eingesetzt war.

Die Diathermie-Pinzette, die die Gefäße bei der Trennung der Bauchmuskulatur punktförmig verschorfte, zischte leise. Wieder begegnete er Schäfers Augen. Was war mit ihm los? Schäfer war heute nicht in Form, das war ihm sofort klargewesen, als der seinen Platz, die Position des ersten Assistenten, ihm gegenüber auf der linken Seite des Tisches einnahm. Als sie jetzt gemeinsam den Bauchmuskel auseinanderdrängten, wirkte er zögernd wie ein Anfänger. Na, Renz an seiner rechten Seite spurte. Er hielt bereits mit dem stumpfen Roux-Haken das Bauchfell auseinander: bläulich schimmerndes Gewebe, der letzte Vorhang, der das Geheimnis dieser Krankheit verhüllte.

»Vorsichtig anheben.« Mit der chirurgischen Pinzette zog er das zarte Gewebe hoch.

»Gegenfassen.«

Endlich. Schäfers Pinzette griff gleichfalls zu. Nun der Schnitt, gerade so groß, um zwei Finger durchzulassen und somit bei der weiteren Arbeit jede Darmverletzung zu vermeiden. Das Messer zog seine Spur zwischen den gespreizten Fingern, klare

Flüssigkeit floß, ein leichter Bauchhöhlenerguß, doch kein Eiter zu erkennen.

Brinkmann vergrößerte den Schnitt. Und da war es: Die Dünndarmschlingen, matt und kränklich, in den Kurven verwachsen und verklebt.

»Bauchtuch!«

Das dreißig mal dreißig Zentimeter große, abgesteckte Mullviereck, das nun mit den Tuchklammern am Schnittrand festgeklammert wurde, wirkte wie eine Kulisse, die das Operationsdrama klar und deutlich darstellte. Auch die Schaufelhaken des Bauchspreizers waren gesetzt. Zum erstenmal blickte Brinkmann zum Kopfende hoch: »Die Patientin preßt.« In seiner Stimme schwang Vorwurf.

»Ich gebe mehr Succinyl«, kam es vom Anästhesisten zurück. Wolters hatte das Mittel sehr vorsichtig dosiert, einen Muskelrelax, der nach dem Wirkprinzip des Curare, des indianischen Pfeilgifts, eine vollkommene Lähmung herbeizuführen vermochte; nach jahrelanger Arbeit in den Alchemistenküchen der pharmazeutischen Industrie entschärft und damit zu einer wahren Gnade, einem unentbehrlichen Hilfsmittel der modernen Chirurgie geworden.

Das Succinyl wirkte sofort. Die Muskelspannungen klangen ab. »Blutdruck normal«, meldete Dr. Wolters.

Brinkmann arbeitete weiter. Die Durchgaben des Anästhesisten gehörten genauso zur Begleitmusik der Operation wie der metronomisch-präzise

Meldungsschlag des Tickers der Pulskontrolle. Das Herz schien in Ordnung.

»Oh, verdammter Mist!« Renz hatte es herausgestoßen. Auch Schäfer sagte jetzt etwas. Es war nicht zu verstehen...

Doch Brinkmann nickte. Das also!

Verbackene Schlingen, wo man hinsah! Die Wand des Dünndarms hier stark entzündet und verdickt. Im Bereich des Mesenteriums das gleiche: verschwielt und mit Infiltraten bedeckt. Überall Verwachsungen, Spuren der Infektion, gegen die der kleine Körper schon seit Monaten gekämpft hatte.

»Sehen Sie, Schäfer! Das geht bis hier runter zum Uterus. Wir müssen das ganze Stück Ileus herausnehmen.«

Schäfer schwieg.

Brinkmann streckte die Hand aus. Das Wort »Schere« brauchte er nicht auszusprechen, die Instrumentöse schien jeden seiner Gedanken mitzufühlen, zögerte bei den Entscheidungen mit ihm und traf dann doch die richtige Wahl. Ein wahres Gottesgeschenk, diese Frau! – Bei seinem Weggang aus Karlsruhe hatte Brinkmann zunächst daran gedacht, seine alte vertraute OP-Schwester mitzunehmen. Die Zusammenarbeit mit Barbara war so sehr Teil seiner selbst, seiner Sicherheit geworden, daß er sich die Arbeit ohne sie kaum vorzustellen wagte. Trotzdem: Er hatte verzichtet. Wenn schon Neuanfang, dann mit Konsequenz!

Er wandte den Kopf und zwinkerte anerkennend. Vielleicht besaß Schwester Ella nicht Barbaras Können – vielleicht war sie nicht so schnell, doch zweifellos arbeitete sie noch umsichtiger.

»Danke, Schwester.«

Die Situation war klar. Bis hier zumindest: Verwachsungen, Infiltrate, Verhärtungen, sogar im großen Netz – Folgen einer schlampigen Blinddarmoperation, durch irgendwelche Ist-doch-alles-halb-so-schlimm-Chirurgen.

Er würde einen großen Teil des Dünndarms entfernen müssen. Es gab keine andere Lösung.

»Ileus-Resektion.«

Von Schäfer erhielt er nur ein unmerkliches Nicken. Brinkmann begann den kranken Darm zu lösen. Wie es geschah, welcher Teil des brüchigen Gewebes nachgegeben hatte, er konnte es auch später nicht sagen. Dazu war der Beginn ganz undramatisch: Ein heller Faden Blut, vielleicht aus einer Verwachsung, die sich unmerklich geöffnet hatte. Doch dann wurde der Streifen zum Rinnsal, aus dem jäh eine winzige, schrecklich pulsierende Fontäne emporstieg. Sie ließ das Operationsfeld, das er gerade noch beobachtet hatte, in einer Pfütze Blut versacken.

»Tücher.«

Er hatte seine Stimme vollkommen unter Kontrolle. Auch die Hände, die die Ursache zu ertasten versuchten. Neue Tücher, sie halfen nichts.

»Absaugen, Herrgott!«

Den »Herrgott« hättest du dir schenken können. Und was fummelte Schäfer hier herum? Ich seh doch nichts. Ich muß sehen, davon hängt jetzt alles ab.

»Absaugen!«

Er hielt die Gefäßklemme in der Hand, mit der er die Blutung unterdrücken konnte. Nur, wo? – Dann endlich sah er: Ein Darmriß von fünf, sechs Zentimetern, Epithel-Strukturen, die zerbrochen waren wie eine mürbe Backsteinwand. Die Patientin hatte noch Glück gehabt, daß es hier geschehen war. Nicht auszudenken, was passiert wäre, wenn sie zu Hause...

»Blutdruck fällt«, kam es von Wolters. Na sicher. Aber jetzt hatte er das Gefäß. Seine Hände arbeiteten, als gehörten sie nicht zu ihm, losgelöst, traumwandlerisch, neue Tücher wurden gereicht – endlich, er brauchte sie nicht mehr.

»Druck stabilisiert sich.«

Brinkmann richtete sich auf. Er sah, wie sich Schäfers Mundschutz bei einem erleichterten Ausatmen nach vorne wölbte. Er sah die Blicke, er sah, wie ihm Schäfer zunickte.

»Na, das hätten wir! Nun können wir weitermachen, meine Herren.«

*

Udo schloß die Augen, als Leonhard Cohens Gitarre das Thema übernahm, es in jene bitter-sanfte Melancholie verwandelte, die so sehr seiner eigenen Stimmung entsprach, die ihn forttrug: »Als ich kam, war ich ein Fremder…«

So singen zu können, dachte er, zu dichten wie Cohen, mit Musik sich zu befreien, ja, frei zu sein, statt Handlanger, Sklave eines Mannes, der dich bei jeder Gelegenheit fertigzumachen versucht und der dazu noch Vater genannt werden will!

In den Ecken des großen Raumes verflossen die sepiafarbenen Schatten des Abends. »Ich hab's versucht«, sang Cohen, »ich war ein Narr…« Die erleuchteten Zeiger der Stereoanlage zuckten. Udo hatte die Hände unter dem Nacken und sah ihnen zu. Die Klage erlosch so ziemlich zum selben Zeitpunkt, als die Tür aufging und eine übelgelaunte Käte Marek auf der Schwelle stand.

Mißbilligend starrte sie ihn an. Dann marschierte sie in die Mitte des Zimmers: »Hör mal! Hier rumliegen, das Haus mit Krach volldonnern, nichts essen – was soll denn das?«

Udo erhob sich und schaltete die Anlage ab. »Du hast mir noch gefehlt!«

»Sicher hab ich das. Und deine Bude, wie sieht die denn aus?«

»Nach mir«, sagte er: »Nach Udo!«

»Richtig. Nach dir.«

»Was willst du denn hier?«

»Was ich hier will? Das Essen steht auf dem

Tisch. Und du nimmst nicht mal das Telefon ab. Gebrüllt hab ich. Wirklich, die Seele aus dem Leib hab ich mir gebrüllt.«

»Und wenn ich keinen Hunger hätte, Liebste?«

»Hast du aber. Ich kenn dich doch. Außerdem: Es gibt Forellen und Salat. Zum Nachtisch gebakkene Bananen mit Sahne. Hast du jetzt Lust?«

Er rieb sich die Hände zwischen den Knien, schwieg und beobachtete, wie sie schnaufend die Zeitungen vom Teppich sammelte: »Warum mußt du das Zeug überall rumliegen haben?«

Doch dann sprach Käte Marek nicht weiter. Ihr Blick war auf die Anzeigen gefallen. Einige hatte Udos Rotstift umrandet: »Zwei-Zimmer-Wohnung, Lärchengasse«, las sie. »Beste Aussichtslage.« Weiter: »Solventem Mieter bieten wir noch drei freie Garconetten in der Terrassensiedlung Neusteig an.«

Sie blickte hoch. »Was soll denn das?«

»Das fragst du, Käte?«

»Ja, das frag ich.«

Er setzte sich zu ihr auf den Teppich. »Käte! Ist es dir wirklich nie in den Kopf gekommen, daß es mir hier mal zu eng werden könnte?«

»Zu eng? Du suchst also tatsächlich eine Wohnung?«

»Ja. Tatsächlich. Und eng, das ist nicht räumlich zu verstehen. Eher schon atmosphärisch.«

Sie gab ihm den Blick zurück. Sie schüttelte den Kopf, zerknüllte den Immobilienteil mit den

Anzeigen und warf das Blatt in den Papierkorb. »Zu einer Atmosphäre gehören wie so oft zwei. Findest du das nicht auch?«

»Sicher. Doch was mach ich falsch?«

»Du mit deiner Kodderschnauze fragst mich das? Komm, Udo, du brauchst doch nicht immerzu sticheln. Du könntest doch einmal auf ihn zugehen. Er hat es wirklich schwer, das weißt du.«

»Aber wie es um mich steht, was ich...« Er unterbrach sich, doch sein Mund bewegte sich noch immer und das rührte sie. Sie wußte, was dieser Blick bedeutete. Er konnte noch so grinsen, in seinen Augen stand etwas anderes: Hilf mir! stand darin. Und dieser Blick war nur an sie gerichtet, so empfand es Käte wenigstens, er hatte ja keine andere Adresse seit damals, als der Junge plötzlich ohne Mutter war. Sie wußte es. Und sie hatte sich immer nach Kräften bemüht, ihn zu verstehen und ihr Handeln danach auszurichten. Doch, daß er eine Wohnung suchte, weg wollte, das verstand sie nicht.

»Ich versteh dich nicht.«

»Aber du hast Augen im Kopf. Du siehst, daß er mich gerade noch toleriert. Das mußt doch auch du spüren... Und du bist nicht in der Klinik. Du weißt nicht, was das heißt, mit ihm zu arbeiten.«

»Ich habe eher den Eindruck, daß er sich beruflich mit dir...«

»Käte, lassen wir's! Ich weiß ja: Ein Arzt muß lernen. Und einer, der lernen muß, den soll man hart anfassen. Auf diese Formel kann man's auch bringen.« Er lachte bitter. »Du hast keine Ahnung. Soll ich dir mal etwas anderes erzählen? Eine kleine, hübsche Geschichte? Da gibt es ein Mädchen namens Christa...«

»Schon der Anfang gefällt mir nicht. Außerdem: Ich kenne das Mädchen namens Christa.«

»Gut. Dieses Mädchen namens Christa war mit einem jungen Mann namens Udo...«

»Ich sag dir doch, so gefällt mir das nicht. Schon deshalb nicht, weil du wieder ungenau wirst. Christa war *eines* der jungen Mädchen des jungen Mannes Udo, das wäre präziser. Also, sag mir, was passiert ist.«

»Das solltest du ihn fragen. Vielleicht ist ihm etwas passiert?«

»Ich versteh kein Wort.«

Udo stand auf. Er ging zum Fenster und blickte hinaus über die weichen Schwünge des Tals, das sich unter einem rotgoldenen Abendhimmel duckte, ein in Purpur zerfließendes Gold, so schön, daß es bereits wieder kitschig wirkte. Was sollte er der alten Frau dort sagen? Daß er sie mochte? Daß er immer gedacht hatte, sie würde zu ihm halten? Nein, es gab nur einen einzigen Entscheid: Wegzugehen! Raus. – Die klare Lösung: Der Schnitt mit dem Skalpell.

»Also, was ist?« hörte er hinter sich.

Er zuckte mit den Schultern. »Ich sag doch, frag ihn. Für mich gibt's nur eines: Ich such mir eine

Wohnung. Und am liebsten wäre es mir, wenn die nicht hier, sondern ein paar hundert Kilometer entfernt liegen würde.«

»Udo!« Ihre Schritte. Nun stand sie hinter ihm. Nun lag ihre Hand auf seiner Schulter. Und da war ihre Stimme, der weiche, warme Ton darin, mit dem sie ihn immer als Junge getröstet hatte: »Udo, sei doch vernünftig!«

Die Klein-Udo-Stimme!

»Das sagst du besser ihm«, wiederholte er. Und er konnte den nächsten Satz nicht für sich behalten: »Warum muß er ausgerechnet mit ihr?!«

»Mit Christa? Das ist doch Unsinn!«

»Unsinn? Auf der Hornisgrinde sind sie gesehen worden. Gut, das kann ein Zufall sein. Aber wie er sie ständig bevorzugt, wie er mich wegen ihr fertigmacht, das ist kein Zufall mehr.«

»Auch alles Unsinn. Totaler Quatsch! Udo, komm...«

Doch er rührte sich nicht, und nie hatte sie so viel Hilflosigkeit ihm gegenüber gefühlt...

*

Im OP II warf Klaus Brinkmann einen flüchtigen Blick auf das weiße Emailzifferblatt an der Wand: Achtzig Minuten dauerte nun die Operation. Bei den ganzen Komplikationen, die sie bisher durchgestanden hatten, war das keine üble Zeit. Sein Rücken schmerzte. Nach einer Achtzig-Minuten-

Phase war es stets das gleiche: Der Rücken verspannte sich, er konnte die Uhr danach stellen.

Er bewegte die Schultern, um sie zu lockern. Die Hauptarbeit war getan, der von der Infektion befallene Darm entfernt, die Nähte, die die neue Verbindung schafften, angelegt. Die Blutung stand. Die Bauchhöhle war desinfiziert und in die Bauchfellausstülpung ein Drain gelegt, der die Wunden sauberhalten sollte.

Die Spannung wich. Die Kleine würde durchkommen, gar kein Zweifel! Aber diese Infiltrate, knorpelhart waren sie gewesen. Was hatten diese Stümper bloß mit ihr angestellt?!

Er nickte Renz zu. Der Assistent hatte bereits die Nadel mit dem Synthofil-Faden in der Hand, um das Bauchfell zu schließen. Zwei Liter Blutkonserven hatten sie gebraucht. Auch das hielt sich in Grenzen. – Wieder schickte Brinkmann einen Blick hinüber zum Kopfende des Tisches. Etwas Haarschimmern, ein schmaler Hals. Die Maske.

Doktor Schäfer bemerkte es als erster: Das metallene Weckergeräusch der Pulskontrolle hatte sich verändert. Nun riß es auch Brinkmanns Kopf hoch. Sein Blick hing an den grünen Leuchtzeichen und Kurven des Kreislaufmonitors.

»Sie wird doch nicht, Herrgott...!«

Mitten in den angstvollen Gedanken hinein, so unvermittelt, als zerschmettere ein Hammerschlag die Stille, kam der Ruf Doktor Wolters: »Herzstillstand!«

Brinkmann war es, als erstarre alles Leben: Schwester Ella, deren Hand einen Nadelhalter hochhielt, Schäfers aufgerissene Augen, Renz, der sich vorbeugte, in der Bewegung fixiert wie auf einer Momentaufnahme. Erst das Hochgefühl des bevorstehenden Sieges, die Befriedigung nach achtzig Minuten allerhöchster geistiger und körperlicher Anstrengung – und nun? Absturz!

»Sauerstoff!« Brinkmann stieß es hervor und wußte zugleich, daß der Befehl unnötig war: Die Computer-Automatik des Narkosegeräts war bereits auf »Wiederbelebung« geschaltet. Er wirbelte herum, starrte Renz an, deutete mit dem Kinn auf die Wunde. Der Assistent begriff sofort und schloß mit fliegender Hast die Wundränder mit Tuchklammern.

Brinkmann aber beugte sich über den schmalen Leib. Er setzte beide Hände auf das Brustbein: »Interoperativer Herzstillstand!« Herrgott im Himmel, wie oft ist dir das in den letzten zehn Jahren passiert? Dreimal. Und nun bei diesem Kind...

Er begann mit der Massage, fühlte den elastischen Widerstand, drückte weiter: neunzigmal pro Minute. Mit beiden Händen! Und möglichst tief, bis zur Wirbelsäule hinab. Die Kraft aber bei jedem Druck so dosiert, daß keine Rippe in Mitleidenschaft gezogen werden kann, daß sie auch nicht auf die frisch gelegten Nähte wirkt und trotzdem das Herz wieder zum Arbeiten bringt! –

Die Anstrengung trieb die Blässe aus seinem Gesicht. Rot wurde es und heiß.

Neunzigmal! Der Schweiß lief ihm über den Rücken. Jetzt war er froh um die Hantelübungen, die er jeden Morgen auf sein Programm gesetzt hatte. Hoch-tief, hoch-tief! Er hatte die Augen geschlossen, fühlte mit dem leblosen Körper und versuchte seinen Reflexmechanismus in ihn überfließen zu lassen: Hoch-tief, hoch-tief... Und bei jedem Tief der Druck, der den Blutstrom zu den Körperenden, vor allem ins Gehirn hochdrückt.

Die erste Minute. Die zweite.

Weiter! Nicht aufgeben.

Die dritte...

Das Herz muß doch wieder kommen! Laß es kommen... »Artherenol!« stieß er hervor. Das Gehirn hatte genügend Sauerstoff. Das Herzmittel konnte, mußte den ersehnten Zündfunken auslösen.

Aus den Augenwinkeln beobachtete er, wie die Kanüle, von Renz geführt, sich zwischen die Rippen senkte. Wieder der Blick auf die Anzeigen. Wie oft schon! Dieses Warten auf das erste Lichtsignal, das erste, zarte Ticken.

Nichts!

Weiter. Erneut setzte er die Handballen auf den Brustkorb der Zwölfjährigen, drückte, sandte Flüche und Stoßgebete zum Himmel: Nun hilf schon, hilf! Verdammt noch mal! Ein Kind. Denk doch. Zwölf Jahre...

Und da!

Durch das Hämmern des eigenen Herzens, das Rauschen in seinen Ohren drang das erste Signal: Tick-tick. Nie war ihm das Geräusch so laut, so klar abgegrenzt, so schön erschienen. Tick-tick-tick...

»Puls hundert. Druck hundertzehn-neunzig«, meldete Wolters.

»Puls hundertzehn. Druck hundertzwanzig-neunzig.«

Na, also! Das Herz schlug wieder. Und es schlug von selbst. Es schlug kräftig, es schlug regelmäßig.

Brinkmann trat vom Tisch zurück. Seine Arme fielen herab, die Muskeln schmerzten. Er fühlte, wie ihm unter dem Operationsmantel der Schweiß in Bächen am Körper niederrann.

Sie sahen einander an. Nun sagte er es laut: »Na, also!«

*

Vielleicht war es ungerecht, vielleicht auch eine Art von bedingtem Reflex, Brinkmann konnte es nicht ändern: Beim Anblick eines Klinikverwaltungsdirektors reagierte er stets mit leichtem Unbehagen. Auch jetzt. Dabei war dieser Mühlmann doch gar nicht so übel. Mein Gott, wenn er an diesen Erbsenzähler in Karlsruhe dachte! Mühlmann dagegen: das Haar in modischen Locken, metallgefaßte Brille, gewinnendes Lächeln, schneller Verstand.

Gerade hob Mühlmann die Zigarrenkiste an die

Nase, schnupperte andächtig, stellte sie dann wieder entschlossen zurück. »Ich rauche nicht, Herr Professor.«

»Ach, nein?« fragte Brinkmann mit trübem Schuldbewußtsein. »Bis vor drei Tagen sah ich mich auch noch als Nichtraucher. Und das vier Monate lang. Jetzt bin ich auf Pfeife umgestiegen. Aber, Herr Mühlmann, was gibt's denn?«

»Zunächst meine Gratulation, Herr Professor!«

»Zu was?«

»Das fragen Sie? Die Operation an der kleinen Monika Großmann war ja wohl eine Glanzleistung.«

»Das war Glück, Mühlmann. Glück und der liebe Gott. Der hat ganz tüchtig die Hand darüber gehalten.«

»Und wie geht es ihr?«

»Ja nun, sie liegt noch auf der Intensivstation. Aber sie macht Fortschritte. Ihr Zustand auf jeden Fall birgt keine Komplikationsgefahr mehr. Aber ihr tut ja so, als hätten wir eine Kronprinzessin im Haus. Jeder gratuliert. Schließlich bin ich sonst auch nicht gerade untätig.«

»Natürlich nicht. Nur...«

»Nur was?«

»Nun, Herr Professor: Ihr Vergleich mit der Kronprinzessin war gar nicht so unrealistisch.«

»So? Meinen Sie? Weil sie Monika Großmann heißt?« Brinkmann faltete die Hände. Seine Stimme klang lauter, als er es für dieses Thema angebracht hielt. »Ich will Ihnen mal was sagen, Herr Mühlmann: Zu meiner Zeit, als ich in dieser Stadt noch als Junge rumrannte, war der Name Großmann vollkommen unbekannt. Da gab's weder Großmann-Fabrik, noch Großmann-Gruppe, noch Großmann-sonstwas. Gut, wir hatten den alten Wirtz, der die Uhren herstellte. Aber weil Großmann auch ihn aufkaufte, hat sich für mich persönlich nichts geändert, rein gar nichts. Hab ich mich da klar ausgedrückt?«

»Haben Sie«, seufzte Mühlmann.

»Na also! Die kleine Monika hätten wir genauso durchgezogen, auch wenn sie auf den Namen Maier oder Müller hören würde. Aber da wir schon bei Großmann sind: Vor einiger Zeit kam so eine Dame Großmann zu mir nach Hause. Ich habe sie rausgeschmissen.«

»Sie haben was, Herr Professor?!«

»Rausgeschmissen. Was machen Sie denn für ein Gesicht? Sie erinnern sich doch an den Fall?«

»Angelika Großmann?« flüsterte Mühlmann.

»Ja, Angelika Großmann. Die Verlobte dieses Verkehrsgangsters, der zwei arme, alte Leute auf dem Gewissen hat. – Mühlmann! Sie hätten selbst sehen müssen, wie sie sich aufführte: Arrogant, impertinent, geschäftstüchtig. Und das noch in umgekehrter Reihenfolge. Nein, hören Sie mir mit den Großmanns auf!«

Diesmal hatte Mühlmanns Seufzen einen gepreßten Unterton, er machte sich auch keine Mühe mehr, sein Lächeln wiederzufinden. In seinen Augen stand der blanke Tadel. »Jetzt kapiere ich...«

»Was denn?«

»Na, das Theater mit dem Computer-Tomographen.«

»Was hat das alles mit dem Tomographen zu tun? Der war uns doch fest zugesagt?«

»In Aussicht gestellt, Herr Professor. Und zwar durch eine Schenkung der Großmann-AG. Aber die haben dann plötzlich die Spende annulliert.«

»Ist das Ihr Ernst? Davon hatte ich keine Ahnung.«

Mühlmann schob sich aus seinem Sessel hoch, rieb sich nervös die Hände, tat fünf Schritte vor und fünf Schritte zurück: »Entschuldigen Sie, Herr Professor, aber diese Sache setzt mir nun doch zu. Sie hatten keine Ahnung? Vielleicht sollten Sie sich doch ein wenig um Fakten kümmern, die für uns entscheidend sind.«

»Zu was habe ich einen Verwaltungsdirektor?« Manchmal konnte Brinkmanns Grinsen anstekkend wirken, diesmal verfehlte es seine Wirkung. »Seien Sie doch nicht so nervös, Mühlmann. Und jetzt raus mit der Sprache.«

»Daß die Großmanns für den Krankenhausträger durch ihre Beihilfen eine gewisse Rolle spielen, ist Ihnen bekannt?«

»Habe ich gehört. Aber daß uns vom Kreis ein dringend notwendig gebrauchtes Gerät angekündigt wurde und daß man uns dann plötzlich mit einem Rückzieher konfrontiert...«

»Herr Professor!« unterbrach Mühlmann. »Der Tomograph konnte nur aufgrund der Zusage einer Schenkung in den Etat aufgenommen werden. Einer freiwilligen Schenkung, die zurückgezogen werden kann. Auch der Kreisdirektor hat bereits eine Anfrage gestellt. Was soll ich denn machen? Die halbe Stadt lebt von Großmann. Herr Professor, sollen wir uns auf die Barrikaden stellen und mit dem Finger auf ihn zeigen?«

Mühlmann stand hinter dem Besuchersessel, die Hände flach aufs Polster gelegt. »Na ja, vielleicht jetzt nach der Operation wird das Bild sich wieder ändern...«

Das Bild? dachte Brinkmann. So also sah das hier aus! Er musterte den Mann vor seinem Schreibtisch. »Fassen wir doch noch mal zusammen, lieber Mühlmann: Nach Ihrer Ansicht besteht eine gewisse Aversion bei den Großmanns, eine persönliche Aversion gegen mich, die die Haltung gegenüber der Klinik geändert hat. Und nun hoffen Sie, daß sich diese Haltung durch die Operation an einem kleinen Mädchen wieder – na, sagen wir, korrigieren läßt?«

»Richtig«, nickte Mühlmann. »Aber da ist noch ein dritter Punkt, Herr Professor. Hier im Haus weiß jeder, daß sich Großmann für Dr. Schäfer als neuen Chefarzt eingesetzt hat.«

»Ach nein?!« Brinkmann ließ den Drehstuhl

wirbeln, griff in das Regal hinter dem Schreibtisch, holte eine Flasche Cognac und zwei Gläser, goß andächtig eines halb voll. Doch er trank nicht. Er sah zu, wie die bernsteinbraune Flüssigkeit die Wölbung des Schwenkglases maserte. »Trinken Sie einen mit?«

»Nein, Herr Professor.«

»Sie rauchen nicht, Sie trinken nicht. Sie sind ja auch Verwaltungsdirektor und kein Chirurg. Ich kann einen brauchen.« Er nahm einen kleinen Schluck, ließ ihn genußvoll über die Zunge rinnen und hob den Blick. »Also, Sie wollten mir doch was sagen, was alle wissen, nur ich nicht?«

»Großmann hat sich bei der Wahl für Dr. Schäfer eingesetzt. Und er ging ganz schön ran, das kann ich Ihnen sagen. Er kämpfte ohne Bandagen. Wir hatten Mühe, uns mit Ihrer Berufung durchzusetzen.«

»So? – Wenn Sie mich fragen, die Alternative war gar nicht so einfach. Schäfer ist ein sehr tüchtiger Mann. Merkwürdig, daß er mir nie ein Wort davon gesagt hat.«

»Sie kennen ihn doch. Dr. Schäfer ist kein Freund von vielen Worten.«

»Kennen? Wer kennt schon den anderen, Mühlmann?« Brinkmanns Gedanken glitten zurück zu der Situation vor vier Tagen. Wieder stand er Schäfer gegenüber, zwischen ihnen der geöffnete Leib der kleinen Monika Großmann. Und wieder sah er die erschrockenen Augen, die verzögerten Reaktionen, die er sonst nie an ihm beobachtet hatte. Seine Ungeschicklichkeit war Angst gewesen! Nichts anderes. »Hatte Großmann denn sonst noch Gründe, sich für Schäfer stark zu machen?«

»Das kann man wohl sagen.« Die Augen hinter der in leichtem Braun getönten Brille blickten bedeutsam. »Monika Großmann ist Schäfers Nichte. Dr. Schäfer ist der Mann von Großmanns Schwester…«

*

Nein, an ihrer Zusammenarbeit hatte sich nichts geändert. Ob bei der täglichen Konferenz, der Arbeit in den Operationssälen, ob bei Visite oder Nachbehandlung, der Oberarzt erledigte seine Arbeit wie stets, nüchtern, wortkarg, sachlich, in einer Art fehlerloser Perfektion, die jeden näheren persönlichen Kontakt von vornherein auszuschließen schien. Und das galt nicht nur für Kollegen und Personal, leider auch meist für Patienten.

Immer wieder ertappte sich Brinkmann bei der Frage, was wohl hinter Schäfers Stirn vorging. Rivalität? Sie war ein Teil dieses sonderbaren Berufes, den sie beide ausübten und der nicht nur wissenschaftlichen Kenntnisstand und perfektes Handwerk verlangte, sondern auch jene unwägbare Mischung zwischen Intuition, Kühnheit und künstlerischer Brillanz, die der Eitelkeit und Scharlatanerie so nahe war. Alles in allem aber: »Der Wettbewerb ist der Motor der Leistung!« Auch einer der Sprüche seines alten Lehrers Professor Keurer. »Alles ist erlernbar, doch ohne den wachsamen Neid der Kollegen reift es nicht aus.«

Dies war die eine und sehr wichtige Seite des Jobs. Er erlebte sie bis in die Fingerspitzen. Die andere aber, die Brinkmann genauso wichtig schien: im Patienten das eigene Ebenbild zu sehen und jeden, und sei es der Ärmste, zu behandeln, als sei er ein Freund, ja, ein Angehöriger -- sie schien dem Oberarzt fremd.

Doch wenn du ihm unrecht tust? fragte sich Brinkmann. Wenn Schäfer doch nicht nur der typische Aufsteiger ist, als den du ihn siehst? Was weißt du schon von ihm? Roboterhafte Tüchtigkeit, eine Maske womöglich, hinter der sich ein ganz anderer Mensch verbirgt! Und nun einmal ganz ehrlich: Seine vernunftgesteuerte, kühle Tüchtigkeit mag dich zwar stören, doch in einer Zeit, da die computergesteuerten Roboter sich auch in der medizinischen Versorgung ausbreiten, ist sie das Material, aus dem Chefs gemacht werden. Und hätte Schäfer dein Amt, deine Verantwortung, vielleicht käme dann ein ganz anderer Mensch zum Vorschein. Und ein anderer Chirurg. Doch was zerbrichst du dir den Kopf darüber?

Das sagte sich Brinkmann. Und er sagte es sich auch an dem Tag, als es bei der Entlassung der kleinen Monika zu einer Szene kam, die ihn zunächst tief traf und über die er doch wenig später nur noch den Kopf schütteln und lachen konnte.

Ein Mittwoch. Den ganzen Vormittag hatte es geregnet. Nun war die Sonne durchgebrochen und die Blätter draußen im Garten schimmerten naß, als seien sie mit Firnis überzogen.

Schäfer und Brinkmann kamen aus dem Operationstrakt, beide erschöpft, seit acht Uhr dreißig am Tisch. Das ging an die Substanz.

»Na, jetzt 'ne schöne Dusche, was, Schäfer?«

Der Oberarzt nickte. »Ich will erst noch die Laborsendungen fertigmachen.«

»Na, dann tun Sie das.« Brinkmann hielt ihm die Schwingtür auf. Vor ihm der Korridor und in der sich verengenden Tiefe eine Gruppe Menschen, in Keilform, wie eine Delegation formiert.

Angelika Großmann erkannte er sofort. Der Mann neben ihr, groß, breitschultrig, selbstbewußt, heller Sommeranzug, Krawatte, das konnte nur ihr und der Vater der kleinen Monika sein: Albert Großmann, Herr über Fabriken und Arbeitsplätze, Menschenfreund und Mäzen – wenn's ihm gerade einfiel.

Brinkmann kämpfte seinen Fluchtimpuls nieder. Er sah die Blumensträuße, das Lächeln, er sah auch die kleine Monika, die in dem pompösen Geleitzug die Mitte einnahm. Na gut, dachte er, bring's hinter dich.

»Ihre Familie, was, Schäfer?«

Schäfer nickte verklemmt. Die Großmanns aber waren stehengeblieben: Lächeln auf allen Gesichtern.

Blicke. Dann Alfred Großmanns bedeutungsschwangeres Räuspern. Einen Augenblick erschien Brinkmann dies alles wie eine Szene aus einem absurden Theaterstück. Doch dann war die Kleine da, hatte sich aus der Gruppe gelöst, ein großes, rotes Rosenbukett hielt sie fest in beiden Händen, blickte zu ihm, blickte zu Schäfer und marschierte dann, den Strauß hoch erhoben, heran.

Zu ihm? – Nein, geht vorbei, hält mit ausgestreckten Armen die Blumen dem Oberarzt entgegen! »Hier, Onkel Hermann! Und vielen, vielen Dank dafür, daß du mir das Leben gerettet hast.«

Der Gesichtsausdruck des Oberarztes war der eines Mannes im Schock. Keinen Ton brachte er hervor. Sein Adamsapfel tanzte auf und ab in einer würgenden Schlingbewegung.

Sieh ihn dir an! dachte Brinkmann amüsiert. Die Kleine bringt ihn auch diesmal aus dem Konzept. Die Kleine? Nein, ihr hochmächtiger Clan.

Er drehte sich um, um weiterzugehen: Theater! Er fühlte weder Ärger noch Enttäuschung.

»Moment mal... Herr Professor!« Hinter seinem Rücken war Schäfers Stimme. »Verzeihung...« Und dann, das galt wohl der Verwandtschaft: »So was könnt ihr doch nicht machen!«

Da wandte Brinkmann doch noch einmal den Kopf: »Was wollen Sie, Herr Schäfer? Irren ist schließlich menschlich.« Stimmt auch, dachte er. Nur: Auch bei diesem Verein? Was in solchen Köpfen wohl vorgeht?

Brinkmann atmete tief ein, als er den Parkplatz erreichte: diese klare, saubere Luft. Sein Wagen. Mollis begeistertes Hundegesicht hinter der Scheibe! Er öffnete die Tür und setzte Mollis Liebesattacken weniger Widerstand entgegen als gewöhnlich. »Komm raus, Alte! Jetzt machen wir einen Spaziergang. Den Wagen brauchen wir nicht.«

Er bückte sich, um den Karabinerhaken in Mollis Halsband einzuklinken: »Ach, Molli, wenn du wüßtest, wie komisch Menschen manchmal sind... Ein Glück, daß es euch Hunde gibt!«

Molli schniefte Zustimmung. Und über ihm war eine Stimme, die sagte: »Hallo, Vater!«

Er sah den Schatten. Er blickte hoch, an zwei langen Jeansbeinen entlang in ein verbranntes, hübsches Gesicht. »Grüß dich, Udo! Kommst du mit?«

»Gerne.«

Eine Zeitlang gingen sie schweigend, jeder in seine Gedanken versunken. Dann sagte Udo: »Die kleine Monika Großmann wird doch bald entlassen?«

»Bald? Die ist gerade gegangen.«

»So? Du, ich fand bis jetzt noch keine Gelegenheit, aber ich wollte es dir die ganze Zeit schon sagen...«

»Was denn?«

»Wie toll das war, was du da gemacht hast. So operieren, das möchte ich auch mal können. Renz hat mir die Operation hundertmal vorgespielt. Wie du da gekämpft hast…«

»Gekämpft? Nun übertreib mal nicht.«

»Nein, ich glaube nicht, daß ich das tue. Was ich will ist, dir gratulieren. Wenn auch etwas verspätet.«

»Du brauchst mir nicht zu gratulieren.« Brinkmann hielt an. Er legte Udo die Hand auf die Schulter: »Wirklich nicht, Udo. Daß einer seine Aufgabe löst, ist eine handwerkliche Selbstverständlichkeit. Und wenn's dabei zu Komplikationen kommt, kann er nur auf sein Glück und auf seine Erfahrung bauen. Das Talent hast du, die Erfahrung wird dir zuwachsen. Das ist oft ein sehr langer Weg. Und nicht nur schmerzlich für dich. Weißt du, im Grunde bin ich kein Freund dieser Form von Allgemeinchirurgie, wie wir sie hier betreiben. Diese schlechthin Alleskönnerei, die bei uns gefordert wird, kann gefährlich werden. Denk nur an den Herzstillstand bei der Operation. Deshalb, je früher du dich spezialisierst, desto besser für deine Patienten.«

Udo nickte: Das war das Lieblingsthema des Alten. Und er hatte auch noch recht. »Ich freu mich trotzdem, Vater. Mit dieser Operation ist deine Stellung in der Klinik absolut gesichert. Das darf ich doch sagen? Deine medizinische Autorität ist wirklich über jeden Zweifel erhaben.«

»Zweifel gibt es immer. Ein Arzt, der darüber

erhaben ist, ist kein guter Arzt. An sich selbst zu zweifeln, heißt auch, sich selbst an die Leine und unter Kontrolle zu nehmen. Anders geht es nicht in diesem Beruf. – Aber jetzt, Udo – nach Hause!«

*

Von Molli sah man nur zwei wild baggernde Hinterläufe, einen zuckenden, braunweißen Schwanz und eine Staubwolke, die über das Kartoffelfeld hinauf zum Wald wehte. Zumindest was das Mysterium der Maulwürfe und Feldmäuse anging, war Molli unbelehrbar. Nie hatte sie mit Erfolg die Erde aufgewühlt, obwohl sie sich jedesmal bis zur Erschöpfung verausgabte.

Brinkmann war stehengeblieben. Er genoß solche Situationen. Er genoß das alles: die Tannenkühle vom Wald her, den weiten Hang, die Kuppen mit den verstreuten Höfen, das Land. Auch sich selbst. Ja, wann immer es ihm in diesen Tagen möglich war, zog er die alten Wanderschuhe an, griff nach seiner Windjacke, verstaute sorgsam den Piepser in der Brusttasche des Hemdes, damit er einen eventuellen Ruf nicht überhörte, legte sich somit gleichsam selbst an die Leine und genoß doch die Illusion der Freiheit. Den Wagen oben am Roteck parken, dann den Weg am Waldrand entlang, vorbei an den beiden Aussichtsbänken, die noch immer und Gott sei Dank kein Tourist entdeckt hatte, über die Kuppe. Der Hochstand. Die kleinen

Blockhäuser für die Wildfütterung im Winter. Immer wieder auffliegende Bussarde, Lerchen, Krähen, immer wieder ein neuer Ausblick, der ihm das Herz höher schlagen ließ.

»Nun komm schon, Molli! Gib's auf!«

Sie kam, eingestaubt, Ackerkrumen selbst in den Nasenlöchern und mit diesem verlegenen Blick der Niederlage, der jeden Kontakt ausschloß.

»Arme Molli!« Er kauerte sich an den Feldrain, drückte ein paar Zweige beiseite und ließ der hechelnden Molli wenigstens ein paar Minuten zum Verschnaufen.

Ein etwas naives Glück, dachte er, aber was willst du eigentlich mehr? Jede kindliche Dankbarkeit ruht auf solidem Grund. Und es ist wirklich Glück, was du fühlst? Denk nur daran, wie es letztes Jahr um dich stand... Die Erinnerung trug ihn zurück nach Karlsruhe:

»Was? Du willst in den Schwarzwald?« Bernd Riecks Gesicht, damals am Abend, als Brinkmann ihm eröffnete, daß sein Entschluß unumstößlich sei. Sie saßen auf der Terrasse des Chefs der Inneren. Der Smog dämpfte die Lichter der Stadt, ließ sie verschwommen und sonderbar gebrochen erscheinen. »Karlsruhe ist schon schlimm genug! Aber Schwarzwald? Ein Mann mit deiner Begabung! Klaus, nimm Vernunft an. Wenn du wissenschaftlich arbeiten würdest, könnte ich es verstehen. Aber ein Provinzkrankenhaus...«

Ein Provinzkrankenhaus! Ein Mann mit deiner Begabung...

Provinz?!

Mollis Kartoffelacker war »Provinz«, der Wald war es, die weichen Hügel mit den Höfen, das Dorf dort, »Kleineck« hieß es. Und dieser Name verband sich bereits mit Gesichtern, mit Menschen und ihren Leiden. Richtig: Dieser junge Mann mit dem Oberschenkelschaftbruch, den er gestern auf dem Tisch hatte, kam aus Kleineck...

Provinz? Menschen, Schicksale, die großen und die kleinen Katastrophen, ihre Art zu sprechen, zu reagieren, ihre Ängste, ihr Leiden, auch ihr Tod – die Dinge verwoben sich hier, wurden zu einem Bild. Das war es wohl! Nicht die Fließbandsituation der Arbeit in den Metropolen, nicht die isolierte Krankheit, die den Einsatz fordert und das Gesicht vergißt. Irgendwann würde er nach Karlsruhe fahren. Und dann würde er Rieck besuchen, ihm das sagen.

»Komm, Molli!«

Sie gingen weiter, kamen bis zu dem Hangeinbruch, an dem der Weg zu Ende war. Molli drehte den Kopf und stellte die Ohren hoch. Brinkmann folgte ihrem Blick. Dort unten, über die Kurven der Straße, die hinauf nach Kleineck führte, schob ein Mann sein Fahrrad.

Ein Mann? Eine Erscheinung...

Das blaue Turnleibchen war zerrissen, den Kopf krönte ein undefinierbares, zerknautschtes Etwas, das kaum als Hut oder Mütze zu bezeichnen war. Die geflickten Jeans an den Knöcheln waren abgeschnitten, der Körper so knochig und ungelenk, als wäre er unbeholfen zusammengenagelt. Einer unterwegs! Und wie er da hochmarschierte – so verhungert der Kerl auch aussah, Reserven hatte er! Pfiff sogar laut und fröhlich vor sich hin.

Brinkmann glaubte sich verhört zu haben. In dieser Hitze, in diesem sonnenglühenden, sandigen Einschnitt Erde schob einer pfeifend sein Fahrrad hoch? Ein Radwanderer? Nein, eher ein Landstreicher. Er fühlte etwas wie Neid, legte salutierend den Finger an die Schläfe und wunderte sich, daß Molli noch nicht einmal knurrte. Auch sie schien den Kerl zu mögen.

*

»Na, Guzzi, haben wir gleich...« Immer wenn's hart kam, hielt Arthur Wilkins eine aufmunternde Ansprache an sein Fahrrad. Schließlich: Auch Cowboys sprechen mit ihren Gäulen. Und war Guzzi nicht was Besseres? Ein Supermädchen war sie, die beste überhaupt, die er je zwischen den Schenkeln gehabt hatte: Acht Gänge! Rot und schwarz lakkiert. Praktisch neu. Ein Vermögen wert vermutlich. Dazu hatte nicht er die Guzzi, die Guzzi hatte ihn aufgerissen. So wie sie an dieser Kneipenmauer lehnte, so aufreizend, so unwiderstehlich!

»Haben wir gleich. Und sieh mal, Kleineck heißt das Kaff. Klingt doch richtig hübsch, nicht?«

Arthur Wilkins mochte den Schwarzwald. Vor allem mochte er die Dörfer. Sie waren so klein. Und dann gab es Höfe, wo man schon deshalb nett behandelt wurde, weil die Leute froh waren, wenn sich einer aus der großen, weiten Welt zu ihnen verirrte.

Hier! Und was sehen wir: Kein Wirtshaus! Nur vier Häuser. Aber 'ne Kirche haben sie sich gebaut. Muß ja wohl sein. – So wie die Obstgärten sein müssen, die komischen Dächer und die Balkone mit ihren Geranien...

Nur: Wo gab's was zu futtern? Den Fünfer, den er noch in der Tasche hatte, wollte Arthur Wilkins nur im äußersten Notfall zur Lösung solcher Probleme einsetzen. Er baute auf seine weltmännische Art. Und auf das weiche, leicht beeindruckbare Herz einer Bauersfrau. Wenn beides zusammenkam, stimmte die Richtung.

So lehnte er erst mal die Guzzi gegen das Holzgestell, auf dem jeden Morgen die Milchkannen zur Abholung bereitgestellt wurden, und ging den grasbewachsenen Fuhrweg zum ersten Haus hoch.

Nichts. Drei Hühner. Nicht mal ein Hahn. Nur eine Katze, die ihn schläfrig von einem Fensterbrett beäugte.

Arthur Wilkins schob vier Finger zwischen die Lippen und schickte einen ordentlichen Seemannspfiff in die Stille.

Damit hatte er Erfolg. Sofortigen Erfolg. Um die Ecke des Holzschopfs schob sich ein Mann.

Manchesterhosen. Manchesterjacke. Rotverbranntes Gesicht. Drohende Augen. – Und, das gab's doch nicht: Ein Gewehr hielt er in der Hand. Tatsächlich, einer mit 'ner Knarre!

»Hier werd net pfiffe!«

»Muß ich wohl«, sagte Arthur Wilkins wohlgemut. »Ich dachte nämlich...«

»Einer wie du braucht nix z'denke. Und müssa scho gar net. Abhauen mußt! Auf solche wie di habe mir grad g'wartet. Schnapsbruder!«

»Hören Sie! Ich will ja nicht unhöflich sein, doch ich meine...«

»Du hörst! – Net i.«

Und tatsächlich, der Lauf des Gewehrs kam hoch: »Weg! Zum Teufel mit dir! Schnapsbruder, Penner! Scheißfresser! Hippie, du dreckiger!«

Unter anderen Umständen hätte Arthur Wilkins die richtige Antwort bereit gehabt. Penner und Schnapsbruder, gut, das mochte noch gehen. Aber Scheißfresser, dreckiger Hippie?

Umgekehrt war Arthur klar, daß ihm auf diese Entfernung die Argumente fehlten. Vor allem gegenüber einem ungehobelten und unkultivierten Waldschrat mit 'ner Knarre. So rannte er zum Rad.

Waldschrat! dachte er. »Waldschrat!« brüllte er auch über die Schulter zurück, als er in elegantem Schwung über die Hangkuppe kurvte. Schon ging's wieder fröhlich abwärts; ein wunderschönes Gefälle in weichen Biegungen. Der Fahrtwind kühlte Arthurs Gesicht und wischte ihm Augen und Seele blank.

Arthur Wilkins konnte wieder lachen: Klar doch! Ein Waldschrat! Ein Hammerheini mit Knarre, Einöddepp, Bauerntrottel, Ignorant in jedem Fall, ein…

Mehr Beleidigungen bekam Arthur Wilkins nicht zusammen. Vielleicht war's ein einsamer Kiesel. Vielleicht ein bißchen Staub unter den Reifen der Guzzi. Vielleicht auch, daß er den Lenker verrissen hatte, als er noch einmal zurückschaute, jedenfalls Arthur Wilkins segelte durch die Luft.

Die Landung entzog sich seiner Wahrnehmung. Für Sekunden sah, hörte, spürte Arthur nichts mehr. Den struppigen Schädel voran, steckte er in einer Buchenhecke, und nur die schwärzlichen Füße in den abgelatschten, zerrissenen Turnschuhen ragten in die Luft.

»Hast das g'sehe?« Dort, wo der Ziehweg in die Straße mündete, riß es vier Waldarbeitern die Köpfe herum: Eine menschliche Rakete! Das hat man nicht jeden Tag…

»Ja, Heilandsack!« Paul Kammer, der Vorarbeiter, setzte sich in Bewegung. Zuerst hob er das verbogene Fahrrad auf. »Acht Gänge!« meldete er beeindruckt. »Und was ist das?« Da lag ein bräunlich-klebriger Flaschenrest auf der Straße.

Gusti Rapp bückte sich etwas und schnupperte: »Wermut?«

»Na, was schon. Rausziehe müsse wir den da trotzdem.«

»Liegt da, als sei er scho überm Jordan.«

»So einer doch net.«

Kammer hatte recht. Zögernd langsam, eines nach dem anderen, flammten in Arthur Wilkins' schmerzendem Schädel die Lichter wieder auf.

Er stöhnte ein bißchen. Der Arm tat scheußlich weh. Er brachte sein erstes Wort zustande. Er sagte: »Die Guzzi?«

»Was?«

»Mein Rad...«

Sie hoben ihn auf den Traktor. Die Fahrradruine wurde nachgereicht. Und so, auf dem Dienstfahrzeug des Forstabschnitts IV-2, Offingen-Süd, hielt eine halbe Stunde später Arthur Wilkins seinen Einzug in die Schwarzwald-Klinik.

*

»Ist er bewußtlos?«

»Wieso denn?«

»Hat doch 'nen Schädelbruch.«

»Schädelbruch... Handgelenk angebrochen. Vielleicht 'ne leichte Gehirnerschütterung.«

Eingehüllt in eine braune Decke, bequem gelagert auf der Rollbahre, glitt Arthur über endloses Linoleum. Neben ihm ging ein Mädchen und trug einen Plastiksack. Der Inhalt: Ein Paar schwarzgraue Turnschuhe mit aufklaffender Sohle. Hemd.

Hose. Windjacke. Alle Stücke dringend reinigungs- und flickbedürftig. Arthur dachte mit Sehnsucht an seine Flasche Ramazzi bitter: Scherben! – Und der Ramazzi war längst auf der Landstraße eingetrocknet.

»Wo kommt er hin?«

»Auf 208.«

»Auch noch zu mir?«

»Was soll denn das, Elke? Bist du Rassistin geworden? Willst du einen armen Tippelbruder ablehnen?«

»Weißt du, Mischa, manchmal kannst du einen mit deinen Sprüchen nerven.«

Mischa und Elke also? Er Pfleger, sie Krankenschwester! Arthur Wilkins öffnete spaltbreit die Lider: Diese Elke! 'nen süßen Po hat sie. Und ziemlich viel Busen. Ein bißchen pummelig vielleicht, also genau sein Typ, aber selbst wenn sie mager wäre, im Krankenhaus sollte man nicht kritisieren. Wäre ja Wahnsinn! Ein Krankenhaus ist ein Paradies. Alles gratis: Essen, Wäsche, Wärme, selbst die Handtücher.

»Na, ob der den anderen gefällt?« ließ Elke sich hören.

Daran hatte auch Wilkins aus alter Erfahrung Zweifel. So beschloß er: Abtauchen! Abtauchen war gewissermaßen Arthur Wilkins' Psycho-Strategie. Sich bewußtlos, tot oder schlafend zu stellen, um dabei Informationen zu sammeln, diese Taktik war von ihm bereits in allen denkbaren Situationen mit Erfolg getestet: In öffentlichen Heimen und Häusern, auf Wach- und Fürsorgestationen, in Klosterzellen und Missionszimmern.

»Abtauchen«, das forderte stets neue Beweise seiner schauspielerischen Begabung: den Idioten zu markieren, den Halbverhungerten, zu Tode Gefrorenen, manchmal auch den Besoffenen, nicht Zurechnungsfähigen, den mit dem Gaga-Tick oder wie heute mit der Gehirnerschütterung.

Einen Schädelbruch. – Das fand selbst Arthur Wilkins übertrieben. Vorsichtshalber aber blieb er trotzdem auf Tauchstation. Auch, als er längst zwischen knisternden, frisch gebügelten Laken in einem herrlich weichen Bett verstaut war. Zimmer 208? Ja toll! Wie im Hilton.

Ein Fingernagel kitzelte seine Bartstoppeln. Arthur riskierte einen Blick. Was er sah, war der Junge mit dem Mäusebart und der Flohmarkt-Brille. Aber nette Augen hatte der Pfleger. Das schon, wirklich...

»Lassen wir den Film vielleicht wieder laufen, Mister? Oder bleiben wir bei der Pause?«

Arthur Wilkins grinste: Ganz schön clever, der Bubi! Er hatte ihn durchschaut. Auch was Wilkins sonst gesehen hatte, reichte: Zwei Opas! Dick der eine. Säuferkolben im Gesicht, der andere dünn und mager wie ein verhungerter Vogel. Mit dem weißen Haargefieder und den schwarzen, bohrenden Augen sah er aus wie ein alter Hahn, dem die Hennen weggestorben waren.

»Mischa! Wie heißt der überhaupt?« fragte der Alte.

Mischa legte die Hand an die Lippen. »Psst, Herr Bischle! Sie merken doch, Herr Wilkins ist noch etwas gestört.«

»So?« mischte sich der andere ein. »Von was denn?«

»Von einem Unfall, Herr Hopf.«

»Mit 'nem Auto?«

»Fahrrad.«

»Genauso sieht er auch aus«, fand Erwin Hopf. »Was meinst du, Jakob?«

Doch Jakob Bischle schwieg. Er blickte durchs Fenster, blickte über Mauern, Dächer, Türme, den Fluß, über das Areal der alten Uhrenfabrik, das die Großmanns jetzt aufgekauft hatten, hinauf zum Hang. Dort leuchtete ein kleines, rotes Dach. Dort standen Obstbäume. Dort stand sein Haus.

*

Das Telefon!

Herrgott, was muß die Meis auch immer durchstellen? Brinkmann kämpfte mit dem Ärmel seines Arztmantels. »Brinkmann.«

»Stör ich, Herr Professor?«

»Sie haben auch 'ne Art zu fragen, Herr Mühlmann.« Der Verwaltungsdirektor war der einzige, der vom Sekretariat ohne weiteres weiterverbunden wurde. Er mußte mal ein Wort mit Fräulein Meis darüber reden.

»Um was geht's denn?« fragte Brinkmann übellaunig. »Ich bin gerade auf dem Absprung.«

»Eine Neuaufnahme, Herr Professor. – Ein Arthur Wilkins.« Mühlmann schaltete auf knappe Sachlichkeit. »Das Problem: Herr Wilkins ist nicht krankenversichert.«

»Wilkins? Kenn ich nicht.«

»Ich sagte doch: Neuaufnahme. Hat sich gestern das Handgelenk angebrochen. Außerdem ist er Landstreicher oder so was.«

Landstreicher oder so was... Und wie Mühlmann das brachte! Brinkmanns Laune sank um einige Punkte. »Na ja, dann wird ja wohl das zuständige Sozialamt...«

»Das ist es gerade, Herr Professor: Bei nicht Seßhaften gibt es kein zuständiges Sozialamt. Und Sie kennen ja die Bestimmungen, wenn ein Patient offensichtlich außerstande ist, anfallende Kosten...«

»Ja, ja. Ich kenne die Bestimmungen. Es wird sich schon eine Lösung finden. Wir können den Mann ja schließlich nicht rausschmeißen. Es wird sich was finden.«

»Hoffentlich. Wenn ich dann nochmals auf den Fall Bischle zurückkommen darf, Herr Professor.«

»Bischle? Der bleibt in der zweiten Klasse.«

»Ich kann mich Ihnen da nicht anschließen...« Mühlmanns Stimme war jetzt von jener liebenswürdigen, diplomatisch-suggestiven Eindringlichkeit, die Brinkmann stets alarmierte. »Herr Professor, ich will nicht den Eindruck erwecken…«

»Machen Sie's kurz, Herr Mühlmann.«

»Also gut, Herr Professor: Fünfzig Prozent der Ersteklassebetten sind zur Zeit nicht belegt. Gestern haben wir uns darüber unterhalten. Die Angehörigen von Herrn Bischle, ich meine, der Sohn und die Schwiegertochter, nehmen mich nun dauernd unter Beschuß, warum der Vater nicht auf die Erste verlegt wird?«

»Die Antwort ist einfach: Weil der Vater in der Zweiten bleiben will.«

»Aber Herr Professor! Ich will ja nicht von Ihren Honoraren sprechen. Es geht um das Gesamtaufkommen. Und dafür bin *ich* verantwortlich. Die Gehälter wollen doch bezahlt werden, nicht wahr?«

»Jetzt hören Sie mal zu, Herr Mühlmann: In diesem Haus hier sind weder wir noch die Verwandten die Auftraggeber, sondern die Patienten selbst. Sie brauchen also nicht gleich so dramatisch zu werden. Diese Entscheidung fällt durchaus in das Kapitel des Respekts vor der Situation eines Menschen. Von mir aus können Sie auch sagen, unter den Gesichtspunkt der psychischen Fürsorge. Seinen Zimmerkameraden kennt Herr Bischle seit seiner Jugend. Durchs Fenster kann er sein Haus sehen. Und ohne diesen Blick, so behauptet er, könne er den Aufenthalt bei uns gar nicht ertragen. Das respektiere ich. Außerdem, einem Mann seines Alters hilft am ehesten auf die Beine, wenn er seelisch wieder in eine ausgeglichene Lage kommt. Diesen Prozeß werde ich nicht antasten. Und schon gar nicht gegen seinen Willen.«

»Aber Herr Professor...«

»Nichts aber! Entschuldigen Sie, ich muß wirklich zur Visite.« Brinkmann legte auf, griff nach seiner Pfeife und legte sie in den Aschenbecher zurück: Verwaltungsdirektoren!

*

Die Uhr lag auf Jakob Bischles Nachttisch: Eine Schweizer Eisenbahneruhr. Vor einem Menschenalter hatte er sie in Basel gekauft. Das Zifferblatt war gesprungen: Damals, bei der Saalschlacht mit den Nazis. Fünfundzwanzig war das gewesen. Oder siebenundzwanzig? Egal. Die Zwiebel ging noch immer! Wäre auch noch schöner. Er hatte sie immer wieder repariert.

Sein Leben lang hatte Jakob Bischle Uhren geliebt, sie auseinandergenommen, zusammengesetzt, Federn eingezogen, Unruhen justiert. Schon damals, als der alte Wirz noch die Fabrik hatte, später dann in Heimarbeit, doch die »Eisenbahner« blieb das Juwel seines Herzens, ohne sie kam er sich hilflos vor. Er mußte sie in seiner Tasche fühlen. Oder neben sich. Besonders jetzt. Denn was Zeit bedeutete, wie wichtig es war, daß man sie auf einen Blick ausmessen konnte, daß man wußte, wie früh oder wie spät es war, Jakob Bischle hatte es hier im Krankenhaus erlebt.

Neun Uhr! Heute würde die Sonne früher über der Schlechter-Au erscheinen. Gestern war es neun Uhr sieben gewesen. Heute kam sie vielleicht schon um neun Uhr drei.

Aus dem Ablagefach des Nachttisches griff er sich das alte Jagdglas. Aber da mußte ihm der Hopf schon wieder in die Quere kommen.

»Du, Jakob! Heute spielen wir aber Schach, ja?«

»Ich kann das nicht. Wie oft soll ich dir noch sagen, daß ich das nicht kann?«

»Du kannst. Was dir fehlt, das bring ich dir doch bei, Jakob.«

»Ich will aber nicht. Was soll ich mir von dir noch beibringen lassen? Ich bin achtzig, Erwin.«

»Grad die richtige Zeit, um anzufangen. Aber gut, wenn du so stur bist, dann spielen wir Halma!«

»Auch kein Halma, Erwin. Zieh mal den Vorhang weg.«

Bischle nahm sein Fernglas vor die Augen. Das tat er jeden Tag. – Na also, genau neun Uhr drei! Drüben, über der dunklen Kurve der Schlechter-Au leuchteten Strahlenbündel auf die Tannen am Kamm, groß und stolz, wie vornehme Damen bekamen sie vom Licht goldene Mäntel umgelegt. Und dann war die Sonne da! Ihre Strahlen blendeten. Sie warfen eine breite, goldene Spur über den Hang, zogen jede Kontur nach, gruben Schatten in den Berg, ließen Felsen leuchten, holten die Stadt aus dem Dunst, blitzten auf Kirchtürmen und Fernsehantennen, auf Autos und in Fensterreihen.

Doch dies alles interessierte Jakob Bischle nicht. So hart preßte er das Okular gegen die Augen, daß sie schmerzten. In dem bläulichen Oval erschien der Holzschuppen. Die Apfelbäume. Der eine mit dem Pilzbefall schien sich zu erholen. Dann die Pflaumen! Und die Terrasse mit der Hundehütte, die seit Jahren keine Bewohner mehr gesehen hatte. Nun die Treppe zur Küche, auf der Elfriede immer saß, wenn sie Bohnen entkernte. Ach, und Elfriedes Vorhänge hinter den spiegelnden Scheiben...

Sein Haus.

»Sag mal, Jakob, wird dir das nie langweilig?«

Bischle gab keine Antwort. Wie sollte er auf eine so saublöde Frage auch reagieren?

Erwin Hopf wischte wütend die Halma-Figuren zusammen, schmiß sie in den Karton und klappte ihn zu.

Nicht nur Zorn lag auf seinem Gesicht, auch Entsagung. Soviel Entsagung, daß Arthur Wilkins, der die Szene von seinem Bett in der Ecke verfolgte, vor sich hin grinste: Sieh dir die beiden alten Hammel an! Siebzig der Hopf, achtzig der Opa mit dem Fernglas. Und die ganze Nacht hatten sie gestritten: Wer 1950 Weinkönigin gewesen war. Und ob der Bischle damals, als die Franzosen einmarschierten, tatsächlich die weiße Fahne zum Fenster herausgehängt hatte, obwohl doch der Ortsgruppenleiter und die SS damit drohten, jeden, der so etwas tue, aufzuhängen.

Jetzt stand der Bischle sogar auf. Und der Hopf schnitt Grimassen. Jeden Tag zusehen zu müssen, wie einer mit dem Fernglas durchs Fenster guckte, die reine Freude war dies sicher nicht…

Die ganze Kapuzinerkresse wird eingehen! Das stand für Jakob Bischle fest. Dort drüben, dieses weiße Gewucher, das mußte das Rondell sein. Vielleicht hatte es doch noch Wasser? Da hat man Kinder. Wozu eigentlich? Was für eine Sorte Kinder sind das, die nicht einmal zwei oder drei Gießkannen durch den Garten tragen können, wenn du im Krankenhaus liegst? Erste Klasse, ja, das war alles, was ihnen einfiel. In eines der Einzelzimmer, wo man nur die Bahnlinie und das Tal sah. Aber Reinetten einsammeln? So was kam nicht in Frage. Die Wespen würden die Reinetten zerstechen, verfaulen mußten sie. Die waren doch schon jetzt nur noch gelber Matsch…

Und dann leuchtete in Jakob Bischles umdüstertem Kopf eine Idee auf. »Du, Hopf! Du hast doch die Enkelin. Die kleine Luise. Schick doch die Luise mal rüber. Weißt du, bei mir liegt der ganze Garten voll Reinetten.«

»Hast du gestern schon gesagt.«

»So? Hab ich? Wirklich…«

»Freilich.«

»Ich vergeß immer alles. Also gut, dann schick sie doch rüber.«

»Mensch, Jakob! Die Luise geht doch in die Schule.«

Es war stets dasselbe: Du machst dir Gedanken. Du wartest darauf, daß jemand kommt, der dir hilft. Und weil das niemand einfällt, hast du selbst eine Idee. Und dann geht auch das nicht, rennst du wieder gegen dieselbe graue Mauer. Es ist hoffnungslos... Keiner, der dich begreift.

Jetzt wollte sich auch noch der Neue einmischen, die Vogelscheuche in der Ecke. »Hören Sie, Herr Bischle!« sagte er. »Sobald ich wieder auf meinem Fahrrad sitzen kann, erledige ich Ihnen das. Spielend. Reinetten? Da kann man ein herrliches Kompott draus machen. Und 'ne prima Marmelade. Stimmt's?«

Was wußte der schon von Kompott oder Marmelade? fragte sich der alte Bischle. Mein Gott, damals, als seine Elfriede noch in der Küche stand und Marmelade rührte! Damals...

Seine Augen wurden feucht. Er sah nichts mehr. Doch er preßte noch immer das Fernglas dagegen.

*

Mischa hatte Schwierigkeiten erwartet, aber dieses sonderbare Gestänge von Mensch, dessen Kopfende von der Sonne krebsrot verbrannt war, dieser Arthur Wilkins verwandelte sich im Badezimmer in eine Art Kuschelbaby. Richtiggehend auf Wannenglück machte er, saß rum, schlug mit zehn Fingern ins Wasser, quiekte: »Hätten Sie nicht vielleicht ein kleines, rosarotes Gummientchen für mich? Kann auch blau sein«, schniefte begeistert, seifte sich die Haare ein, bekam die Seife prompt in die Augen, prustete, tauchte unter, kam wieder zum Vorschein und rief: »Wissen Sie, daß ich schon mal unter Piranhas gebadet habe?«

»Wo denn?«

»Im Amazonas.«

»Aha! – Sicher weiß ich das.«

»Wieso? Woher?«

»Weil mir schon immer klar war, daß Menschen, die im Amazonas unter Piranhas baden, so aussehen müssen wie Sie.«

Wilkins' Grinsen spaltete den Schaum vor seinem Mund: »Wußte ich's doch: Ein Mann mit Kenntnissen und Intuition! Was man von den Kameraden auf meinem Zimmer nicht gerade behaupten kann. Wie heißen Sie eigentlich?«

»Mischa.«

»Aha, Mischa. Und was machst du hier, Mischa? Willst du Arzt werden?«

»Um Gottes willen! Seh ich so aus? Ich bin Ersatzdienstler. Ich studiere Musik.«

»Dann machen wir mal 'n Orchester. Ich spiele Mundharmonika und du dirigierst... Hier, da hab ich mein Entchen. Guck mal, Mischa.« Arthur Wilkins hob die Bürste hoch, ließ sie platschen. »Und schwimmt auch noch.«

»Die soll jetzt nicht schwimmen. Damit könnten wir vielleicht etwas Pediküre betreiben.«

»Sicher. Aber besser, die Quanten weichen erst auf. Die sind drei Wochen gestrampelt. So was geht unter die Haut. Sieh mal, da: ein Eisberg!« Die Bürste bohrte sich in Seifenschaum. »Mensch! Und wie das riecht! Ein Parfüm-Eisberg auf dem Weg nach Amerika. Warst du schon mal in Amerika, Mischa?«

»Nee.«

»Aber ich. Dort habe ich in den besten Hotels übernachtet. Und täglich gebadet.«

»Ach? Machen Sie keine Witze.«

»Mach ich fast nie, Mischa.«

»Und wie kamen Sie nach Amerika?«

»Als Künstler. Sieht man mir doch an? Bin ich jetzt noch! Lebenskünstler. Damals war ich Operettentenor. Das ging nich' so gut. Dann machte ich in Illusionist, jawohl: Zauberkünstler beim Zirkus. Glaubst du nicht? Lassen wir es. Ist ja nicht wichtig. Aber ich *war* in Los Angeles. Ich war auch mal in Sidney. Weißt du, wo das liegt? Na ja, vielleicht habe ich bei den ganzen Reisen bisweilen ein Glas zuviel gekippt.«

Arthur Wilkins lehnte sich zurück, schloß die Augen und verkündete in F-Dur: »Der Alkohol, der Alkohol, mit ihm war's mir meist viel zu wohl!«

»Aufhören!« schrie Mischa.

»Richtig. Du bist ja Musikstudent. Man darf nur den Humor nicht verlieren, was?«

Diesen Standpunkt teilte Mischa voll und ganz. Doch als er jetzt entschlossen nach Arthur Wilkins Arm griff, um das Reinigungswerk voranzutreiben, erscholl ein durchdringender Schmerzensschrei: »Meine Hand, Mensch! Wie gehst du denn mit der um? Und mein Fahrrad? Du? Wird das auch nicht geklaut?«

»Hab ich in den Keller gebracht.« Mischa schrubbte grimmig weiter.

»Kannst du es reparieren lassen? Weißt du auch, was meine Guzzi ist? Der Rolls-Royce unter den Fahrrädern. Jawoll! Ich sage dir: Ich liebe sie wie der Cowboy seinen Mustang.«

»Kannst du die Reparatur bezahlen, Cowboy?«

»Bezahlen? Wer spricht denn gleich von bezahlen? Du, meine letzte Gage hatte ich vor acht Jahren. Was glaubst du, wie lange man davon lebt? Aber man darf eben den...«

»Humor nicht verlieren?«

»Genau. Du bist auch noch Psychologe, was? Du bist überhaupt ein dufter Kumpel. Bloß, den Bart würde ich mir abrasieren, du Wehrdienstverweigerer. Verweigerer ist auch meine Spezialität. Und Musiker bin ich auch. Einst die Operette, heute die Mundharmonika. Nachher werden wir...«

»Nachher? Jetzt waschen wir erst mal die Ohren. Hast du eine Zahnbürste?«

»Sagen wir mal so: gehabt. Aber da muß irgendeiner im Asyl in Hamburg unheimlich scharf darauf gewesen sein, sich die Zähne zu putzen.«

»Aha.«

Sie lächelten einander an. Sie lächelten wissend durch Schwaden von Waschküchendunst.

Mischas Nickelbrille war längst beschlagen. Er nahm sie ab und putzte die Gläser, was ihn auch nicht viel weiterbrachte. Nur eines war ihm nun klargeworden: Da hat einer schon vor dir herausgefunden, wie gut die Clownsrolle vor Verwundungen schützt. Ein Verrückter. Aber von der Sorte, die dir paßt...

*

Brinkmann nahm die Pendule von einem der vielen Tische des Antiquitätenladens und wog sie zögernd in der Hand.

»Hübsch, nicht wahr, Herr Professor? Und aus der Zeit.«

Nein, das war die Uhr nicht. Schon gar nicht mit diesem Kranz getriebener Messingblättchen. Doch das Gehäuse, flammend gemasertes Kirschbaum, die römischen Zahlen auf dem weißen Emailzifferblatt, die gedrehten Füße, all dies zusammen – wirklich sehr reizvoll. Für wen? Er fragte es sich mit melancholischem Trotz und wußte bereits, daß er auch auf die zweite Frage keine Antwort hatte: Wozu? Und wohin damit? Ja, was soll eigentlich dieser Eichhörnchensammeltrieb, den du in letzter Zeit entwickelst? Willst du die Bude auf den Kopf stellen, das Haus neu einrichten, dir

»einen Rahmen« schaffen, wie das so schön heißt? Einen Rahmen für was? Die Abende vor dem Fernseher ließen sich auch ohne Pendule überstehen. Im Grunde, wenn du ehrlich zu dir bist, gibt es doch nur ein einziges Motiv für Trödel-Stöbereien und ähnlich mißratene Versuche, dein Gehalt unter die Leute zu bringen: Der Drang, dir selbst was Gutes anzutun, die schreckliche Leere zu kompensieren, die sich jedesmal dann einstellt, wenn sich an einem Samstag wie heute der Klinikstreß verabschiedet hat.

»Sie sollten mal den Ton hören, Herr Professor. Das Läutwerk arbeitet einwandfrei.« Die Dame in den rosa Flatterhosen, der der Laden gehörte, strahlte entschlossene Dienstbereitschaft aus. »Darf ich Ihnen einen Stuhl anbieten, Herr Professor?«

»Zum Sitzen oder zum Kaufen?«

»Warum nicht beides«, meinte sie kokett. In »Lindas Fundgrube« herrschte Saure-Gurken-Zeit. Zwar rieben sich die Touristen am Schaufenster die Nasen wund, waren Hotels, Kurhäuser, Pensionen und Herbergen bis unters Dach besetzt, aber all diese Nordlichter hielten ihre Portemonnaies fest umklammert.

»Sehen Sie, kommt aus Wien. Schauen Sie sich mal das Furnier an. Auch die Bespannung finde ich sehr gelungen. Und falls Sie es wünschen, können Sie den Stoff in jeder anderen Schattierung...«

Falls Sie es wünschen? – Ja, was wünschte er eigentlich?

Brinkmann setzte sich, streckte die Beine aus, fühlte einen erfrischenden, kühlen Wind, der durch das Fenster aus dem Hinterhof des alten Fachwerkhauses heranstrich. Molli knurrte leise, als die Flatterdame mit einem Aschenbecher für die Pfeife des Herrn Professors heraneilte. Doch auch Molli wollte sich zu weitergehenden Energieentfaltungen nicht hinreißen lassen.

»Sehr freundlich. Danke. – Wissen Sie, so ein Stuhl...«

Brinkmann unterbrach sich. Bisher hatte er durch das breite Schaufenster auf eine leere, sonnenüberglühte Straße geblickt. Nun änderte sich das Bild: Eine Frau ging quer über das Pflaster auf einen alten, verbeulten VW zu. Ihr dunkelblondes Haar leuchtete, die Hitze schien ihr nichts auszumachen. Sie ging wie auf Wolken.

Und sie war nicht allein. Am ausgestreckten Arm zog sie einen jungen Mann hinter sich her, ja, zog buchstäblich.

Christa Meurer!

Und den Kerl kannte er auch: Christa und Mischa... Warum eigentlich nicht? Vielleicht war Mischa ein wenig zu jung, doch er mochte diesen aufmüpfigen, trotz seiner ewigen sprücheklopfenden Frechheit doch herzensguten Pfleger.

Und jung?

Was heißt schon jung? dachte Brinkmann halb

trotzig, halb amüsiert über die eigene Reaktion, zu der er nun auch noch ein albernes Herzhämmern zählen mußte. Und du? Bei zwanzig Jahren Altersunterschied könntest du ihr Vater sein. Nun aber bist du böse und auch noch wehleidig, weil sie dir die kleinen Träume ruiniert hat.

»Herr Professor, wir hätten auch noch einen passenden Fauteuil.«

»Wie bitte?«

»Ich sagte...«

Draußen gab ein VW-Motor ein unwilliges, lautstarkes Röhren von sich, erstarb, ließ sich wieder zum Leben kitzeln und ratterte endlich los. Alles was zurückblieb, war eine dünne, blaue Rauchwolke, die langsam gegen das Fenster trieb...

*

Auch Mischa hatte die Wolke bemerkt, als er zurückäugte.

»Na, umweltbewußtes Fahren steht bei Christa Meurer wohl nicht auf dem Programm? So was hat man gerne: Im Schwarzwald wohnen und ihn umbringen!«

»Was soll ich denn machen, Mischa? Ich kann mir doch keinen neuen Wagen leisten.«

»Fahrrad kaufen«, grinste er breit. »Oder 'n bißchen nett zu Mischa sein. Der könnte vielleicht die Ventile neu einstellen.«

»Jetzt schaust du erst mal nach meiner Waschmaschine.«

»Und dann?«

Sie sah ihn an. »Mischalein, sei lieb. Kriegst ja auch ein Bier.«

»Was ist schon ein Bier?« maulte er.

»Ja, was denn noch?«

»Das fragst du?« Schmachtend verdrehte er die Augen. »Du mit deiner Reaktionsverzögerung darfst sogar viermal raten.«

Sie lachte. »Mischa, nun laß die Witzchen! Ich habe nicht die geringste Lust zu raten.« Sie wich einem riesigen Bus aus, auf dessen Seitenflächen zu lesen war, daß es sich um einen Betriebsausflug der Bosch-Niederlassung in Lindau handelte und hinter dessen Fenstern rotgesichtige Figuren ihr fröhlich zuwinkten. »Außerdem, Mischa, als Freunde sind wir beide unschlagbar. Aber nur als Freunde...«

»Freundschaft, das höchste Gut!«

»Genau.« Die Omnibus-Gefahr war gebannt, so konnte sich Christa zu ihm hinüberbeugen und ihm einen flüchtigen, schwesterlichen Kuß auf die blonde Wolle geben, die seinen Kopf bedeckte...

*

»Weißt du, das braune Schmierzeug mit dem Gold drin hab ich nie probiert. Sonst nehm ich immer schwarz. Aber es paßt zur Bluse, meinst du nicht?«

Christa nickte. Das »braune Schmierzeug mit dem Gold drin« war ein Näpfchen Lidschatten, von dem Elke so großzügig Gebrauch machte, daß selbst die kleine Ulrike staunte: »Mensch! Du siehst aus wie 'n Bodenseedampfer am Sonntag!«

Wie immer ein »Bodenseedampfer am Sonntag« aussehen mochte, Elke schien zufrieden. Braungoldener Lidschatten, braune, durchsichtige Bluse, braun auch das Gesicht und braun selbst die Kirschaugen mit den sorgsam getrimmten Wimpern daran.

»Na ja, jetzt braucht er nur noch zu kommen.«

Sie lehnte sich ein wenig aus dem Fenster des Stationszimmers, drehte sich dann aber sofort um und warf Christa einen gequälten Blick zu: »Und du bist mir wirklich nicht böse, Christa?«

»Jetzt fang bloß nicht wieder damit an.«

»Weißt du, das muß ich schon wissen, sonst ist mir einfach nicht wohl dabei. – Herrgott, wann kommt der Typ endlich?"«

»Mit einer halben Stunde Verspätung kannst du schon rechnen.«

Christa sagte es mit weiser Nachsicht. Schließlich hatte sie ihre Erfahrungen mit Udo Brinkmann gemacht. Diesmal aber lag sie falsch.

»Da ist er ja! – Tschüs! Schönen Abend noch.«

Und weg war Elke. Auch Ulrike verzog sich. Christa jedoch, im Schutz der Vorhänge beobachtete sie die Szene dort unten: der grüne Alfa, die flotte Kurve, das übliche Gummigekreisch beim Stoppen.

Und natürlich der schwungvolle Ausstieg aus dem Cabrio – wie immer. Wie immer hatte er auch den Kragen der Lederjacke hochgestellt, zeigte weißes Zähnegrinsen, präsentierte sich unwiderstehlich, unbezwing- und unbelehrbar. Doch war er das wirklich? Als sie Udo dort unten so stehen sah, beide Hände in den Taschen der weißen Jeans, lässig gegen die Motorhaube zurückgelehnt, nun eine Zigarette zwischen den Zähnen, sich der Blicke eines heimlichen Publikums gewiß, vor allem der Bewunderung eines ganzen Hühnerstalls junger Lernschwestern, wuchs wieder in ihr die alte Frage auf: Was steckt eigentlich hinter Udos ganzem Bin-ich-nicht-fabelhaft-Getue? Was will er schon von einem Mädchen wie Elke? Was will er von allen Mädchen? Flirt, Sex? – Oder bleibt er nicht ewig der kleine Junge, der um Anerkennung kämpft, nein, nicht kämpft, der sie so dringend braucht, weil er sich in der Beziehung zu einem weit überlegenen Vater hoffnungslos unterlegen fühlt.

Einigemal hatte sie vorsichtig das Gespräch auf diesen Punkt zu lenken versucht. Es war, als würde man eine Schnecke berühren. Er hatte sich sofort in sein Haus zurückgezogen, wollte nicht darüber sprechen. Und war es nicht zu begreifen: Beide Ärzte, Platzhirsch und junger Rivale, der eine, der kann, der andere, der noch lernen muß. Was Udo so unsicher machte, war die Persönlichkeit des Vaters, was er tat, der hilflose Versuch, sich dagegen zu behaupten.

Der Alfa dort unten setzte sich in Bewegung, röhrte auf, als sei das Startzeichen zu einer Rallye gefallen. Christa wollte sich vom Fenster abwenden. Da sah sie ein Motorrad aus dem Parkplatz herausschießen: eine schwere, schwarze BMW. Schwarz war auch die Lederjacke des Fahrers. Er trug keinen Helm. Selbst die Brille hatte er in das blonde Haar geschoben. Das Motorrad kannte sie doch? Den Jungen, der darauf saß, auch: Lukas!

Ja, das war Lukas, nunmehr Elkes Ex-Freund: der verflossene Goldjunge und Mittelstürmer im Fußball-Club, für Elke letzte Woche noch das Nonplusultra an Männlichkeit.

Wie auch immer, den Alfa schien Lukas nicht aus den Augen verlieren zu wollen. Mit Vollgas riß er die BMW in die Kurve.

Udo hat den Lukas im Nacken! Daß Christa bei diesem Gedanken etwas wie Schadenfreude fühlte, störte sie nicht sonderlich...

*

Stupsnase. Braungoldene Haube. Heller Flaum und ein rotschimmerndes Plastikherz an das malträtierte Ohrläppchen geheftet. – Udo Brinkmann nahm es aus den Augenwinkeln wahr. Elke also jetzt? Gut, Elke. Aber wohin mit ihr?

Udo gab wieder Gas. Das Komische, ja eigentlich das Blöde daran: Er war noch nicht mal sonderlich neugierig. War ja nett, die Kleine. Und sollte er sich die Chance nehmen lassen, Christa zu ärgern? Nein. Warum auch? Doch dann, in einem plötzlichen Aufflammen eisiger Selbstkritik überfiel ihn die Frage, ob er sich nicht geradezu idiotisch verhielt. Ein Stück in Serie gespielt, bedeutet noch keine Garantie für Genußsteigerung. Und diesmal hatte er sogar noch das Stichwort vergessen.

Doch dafür sorgte Elke. Ganz unvermittelt sank sie an seine Schulter, ganz plötzlich traf ihn ihr Blick: »Ach, Udo! Mensch, ist das nicht toll?«

»Wie bitte?«

Sie richtete sich wieder auf, den berühmten, winzigen Kloß in der Halskehle, im Gehirn so viele Eröffnungen, daß sie gar nicht wußte, wo beginnen. »Ich find's einfach phantastisch! Udo, wer hätte denn gedacht, daß wir beide...«

Wir beide? Zu antworten gab's darauf wohl nichts. Nur zu nicken. Verdammt noch mal, wenn du wüßtest, wie recht du hast, Häschen: Wer hätte das gedacht!

»Irgendwie tut mir Christa ja leid. Schließlich, sie ist meine Freundin.«

»So?«

»Ja, 'ne wirkliche Freundin. Für mich ist das eine Frage des Prinzips. Ich halt mich an die alte Regel: Nie zwischen zwei treten, das bringt kein Glück.«

»Doll!« nickte Udo. »Klar.«

»Aber bei der Christa weiß man ja nie, ich meine, ob sie vielleicht doch noch an dir hängt? Sie ist immer so verschlossen.«

Wieder nickte Udo. Doch nun wanderte sein Blick vom Außenspiegel hoch zum Rückspiegel: »Hoffentlich hängt an dir nicht auch noch jemand?«

»Wieso?«

»Der Motorradfahrer. Dieser Typ da hinten auf seiner schwarzen BMW. Seit der Klinik kurvt er hinter mir her.«

Elke entschloß sich zu einem Blick über die Schulter. Schon warf sie den Kopf wieder geradeaus: »Ach, der!«

»Kennst du ihn?«

»Ja.«

»Und was ist mit ihm?«

»Ist ja nur der Lukas.«

»Der Lukas?«

»Das ist längst zu Ende, Udo.«

»Na, hoffentlich weiß er das auch…«

Elke nickte mit Überzeugung. »Ich hab's ihm schließlich gesagt. Gerade gestern wieder.« Ihr Lächeln wurde träumerisch. »Finde ich ja echt süß, daß du so eifersüchtig bist.«

»Aha. Findest du?«

»Und wo fahren wir jetzt hin?«

Ja, das war die Frage. Er hatte die Schwarzwald-Hochstraße erreicht und steuerte nach Westen. Die Abzweigung lag in einer Kurve, doch diese verdammte, schwarze Kiste hinter ihm schickte noch immer Chromblitze in den Rückspiegel. Er schaltete den Alfa herunter, drückte leicht die Bremse an, bog in den Feldweg zum Weiher, Gott sei Dank, die BMW heulte auf, donnerte auf der Straße weiter.

»Na, auf den Schreck erst mal eine Zigarette.« Udo hatte den Wagen im Schatten des Bootshauses geparkt. Kleine Wellen gluckten gegen die Träger. Die grauen Holzwände verströmten Geruch nach Teer und Sonne. Im Birnbaum reiften die Früchte. Über dem Schilf hingen Libellen und über dem Land Friede und Stille.

Das heißt, es hätte Stille liegen können. Aber Elke...

»Jetzt bin ich mal gespannt«, sie blies eine Ladung Rauch gegen eine Bremse, die ihren Kopf umkreiste, »was die anderen dazu sagen.«

»Die anderen?«

»Ja nun, dein Vater zum Beispiel.«

»Wozu?«

»Wozu? Zu uns.«

»Was soll der denn sagen?«

»Na, was glaubst du, wie schnell so was bei ihm ist. Ob er das akzeptiert – du und ich? Ein Arzt und eine Schwester?«

»Was soll er denn akzeptieren?«

»Na, mich. Ich meine, verstehst du...«

»Ich versteh überhaupt nicht. Ich hab dich akzeptiert. Und darauf kommt's an.«

Udo warf entschlossen seine Zigarette weg. Bring es hinter dich! dachte er. Eigentlich ist sie ja doch süß, wie sie so dasteht im Gegenlicht, in dieser verdammten Transparentbluse.

Er fischte den Schlüssel aus der Tasche. Das Schloß klemmte. Herrgott, das hatte er auch nicht ausgewechselt.

»Udo«, flüsterte es hinter ihm, »Udo, wo bringst du mich hin?«

Er brachte sie in grüne Dämmerung, in ein äußerst angenehmes Schattenspiel aus Gold und Dunkelheit. Angenehm auch dieser Geruch nach Teer und See, angenehm und so vertraut, das leise Geräusch, mit dem sich sein Boot an den Pfählen rieb. Es war wie eine Begrüßung, ein leises, fast erotisches, zumindest vielversprechendes Flüstern. Einen ganzen Fächer von Erinnerungen faltete es ihm auf. Schöner, süßer Erinnerungen...

*

Er war am Waldrand umgekehrt.

Die letzten fünfhundert Meter nach der Abzweigung ließ er die BMW mit abgestelltem Motor rollen, zwischen den Wiesen hindurch, den Hang hinab, über brauntrockenen Staub und Kiesel, dem Weiher und der Bootshütte entgegen. Er roch den brackigen Duft des Wassers, das im Schilf verdunstete. Er sah die Obstbäume, den See.

Lukas war schon einigemal hier gewesen. Über das Bootshaus hatte er sich nie Gedanken gemacht.

Na, jetzt wußte er, wem es gehörte! Der Scheißer! Für wen hielt er sich? Weil sein Vater die Klinik hatte, weil er sich bei diesen Hennen von Jungschwestern vorkam wie der Gockel. Weil Elke...

Elke? Die interessierte Lukas nicht mehr. Gestrichen. Aber den jungen Brinkmann würde er sich vorknöpfen. Runterholen von seinem Roß!

Der Alfa kriegte im Vorbeigehen einen Tritt gegen die Gummireifen.

Dann war Lukas am Steg, der umlief die Bretterbude. Vorsichtig, auf Zehenspitzen ging er nun. Das Wasser gluckste. Irgendwo sprang ein Fisch. Unter ihm knarrte eine Bohle.

Aber die da drinnen merkten ja nichts. Sie waren ja beschäftigt. Über den gehörnten Liebhaber konnte man Witze reißen, sich vor der Flimmerkiste kaputtlachen, die Wirklichkeit war anders. Schrecklich war sie, kaum zu ertragen, die Stimmen, das Flüstern, Stöhnen und Kichern.

In einem Bootshaus finden sich immer Risse im Holz, eine Öffnung, ein Astloch, groß genug, um einen Blick ins Innere zuzulassen. Atemlos, Hitze im Gesicht, erlebte Lukas mit, was dort geschah, haßte die, die es taten, haßte sich selbst, haßte sich dafür, daß er nicht mit den Absätzen die Türe eindonnerte, mit den Fäusten das Glas zertrümmerte, mit dem Feuerzeug die Bude anzündete oder mit einem Kanister Benzin alles in die Luft jagte – haßte sich, weil er einfach stehenblieb, den Atem angehalten, Opfer einer quälenden Faszination, die stärker war, als alle Rachegefühle, stärker auch als der erste Impuls, einfach abzuhauen, zu fliehen, nichts mehr zu wissen...

Und so stand er also, die heißen Hände gegen das Holz gepreßt, den Atem angehalten und betrachtete die hauchdünne Bluse auf dem Fußboden, entdeckte neben den beiden übereinandergetürmten, grauen Matratzen ein Paar Jeans, die er nur zu gut kannte, Jeans mit Patchwork-Herzchen, die Herzchen wiederum von weißen Punkten geschmückt, nun achtlos zerknüllt und weggeschmissen. Konnten ja nicht schnell genug aus den Kleidern kommen!

Braune und weiße Haut sah Lukas, eine Hand mit rotlackierten Fingernägeln, die sich aufbog, spreizte, wieder zusammenzog, sah braune und weiße Haut in jener weichen und fließenden Bewegung, deren Rhythmus er nun selbst im Blut fühlte; sah, wie sich das Tempo steigerte, hatte beide Hände gegen die Ohren gepreßt, um nichts mehr zu hören, wollte wieder weg und blieb doch, wollte... Ja, was wollte er? Wieso machte er nicht ernst?

Noch nicht!

Es war keine Überlegung, kein klarer Gedanke in Lukas. Doch was man so »Kontrolle« nennt, kam wieder. Ganz leise ging er zurück. Erschöpft kauerte er sich am Ende des Steges im Schatten eines Apfelbaumes nieder. Der Wind strich über die Felder. Der See spielte mit dem Schilf. Lukas versuchte an nichts zu denken. An gar nichts. Alles in ihm war wie erstorben. Nicht einmal mehr die Zeit hatte er im Gefühl.

Dann, irgendwann, hörte er das rostige Quietschen einer Türangel.

Udo!

Udo Brinkmann mit wirrem, hochstehendem Haar. Barfuß. In Hose und Hemd.

Von Elke war nichts zu sehen.

Lukas stand auf und schob sich aus dem Schatten des Apfelbaums. Udo bemerkte ihn nicht einmal. Lukas machte drei weitere Schritte.

»Sie? – Was wollen Sie denn hier?«

»Ich?« Lukas hatte die Daumen im Gürtel verhakt. »Was wohl? Was meinst du, du miese Sau?«

Wie der Brinkmann ihn jetzt anstarrte! Brachte die Schnorre nicht auf. Kein Ton. Angst hatte er.

»Was ich hier will? Vielleicht fällt mir was ein...« Wieder drei Schritte. »Mit dir könnte ich doch manches machen. Zum Beispiel 'nen Arzt zum Patienten? Warum sagst du nichts? Was hältst du davon? Na, red schon!«

Doch Udo Brinkmann redete nicht. Nur der Mundwinkel zuckte. Und das sah weniger nach Angst, eher nach Arroganz aus.

Genau das war's, was Lukas noch brauchte.

Sein erster Schlag war nicht genau gezielt. Aber immerhin noch gut genug, daß er seitlich an Udo Brinkmanns Kopf landete. Udo krachte mit dem Rücken gegen die Bretterwand. Den zweiten versuchte er abzuwehren, vergebens. Er bekam ihn voll aufs Auge. Er stöhnte, hob die Hände zum Kopf, versuchte es mit einer Linken, Lukas wich ihr aus. Er sah das verzerrte Gesicht und das geschwollene Auge, fühlte für den Bruchteil einer Sekunde einen eisigen Triumph, holte zu einem Haken aus und landete ihn direkt auf Brinkmanns Kinn.

Lukas sah ihn segeln, hörte den Aufprall im Wasser; ein Klatschen, das eine Fontäne hochriß. Da ruderte er nun, dann sanken die Arme weg, gerade daß er den Kopf noch über Wasser hielt.

Absaufen lassen wiederum kam auch nicht in Frage. Lukas kniete sich auf den Steg, beugte sich nach vorne, zog Brinkmann heran, packte ihn unter den Schultern und hievte ihn hoch.

Die Schultern nach vorne gebeugt, tropfte Udo Brinkmann sein Elend vor sich hin. Hustete, würgte sogar ein bißchen, tatsächlich, hatte die Hand auf dem Magen, spuckte Wasser und gelbes Zeug in den See und sah Lukas nicht ein einziges Mal an. Ein Bild des Jammers.

Lukas genoß es. Bis er Schritte hörte...

»Was hast du da gemacht? Was hast du mit ihm gemacht, du elender Mistkerl?!«

Elke.

Lukas sah sie nur an. Er schüttelte den Kopf: Elkes Geschrei mußte nicht sein. Nein. Nicht auch das noch. Bei ihr genügte ein leichter Stups, da lag sie schon im Wasser. Na, sie konnte wenigstens schwimmen.

Lukas drehte sich um. Als er zum Ufer ging, war sein Rücken sehr gerade. Die Fußspitzen leicht nach innen gedreht, so wie es die Cowboys tun, wenn die Schau vorüber ist, stelzte Lukas Schneider zu seiner BMW.

»Scheißtyp! Dreckiger Schuft, du dreckiger!« Geplatsche. »Dich will ich nie wieder sehen! Hörst du, nie wieder!!«

Elke machte drei Versuche, dann endlich war sie soweit, daß sie sich hochstemmen konnte. Keuchend, die Augen voll Zornestränen, die Bluse an die Haut geklebt, hing sie am Steg.

»Oh, Udo! Armer Udo! Mein Udo...« Sie kroch die drei Meter hinüber, wo ein gebrochener Udo hockte und ins Wasser starrte.

Als er endlich den Kopf hochnahm, wurde Elke übel. »Mein Gott! Dein Auge ist ja ganz zu! Und bluten tust du auch.«

»Hm«, schniefte er und spuckte etwas Blut in den See.

»Udo«, flüsterte sie und legte zaghaft ihre Hand auf seine Schulter, »ich glaube, du brauchst einen Arzt. Das sieht ja fürchterlich aus.«

»Fürchterlich? Weißt du, was fürchterlich ist? Dein Umgang!«

*

Johannes Brahms. Opus 90. Die dritte Symphonie in F-Dur... Der schwebende Lauf einer Flöte, der nun in bittersüßer Melancholie erstarb. Streicher, die das Thema aufnahmen...

Wenn Klaus Brinkmann von all den Segnungen der Elektronik eine ganz besonders begrüßte, dann waren es die Kopfhörer an seiner Musikanlage. Ihre großen, gummigepolsterten Schalen umschlossen nicht nur die Ohren, sie schützten sein ganzes Sein, hoben es gewissermaßen hinweg aus den Niederungen des Tages, ließen Klinikpfusch, Personalärger und Verwaltungsstreit vergessen – so weit vergessen, daß er gelegentlich die Arme hochreckte, um ein nur ihm sichtbares Orchester zu dirigieren: »Tam-tata-tam...!«

Bei Gott, Dirigent zu sein, ganz der Intuition hingegeben, ein Leben dem Wahren, Guten und Schönen zugewandt, ohne Ärger, Verantwortung, vielleicht noch eine Frau an deiner Seite, die dich versteht... Es hätte doch auch anders kommen können, dachte er, das Leben kennt so viele Möglichkeiten. Wer sagt denn, daß deine in der Chirurgie bestand? Zu spät! In der Jugend wird man von Alternativen begleitet, kokettiert damit – doch wer findet schon den Absprung? Ja, und dann stellst du fest, daß du dir die Füße am OP-Tisch plattgetreten hast, daß hinter der Sicherheit, auf die du so stolz bist, weil sie die Routine zuträgt, noch immer Angst sitzt: die ewige Angst, was falsch zu machen, den zweiten Absprung zu verfehlen, weiterzumachen, wenn es schon zu spät ist. So läuft es doch bei allen: Das Rad der Zwänge dreht und dreht sich. Und dich haben sie darauf genagelt.

Eine Hand griff nach seinem Nacken. Käte Marek zog ihm die Hörer von den Ohren. Sie lächelte in sein verbiestertes Gesicht. »Jetzt reicht's, ja? Jetzt sitzt du schon 'ne Stunde hier im Dunkeln.«

»Ist wohl meine Sache. Und falls es jetzt heißen sollte ›Abendessen‹, habe ich eine Neuigkeit für dich: Iß selber!«

»So?«

»Ja.«

»Was anderes hast du mir nicht zu sagen?«

»Nein.« Der Kopfhörer hing um seinen Hals. Was eben noch kosmischer Schicksalssturm gewesen war, hatte sich auf ein klägliches Quäken reduziert.

Brinkmann rieb sich die Augen. »Ach, Käte! Wieso kommst du auch immer im falschen Moment?«

»Die falschen Momente gibt's nicht. Die wachsen auf unserem Mist. Und es steht noch lang nicht fest, ob das einer ist.« Sie nahm das Glas Burgunder hoch, das neben ihm stand, hielt es gegen das Licht der Stehlampe, schnüffelte, probierte einen Schluck und stellte es wieder ab. »Jetzt hör mal, Klaus! So hat es doch keinen Zweck. Reden wir ehrlich: Kommt sie nun oder kommt sie nicht?«

Sein Blick wirkte elend. »Sie kommt.«

»Ich wußte es. Was sich eine Elena Bach in den Kopf setzt, das zieht sie auch durch. Aber daß dich das so mitnimmt, ist neu. Hast du dich verliebt?«

»Du spinnst ja!«

»Ich spinn gar nicht. Ich merk was. Ist es diese Blonde, die Schwester Christa?«

»Ach, hör auf.«

»Wer dann?«

»Niemand. Laß mich bloß mit diesem Quatsch in Frieden.«

Sie nickte wieder, als habe sie die Bestätigung bekommen, die ihr noch fehlte. Dann trank Käte Marek das Glas ganz aus, zog Brinkmann an der Hand aus dem Sessel hoch, zerrte ihn weiter durch den Raum hinüber zur Eßzimmertür. Und dort ließ sie los und starrte. »O Gott...« stammelte sie.

»Was ist denn das?« fragte Brinkmann.

Udo war durch den anderen Eingang ins Zimmer gekommen. Nun stand er in der Mitte des Raums, einen Pflasterverband im Gesicht, der sich quer von der Stirne bis zur Wange zog. Und da sich Fragen und Antworten wohl nicht länger vermeiden ließen, stellte er gleich sein bitterstes Grinsen zur Schau: »Was das ist? Das war der Kerl von der Schwester, mit der ich weg war. Den zeig ich an!«

»Ah ja?«

»Etwa nicht? Das war ein hundertprozentig brutaler Überfall.«

»Sicher.«

»Ja, soll ich vielleicht...« In Udos Kopf arbeitete es. Er überlegte. Ganz offensichtlich ging es aber dabei nicht um den Überfall, sondern um die Reaktion seines Vaters.

»Und mehr hast du nicht zu sagen?« fragte Udo.

»Ja nun«, Brinkmann rieb sein Kinn, »eigentlich schon. Was schlägst du vor? Wer anderen eine Grube gräbt, zum Beispiel. Oder: Wer in fremden Revieren wildert... Berufsrisiko, nicht?«

»Na dann – dann ist es ja raus! Ich dachte schon, du würdest daran ersticken.«

Reaktionsschnell wie stets, warf sich Käte in die Bresche: »Das ist ja wirklich furchtbar mit euch! Jetzt fangt doch nicht schon wieder an. Und überhaupt, Klaus, warum soll er sich das eigentlich gefallen lassen?«

»Richtig«, meinte Brinkmann gnadenlos. »Man könnte es natürlich auch an die große Glocke hängen. Dann erfährt's jeder.«

»Vielleicht überleg ich mir das noch.« Udos Mund war schmal. Sein Gesicht drückte nur noch Weltschmerz aus. Er drehte sich um.

»Wie ist das denn? Ißt du nicht mit uns?« fragte Käte schnell.

»Nein, danke. Mir ist der Appetit vergangen.«

»Das scheint heute ansteckend zu sein.« – Doch eine Käte Marek resignierte nicht. Und so aßen sie dann zu zweit schweigend, jeder in seine Gedanken verfangen. Sie aßen eine prächtige Markklößchensuppe, eine von Kätes Spezialitäten. Dann häufte sich ein Berg knusprig goldbrauner Omeletts auf dem Tisch.

»Jetzt hör mal, Käte! Du findest doch auch, daß mit dem Jungen...«

»Ich finde überhaupt nichts. Das habe ich längst aufgegeben. Aber wenn du freundlicherweise die Omeletts gut finden würdest...«

»Tu ich ja«, beeilte er sich. »Und was ist das?«

»Kompott. Reinetten. Früh-Reinetten. Und weißt du, wer sie gebracht hat? Die Christa und ein Patient. Dieser sonderbare Fahrradmensch, der aussieht, als sei er einem Zirkus davongelaufen.«

»Arthur!« lächelte Brinkmann.

»Ja. Das beste ist: Er hat sie aus dem Garten eines Patienten, des alten Mannes, den seine Kinder nach Frankfurt verschleppt haben. Ins Altersheim.«

»Bischle? – O Gott, ja...« Brinkmann schöpfte bedächtig die goldhellen, in dickem Sirup schwimmenden Früchte auf seinen Teller. Auch so ein Thema, das einen nicht heiterer stimmte. Alles hatte er versucht, um das abzuwenden. Vergebens! Wie mochte der Alte sich dort fühlen, in Frankfurt, in einer dieser schrecklichen geriatrischen Versorgungsmaschinen. Brinkmann versuchte, die Gedanken daran zu verdrängen. »Wenn das so ist, wenn Arthur soviel Freude am Garten hat, dann laß ich ihn jetzt auf unseren los. So kann er seine Schulden abarbeiten. Oder sagen wir mal, einen Teil davon.«

*

Der Mensch lebt zu lange. Und dann ist er zu nichts mehr nutz. Früher war's was anderes, o ja! Da reisten die Kinder nicht zwei Monate nach Florida. Und die Alten brauchten auch nicht ins Seniorenheim. Da sprach und lebte man zusammen, erzählte sich was. Und da gab's was zu tun, und sei es nur Holz zu spalten, den Garten zu bearbeiten, oder auf die Kleinen aufzupassen. Aber heute?

Ich hab mich überlebt, dachte Jakob Bischle. Ich bin zu alt! Und wer zu alt ist, wird in die Ecke gestellt. Was heißt gestellt? Weggeschmissen. Ich bin ein Wegwerf-Mensch, dachte er.

Er stand auf, ging zum Fenster und zog seine Pyjamahose hoch.

»Aber Herr Bischle! Das geht doch nun wirklich nicht... Sie können doch nicht immer im Pyjama herumlaufen.«

Natürlich ging's! Er brauchte ja nicht aus dem Zimmer zu gehen, eigentlich nicht mal aus dem Bett. Was sollte er mit den anderen reden? Oder gar essen? In diesem riesigen Saal, wo sie alle zusammenhockten wie eine Schafherde und die Weiber in ihren pastellrosa Kleidern mit den weißen Schürzchen, die sich »Assistentinnen« nannten, sagten, was er zu essen, wie er sich anzuziehen oder sich zu benehmen hatte.

Es war ein Traum. Ein nicht endender, schrecklicher Traum. Und wenn einer so etwas

Schlimmes träumt, zu was braucht er dann noch essen...?

Jakob Bischle starrte über die Stadt, über ein Meer von Dächern, auf die Häuser, die in den Himmel ragten. Aus Stahl oder Glas waren sie und doch sahen sie aus wie Kisten, die irgend jemand vergessen hatte wieder einzuladen und mitzunehmen. Kein einziger Baum zu sehen, kein Berg. Im Himmel hing der Dreck, gelb oder milchig. Blau jedenfalls kam kaum durch.

»Das Altersheim heißt ›Rosengarten‹, stell dir vor!« hatte seine Schwiegertochter gesagt!

Ja, stell dir vor...

»Hier hast du's schön, Opa«, hatte sie gesagt. »Die besten Ärzte. Tipptopp! Erstklassig. Auch das Personal. Wenn du dich hier einmal eingewöhnt hast, lebst du wie der König in Frankreich.«

Sich eingewöhnen? Als ob so etwas möglich wäre...

Bischle drückte die Stirn gegen das Fensterglas. Nun blickte er hinunter in den Hof. Zwölf Stockwerke tief fiel sein Blick, auf einen kleinen Teich mit einem Springbrunnen. Der Teich sah aus wie ein blau angelaufener Schweinemagen.

Manchmal hatte Bischle schon gedacht: Pack's! Mach Schluß. Spring runter!

Vielleicht hätte er das auch getan. Wenn es den blauen Schweinemagen nicht gegeben hätte.

Ein Wegwerf-Mensch! Nur, der Müllschlucker will ihn nicht fressen. Kalt war ihm, so kalt. Auch der Sommer schien verschwunden. Es fing wieder an zu regnen. Bald prasselten die Tropfen wie Maschinengewehrsalven gegen das »Sichtfenster mit seinem großartigen Panorama Frankfurts«. Jakob Bischle legte sich wieder auf seine »von Fachleuten für die Bedürfnisse des alternden Menschen konstruierte Spezialmatratze« und zog die Decke über sich. Wenn es nur Abend werden würde!

Das Telefon läutete. Bischle hob den Hörer ab. Eine Stimme sprach zu ihm. Er kannte sie. Die Stimme sprach wie von einem anderen Stern.

»Jakob?« sagte sie. »Bist du's?« Es war die Stimme Erwin Hopfs. »Do gukscht! Des hetscht net dacht, was?«

Nein, das hätte er nicht gedacht.

Wie es ihm so gehe, fragte Erwin. Ob er noch an seinen alten Kameraden denke? Ob er inzwischen Schachspielen gelernt habe? Was denn das für ein Laden sei? Und überhaupt, ob er nicht Lust hätte, zurück nach Offingen, in die Schwarzwald-Klinik, aufs Zimmer 208, zu kommen?

Jakob Bischle suchte nach Antworten. Viel mehr brachte er nicht zuwege, als »ja« und »nein«. Ja, das Essen sei gar nicht so schlecht. – Nein, mit Kollegen sei's beschissen. – Ja, so gerne möchte er wieder zurück nach Hause. – Nein, sie hätten nicht mal Schwestern, dumme Dinger hätten sie, die alle rosa Röcke trügen wie die Friseusen vom Salon »Ranecker« am Offinger Marktplatz. Und

Schach? Mit wem sollte er denn hier Schach spielen? Wer sollte ihm das denn beibringen?

Im Hörer war nun Stille. Jakob Bischles Hand umschloß die Muschel, als könne er damit Hopfs Fragen festhalten, seine Stimme wieder zum Leben erwecken. Doch nun meldete sich eine andere.

»Hier Arthur. Herr Bischle?«

»Ja.«

»Herr Bischle, Sie erinnern sich doch noch an mich?«

»Ja.« Und ob er sich an ihn erinnerte! Die Vogelscheuche aus der Ecke von Zimmer 208. Der Weltreisende auf dem Fahrrad. Der Penner! Doch vielleicht war er dies alles nicht. Und wenn er es war, so war er doch auch ein netter Mensch mit einem guten Herzen.

»Jetzt hören Sie mal, Herr Bischle...«

Jakob Bischle versuchte es. Das war schwierig bei dieser norddeutschen Gießkannen-Gosch. Jakob Bischle verstand nicht einmal die Hälfte. Doch dann fiel ein Wort, und das durchdrang ihn wie ein Stromstoß bis in die letzte Nervenfaser.

»Herr Bischle, wir brauchen Sie hier. Schon wegen den Reinetten.«

»Was ist damit?«

»Geerntet sind die.«

»So?«

»Geerntet, aufgelesen, eingemacht. Alle! Die Christa und die Elke von der Station haben mir geholfen. Wir haben den ganzen Kram versorgt.

Richtig profimäßig. Marmelade und Kompott. Und was für eine Marmelade! – Herr Bischle, sind Sie noch da?«

»Ja.«

»Soll ich Ihnen einen Topf schicken?«

»Nein.«

»Nein? Wieso denn nicht?«

Wieso nicht? Er dachte nach. Dann hatte er die Antwort...

Arthur im fernen Offingen erfuhr sie nicht.

Jakob Bischle hatte aufgelegt. Mitgerissen von der Idee, die in ihm zu keimen begann, in Sekundenschnelle hochwuchs und so klare Formen annahm, daß er alles sehen konnte. So hingerissen, so erleichtert war er, daß er nicht einmal bemerkte, daß er den Hörer auf die Gabel geschmissen hatte...

*

Drei Stunden später – es war ein Freitag im August und kurz nach neun Uhr abends, konnte man an der Rückseite des Seniorenheims »Rosengarten« einen mageren, alten, hochgewachsenen Mann beobachten.

Vorsichtig schob er die Eisentüre auf, die ins Souterrain des Gebäudes führte. Mißtrauisch sah er sich um. Dann kam er mit raschen Schritten die schräge Asphaltrampe hoch, musterte den mit Büschen bestandenen Platz und strebte an dem nierenförmig geformten Wasserbecken vorbei der Straße zu.

Es regnete. Wie Kristalle blitzten die Regentropfen im Licht der Lampen. Kein Mensch war zu sehen.

Der alte Mann blickte nur einmal an dem riesigen Gebäude hoch, an dem »Rosengarten« stand. Er drehte sich um, richtete sich auf. Es schien, als wäre er erheblich größer geworden: Jakob Bischle marschierte nach Hause...

Irgendwann rollte ein Omnibus vorbei, auf dem BAHNHOF geschrieben stand. Den nahm Jakob Bischle. Irgendwer sagte ihm dann, er sei am Ziel. Also stieg Jakob Bischle wieder aus. Eine Frau in einer Art Uniform hob kurz die Hand und sagte etwas, das er nicht verstand. Doch er folgte der Hand. Von nun an verwischten und verwirrten sich die Eindrücke, die auf ihn zuflogen. Er war so müde. Es war so schwer zu denken. Sie sprachen zu ihm, wenn er etwas sagte, doch er verstand die Namen nicht, die den Erklärungen folgten. Nur eines wußte er: Er ging nach Hause. Das blieb! Elfriede, dachte Jakob Bischle, ich schaff das schon! Ich bin unterwegs, Elfriede...

»Die Reinetten haben wir alle aufgelesen, Herr Bischle.«

Deine Reinetten, Elfriede! Er murmelte ihren Namen noch, als er irgendwo tief unter der Erde den müden Rücken gegen eine Betonwand lehnte. Die Luft war stickig wie in einem Bahnhof.

Man sah hell erleuchtete Schaufenster, doch die Läden waren geschlossen. Auf dem Boden lagen Zeitungen, Zigarettenstummel, Papiertüten. Die unterirdische Stadt war riesig, doch es gab nur wenige Menschen darin: halbwüchsige Mädchen, die Augen geschminkt, die Haare gefärbt. Kinder noch, doch Qualmstengel im Mund. Und die Hosen so eng, daß sich alles abzeichnete. Die Jungens schauten gelangweilt zu ihm herüber. Alte gab's auch. Penner, würde Hopf sagen. Das stimmte auch: Einer pennte. Er pennte zwischen Bierdosen und Bananenschalen.

WEGWERF-MENSCHEN!

Und dann spürte Jakob Bischle sein Herz. Er wußte, daß er jetzt Luft holen mußte. Doch wo gab es hier Luft? Er atmete mit offenem Mund.

Der Bahnhof? Er brauchte doch eine Fahrkarte. »Einmal Offingen. Und nur die Hinfahrt.« Bloß kein Zurück!

Als Jakob Bischle die Augen wieder öffnete, blickte er auf ein Paar ausgetretene, abgelatschte Cowboystiefel, dreckige Jeansknie und eine Gürtelschnalle aus Messing. Und als er den Kopf endlich hoch hatte, in ein pickliges, grüngraues Jungensgesicht mit eingeschlagener Nase. Nur die Augen darin waren alt. Und daneben stand noch so ein Jungchen. Keine siebzehn. Blonde, strähnige Lokken. Blaue Augen. Eine Kette trug er um den Hals.

Jakob Bischle atmete ganz ruhig. Vorhin war's ihm schlecht gewesen, jetzt sah er klar. Er erkannte, daß das Ding, das dem Blonden an der Kette um den Hals baumelte, ein Orden war. Ein Eisernes Kreuz aus dem letzten Krieg. Er merkte auch, daß die beiden es nicht gut mit ihm meinten.

»Na, hast 'ne Zigarette für uns?«

Jakob Bischle wollte weg. Er konnte nicht. Der Lange mit der kaputten Nase schob ihn an die Wand zurück. Sanft machte er das. »'n Scheiß-Abend, Opa, was?«

Bischle nickte. Das war ja wohl die Wahrheit.

»Und? Was machste so allein. S-Bahn weg? Oder die Braut? Und mit 'ner Zigarette ist es auch nichts?«

Der andere fing an zu lachen. Er lachte, daß das EK auf und ab hüpfte. Wie konnte man so was zulassen? Eingesperrt gehörten die doch. Was ein EK mal bedeutet hatte! Was man da machen mußte, um eines zu kriegen...

Nun kam auch noch ein Dicker. Auch er blond. Blonde Stoppeln und wäßriger Blick. Ein Blick, der gar nichts zu sehen schien.

»Nun rück mal 'nen Fünfer raus, Opa!«

»Was?«

»'nen Fünfer. Fünf Eier. 'nen Heiermann. Penunze, Opa, Knete. Kapiert?«

Jakob Bischle schwieg. Mit solchen Leuten sprach er nicht. Er würde weiter schweigen, soviel stand fest. Doch er hatte Angst. Vor solchen Jungens hat heute jeder Angst. Warum gab's hier keine Polizei? Warum war sie niemals da, wenn man sie brauchte? B-EBENE stand dort, das konnte er lesen. Riesige schwarze Buchstaben auf grauem Beton. B-EBENE und Apotheken und Boutiquen. Aber keine Polizei.

Der mit der kaputten Nase stieß Jakob Bischle den Zeigefinger gegen den Magen. »Na, komm schon, Opa! Wie ist das denn jetzt mit uns?«

Jakob Bischle schloß erneut die Augen. Was sollte er auch tun?

*

Die Zeiger der Uhren rückten weiter, getreu dem Maß, das die Menschen für sie erfunden hatten und an dem sie festhielten, obwohl die Sterne darüber lächeln mochten und jeder Mensch wissen konnte, wie schwankend und fragwürdig es war.

Zehn Uhr dreißig in der B-Ebene der U-Bahn-Station Hauptwache in Frankfurt am Main.

Zehn Uhr dreißig auch im Operationssaal der Schwarzwald-Klinik: Der Körper, um dessen Leben gekämpft worden war, ist verschwunden. Die Spuren des Kampfes sind noch zu sehen. Blutiger Mull, leere Spritzen, die erschöpften Gesichter.

Sie hatten ihn mit Blaulicht und Sirene angekarrt. Ein achtunddreißigjähriger Lastwagenfahrer, nicht mehr ansprechbar, halb bewußtlos. Unerträgliche Schmerzen, Blut im Stuhl, Blut ... Erbrechen. Ein durchgebrochenes Magengeschwür.

Mehr als zwei Stunden Schufterei hatte es gekostet, und jede Minute schien auf Sekunden zusammengepreßt. Absackender Blutdruck, eine immer stärker werdende Herzschlagbeschleunigung. Auch einer klaren Laborbestimmung lief die Zeit davon.

Die Laparotomie, den Schnitt in der Oberbauchmittellinie und die Eröffnung des Magens, besorgte noch Schäfer. Udo assistierte. Dann sahen sie die Verwachsungen des Magens mit der Leberunterfläche, die dunklen Blutkuchen – und riefen den Chef. Das Geschwür hatte die Magenwand brüchig werden lassen. Und jeder, der beobachtete, wie Brinkmanns Hände Übersicht schafften, war dankbar für die Ruhe, die mit ihm in den Raum zurückkehrte. Was immer noch kommen mochte, einer war da, der sich dagegenstellte.

Und es kam schlimm: Brinkmanns Pinzette zeigte auf die erbsenförmigen Erhebungen in der Schleimhaut. Noch behielten sie ihr Geheimnis. Und um diese Zeit war der Gedanke an eine Schnellstaffette an die Freiburger Pathologie absurd. Gutartig oder Krebs? So oder so – der von Geschwüren zerfressene Magen war zum Lebensrisiko geworden. Die Entscheidung fiel.

»Magenresektion nach der Methode ›Billroth zwo‹.«

Und immer wieder Blutstillen. Und immer wieder das Reagieren auf neue Situationen. Immer wieder um Ruhe kämpfen, um »Panikstabilität«, wie das so schön hieß.

Schäfer gab sich alle Mühe. Doch als schließlich das zerstörte Gewebe entfernt und der Magenrest mit dem Darm verbunden war, war es Udo, der das Zunähen besorgte und die Wundversorgung zu Ende führte.

Hundertdreißig Minuten! Keine gute Zeit vielleicht. Doch unter diesen Umständen…

Professor Brinkmann warf noch einmal einen Blick auf die Krankenpapiere, die die Sanitäter mitgebracht hatten. »Unglaublich! Der Mann ist seit drei Jahren in klinischer Behandlung. Könnt ihr euch so was vorstellen?«

Sie konnten es vielleicht, doch sie wollten nicht. Woher nahm der Alte jetzt noch die Kraft zu einem Vortrag über die Fehler, die hier gemacht worden waren?

Udo blickte auf seine Hände. Er wunderte sich, daß sie nicht zitterten. Dann sah er wieder zum Tisch hinüber. Wo das Blut darüber geflossen war, waren die Chromteile stumpf geworden. – Aus. Vorbei! Die Akteure entfernten sich. Was blieb, war die leere Bühne.

Marks, der OP-Pfleger, löschte das Licht. Der Raum versank im Dunkel. Gummischürzen, Mäntel und OP-Leibchen waren längst abgestreift, doch in Gedanken waren Udos Hände noch immer an der Arbeit.

Er folgte Schäfer ins Büro. »Soll ich Ihnen noch ein Bier besorgen? Oder einen Kaffee?«

»Saft wäre mir lieber.«

Also holte Udo Bier und Limonade aus dem Getränkeautomaten im Treppenhaus. Er löste die Schraubverschlüsse, nahm einen kleinen Schluck und betrachtete nachdenklich die Flasche: »Wissen Sie, Herr Schäfer, was mir gerade klargeworden ist?«

»Na, was denn?«

»Warum unter den Chirurgen so mancher Alkoholiker zu finden ist. Nicht das Davor ist es, nicht der Streß – es ist das Danach.«

Der Oberarzt nickte. Er schaltete die Schreibtischlampe ein. Der Schatten seines mageren Schädels lag hart und schwarz auf dem Notizblock, den er sich für das OP-Protokoll zurechtgelegt hatte.

Udo sog an seiner Zigarette. Herrgott, was für ein kalter Knochen!

»Für Sie ist das wohl kaum vorstellbar?«

»Was denn?«

»Na, Chirurg und Alkohol.«

»In der Tat: nein. Ich kann mir auch keinen besoffenen Jumbo-Piloten vorstellen. Sie?«

Udo schwieg. Was hatte er erwartet?

Doch nun rotierte Schäfers Drehstuhl. Und diesmal waren Schäfers große, graue Augen ohne Ironie. Ernst waren sie, ernst und sehr nachdenklich. »Logisch packt's uns alle. Ich kannte welche, die tranken nicht nur, die rauchten auch Hasch. Wirklich. Und wenn heute nacht in irgendeiner Stadt irgendein Chefarzt zu einer Notoperation von seiner Champagner-Party abberufen wird, ist es ja das gleiche.«

»Das meinte ich ja nicht.«

»Ich weiß schon: das Danach! Die Spannung. Und dann nach Haus gehen, mit der Freundin flirten oder mit den lieben Kindern spielen, nicht wahr? Und sich die Sorgen seiner Frau anhören... Für uns ist das gar nicht so einfach, was? Früher lief ich nach so 'ner Arbeit noch 'ne halbe Stunde spazieren, trabte einfach durch die Gegend. Während meiner Assi-Zeit in Dortmund hatte ich sogar die Idee, mir einen Punchingball in die Bude zu hängen, wissen Sie, so ein Ding, auf das man loshauen kann.« Schäfer grinste dünn.

Udo war sprachlos und beeindruckt. So hatte Schäfer noch nie mit ihm geredet. Nie so viel, nie so persönlich.

»Und jetzt? Wo ist der Punchingball? Ich hätte Riesenlust darauf.«

»Abgeschafft.«

»Nicht mehr so sportlich?«

»Ich kann's mir nicht mehr leisten.« Schäfer drehte sich wieder dem Schreibtisch zu. Er hob die Hand hoch, betrachtete sie kurz und ließ sie sinken.

Etwas lag in dieser Geste, das Udo alarmierte. Die Hand, dachte er. – Heute am Tisch hatte Schäfer ziemlich alt ausgesehen. Doch er wollte nicht fragen.

»Der Alte ist topfit, nicht?«

Schäfer nickte. »Der Alte. Warum sagen Sie eigentlich nie mein Vater?«

»Oh, stört Sie das?«

»Es fällt mir nur auf.«

»Ich könnte es Ihnen auch erklären. Aber es würde zu lange dauern. Na dann... Ich glaube, ich such mir jetzt an irgendeinem Kneipentresen den passenden Sandsack.«

Unter Schäfers hochgezogenen Augenbrauen funkelte die Brille. Und da war er, der alte ironisch-amüsierte Ton: »Schon wieder? Ihr Pflaster ist ja gerade erst ab. Übrigens, ich möchte Sie was fragen: Diese Frau Bach...«

»Alte Freundin meines Vaters. So nach dem Motto: Wo du hingehst, will auch ich hingehen.«

»Hm. Sie scheint sehr tüchtig zu sein.«

»Aber sicher. Sehr, sehr tüchtig.« Er zögerte, dann sagte er's doch: »Wie mein Alter.«

*

Auf dem Weg zum Parkplatz blieb Klaus Brinkmann stehen und sog den schweren Rosenduft in sich ein. Kein Blatt bewegte sich. Über der Ebene zuckte ein Wetterleuchten.

Na gut. Versucht hatten sie's. Morgen würde man Näheres erfahren. Wie's aussah, hatte der Krebs nicht ausgesiedelt. Vielleicht hatte der arme Kerl Glück...

Müde fühlte Brinkmann sich. Was blieb, war

das Bewußtsein, eine ordentliche Arbeit geleistet zu haben. Und eine notwendige.

Auf dem Weg zum Wohnhaus hörte er das zögernde Schnorcheln eines Anlassers. Nun sprang der Motor an. Ein VW-Motor. Die Scheinwerfer leuchteten auf.

Er war stehengeblieben. Molli schoß in die Nacht, schlug einen wilden Haken, sprang an dem grünen VW hoch, trommelte mit beiden Läufen gegen die Fahrertüre, bis das Fenster heruntergekurbelt wurde. – Christa!

»Sieh mal einer an!« sagte Brinkmann. »Manchmal habe ich doch Glück.«

Dieses Augenschimmern! Warum sagte sie nichts? Und warum zum Teufel blieb ihm nun auch noch die Stimme weg?

Brinkmanns Hand fischte in der Tasche nach den beiden Konzertkarten. Es waren zwei gelblich lange Vierecke: »Sommerkonzerte Villingen« stand darauf. Sein Herz pochte ein wenig. »Sehen Sie, ich hab's doch noch geschafft.« Er lächelte stolz wie ein Junge. »Na, was sagen Sie jetzt?«

Sie antwortete nichts. Nun konnte er auch ihr Gesicht erkennen. Eine Kerbe zog sich zwischen den Brauen hoch zur Stirn. Brinkmann schob Molli zur Seite und legte die Hand auf den Glasrand des Wagenfensters. »Was ist denn?«

»Nichts.«

»Freuen Sie sich denn nicht, Christa? Sie wollten doch so gerne Vivaldi hören?«

»Ja.«

»Und?«

»Nun möchte ich lieber doch nicht.«

»Aber das war doch Ihr Vorschlag.«

»Ich weiß. Und ich bitte um Entschuldigung. Doch ich hab's mir anders überlegt.«

»Wieso?«

Sie schwieg.

»Christa, vielleicht habe ich wirklich nicht das Recht, von Ihnen eine Erklärung oder Begründung zu verlangen, aber...«

»Es ist...« ihre Stimme war fast unhörbar, »es ist einfach, weil ich...«

»Ja?«

»Ich schätze Ihre Sympathie für mich, glauben Sie mir. Doch mehr wäre nicht gut. Das würde nur Komplikationen geben. Das wissen Sie viel besser als ich.«

Mehr wäre nicht gut? Was dachte sie sich eigentlich...? Unsinn: Was hatte er sich gedacht, erhofft?

Brinkmann suchte nach Worten. Dabei sah er über das gewölbte Wagendach hinweg auf die Berghänge, die klar und schwarz vor dem diffusen Schein eines fernen Gewitters in der Nacht standen. Komplikationen? Sicher, sie mußte ja so reagieren.

»Ist das wirklich Ihre einzige Erklärung, Christa? Oder wird da nicht etwas verschluckt? War das, was Sie umgestimmt hat, nicht doch etwas anderes?

Ich meine, vielleicht habe ich irgend etwas getan oder gesagt...«

»Aber nein.«

»Aber nein, was?«

»Nichts. Sicher nichts. Bitte, ich muß jetzt nach Hause.« Sie betätigte die Zündung. Diesmal sprang der Motor folgsam an. Sie nickte ihm noch einmal zu, legte den Gang ein. Er trat einen Schritt zurück, hörte das Ächzen der Schaltung, sah ihr Profil und ließ die Hand wieder sinken. Die Hand, die die Konzertkarten hielt...

Nur Molli machte noch einen letzten Versuch. Winselnd setzte sie dem kleinen VW nach. Dann kam auch sie zurück, den Kopf gesenkt, den Schwanz eingezogen.

Brinkmann nickte ihr zu. Das Bild entsprach seiner Gemütslage. Er tätschelte Mollis Kopf. Die ersten Tropfen schlugen ihm ins Gesicht.

*

HAB ICH IRGEND ETWAS GETAN, CHRISTA...

Sie fuhr langsam, sehr langsam. Das Wasser des Gewittergusses zog Streifen über das Glas. Die Scheibenwischer kamen kaum noch dagegen an. In der Mitte der Fahrbahn fuhr ein Motorrad auf sie zu. Der Fahrer hing über dem Lenker. Der rote Helm schimmerte.

Sie wich aus.

Hab ich irgendwas getan! – Was für ein

Wort! Leben wir denn nicht alle in Abhängigkeit voneinander? Tut nicht jeder jedem etwas? Die Frage ist doch wohl, wie man sich darüber verständigt.

Sie fuhr den VW an die Straßenseite und holte aus dem Handschuhfach die Zigaretten. Regen trommelte aufs Dach.

Der Chef und die Krankenschwester, die verkrachte Studentin und der Obergott, Christa Meurer, die ihren Trümmerhaufen zerstörter Träume und Illusionen vor sich herschob und darüber skeptischer geworden war, als es ihr nach Jahren zustand. Er aber? Seine Jahre hatten für sie nie gezählt. Auch nicht das, was er für die anderen bedeutete. Was war es? Seine Hand, die die ihre genommen und gestreichelt hatte. Sein Lächeln auf dem Gang, die Worte, die so spielerisch wegräumten, was sie sich an Verteidigungswällen aufgebaut hatte. Die Blicke. Seine Blicke. Seine Stimme, die wenigen Spaziergänge...

Und dann die ewigen Zweifel: Was soll das alles?

Nicht daran denken! Schön wäre es gewesen. Schön wie all jene Hoffnungen, vor denen man sich fürchtet.

Der Regen ließ nach. Christa löste die Bremse. Den Motor schaltete sie aber nicht ein. Sie ließ den Wagen laufen, der Stadt entgegen. Nicht daran denken. Auch nicht an Elena Bach. Wie hatte Udo gesagt: »Der Schatten meines Vaters.« Ein

Schatten, der sich ganz offensichtlich nicht abschütteln ließ.

Dieses Kapitel war zu Ende, ehe der Anfang geschrieben wurde. Adieu, dachte sie, adieu ihr Träume. Vielleicht fällt der Abschied von euch gerade deshalb so schwer, weil ihr so wahnwitzig gewesen seid...

*

»Reden will er nich, lachen will er nich – wie ist dat, Opa?«

Jakob Bischle wollte die Hand abwehren, doch der Kerl war so stark. Er drückte ihm einfach den Arm ab, schob seine Jacke auf, ließ seine Finger über den Stoff wandern. Nach Bier stank er.

»Na ja, da hätten wir ja schon was. 'nen Geldbeutel! Willst ihn selber aufmachen, Opa? Oder sollen wir das besorgen? – Und das hier?«

Bischle spürte den Druck der Wand am Hinterkopf. Bischle sah die anderen Gesichter. Bischle sah diese schreckliche, leere Halle, die vielen Leuchtstäbe, die Reklamen. Aber jemand, der ihm helfen konnte, entdeckte Jakob Bischle nicht.

»Na, hier hätten wir ja noch was. Ist das nicht 'ne Uhr?«

Es war nicht Angst und auch nicht Zorn, die Bischles Arm mit soviel Kraft durchfluteten, daß er mit einem einzigen kurzen Schlag die Dreckshand mit ihren schwarzen Fingernägeln wegschlug. Es war etwas anderes: An seine »Eisenbahner« darf keiner ran! Seine Uhr ist das. Nicht mal die Kette läßt er sich befummeln. Dreckige Finger an seiner »Eisenbahner«?! Was verstand so ein Bandit von Uhren? Und wie kam der Kerl dazu, noch immer zu grinsen?

»He, Opa! Bist du aber flott. Na, dann müssen wir noch mal von vorn anfangen. Paß auf, jetzt sagst du mir, wie spät's ist, ja?«

Der Dicke kicherte. Der kleine Blonde grinste. Und die kaputte Nase schaute unschuldig. Doch dann zerflossen die Gesichter, als wären sie aus Teig, und Jakob Bischle spürte nur noch sein Herz. Er schloß die Augen. Tief holte er Luft. Dem Herzen half es nicht, es tat nicht nur weh, es schwoll an, es drückte ihn bis unter den Hals, sein Schlag schien zu stolpern, raste dann los.

Elfriede! Das war alles, was Jakob Bischle denken konnte. Er schüttelte den Kopf, um den Schwindel loszuwerden. Und als er endlich die Lider wieder aufbekam, wurde Jakob Bischle Zeuge eines Wunders.

Das Wunder bestand aus einer großen, kräftigen Männerhand.

Jakob Bischle war, als käme sie aus dem Nichts. Sie richtete Gewaltiges an. Sie befreite Jakob Bischle auf Anhieb, beförderte Kaputtnase fünf Meter durch die Luft, bis er auf den Boden krachte und mit ausgestreckten Armen und Beinen liegenblieb.

Die Hand, das sah Bischle nun, gehörte einem

Mann. Groß war er. Einen Bart hatte er auf der Oberlippe. Und auf dem Kopf irgendein militärisches Käppi. Drillich trug er, hellgrauen Soldaten-Drillich und dazu ein Soldaten-Koppel.

Er stützte Jakob Bischles Schultern. »Geht's, Opa?«

Jetzt endlich konnte er sprechen. »Ich heiße Bischle. Bischle, Jakob. Ich bin nicht Ihr Opa. Ich bin niemandes Opa.«

»Ist ja gut, Herr Bischle.«

Ein zweiter im Drillich kam heranmarschiert. Auch er mit Bart. Der wuchs am Kinn. »Haben diese Typen Ihnen was getan?«

Bischle schüttelte den Kopf.

»Was wollten die?«

»Meine Eisenbahner.«

Der mit dem Bart am Kinn sah seinen Kameraden an. »Was meint er da, Alois?«

»Meine Uhr«, sagte Bischle.

»Solche Drecksäcke! Wie geht's denn? Wo wollen Sie hin? Können Sie überhaupt laufen?«

»Ich muß zum Bahnhof. Nach Hause. Und laufen kann ich schon, glaube ich.«

»Na, dann kommen Sie.« Sie führten ihn. Sie hatten große Taschen auf den Hosen aufgenäht. Und dieser eine, der mit dem Schnauz, der Alois hieß, erinnerte Jakob Bischle an seinen Ältesten. Doch den gab's nicht mehr. Der war gefallen. Der hätte nie zugelassen, daß man ihn nach Frankfurt brachte, in ein Räubernest.

Jetzt griff Alois in eine seiner Taschen und holte eine kleine Flasche raus. »Da! Ein Enzian. Das tut gut.«

Der Enzian tat gut. Und auch Alois trank. Aber es war nicht der Enzian allein, sein Lächeln tat gut.

»Na, dann bringen wir Sie am besten mal zum Bahnhof. Da gibt's ja auch die Mission oder so was.«

Jakob Bischle schüttelte den Kopf. »Da geh ich nicht hin.«

»Wohin dann?«

»Nach Hause. Nach Hause geh ich, nach Offingen. – Ihr helft mir doch?«

»Aber klar.«

Vierzig Minuten später saß Jakob Bischle im Zug nach Basel. Elf Uhr fünfundvierzig zeigte die Bahnhofsuhr. Durch das herabgeschobene Fenster sah er in die Gesichter der beiden Soldaten. Auch sein Bernhard war Unteroffizier gewesen, so wie der Alois. Doch das war schon lange her. Im letzten Kriegsjahr. Die Tiefflieger hatten ihm drüben in Frankreich den Kopf abgeschossen. Doch wie die Unteroffiziere heute in ihrem Drillichzeug rumliefen! Wie die Müllmänner.

Der Zug ruckte an. Jakob Bischle winkte. Er lächelte auch. Seine Augen waren ein wenig naß, und er wußte nicht einmal so recht, warum.

*

Mitternacht. In ihrer Wohnung stand Christa Meurer unter der Dusche und glaubte im Prasseln des Wassers ein fernes Summen auszumachen. Das Telefon? Ausgeschlossen. Oder doch?

Christa drehte die Hähne zu, warf sich ein Handtuch über das Haar, hüpfte durchs Bad, den Korridor entlang, eine nasse Spur hinter sich lassend, öffnete die Tür zum Wohnzimmer. Tatsächlich! Das Telefon. Albert vielleicht? Ihr Bruder hatte manchmal so dämliche Einfälle.

Sie hob ab. Das Handtuch fiel auf ihre Schultern. Sie schob sich eine schwere, nasse Strähne Haar zurück.

»Christa?« Brinkmanns Stimme. Sie konnte es nicht glauben.

»Hören Sie mich, Christa?«

Durch das Fenster flammte es lichtblau. Der Donner folgte sofort. Schallwellen ließen das Glas klirren. Draußen fetzte der Sturm durch die Zweige.

»Christa, tut mir leid, ich mußte einfach noch mal mit Ihnen reden. Hallo Christa!«

»Ja.«

»Donnert's bei Ihnen auch so?«

»Na, so weit sind wir ja nicht voneinander entfernt.«

»Wie bitte? – Ah ja, richtig.«

Sie zog das Handtuch enger um die Schultern und blickte auf die kleine Wasserlache, die sich zwischen ihren Füßen bildete.

»Sind Sie etwa schon im Bett?«

Etwa? dachte sie. Was erwartete er? Sollte sie sagen: Nein, ich bin nicht im Bett? Ich sitze in einem Sessel und tropfe vor mich hin. Ich gucke ins Gewitter, denke an Weltuntergang, an Selbstmord, weiß der Teufel was. Was wollte er bloß hören?

»Es ist spät.«

»Sicher. Es ist mir auch so ungemein peinlich, Christa. Aber ich kann Ihnen versichern, ich hätte Sie nicht angerufen, wenn ich mir nicht den Kopf darüber zerbrechen würde, wieso Sie auf das Konzert...«

Zwanzig Jahre Altersunterschied, da waren sie, taten sich schwer, spreizten sich umständlich in Erklärungen, Entschuldigungen und altväterlichem Getue.

»Es braucht Ihnen nicht peinlich zu sein. Es ist doch keine Zumutung. Wieso denn? Außerdem: Mitternacht ist die Stunde der Wahrheit, nicht wahr?«

»Wirklich? Welcher Wahrheit, Christa?«

»Nur so. War ein bißchen ironisch gemeint – King.«

»Wo haben Sie das her?«

»Nannte man Sie nicht so? In Basel?«

»Das ist lange vorbei.«

»Trotzdem. Aber ein King kann doch auf klaren Verhältnissen bestehen. Das ist seine Aufgabe. Wieso also Entschuldigungen?... Sehen Sie: Wir haben vielleicht beide ein wenig Gedankenspiele betrieben. Das ist nicht schlimm und nicht verboten. Nun müssen wir sie beenden. Sie haben nach dem Grund gefragt. Es gibt ihn. Er hat einen Namen, sogar einen Titel.«

»Elena Bach?«

»Dr. Elena Bach«, sagte sie.

»Christa...«

»Gute Nacht, Herr Professor.« Sie legte den Hörer auf. Ihr war sehr kalt. Sie hörte dem Sturm dort draußen zu. Die passende Begleitung... Aber heulen wirst du nicht, das wäre dann doch zu melodramatisch.

Christa Meurer warf sich ins Bett und zog die Decke über den Kopf.

*

Die Welt ertrank in feuchtem Grau. Sieben Uhr zweiunddreißig. Vom Dach platschte noch immer Regen auf den Perron.

Alfons Hofegger prüfte noch einmal die Stellwerkanzeige, dann schlug er den Kragen des Gummimantels hoch und verließ das Fahrdienstleiterbüro des Bahnhofs Offingen. Verdammter Frühdienst! Und noch nicht mal die Gleisbeleuchtung kannst du heute abschalten.

Er blickte die schimmernden Stahllinien entlang nach Westen. Da kam er, zwei Lichter, noch verschwommen im Nebel. Nun wurden sie rasch größer. Der Frühzug. Preßluft fauchte in Bremsen.

Türen flogen auf. Ein halbes Dutzend Leute stieg aus. Kein einziger Tourist war darunter.

Hofegger ging den Zug entlang, schlug Türen wieder zu, wollte bereits mit der Kelle die Abfahrt freigeben. Dann aber blickte er noch einmal zurück, wie das so Vorschrift ist. Und da war ja noch einer beim Aussteigen! Ganz hinten. Eine lange, hagere Gestalt.

Hofegger setzte sich in Bewegung, trabte Waggons entlang, half dem alten Mann heraus, drückte die Tür zu und pfiff.

Dann drehte er sich um. »Das gibt's ja nicht! Ja Mensch, Bischle, wo kommst du denn her?«

Jakob Bischle gab keine Antwort. Krank sah er aus. Das Gesicht so grau wie der Regen. Und all die weißen Stoppeln darauf.

»Was tust du denn im Frühzug, Jakob?«

Bischle setzte sich wortlos in Bewegung, langsam, Schritt für Schritt, die Arme leicht abgewinkelt, wie ein Automat.

Alfons Hofegger lief neben ihm her. »Jakob, setz dich doch! Dort vorne ist gleich 'ne Bank. Jakob, jetzt sag doch: Wo kommst du her?«

»Frankfurt.«

Bischle war stehengeblieben, drehte den Kopf, langsam, als bereite es ihm unendliche Mühe, holte tief Luft, schloß halb die Augen. Die Worte jedoch kamen klar und deutlich: »Jetzt aber, jetzt bin ich wieder zurück...«

»Komm, setz dich, Jakob.«

Jakob Bischle setzte sich nicht. Er ging wieder weiter, langsam, mit kurzen, unsicheren Schritten, so schwach, daß Hofegger ihn stützen mußte. Manchmal murmelte er etwas vor sich hin. Dann sagte er: »Ich brauch ein Taxi.«

»Ich hol dir den Rau. Der steht schon draußen mit dem Wagen. Willst du nach Hause?«

»Nein. Ich fahr in die Klinik.« Das Wort schien Bischle zu gefallen. Die geröteten Lider öffneten sich weit. »Ja, ich geh in die Klinik. Die haben noch mein Bett…«

*

Das war einfach: Sich ins Taxi zu setzen, fahren, aussteigen, zahlen. Dann aber wurde alles so schwierig für Jakob Bischle, daß ihn der Mut verließ. Er stand an der Klinikauffahrt. Kalt war ihm. Es regnete noch immer. Drinnen alles hell, niemand zu sehen. Und die große Glastür verschlossen. Seinetwegen etwa? Sie würden, sie müssen dich doch reinlassen! Vergeblich versuchte er, sich einen Reim darauf zu machen. Und auch die Beine wollten nicht so recht. Nur die kühlen Tropfen des Regens hielten sein Bewußtsein wach. Komm! befahl es. Probier's wenigstens.

Das Haus war endlos lang. Jetzt ging es rechts rum, zum Garten. Dort waren die Terrassen. Dort gab es auch eine kleine Treppe. Hochsteigen, das konnte er sich nicht zumuten, hochsehen, ja.

Alle Zimmer schienen erleuchtet. Überall wurden sie jetzt aus den Betten gekippt. Menschen in Morgenmänteln sah er, Schwestern in weißen Schürzen. Frühstück gab's. Und dort, das war 208...

»Hopf!« rief er. Was für Jakob Bischle noch wie ein Name klang, war in Wirklichkeit ein krächzender, armseliger, verwundeter Laut, das Stöhnen eines verletzten Tieres, vom Regengeplätscher fortgeschwemmt.

»Hopf!« Er sah ihn doch, den Erwin!

Er sah auch den anderen, die Vogelscheuche. Die Zähne werden sie sich putzen. Die Betten werden aufgeschüttelt. Und dann gibt's Kaffee, Tee und frische Brötchen.

Es war ihm so deutlich, als stehe er selbst dort drin im Trockenen. Geruch von Bohnerwachs und Seife.

Und Hopfs Schweiß. Und Hopfs Stumpen.

Dann aber sah Jakob Bischle noch einen dritten Mann. Er sah einen blauen Schlafanzug, darüber ein dickes, blasses Gesicht. Das Gesicht lachte.

Ein Dritter? dachte Jakob Bischle langsam. Der dritte bin doch ich...

Und dann wußte er: Sie haben mir das Bett genommen!

Mit Jakob Bischles Kräften ging's zu Ende. Weiter wollte er nicht, weiter konnte er auch nicht. Seine Knie gaben nach. Es war, als besitze er weder

Beine noch Knochen, als bestehe sein ganzer Körper aus einer kalten, gallertähnlichen Masse. Er sackte an der Mauer zusammen. Der Regen wusch über sein graues Haar.

*

Dreißig Minuten später wurde er gefunden.

Das war Molli zu verdanken. Die Runde ums Haus stand auf ihrem Morgenprogramm. An das hielt sie sich eisern. Diesmal allerdings schreckte sie zuerst vor dem Regen zurück, überlegte es sich nochmals, schnüffelte die Mauer entlang, schlug einen Haken zur Rückseite und begann dann wie wild zu bellen.

»Das verdammte Viech! Was ist bloß jetzt wieder los?« Im Erdgeschoß war die Oberschwester dabei, die Frühstücksausgabe zu kontrollieren. Nun ließ sie ihren strafenden Blick von der Lernschwester und ging zum Fenster »Molli! Bist du ruhig!«

Molli dachte nicht daran. Molli steigerte das Gebell zu einem dünnen, sirenenähnlichen Heulen.

»Die spinnt! Aber so spinnt sie nicht jeden Tag. Da ist doch was!« Schwester Hildegard nahm sich entschlossen ein Handtuch, warf es sich über die Haube und ging hinaus in den Regen. In zehn Meter Abstand zu ihr beugte sich zur gleichen Zeit Mischa über das Geländer. So sahen sie es beide. Ein vor Nässe triefendes Kleiderbündel, das unten zwischen den Tulpen lag...

»Wer ist denn das, Mischa?«

»Der Bischle!«

»Der Herr Bischle? Der ist doch in Frankfurt.«

»Anscheinend nicht!« schrie Mischa. Er flankte über die Mauer in den Garten. Hildegard rannte zum Telefon.

Auf der Intensivstation senkte sich die Sauerstoffmaske über den knochigen Schädel Jakob Bischles. Kanülen suchten seine brüchigen Gefäße, elektrische Heizdecken wärmten den ausgekühlten Körper. Der ganze technische Apparat lief an, den man Reanimationsprozeß nennt.

Jakob Bischle merkte davon nichts. Jakob Bischle war Gefangener seines Alptraums. Eingeschlossen fühlte er sich in einem Sarg, und darin wucherten schwarze Dschungelpflanzen, die sich nach seiner Brust streckten, sie einschnürten, ihm den Atem nahmen. Schon hörte er das hallende Hämmern, mit denen sie die Nägel draußen ins Holz trieben. Elfriede..., dachte er. Elfriede, hilf doch! Sag, ich bin noch nicht tot. Sag's ihnen doch!

»Ich bin nicht tot!« schrie Jakob Bischle und öffnete die Augen.

Über ihm schwebte ein Gesicht. Ein gütiges Gesicht. Die hellen Augen gaben seinen Blick zurück. Sie leuchteten so stark, daß Jakob Bischle zu zittern begann. Er hatte den lieben Gott gesehen! Und Gottes Antlitz trug die Züge des Herrn Professors. Wenn aber der liebe Gott ihn so ansah, wenn der liebe Gott so verzeihend, so erbarmend, so voll

Liebe lächelte, dann war alles gut und Elfriede konnte nicht weit sein…

Acht Tage blieb Jakob Bischle auf der Intensivstation der Schwarzwald-Klinik. Dann konnte er zurückverlegt werden. Selbst mit dem Aufflammen einer Lungenentzündung war er fertig geworden.

»Unglaublich! Und seht mal, wie sich seine Werte verbessert haben. Zäh wie altes Schuhleder.« Dr. Brückner, Chefarzt der Inneren, konnte es nicht fassen. Auch die anderen waren sich einig: Ein eisenharter Knochen, der Bischle!

»Na, Jakob, endlich. Da bist du ja wieder!« Hopf strahlte am Tag des Einzugs. Und Arthur hatte im Klinikgarten Blumen geklaut. Gelbe Margeriten.

So saß Jakob Bischle wieder auf seinem Bett in 208. Der Mann, der es ihm genommen hatte, war entlassen. Bischle aber ließ sich von Hopf umarmen, von Arthur den Rücken streicheln, ließ sich Gläser füllen und Schwarzwald-Schinken schneiden. Zusammen feierten sie die Heimkehr mit einer Flasche Ruländer.

Dann ging Arthur zum Schrank. Feierlich holte er drei Einmachgläser heraus, in denen goldgelbe Früchte schwammen. »Kuck mal! Reinetten!«

Seine Reinetten. Bischle kostete davon, nickte höflich. Über seine Frankfurter Erlebnisse verlor er kein Wort. Auch über seine Kinder wollte er nicht sprechen. »Di kenn i nimmer!« Dabei blieb es.

Doch schon am ersten Tag verlangte er, daß Hopf ihm das Schachspielen beibringe. Stumm und andächtig betrachtete er die Figuren. Ohne ein Wort zu verlieren, lauschte er den Kommentaren.

Einen ganzen Tag redeten die beiden auf ihn ein. Am Abend spielten sie bereits die ersten Partien, am nächsten Morgen nach dem Frühstück ging's weiter.

»Jakob! Wenn du jetzt nicht aufpaßt, ist deine Königin am Arsch«, warnte Hopf.

Bischle schüttelte den Kopf.

»Wieso nicht?«

»Der Springer«, sagte Bischle.

Hopf massierte seine Nase. Das gab's doch nicht! So raffiniert hatte der Alte seinen Springer versteckt, daß Hopf ihn übersehen hatte.

Arthur kicherte: »Hat dich geleimt. Da kuckste! Jakob, du bist der Größte.«

»Für Sie immer noch Herr Bischle.«

»Herr Bischle.« Unerschüttert streichelte Arthur Jakob Bischles grauen Kopf, und der ließ es sich gefallen: »Herr Bischle, Sie sind der Größte!«

*

Sie waren fast vollständig: Gynäkologie, Orthopädie, das Personal der chirurgischen Dienste, Dr. Brückner von der Inneren und natürlich Wolters, dessen breites, braunverbranntes Gesicht zuvorkommend strahlte, als Brinkmann nun auf die schlanke Frau im braunen Lederkostüm deutete, die den Ehrenplatz am Kopfende des Konferenztisches eingenommen hatte.

»Meine Damen und Herren! Ich freue mich, daß ich Sie heute mit Frau Dr. Bach bekannt machen kann, unserer neuen zweiten Anästhesistin. Unsere schreckliche damenlose Zeit im Kollegium ist damit Gott sei Dank zu Ende!«

Lächeln. Beifall. Brinkmann winkte ab.

»Ich habe viele Jahre mit Frau Dr. Bach in Karlsruhe im Krankenhaus zusammengearbeitet. Und wenn sie nicht inzwischen alles verlernt hat, kann ich Ihnen versichern, daß Sie es mit einer Spitzenkraft auf dem Gebiet der Anästhesie zu tun haben werden.«

Diesmal klatschten alle. Und das hörte nicht auf, bis sich Elena Bach erhob. Sie lächelte charmant in die Runde. »Ich freue mich sehr, bei Ihnen zu sein.«

Auch was sie sonst noch sagte, kam leicht und flüssig über ihre Lippen. Dann gab's das übliche Händeschütteln und Elenas feierliches Versprechen, bald den Einstand zu geben.

Sie ließ sich von Wolters die Hand küssen, lächelte Udo zu, der überraschend freundlich zu ihr war, verabschiedete Brückner und ging zum Fenster: So, das hast du hinter dich gebracht! Sie sah auf Stadt und Berge, auf die in weinfarbenem Abenddunst verschmelzenden Hanglinien, deren

Schönheit sie anrührte, und fühlte doch winzige Stiche des Zweifels.

War es der richtige Entschluß gewesen? Was immer sie sich vorstellte, die Rechnung blieb voller Fragezeichen. Die Arbeit war es nicht, davor hatte sie keine Angst, obwohl man sie in Karlsruhe oft genug davor gewarnt hatte, den riesigen, gut geölten, mit allen technologischen Möglichkeiten abgesicherten Apparat einer Großklinik gegen ein Haus wie dieses zu vertauschen. Hier zu arbeiten, das hieß, den Beruf in all seinen Formen auszuüben, ärztliche Versorgungsstelle für alle Fälle zu sein – Frontarbeit mit einem Wort.

Das war das eine. Es kam etwas anderes dazu. Nun fühlte sie wie einen Sog die Furcht: Offingen – Schwarzwald-Provinz. Was nützte der ganze Sauerstoff, die Schönheit der Landschaft, die Wanderwege? Karlsruhe war zumindest eine Großstadt. Sie konnte nach Heidelberg... Und ganz abgesehen von dem berühmten »kulturellen Angebot«, hatte man dort an jeder Ecke die Chance, interessante Menschen zu treffen, Freunde zu finden, Kollegen, mit denen man notfalls reden konnte. Hier? Hier würde ihre ganze Existenz um die Klinik kreisen. Und damit um den Mann, der sie führte. War es das, was sie gewollt hatte?

Seine Stimme war hinter ihr, als hätte sie sie herbeigezaubert. »Na, wie behagt dir unser Verein?«

»Ein bißchen früh, etwas zu sagen, findest du nicht?«

»Richtig. Aber du wirst sehen: Die sind in Ordnung.«

Seine Hand lag auf ihrer Schulter und Elena fühlte, wie sich unter der Berührung ihr Körper spannte. Doch ehe sich die Empfindung ausbreiten konnte, vor der sie Angst hatte, obwohl sie sie liebte, zog Brinkmann seine Hand wieder zurück.

»Der erste Eindruck ist Instinktsache, wie so vieles. Aber ich lag fast immer richtig. Schon beim Beriechen wurde mir meist klar: Das wird eine gute Zeit. Oder: In dem Laden liegt was schief.«

»Liegt auch.«

Er lachte. »Wirklich?«

»Wir zwei.« Sie holte Atem und dann fügte sie fast kläglich hinzu: »Mit den anderen komme ich doch zurecht? Glaubst du nicht?«

»Aber sicher. Und mit mir auch. Wir bleiben ein Idealgespann.«

Wie tapfer er sich um den kameradschaftlichen Ton bemühte. Die Distanz – seine Wunderwaffe. Für den Rest: Die Arbeit rückt jeden Kopf zurecht! So einfach sah er es.

»Wie sieht's denn mit der Wohnung aus?«

»Sie ist ganz hübsch. Vom Wohnzimmer sieht man bis zum Feldberg.«

»Falls du irgend etwas brauchst...«

»O Gott!« sagte sie spöttisch. »Gib dir bloß keine Mühe. Ich komm schon allein zurecht.«

»Das klingt ziemlich kämpferisch.«

Sein Blick irritierte sie. War es der Gleichmut

darin, das Unausgesprochene, oder hatte er es tatsächlich geschafft, die berühmte »sachliche Position unter Kollegen« zu beziehen?

»Nun komm schon, Elena! Käte hat Kaffee gemacht. Und zu deiner Begrüßung gibt's auch noch einen Kuchen.«

Sie nickte. Es hatte sich nichts geändert.

*

Der Himmel hing voller Gewitterwolken. Elkes Lebensmut erstickte in Schatten. Und wenn sie dann noch an Udo dachte, war's sowieso vorbei.

Udo konnte ihr gestohlen bleiben. Über seine Gefühle wird sie sich nicht den Kopf zerbrechen. Wieso auch? – Aber wie er sie behandelte! Kopfnikken. Höchstens mal ein »Tschau« oder »Guten Morgen, Schwester«... An den Patientenbetten, in der Konferenz – nicht ein einziger Blick. Luft war sie für ihn, ein Krankenhausmöbel, etwas, das man nimmt, benutzt und wegschmeißt.

»Sei doch froh, daß alles so gelaufen ist, Elke! Udo ist nun mal so. Vielleicht wird noch mal ein Mann aus ihm. Im Moment ist er noch nicht auf der Welt. Siehst du das nicht?«

Daß nicht mal eine Christa kapierte, paßte dazu. Wer verstand sie schon? Niemand!

Bei dieser Erkenntnis kamen regelmäßig Tränen. Dann rannte Elke weg, versteckte sich irgendwo im Park, im Bad, auf der Toilette, wiederholte ungezählte Verwünschungen, schrieb in der Phantasie meterlange Briefe, hämmerte mit dem Kopf gegen eine imaginäre Wand, die nicht weichen wollte und bekam, auch das war logisch, Krach mit Hildegard, der Oberschwester.

»Elke! Ich bin gewiß ein geduldiger Mensch! Aber jetzt habe ich langsam die Nase voll von Ihnen!« tobte sie.

»Ich von Ihnen auch!« gab Elke zurück. »Und nicht nur von Ihnen.«

Christa hatte die Katastrophe in letzter Sekunde nochmals abgewendet. Sollte sie dafür auch noch dankbar sein? Es lief ja doch alles schief. So wie letzten Mittwoch.

Da hatte Elke ihren freien Tag gehabt. Sogar die Sonne war durchgebrochen. Mit einigen Kolleginnen hing sie im Freibad herum. Ausgerechnet in dem Moment, als sie ins Wasser wollte, schob sich, Tropfen auf der braunen Haut, harte, helle Augen unter den wirren, schwarzen Locken, Lukas Schneider, der Mittelstürmer des FC Offingen, über die Leiter.

Wegrennen? Ging nicht mehr. Zu spät! Lächeln schon gar nicht. – Bei dem Blick! Also Angriff. »Warum schmeißt du mich denn nicht rein? Da bist du doch Fachmann.«

Eine Antwort erhielt sie nicht, nur ein Kopfschütteln. Und schon war Lukas weg. Auch Elke wollte nur noch eines: Fort. Nach Hause.

Und da mußte sie im Kabinengang auch noch

Berti treffen, einen aus der Mannschaft. »Grüß dich! Wo willst du denn hin bei dem Wetter?«

»Raus!« sagte sie.

»Aber warum?«

»Da frag mal deinen Capo.«

»Lukas?« Berti hatte nur ein Grinsen. Und ein Kopfschütteln. Dann meinte er: »Ihr spinnt. Beide spinnt ihr! Und willst du noch was wissen? Der steht doch auf dich. Noch immer.«

Im Unterricht hatte Dr. Brückner erzählt, daß Liebe wie Liebeselend, Freude und Depressionen eng mit den hormonellen Steuerungsvorgängen im Körper verbunden seien. Vielleicht sollte sie sich von Hildegard irgendwelche Pillen oder Drogen geben lassen? Oder vom alten Brückner eine Spritze? Ob das helfen würde? So jedenfalls...

»Herrgott, Elke!« fauchte die Oberschwester. »Was ist bloß mit Ihnen? Hier fehlen ja zwanzig Bettücher. Wir wollten doch heute morgen schon die Bestände auffüllen.«

Gut, dann ging sie halt »Bestände auffüllen«. Elke schob den Wäschekarren zum Lift. Die Türen glitten auf. Auch das noch: Udo Brinkmann, Nervosität im Blick, Hektik in den rudernden Händen. War ja nur Getue. So wichtig hatte er es, so eilig, daß er gerade noch nicken konnte. Elkes Herz war ein eisiger Klumpen. Endlich – der Aufzug glitt in die Tiefe.

Im Keller war sie wenigstens allein. Hier summten Leitungen, drüben von der Bäderabteilung war ab und zu das Klopfen der Umwälzanlage zu hören. Sonst Neonlicht, Wärme und der angenehme, leichte Zitronenduft frischer, trockener Wäsche.

Mit dem Ellbogen drückte Elke die Klinke der Tür nieder, die zum Depot führte. Die zweite Überraschung wartete auf sie: In der Mitte des Raumes, zwischen all den Regalen mit keimfrei sterilisierten, blütenweißen Laken und Überzügen hockte ein Mann vor einem Fahrrad.

»Arthur?« flüsterte sie verblüfft. »Ja, was machen Sie denn hier?«

Er sah hoch. Schwarze Ölstreifen zogen sich über sein Gesicht. »Ich werd ja sonst überall rausgeschmissen.«

Elke nickte mitfühlend. Ging es ihr nicht ähnlich?

»Jetzt soll ich dem Professor auch noch die Hecken schneiden und den Rasen mähen. Mach ich! Arthur bringt alles. Aber zuerst kommt mal die Guzzi dran.« Er gab dem Vorderrad einen Stups. Flirrend begann es sich zu drehen. Arthur lächelte verträumt.

»Ein schönes Rad«, sagte Elke.

»Nicht wahr? Vielleicht nicht schön, aber sympathisch. Wie du, Elkelein.« Er war aufgestanden und streckte die Hand nach ihr aus.

»Arthur!« protestierte sie. »Ich hab meinen weißen Kittel an.«

Doch Arthur hörte das gar nicht. Er blickte von

ihr zu den Chromfelgen. »Rasen, Hecken, Bäume schneiden und Holz hacken – ach, Elke, wie dumm die Leute sind…«

»Nicht nur dumm. Schlimm!«

»Sie sind schlimm, weil sie dumm sind. Zwei wie wir aber sitzen im Keller und sind traurig. Das heißt, du bist's. Ich nicht mehr. Ich bürste mir meinen fliegenden Teppich zurecht – und ab geht die Post! Warum bist du traurig, Elke?«

»Weiß nicht.« Was konnte sie diesem komischen Menschen schon erklären? Er würde sie ja doch nicht verstehen.

»Du hast keine Phantasie, Elkelein.«

»So? Und woher wissen Sie das?«

»Weil alle Menschen, die traurig sind, über zuwenig Phantasie verfügen. Und so wissen sie nichts mit sich anzufangen, hocken herum, denken immer nur an ein und dasselbe. Und haben Angst.«

Elke nickte. Vielleicht hatte er recht? Jetzt hatte sie auch nichts mehr gegen die schmutzige Hand, die sich auf ihre Schulter legte. Arthur aber blickte noch immer zu dem sich drehenden Rad und lächelte. »Das bringt mich noch weit«, sagte er. »Was glaubst du, wo mich die Guzzi noch hinbringt!«

»Ich fahr mit Ihnen, Arthur.«

»Das geht nicht. Leider. Glaub mir, Mädchen, ich würde dich gerne mitnehmen! Aber du bist noch nicht soweit. Doch traurig brauchst du auch nicht zu sein. Geht ja alles vorüber, geht ja alles vorbei. Das stimmt schon. Und wenn's dich dann überkommt, sag dir immer: Man braucht kein Fahrrad, man kann auch in Gedanken wandern. Dann wird's leicht. Denk einfach an mich!«

Sie sah ihn an, blickte in die freundlichen Augen, die sie anlächelten und nickte. »Ja, Arthur, dann denk ich an dich…«

*

Es war drei Tage später, als Klaus Brinkmann mit Elena Bach nach einem strapaziösen OP-Vormittag zum Essen gehen wollte.

In der Eingangshalle verhielt er plötzlich und hielt sie am Arm fest: »Moment mal!«

Durch das Glas beobachteten sie die sonderbare Gestalt dort draußen: Lang, knochig, Storchenbeine und blaue, verflickte Shorts. Dazu Turnschuhe. Die ausgebleichte Golfkappe setzte sich der komische Kerl gerade verkehrt rum auf den Kopf.

»Das gibt's doch nicht«, flüsterte Brinkmann. »Der Arthur haut ab!«

Richtig. Nun schob er ein Fahrrad über die Rampe. Brinkmann war bereits an der Tür und brüllte: »Arthur!«

Auf dem hageren Gesicht breitete sich ein herzliches, wenn auch bemühtes Grinsen aus. »Einen schönen Nachmittag, der Herr Professor! Ich wollte Ihnen gerade…«

»Du wolltest mir adieu sagen? Ehrlich?«

»So in etwa. Das heißt...«

»Was?«

»Nun, ich dachte mir, ein postalischer Gruß könnte auch genügen. Ich hatte mir nämlich die Frage vorgelegt, ob es angebracht sei, den Herrn Professor zu Hause zu stören. Aber da der Herr Professor jetzt doch gekommen ist...«

»Bei mir zu Hause störst du niemand. Höchstens einen Holzstapel, der auf dich wartet. Und meinen ziemlich verwilderten Rasen. Von den Büschen gar nicht zu reden. Aber das weißt du ja – oder? Wie steht's denn damit, Herr Wilkins?«

»Nun, wie soll ich mich ausdrücken?« Arthur Wilkins Vogelaugen waren unruhig geworden, die lange Nase reckte sich wie ein Schnabel zum Himmel. »Wissen Sie, Herr Professor, vielleicht könnte man bei mir doch von einer gewissen geistigen Störung sprechen. Es ist so, wenn ich gesund bin und mich so umsehe, so die Welt sehe...«

Arthur blickte hoch in den Himmel, in dunkles, schiefergraues Gewölk. Die Ränder waren von schwefelgelben Fransen gesäumt. Brinkmann beobachtete es, und plötzlich war in ihm ein Bild. »Na, lassen wir Holz und Garten. Nur eines, Arthur: Sag mal, warst du eigentlich je in Kleineck? So ein kleines Dorf, dort drüben, gleich hinter dem Hügel. Zehn Häuser etwa. Eine Kirche.«

»Aber sicher, Herr Professor. Dort machte ich doch die Bruchlandung.«

»Also doch!« Brinkmann lächelte. »Es regnet

gleich. Zischen Sie mal los, Herr Wilkins! Ehe Sie naß werden. Oder eh ich's mir anders überlege...«

Arthur Wilkins setzte sich auf den Sattel. Er tat es langsam, mit einer würdevoll abgezirkelten Bewegung. Dann richtete er sich auf, legte noch einmal salutierend die Hand an die Stirn, fuhr über die Rampe und zum Klinikausgang. Brinkmann sah ihm nach, noch immer winkend den Arm erhoben.

»Was war denn in diesem Kleineck?« fragte Elena Bach.

»Wie bitte? – Ach so, weißt du, da sah ich ihn zum erstenmal. An dem Tag herrschte eine wahnsinnige Hitze. Und da war einer, der sein Rad den Berg hochschob und pfiff. Nachher haben sie ihn mir dann angeliefert. Aber ich brachte das nicht zusammen, ich kam nicht auf die Idee, daß es der gleiche war. Stell dir vor, einer, der sein Rad durch die Welt schiebt und vor sich hinpfeift...«

»Hast ihn wohl beneidet? Willst du das sagen?«

»Ja. Und jetzt beneide ich ihn wieder.« Brinkmann grinste melancholisch. »Glaubst du, ich hätte ihn sonst laufenlassen? Bei dem Geld, das der Kerl mir schuldet. Aber ich beneide ihn, das ist es. Er ist frei, frei wie ein Vogel.«

Elena Bach zog ihn am Ärmel. »Na, dann geh mal wieder rein ins Haus, ehe dein Fell naß wird, du bürgerliche Maus.«

*

Er durfte die Abzweigung nicht verpassen. Und das konnte verdammt leicht passieren. Die Markierung war verblaßt, Gestrüpp wucherte bis zur Straße. Und dazu der Regen.

Dr. Ignaz Marker, Landarzt in Kirchstett, schaltete in den zweiten Gang herunter und steuerte seinen alten Mercedes auf das grasbewachsene Schotterband, das sich zwischen den Stämmen zum Hang hinzog. Die Fahrspur war mit dunklem Schlamm gefüllt. Verdammte Nässe! Hörte das denn nie auf? Den Sommer konnte man vergessen. Na ja, wenigstens dem Wald tat der Regen gut. Die Forstleute und Experten behaupteten es zumindest.

Der Besuch im Hof dort oben auf dem Hügel war der letzte, der auf Ignaz Markers Tagesprogramm stand. Sein Magen knurrte, die Erschöpfung saß in seinen Knochen. Dreißig Visiten hatte er heute abgehakt. War kreuz und quer durch den halben Landkreis gegondelt. Jetzt noch der Lutz...

Der Wagen schlingerte. Wenn wenigstens einer die Straße richten würde. Doch wer machte sich darüber schon Gedanken? Der Junge des alten Lutz verkaufte in Offingen japanische Autos. Das war natürlich wichtiger.

Marker drosselte das Tempo, fuhr langsam, doch für die enge Schleife noch immer zu schnell. Mit blockierenden Rädern kam der Mercedes ins Rutschen. Gasgeben, gegensteuern, nichts half.

Sanft kippte der Wagen in den Entwässerungsgraben.

Marker stellte den Motor ab. Selbst zum Fluchen fühlte er sich zu schwach. Er atmete tief ein, rollte die Schultern in den Gelenken, um seinen versteiften Nacken zu lockern, lehnte sich zurück und schloß die Augen: Was hast du schon erwartet? An einem solchen Tag!

Schicksalsergebener Optimismus, optimistischer Gleichmut – eine Haltung, die aus Resignation wie aus Hoffnung bestand, hatten Ignaz Marker die letzten dreißig Jahre Landarztpraxis durchstehen lassen. Und dieses Irgendwie-geht's-immer-Weiter konnte er auch seinen Patienten vermitteln.

In letzter Zeit jedoch drohten die Sterne der Hoffnung hinter den Wolken der Resignation zu verschwinden. In letzter Zeit sagte sich Marker öfter, daß es noch immer am einfachsten sei, das Schlimmste anzunehmen. Auf diesen Fall angewandt, bedeutete es auszusteigen und durch den Regen hoch zum Lutz-Hof zu marschieren. Er mußte den alten Lutz sehen. Der brauchte ihn.

Fünf Minuten später war Ignaz Marker soweit, daß er den Zündschlüssel abzog und die Tür des Wagens öffnete. Und dann geschah etwas, was dem Optimisten in ihm Auftrieb gab. Durch die neblige Feuchtigkeitsstille kam das Tuckern eines Traktordiesels. Und nun sah er ihn auch, einen schwarzen Schatten, der auf riesigen Raupenrädern zum Weg hochschwankte.

Dr. Ignaz Marker drückte die Lichthupe. Es erwies sich als überflüssig. Der dort oben kam ohnehin in seine Richtung gefahren. Und als nun die kantige Front des alten Deutz-Diesels aus dem Dunst auftauchte, wußte Marker, wer auf dem Bock saß.

Er stieg aus. »He! Ranecker! Ziehst mich raus?«

Der Bauer sprang vom Bock und stampfte in seinen Gummistiefeln heran. Regenwasser rann ihm vom aufgeweichten Filzhut auf die Joppe. »Wo willscht hin, Doktor?«

»Zum alten Lutz.«

»Ja, ja, des sollt sein. I zieh di hoch.«

Der Blick hatte Marker alarmiert. »Was ist mit ihm los?«

»Schlecht geht's ihm heut, Doktor. Ganz mies isch er dran.«

Nun, das war der Alte schon lange. Und es lag nicht an den dreiundachtzig Jahren, die er hinter sich gebracht hatte, auch nicht an dem Körper, der müde und mürbe geworden war. In den vielen langen Jahren, die Marker mit den Menschen seines Waldlands verbracht hatte, war es ihm leicht geworden, nicht nur die Gedanken, sondern auch ihre Gefühle nachzuvollziehen. Er kannte sie, o ja! Wenn da einer mal nicht mehr wollte, war's aus. Da half nichts. Auch nicht die schönen Sprüche auf Ärzte-Symposien, die langen Artikel in den Fachzeitschriften, das Gefasel vom psychosomatischen

Erscheinungsbild, von altersbedingter Depression und Antriebsverlust. Was wußten die schon? Es war wie bei den alten Indianern, dachte Marker. Die sagten auch: »Schluß« und legten sich zum Sterben nieder.

»Dreh den Traktor um, Ranecker. Ein Seil hab ich.«

Der Bauer nickte, ging zurück, kletterte auf den Bock. Im Schlepp, todmüde und hungrig, erreichte Ignaz Marker kurz nach halb sieben doch noch den Hof des alten Lutz.

*

Das Haus im Dunkel. Das Scheunendach eingefallen – im Betonviereck, das einst den Misthaufen einschloß, naß glänzendes Gerümpel.

Nur im oberen Stock waren zwei Fenster erleuchtet. Dort lag Lutz. Als Marker die Tür öffnete, hörte er die Holzstiege knarren.

»Doktor?! Sind Sie das?«

Er zog den Mantel aus und hängte ihn an den Haken. »Wer denn sonst, Frau Körber?«

Groß war die Nachbarin, groß und knochig. Mit beiden Armen versperrte sie die Treppe. Ihr Gesicht verzog sich mürrisch und anklagend. »Er ißt schon wieder nix. Den ganzen Tag trag ich ihm die Supp nach. Ich wollt Sie schon anrufen.«

»Ich bin ja da.«

»So geht's doch net weiter, Herr Doktor. Wirklich, so schlimm hat er noch nie ausg'sehn. Ich glaub, er macht's nimmer.«

»Dann lassen Sie mich mal vorbei.«

»Eine Eiersupp hab ich ihm gekocht. Die hilft doch. – Aber nix! Was soll ich bloß noch?«

»Nach Hause gehen, Frau Körber.«

»Ja? Und dann? So elend wie der dran ist…«

»Ich bleib schon bei ihm. Ich helf ihm. Und dann kriegt er ein Mittel, daß er schläft.«

Das war so hingesagt. Doktorsprüche. Marker war nicht wohl, als er die Tür öffnete. Er hörte den Atem vom Bett dort in der Ecke, kurz, schnell, röchelnd. Die Lampe auf dem Fichtensekretär brannte. Bitterer Geruch stieg ihm in die Nase, Geruch von Alter, Schweiß, Verfall, Krankheit, faulendem Holz, verdorrten Blumen. Der Herrgottswinkel. Die Bilder.

Marker kannte sie alle. Unter dem Bild der Jungfrau stand auf einem Brett ein Strauß Heidekraut. Dann gab es die braune, stockfleckige Fotografie einer Stadt am Meer, über die sich eine riesige Brücke spannte: San Francisco. Lutz' Onkel war dorthin ausgewandert, weil's auf dem Hügel nicht genug Brot für alle gab. Noch ein Bild: ein Soldat in feldgrauer Uniform, forschem Kaiser-Wilhelm-Bart und Reitstiefeln. Auf dem Koppelschloß »Gott mit uns«. Der Feldwebel Lutz als Offenburger Dragoner.

Die Dielenbretter knackten, als Marker seine Tasche auf den Tisch stellte.

»Da bist du ja, Doktor.«

»Ja, da bin ich.« Er zog einen Stuhl heran und setzte sich.

Der Alte drehte den Kopf. Eine Haut, fast bleiweiß. Die weißen Stoppeln darauf wirkten, als seien sie angeleimt. Im Schatten waren die Augen kaum zu erkennen. »Die Mühe hättest du dir sparen können, Doktor.«

»Na ja«, sagte Marker, »jeder hat seinen Beruf. Sei froh, daß du im Trockenen liegst, Lutz. Draußen ist ein übles Wetter.«

»So oder so«, murmelte der alte Lutz. Er flüsterte noch was. Es war zu leise, Marker bekam kein Wort davon mit. Er ging zum Waschtisch in der Ecke, nahm den Porzellankrug, goß Wasser in die Schale und betrachtete die tote Spinne, die darauf stille Kreise zog. Dann begann er sich die Hände zu waschen, trocknete mit dem Handtuch gleich noch den Regen vom Gesicht, säuberte seine Brille, holte das Stethoskop aus dem Koffer, schob die Stöpsel in die Ohren, setzte es auf die Brust des Kranken und horchte auf das dünne Rauschen des Blutes.

»Halt mal die Luft an.«

Das tat der Alte nicht. Er hatte Schwierigkeiten, genug zu atmen. Und durch das Geräusch der mühsam arbeitenden Lungen vernahm Marker ein fernes Pochen, unregelmäßig, kaum wahrnehmbar, den Takt eines Lebens, das dem alten Körper entfloh, ein Rhythmus, bereits unterbrochen von Systolen, den Fehlschaltungen der Herzsteuerung.

Er tastete über die feuchte, kühle Haut. Auch der Puls kaum zu fühlen. Trotzdem: Die Augen gaben nicht auf, suchten ihn, der Mund probte Worte, das Gehirn ließ nicht ab, sich zu mühen. Aber diese Pupillenstellung? dachte Marker. Und kaum mehr Druck...

Marker kannte den Zustand des Alten seit langem. Viel zu machen war nicht mehr. Aber dieser dramatische Zusammenbruch überraschte ihn doch.

Sein Blick fiel auf ein Glas, das auf dem Fensterbord stand: Milch war daraus getrunken worden. Die weißliche, verkrustete Substanz am Boden jedoch hatte nichts mit Milch zu tun. Dr. Marker drehte sich um und entdeckte, was er suchte: Das Tablettenröhrchen, das in einer Tonschale lag, war leer.

»Pillen frißt du«, sagte er so ruhig, wie es ihm möglich war. »Und die Suppe läßt du stehen.«

»Heute tut nix weh, gar nix. Endlich tut nix mehr weh.«

»Wieviel hast du davon genommen?«

»Sind ja noch zwei drin. Ich hätt' sie alle schlucken sollen, Doktor. Damit komm ich schneller weg. Dann ist Frieden.«

»Damit kommst du schneller auf die Intensivstation.«

Die Lider sanken langsam über die Augäpfel, pergamentdünne Lider von blauen Adern durchzogen und der Farbe vergilbter Blätter. An die Augen einer Eidechse erinnerten sie Marker, die in Winterstarre verfällt. Die Bewegung des Brustkorbs war kaum zu erkennen, die Hand blieb unruhig.

Wieder faßte Marker nach dem Puls des Sterbenden. Und wieder hatte er Mühe, ihn zu finden.

Da fing der alte Lutz an zu sprechen: »Geh mal zur Kommode, Doktor. Dann weißt du's... Da auf meiner Kommode... liegt ein Brief.«

Marker stand auf. Das Kuvert war offen. Liniertes Papier. Große, energische, etwas unbeholfene Buchstaben bedeckten es.

»Das ist nicht deine Schrift, Lutz.«

»Nein, das ist sie nicht... Das hab ich der Körber diktiert. Aber das ist ja Wurscht. Die Unterschrift... es ist immer die Unterschrift, auf die es ankommt... Und die stammt von mir. Verstehst du?«

Marker las noch mal die drei Zeilen. »Ich will hier sterben und nicht ins Krankenhaus gebracht werden. Dies ist mein Wille. Otmar Lutz.«

Er setzte sich wieder neben das Bett, wollte etwas sagen, doch so einfach war das nicht. Der alte Indianerhäuptling, dachte er. So sah Lutz auch aus: Die hochragende Nase in einem verfallenden Gesicht, dessen Strukturen nun der Tod zeichnete. Irgendwo hatte Marker gelesen, daß die Häuptlinge der Cheyenne, wenn sie das Ende nahe fühlten, sich in den Bäumen aus Ästen ein Lager bereiten ließen, auf das sie sich legten, die Hände gefaltet, den Blick nach Osten gerichtet, woher das

Sonnenschiff kam, um sie zum großen Geist zu tragen.

Ein Ende im Einklang mit sich selbst und der Natur, die sie umgab. Sie kannten ihre Gesetze. Auch der Zeitpunkt wurde von ihnen bestimmt. Sie befahlen sich zu sterben – und sie starben. Wie nennt man so etwas? Somatisches Syndrom? Die Uhr anhalten?

Auch Lutz war nun soweit. Nur, daß sein Sterben nicht das Gesetz des Lebens erneuerte, sondern der letzte Protest gegen ein Leben war, das seinen Sinn verloren hatte. Die Frau tot. Der Hof, der Stall leer. Die letzte Kuh schon seit Jahren verkauft.

Marker kam in den Sinn, wie stolz Lutz damals auf seine Perlhühner gewesen war, sogar Enten hatte er sich zugelegt, alle kletterten auf dem großen Misthaufen herum, über dieselbe Stelle, wo jetzt nasses Gerümpel und Trümmer lagen. Selbst der Wald, den Lutz so geliebt hatte, krepierte. Nun lag er in seinem Bett, wie der Cheyenne auf seinem Baum. Nein, dies war kein Protest, die Zeit war wirklich abgelaufen. Er spürte es und fügte sich. Die Nadeln der Tannen fielen von den kranken Zweigen. Über Menschen wie den alten Lutz war die Zeit hinweggegangen. Eine kranke Zeit.

»Hast gelesen, Doktor?«

»Ja. Aber ich sag's dir gleich: Es hat keine rechtliche Wirkung.«

»Was ist das…? Was ist denn Recht, Doktor? Was willst du mir noch damit kommen?«

»Ja, was will ich dir noch damit kommen?« Marker packte sein Stethoskop zusammen und schob es in die Tasche. Es war ihm elend, so elend, daß er sich am Tisch festhalten mußte.

»Ich hab Hunger, Lutz. Ich muß was essen. Ich bleib bei dir. Aber ich bin seit zehn Uhr auf Achse. Und da hilft nichts, ich muß jetzt was in den Magen kriegen.«

Lutz nickte. Es schien, als hätte er gar nicht zugehört. Wie auch? Das bißchen Glut in dem knochigen Schädel brannte weiter, das Gehirn arbeitete an anderen Problemen, die trockenen Lippen formten Worte: »Schläuche«, sagten sie. »Kabel. Krankenhaus...«

Und dann: »Ich hab schon gehört, wie das ist. Da liegst du drin... und bist kein Mensch mehr. So ist das... Erst lassen sie einen nicht leben, dann nicht sterben. Zwei Kriege, Doktor. Da wollte ich nie sterben... Aber ich sollte. Der Krieg ist zum Sterben gemacht... Die sterben doch überall, auf der ganzen Welt. Frauen und Kinder... Und keiner will... Jetzt will ich... Jetzt bin ich alt und krank. Jetzt hab ich ein Recht darauf.«

»Ja, Lutz.«

»Na, also. Und so schlimm war's auch nicht. Dreiundachtzig Jahre lang, halb schlimm, halb gut. Aber jetzt ist alles vorbei. Die Frau weg... Hast du sie noch gekannt?... Aber die Enkel, denen geht's gut...« Er war nicht mehr zu verstehen. Ein leises Flüstern, wie trockene Blätter am Baum.

Doch nun drehte er den Kopf und sah ihn an. Die Augen gingen auf, verschleierte Augen, schlehfarbene Augen. »Geh ich dir auf den Wecker, Doktor?«

»Aber Lutz.«

»Du hast Hunger, Doktor? Da ist doch die Suppe. Die steht noch unten auf dem Herd. Die kannst du warm machen und essen.«

»Ja, Lutz. Das tu ich. Und dann komm ich wieder. Zu dir, Lutz.«

*

In Weiß und Gold der ganze Raum. Geschnitzte Rokoko-Ranken an den Türbrüstungen, fröhliche Putten, die von der Empore aus goldenen Füllhörnern Trauben verschenkten. Selbst die rot gepolsterten Stühle waren vergoldet. Vergoldet und sehr bequem.

In Klaus Brinkmanns müdem Schädel verwoben sich Flötenklänge, Bratschen, Baßgeige und Cembalo zu einem gewiß nicht unangenehmen, aber auch nicht gerade beschwingenden Geflecht von Tönen. Sein Kopf sank nach vorne. Zum drittenmal in den letzten zehn Minuten.

»He! Nicht einschlafen.«

Käte Mareks Mahnung bekam er nicht mit, doch der Stoß in die Rippen ließ ihn aufschrecken. Das Konzertprogramm rutschte über seine Knie, als er pflichtbewußt in das Beifallklatschen einstimmte. Stuhlbeine scharrten, man erhob sich endlich und Klaus Brinkmann bekam schon wieder einen Puff.

»Was ist denn jetzt los?«

»Dort!« Käte Marek nahm die Brille, die an einer Silberkette an ihrer atlasgestärkten Vorderfront baumelte, vor die Augen. »An der zweiten Tür. Siehst du nicht?«

»Ich seh gar nichts.«

»Du hast ja auch nichts gehört.«

»Mein Gott! Mea culpa. Doch was soll unsereiner machen, wenn ihm die Arbeit noch in den Knochen steckt? Und was ist dort drüben?«

»Deine Christa.« Ein Satz wie ein winziger Stromstoß.

»Was soll das nun heißen – deine Christa?«

»Ja nun, deine Lieblingsschwester.«

Sie schoben sich zum Hauptausgang vor. Kopfnicken, freundliches Lächeln, gelegentliches »Guten Abend, Herr Professor, war doch wunderschön, nicht«, Abendkleider, blaue Anzüge, Smokinghemden, Smokingschleifen... Dies alles nahm Klaus Brinkmann nur am Rande seines Bewußtseins wahr, denn er war zu beschäftigt mit Überlegungen und Zweifel, um diesen kleinen, wichtigen Stich von Furcht in eine vernunftgesetzte Ordnung zu bringen. Gerade hatte auch sie sich umgedreht. Er sah, wie sie erstarrte, lächelte.

Dann schwemmte der Zuschauerstrom sie nach draußen.

»Was ist denn mit dir los? Was machst du für ein komisches Gesicht?«

»Ich? – Ich bin komisch, ja?«

»Na, komm schon...«

Zwischen Menschen und Mänteln, Scherzen und Begrüßungen entdeckte er sie wieder. Ein stahlblaues Kleid, das dunkelblonde Haar zu einer Hochfrisur gesteckt, der Nacken mit der Perlenkette... Eine andere, eine ganz neue Christa. Ein Anblick, bei dem seine Kehle eng wurde. Nun hob sie die Hand.

»Komm, Käte! Darf ich vorstellen: Das ist Christa, eine unserer Stationsschwestern.«

»Natürlich ist sie das. So hinterm Mond bin ich nun auch wieder nicht.«

Sie lächelte etwas befangen. »War schön, nicht wahr?« Die Worte, die man so sagt. Er nickte nur, er bekam den Blick nicht von dem Gesicht und ärgerte sich darüber, daß sie's merken mußte.

»Na, vom Konzert hat er nicht viel mitgekriegt, Schwester Christa. Er hat die halbe Zeit geschlafen«, stichelte Käte.

»Gut. Dabei liebe ich Musik. Halten Sie mich bloß nicht für einen Banausen. Haben Sie schon Ihren Mantel? – Ach, hier. Darf ich Ihnen helfen?« Das tat er dann auch. Und wenn Käte ihn jetzt so anstarrte – sollte sie!

Was sagte Christa da?! »Es war nicht sehr fair von mir, Herr Professor, daß ich Ihnen damals abgesagt habe, nicht?«

»Oh, ich hab es schon verstanden.«

»Und er hat auch gleich Ersatz gefunden«, ergänzte Käte. »Obwohl ich mir aus Musik wirklich nichts mache. Ich bin der unmusikalischste Mensch, der auf der Erde rumläuft. Aber ich habe wenigstens durchgestanden. Wenn man mich schon mal einlädt, bin ich eisern.« Wieder ihr Lächeln. Was soll sie, was gibt es auch zu sagen?

»Ja dann... Es war schrecklich nett, Sie kennenzulernen, Frau Marek. Aber ich glaube, ich muß gehen.«

»Haben Sie denn den Wagen da?« fragte er schnell.

»Nein. Der mußte in die Werkstatt. Aber es fährt ja gleich ein Bus.«

»Was heißt hier Bus?« entschied Käte Marek. »Dann kommen Sie doch mit uns. Und wenn wir schon zusammen fahren, können wir auch miteinander essen. Ich habe Maultaschen. Einen ganzen Topf voll.«

»Jetzt fang nicht schon wieder an! Du kannst ihr doch nicht einfach das Essen aufzwingen!«

»Aufzwingen?« Käte Marek nahm die Brille hoch und beäugte Klaus Brinkmann, als begegne ihr ein Wesen von einem anderen Stern. »Meine Maultaschen jemand aufzwingen?! Also hör mal...«

Nun lachte Christa. Und da war keine Befangenheit mehr in ihrem Lachen, es klang laut, herzlich und hell...

*

Ja, sie fühlte sich wohl.

Sie fühlte sich wohl, so unerwartet, so unglaublich ihr das selbst erschien. Hier, zwischen schweren, dunklen Möbeln, an einem von Kerzenlicht überstrahlten Tisch, Brinkmannsches Familiensilber in den Händen und unter dem starren Blick des Herrn an der Wand, von dem Christa nun wußte, daß es sich um den Herrn Medizinalrat und Professor Friedrich Karl Brinkmann, den Gründer der Klinik, handelte.

Sicher war ein bißchen der Wein daran schuld, den Käte freizügig eingoß, vielleicht auch die Feststellung, wie rührend unsicher Brinkmann werden konnte, wenn man ihn anlächelte – er, der große Zampano, Obergott und Chef, von Käte wie ein kleiner Junge belacht, bemuttert und bekrittelt. Oder es war Käte selbst, dieses Phänomen von Frau, deren Mütterlichkeit nicht nur Wärme, sondern auch Klarheit bedeutete und eine Vitalität, der niemand zu widerstehen vermochte.

»Beim Abräumen helfe ich aber!«

Nein, das komme nicht in Frage, entschied Käte, als der Kaffee getrunken, der letzte Rest Nachspeise gegessen war und Christa sich mit dem Gefühl zurücklehnte, nicht nur einen absolut unwahrscheinlichen, sondern sehr befriedigenden Abend zu verbringen.

Brinkmann hatte den Kragen des Smokinghemds geöffnet und bohrte in seiner Pfeife herum. Christa, im bequemen Sessel, fühlte sich von einer Wärme durchrieselt, die ihr ein wenig Angst machte: Wann immer ihr die Phantasie eine solche Situation entworfen hatte – und wie oft war das geschehen in den letzten Wochen –, die Realität hatte nichts damit zu tun.

Dann war es mit dieser Stimmung vorbei. Lautlos und überraschend, wie ein Schatten, kam der zweite männliche Bewohner des Hauses durch den Raum: Udo Brinkmann! Ein Udo, der sie mit roten Ohren musterte, aber dann doch ein überraschend gelassenes »Na, wen sehen wir denn da? Guten Abend« zustande brachte.

Brinkmann ließ die Pfeife sinken. »Ich war mit Käte im Konzert. Und da haben wir die Schwester Christa...«

»An der Garderobe getroffen«, ergänzte Käte strahlend. »Man kann schon sagen, wir haben sie an der Garderobe entwendet. Ich hab sie nämlich eingeladen. Dein Vater tut sich in solchen Sachen etwas schwer, nicht? Jetzt setz dich schon her. Ich hol dir 'ne Tasse.«

Udo schüttelte den Kopf. In der Mitte des Raumes blieb er stehen, auf dem schweren Täbris, die Hand am Kinn, als müsse er etwas wegreiben. Und sein Vater hatte sich auch noch erhoben. Peinlich, dachte Christa.

Doch Udo schien sich durchgerungen zu haben, alles so beiläufig zu nehmen, wie man es ihm präsentierte. »Na dann, noch einen schönen Abend! Ich kann wirklich nicht bleiben, Käte. Weißt du, ich bin heute auch nicht allein. – Gute Nacht allerseits!« Und von der Tür: »Einen schönen Abend, Christa!«

Schöner Abend, o ja. Rotwein war da, die Sessel, der Flügel – und die Frage: Warum bist du bloß nicht mit Udo weggegangen? Dann war's auch damit vorbei, sie hörte sich reden und begriff kaum, was sie sagte, fühlte sich nur als Opfer jener Form von Verstörung, die sich einstellt, wenn man gewahr wird, daß Worte und Gefühle nebeneinander herlaufen.

Sie musterte das Bild auf dem Flügel.

»Meine Frau«, sagte Brinkmann und versank in einer Wolke Pfeifenrauch. »Sie ist vor elf Jahren gestorben.«

Christa nickte. Als das Schweigen andauerte, entschloß sie sich zu einer Frage: »Ich hab Sie wohl vorhin ein bißchen in Verlegenheit gebracht? Dort an der Garderobe. Mit meiner Bemerkung über die Einladung.«

»Sie meinen, daß sich Käte damit wie ein Lückenbüßer vorkam? Machen Sie sich da keine Sorgen. Das tut sie nie.« Er beugte sich vor. Fast sah es so aus, als wolle er nach ihrer Hand greifen. »Christa...«

»Ja?«

Wieder sein verlegenes Lächeln. »Schön, Sie hier sitzen zu sehen! Genau so habe ich mir die Auflösung des Abends gewünscht.«

Herrgott, ist er umständlich, dachte sie. Und jetzt? Was weiter? Sie nahm einen Schluck. »Sie wissen doch, früher bin ich einigemal mit Ihrem Sohn ausgegangen.«

Er nickte. Blieb stumm.

»Das machte es auch ein wenig schwierig. Ich hoffe, Sie verstehen? Und außerdem...«

»Ja?«

Sie blickte auf das Glas in ihrer Hand. Die Gedanken gerieten ihr durcheinander. Wieso mußte sie auch damit anfangen?

»Sie wollten noch etwas sagen?«

»Nun, wir haben schon mal darüber gesprochen. Eigentlich ist es eher Neugierde. Die neue Anästhesistin war so viele Jahre mit Ihnen...«

»Hat Udo Ihnen das gesagt? Haben Sie mir deshalb einen Korb gegeben?«

Nun sah sie ihn doch an. »Ja.«

»Richtig. Ich meine, es ist richtig, daß ich seit langem mit Frau Bach befreundet bin. Doch schon seit geraumer Zeit ist diese Beziehung – oder nennen wir es Freundschaft –, na ja, sie ist nicht mehr das, was sie einmal war. Sie ist jetzt rein sachlich. Und vielleicht ist wichtig, daß ich dies klarstelle: Es war auch nicht mein Wunsch, daß sie hierherkommt. Sie wissen ja, daß wir in der Klinik eine zweite Anästhesistin brauchen. Elena hat auf eigene Initiative...«

»Herr Professor!«

»Aha, jetzt werde ich auch noch mit dem Titel bestraft?!«

»Nein. Ich dachte... ich meinte, das geht mich

doch nichts an...« Wie sollte Christa sagen, was sie dachte und meinte, zu sehr durcheinander war sie, durcheinander und zornig auf sich selbst. Wie konnte sie das Thema auch anschneiden?

An ihrer Verwirrung änderte sich nicht viel, als Klaus Brinkmann sie eine halbe Stunde später nach Hause brachte.

Langsam fuhr er, gelassen, lächelnd. Der Wagen rollte durch die Nacht und über den Fluß. Die Lichter der Brücke zerflossen auf dem dunklen Wasser. Von den Hoteleingängen winkten die farbigen Neonreklamen. Dann, hinter der großen Gärtnerei, hielt Brinkmann an, noch immer dieses träumerische Lächeln auf dem Gesicht. »Jetzt hör mal zu, Christa-Mädchen...«

»Ja?«

»Das ist doch alles Unsinn.«

Welchen Unsinn er meinte, erfuhr Christa nicht. Es war auch nicht wichtig. Wichtig allein waren die Hände auf ihren Schultern, Hände, die nicht klammerten, nicht suchten, unruhig wurden, besitzen wollten – Hände, die Wärme und Ruhe ausströmten. Die Augen, die sie ansahen! Seine Stirn, die sich ihrer Stirn entgegenneigte...

*

Marker sehnte sich nach seinem Bett.

Er hockte im Sterbezimmer des Lutz oben auf dem Hof, der Regen hatte aufgehört, die feuchte

Nacht war fast körperlich zu fühlen. Eine Mauer aus Stille, die sie beide umschloß. Manchmal, wenn ihn der Ruf eines Nachtvogels aufschreckte oder sich die Hände auf dem Bett dort drüben bewegten und das Röcheln schneller wurde, stand Ignaz Marker auf, machte die fünf Schritte, legte die Hand auf eine schweißfeuchte, eiskalte Stirn und zog sich dann wieder in den knackenden, alten Korbstuhl zurück, lehnte den Kopf an die Wand, direkt unter der Ansicht von San Francisco aus dem Jahr 1910.

Irgendwann an diesem Morgen würde er den Totenschein aus der Tasche holen. Unter römisch drei, bei der Frage nach der Todesart, »natürlich«, »nicht natürlich« oder »nicht aufgeklärt«, würde er sein Kreuz in das Kästchen »natürlich« setzen. Seine urpersönliche Lüge für ein stilles, tapferes, langes Sterben. Und sein Anteil – der des Helfers.

Diesmal erschien er ihm leicht wie selten. So viele andere, so schlimme Varianten gab es: Das endlose Beten des Pfarrers, während kalte Ungeduld aus den Gesichtern mancher Angehörigen sprach, Sprüche klopfen, Lügen erfinden, Tröstungen suchen. Das Schlimmste aber war, wenn sie, auf einer Intensivstation an Kabel, Kanülen und Elektroden gefesselt, ihr Leben aufgaben, in der letzten Stunde noch Teil einer Maschine geworden. Der schreckliche Protest in Augen, die nichts mehr verstanden.

Es gab auch schöne Situationen, so wie letzte Woche, als Dr. Ignaz Marker einer alten, vom Krebs zerfressenen Frau von den Palmen erzählte, die in Spanien unter einem ewigblauen Himmel wachsen und die sie sehr bald sehen würde, denn ihre Enkel kämen sie holen. Und am Ende hatte er ihre Hand gehalten und »Am Brunnen vor dem Tore« gesungen.

Beim Lutz brauchte er nicht zu singen. Und es gab auch keinen Pfarrer. Hier gab es nur das Warten und einen Einklang, den er bisher noch nie empfunden hatte: das Verstehen eines Menschen, der sein Leben bewußt zu Ende gehen ließ.

Das Zuschlagen der Haustür spaltete die Stille wie ein Schuß. Es riß Marker hoch. Wieder ging er hinüber zum Bett. Die Nasenflügel bewegten sich noch, doch das Gesicht war bereits das eines Toten.

Dr. Marker blickte zur Tür.

Der Mann, der eintrat, war etwa vierzig. Den fetten, schwerfälligen Körper hatte er in einen viel zu engen Anzug gepreßt. Sogar eine Weste trug er. Und eine mit weißen Tupfen gesprenkelte Krawatte. Marker kannte den Mann: Michael Lutz, der Sohn des Alten.

»Doktor, was ist mit ihm? Die Körber hat mich angerufen.«

»Michael, nicht so laut. Machen Sie doch nicht so einen Lärm.«

Michael Lutz sah ihn nur an. Dann ging er auf Zehenspitzen zum Bett. Er ließ die Arme fallen: »Er ist doch tot?!«

»Er ist nicht tot. Noch nicht.«

»Und Sie sitzen einfach hier und tun nichts? Der muß doch sofort in die Klinik!«

»Das ändert auch nichts. Und er will nicht.«

»Was heißt will nicht? Sie sitzen hier und tun nichts. – Seit wann?«

»Seit gestern abend um acht.« Marker rieb sich die Augen.

Michael Lutz starrte ihn an. »Seit gestern abend? Ach nein? Hier stirbt ein Mensch, stirbt mein Vater – und der Doktor sitzt daneben und dreht die Daumen?!«

»Er wollte es so. Er hat es sogar aufgeschrieben.«

Doch das hörte Michael Lutz nicht. Er stand bereits am Wandapparat, der neben der Tür zur Wohnstube angebracht war, zerrte eine Brille heraus, las die Notfallnummer durch und wählte.

»Ja? Hier Lutz. – Hallo! Hören Sie? Ich brauche einen Krankenwagen. Ganz schnell! Bichenbach. Ja, rechts bei Oberstwald geht's ab. Und schnell. Und mit 'nem Arzt. Es geht wirklich um Sekunden.« Er legte den Hörer zurück. Nur sein schwerer Atem war zu hören. »Warum haben Sie nichts unternommen?«

»Das hab ich Ihnen schon gesagt, Michael.«

»Das haben Sie mir nicht gesagt!«

»Und warum sind Sie nicht schon früher gekommen?«

»Ich war bei einem Kunden. Ich hab das alles nicht gewußt. Aber Sie? Sie wollen Arzt sein?! Das sag ich Ihnen: Dafür zahlen Sie! Das kommt Sie teuer, Doktor. Dafür garantiere ich. Teuer kommt Sie das!«

*

Es war kurz nach vier, als Brinkmann sein Büro betrat. Er las durch, was Lena Meis für ihn aufgeschrieben hatte. Dann griff seine Hand zum Telefon. Es war eine unbedachte Geste: Jetzt gleich Christa anzurufen, sie heraufzubestellen? – Ging nicht. Würde ihr noch mehr Scherereien bringen als ihm.

Er lehnte sich zurück und kraulte Mollis Kopf: Der Chef und die Krankenschwester? Du hast es so gewollt, jetzt find dich damit zurecht. Eine »Sprachregelung«, Diskretionsstrategien entwikkeln?... Nein. Er mußte das alles mit ihr durchsprechen. Vielleicht hatte sie einen Einfall. Doch so zu tun, als wäre nichts geschehen, kommt nicht in Frage. Es gibt Lebenslügen, über die du in deinem Alter hinausgewachsen bist.

Brinkmann seufzte und drückte die Taste des Sprechgeräts: »Hören Sie, Lena, schicken Sie mir doch gleich mal den Herrn Renz herein.«

»Da wartet noch ein Herr. Ein Herr Lutz. – Er ist der Sohn des Patienten, der heute früh bei dem Notfalltransport gestorben ist.«

»Eben! Deshalb brauche ich ja zunächst mal Renz. Renz war doch im Wagen?«

Hinter ihm war ein Räuspern. »Ja, Herr Professor! Ich war im Wagen.«

Brinkmann hatte nicht bemerkt, daß Renz bereits im Zimmer stand. Er nickte dem langen, rotblonden Jungen zu und deutete auf den Sessel. »Wie ist denn das gelaufen?«

»Nun, wie so was läuft, wenn eine Leiche aus dem Bett gezerrt wird. Der Mann war wirklich schon zu drei Viertel tot. Er lag im Koma. Dreiundachtzig Jahre, Herr Professor! Seit zehn Jahren zuckerkrank, dazu hochgradig sklerotisch, der Herzmuskel völlig verbraucht. Die Nieren kaputt. Und in dem Zustand auch noch Barbiturate.«

Brinkmann nickte. »Warum will dann sein Sohn mit mir reden? Den Totenschein haben Sie doch ausgestellt, nicht?«

Walter Renz besah seine Fingernägel. »Der Mann hat durchgedreht. Tobt rum. Gestern abend schon. Er gibt die ganze Schuld dem Hausarzt, der die Einweisung verzögert habe.«

»Und wer ist der Hausarzt?«

»Ein Dr. Marker. Der junge Lutz will ihn anzeigen. Wegen unterlassener Hilfeleistung. Und da ist noch etwas: Der Patient soll vorher schriftlich angeordnet haben, daß man ihn nicht in die Klinik bringt. Außerdem, wie gesagt, hat er noch 'ne Menge Schlafmittel genommen. Es ist nicht ganz abgeklärt, ob er es in suizidaler Absicht getan hat.«

Brinkmann blickte an ihm vorbei zum Fenster. »Marker, sagten Sie?«

»Ja.«

»Und stimmt es, daß er die ganze Nacht bei dem Kranken saß und nichts unternahm?«

»Ja. Ich hab mit ihm gesprochen. Er gibt es ausdrücklich zu. Ich meine, es ist ja möglich, daß zu diesem Zeitpunkt...« Renz brach ab und beschäftigte sich wieder mit seinen Fingernägeln.

»Was soll das denn für ein Schreiben sein?«

»Keine Ahnung.«

»Marker?« wiederholte Brinkmann langsam. »Na gut, dann wollen wir doch mal den Sohn holen.«

Renz wollte gehen.

»Bleiben Sie ruhig da, Walter. Schließlich sind Sie der einzige, der Bescheid weiß.«

*

Michael Lutz hielt sich nicht mit Vorreden auf. Und Brinkmann wartete geduldig, bis der erste Dampf abgelassen war.

»Ich kann Ihren Schmerz ja verstehen, Herr Lutz! Aber wenn Sie sich vielleicht ein bißchen bei der Beurteilung von Herrn Dr. Marker zurückhalten würden...«

»Ich? Zurückhalten? – Der hat meinen Vater umgebracht! Was würden Sie denn an meiner Stelle tun?«

»Also, umgebracht... Sie müssen schon begreifen, daß ich mir einen noch etwas vollständigeren Überblick...«

»Was gibt's da zu überblicken? Verrecken hat er ihn lassen! Sterben... Knallhart verrecken.«

»Jetzt beruhigen Sie sich doch, Herr Lutz. Sehen Sie, mein Kollege Renz sagt ja auch, daß Ihr Vater bereits im Koma lag.«

»Aber vorher? Was ist denn da gelaufen? Um acht ist er gekommen, das hat er mir selbst gesagt. Und als ich auf den Hof kam, da war's drei. Sie werden mir doch nicht beibringen wollen, daß einer, der sich Arzt schimpft, zusieht, wie sein Patient verreckt? Und das fünf Stunden lang!«

»Jetzt beruhigen Sie sich.«

Doch Michael Lutz wollte sich nicht beruhigen. »Klar doch; Ärzte, die halten immer zusammen. Und die Angehörigen haben sich gefälligst zu beruhigen. So ist das! Eine Krähe hackt der anderen kein Auge aus, nicht? Geben Sie's doch zu... Aber Gott sei Dank: Ich habe meine Beweise! Ja, ich kann beweisen, daß Dr. Marker gegen die Gesetze verstoßen hat. Und ich zeige ihn an. Da kann mich kein Mensch von abhalten. Auch Sie können das nicht, Herr Professor!«

Brinkmann lehnte den Kopf gegen die Sessellehne und verschränkte die Hände. »Jetzt hören Sie mir mal zu.« Seine Stimme war sehr leise, weil er aus Erfahrung wußte, daß dieser Ton noch am ehesten beschwichtigend wirkte. »Ich kenne den Herrn Dr. Marker. Und ich kenne ihn als guten und pflichtbewußten Arzt. Wir haben zusammen studiert und gemeinsam das Praktikum gemacht. Außerdem, und das wissen Sie so gut wie ich, hat er in der ganzen Gegend einen exzellenten Ruf.«

»Das interessiert mich nicht. Was ich gesehn hab, hab ich gesehn. Und es wär seine Pflicht gewesen, dem Vater zu helfen. Das hat er nicht getan. Jawohl, das stimmt schon: Untern Teppich kehren, das könnt ihr. Ihr Ärzte, ihr seid doch alle gleich. Da hackt...«

Brinkmann richtete sich auf. Mit Zurückhaltung hatte es nicht funktioniert. Gut, der konnte es auch anders haben: »Ich verbitte mir diesen Quatsch!«

»Er hätte die Pflicht gehabt...«

»Ob Dr. Marker pflichtwidrig gehandelt hat, das werden die Untersuchungen ergeben. Und wenn das Ergebnis vorliegt, können wir wieder miteinander sprechen. Guten Tag!«

*

Ignaz Marker hatte nichts gegen Efeu. Und im Frühjahr sah das ja ganz gut aus. Aber wenn das Zeug derartig unverschämt zu wuchern begann, den ganzen Praxisanbau unter seinen Schmarotzerfüßchen begrub, die Mauern feucht werden ließ, dann mußte man schließlich ran. Selbst sonntags.

Seit drei Stunden wütete Dr. Ignaz Marker mit der Schere, um die Mauern wieder freizubekommen. Heiß war es. Dieser verregnete Sommer hatte alles ungehemmt wachsen lassen. Jetzt endlich, in den ersten Septembertagen begann die Sonne ihr Soll zu erfüllen.

Marker schob die Schere in den Gürtel, um die Leiter hochzusteigen. Dann ließ er sie los. Er blickte zur Einfahrt seines Hauses hinüber. Ein Mercedes stand dort. Und was für ein Ding! Blankgewienert, prächtig. Jetzt stieg einer aus, drückte die Klingel. Anscheinend hatte er ihn noch nicht entdeckt.

Marker hob die Hand. »Klaus?!«

»Ja, ich. Grüß dich, Ignaz!«

Er ging hinüber, öffnete die Tür, wischte sich die Hände an den Hosen ab. »Tag, Klaus. Hast ja ziemlich lang gebraucht, mal bei mir vorbeizukommen.«

»Na ja, wie das so ist, Kollege. Kennst du doch auch. Keine Zeit.»

»Aber jetzt hast du welche?«

Brinkmann nickte. Er sah sich um. »Schöner Garten. Bei mir wächst vor allem das Unkraut. Aber hier! – Mensch, und der Salat!«

»Komm doch rein.«

Marker fragte sich, ob er Brinkmann ins Haus bitten sollte. Nein, nicht bei diesem schönen Wetter. So führte er ihn zu der kleinen Bank unter der Rosenhecke.

»Was zu trinken?«

Brinkmann schüttelte den Kopf und sah ihn an. »Ist ja eine Ewigkeit, daß wir uns nicht gesehen haben.«

»Wundert dich das? Du hast Karriere gemacht,

ich bin Bauerndoktor geblieben.« Marker legte die Hände zwischen die Knie. Er blickte über die Straße, an den Masten der Überlandleitungen entlang zum Wald. »Und jetzt kommst du ja auch nicht zufällig vorbei, Klaus. Das kannst du mir nicht vormachen. Also, laß die Katze aus dem Sack.«

Brinkmann kaute auf seiner Pfeife. Er sagte: »Die Ärztekammer hat einen Bericht angefordert. Es geht um den Tod von Lutz.«

Marker nickte. »Ich weiß. Hast du ihn schon unterschrieben?«

»Nein. Deshalb bin ich ja hier. Ich wollte erst mal mit dir reden. Ich kann mir einfach nicht vorstellen...«

»Was?«

»Na, daß du den Patienten nicht versorgt hast. Warum hast du ihn nicht in die Klinik gebracht? Einer wie du sitzt doch nicht eine ganze Nacht da und sieht zu, wie jemand stirbt, der noch am Leben gehalten werden könnte?«

»Am Leben gehalten... An welchem Leben? Weißt du auch, was das für ein Leben war? Lutz wollte sterben.«

»Er wollte sterben? Mein Gott noch mal: Daß es unsere Pflicht ist, Leben zu erhalten und nicht zu verkürzen, muß ich dir das sagen?«

Marker stand auf und hakte die Daumen in die Gürtelschlaufen seiner Hose. »Nein, das mußt du nicht. Aber so redet nur ein Ignorant, der in großen Kliniken Menschen monatelang qualvoll krepieren läßt, statt ihnen einen schnellen, friedlichen Tod zu gönnen.«

»Also, jetzt hör mal...«

»Von dir, Klaus, hab ich wirklich nichts anderes erwartet. Dein Maschinenpark muß ja ausgelastet werden. Sonst rentiert er sich nicht.«

Das war stark. Das war wie ein Schlag.

Trotzdem, noch im Zorn gestand Brinkmann ihm zu, daß sich aus der Sicht Markers die Wirklichkeit des Berufes anders ausnehmen mußte. So vieles hatten diese Augen gesehen, so vieles mußte in Markers dreißigjährigem Arztleben geschehen sein, das ihn verbittert und zornig werden ließ.

Er lief hinter Marker her, vorbei an einem Lauchbeet, der großen Regentonne, bis zu einem kleinen Schuppen. Da standen sie, und nun war es Brinkmann, der angriff.

»Es ändert nichts, Ignaz! Es war nicht das Herz. Und es war nicht die Leber. Es waren die Medikamente, die den Exitus herbeiführten. Er hat's dir auch gesagt. Das hast du ja zugegeben. Und nicht nur zugegeben, als gottgegeben hast du es akzeptiert und nichts unternommen!«

»Nichts unternommen? Was heißt das? Lutz hatte entsetzliche Schmerzen. Bei ihm war nichts mehr zu reparieren. Das Herz nicht, die Nieren nicht, vom Pankreas und der Durchblutung gar nicht zu reden. Der Lutz wollte heim. Zu seiner Ida!«

»Und du als Arzt bist natürlich Herr über Leben und Tod. Das liegt in deiner Entscheidung.«

»Ich nicht. Du vielleicht.«

Brinkmann klopfte den Pfeifenkopf gegen ein Stück der Bretterwand: »Lassen wir endlich mich aus dem Spiel! – Aber du? Wo ziehst du die Grenze? Bei dreiundachtzig, bei achtzig, bei fünfundsiebzig? Hast du einen besonderen Draht zum lieben Gott? Sagt er dir, wie lange ein Leben noch zu leben ist?«

»Bei mir sagt es der Patient.«

»Ach was? Aus Angst, aus Schmerzen kommen Reaktionen, die wir nicht kontrollieren können. Das weißt du, das weiß ich, Ignaz. Und meine Erfahrungen lasse ich mir nicht wegdiskutieren. Nimmst du die Angst, kannst du heilen. Das ist dein Auftrag als Arzt. Denn eines bist du nicht: Der verlängerte Arm der letzten Instanz!«

»Du auch nicht.«

»Ignaz...«

Ignaz Marker nahm einen Spaten und stieß ihn in die Erde. »Mach deinen Bericht und laß mich in Ruhe!«

»Ignaz, es geht um deine Existenz.«

»So? Das soll mich beeindrucken? Was ist denn das für eine Existenz? Ich hab keine sechsstelligen Jahreseinnahmen. Manche zahlen, manche schikken mir einen Korb Fressalien. Und andere vergessen beides. Ich brauch dir doch nicht zu erzählen, daß es in Deutschland noch Gegenden gibt, wo die Leute nicht krankenversichert sind. Hier zum Beispiel. Bei mir läuft es gerade so, daß ich über die

Runden komme. Und wenn sie mir die Zulassung entziehen, dann setz ich mich auf den Arsch und leb endlich in Frieden. Dann kannst du ja von deinem hohen Roß runtersteigen, über Stock und Stein kurven, zu Waldbauernhöfen und in Dörfer, die du noch nie gesehen hast. Und dort kannst du dann die Kinder zur Welt holen und wundgelegenen Opas den Rücken einschmieren.«

Brinkmann fühlte keinen Zorn mehr, nur noch Resignation. »Ignaz, darum geht's doch nicht. Es geht darum, daß du Sterbehilfe geleistet hast. Aktive Sterbehilfe, falls du den Tod medizinisch gefördert hast – passive, wenn wir nachweisen können, daß das letzte Medikament ohne dein Wissen...«

»Wir? Wer ist wir? Was hast denn du damit zu tun?«

»Der Fall kommt vor Gericht, Ignaz. Und ich werde als Gutachter auszusagen haben.«

»So? Und da willst du natürlich auch zu einem gerechten Ergebnis kommen, was? Du, der du Halbtote an deine Maschinen anschließt und auf jeden Tag stolz bist, an dem sie im Delirium dahinsiechen. Du bist doch von vornherein gegen mich! Mußt ja, weil du davon lebst. Dir geht's doch um medizinische Erfolgserlebnisse, Klaus, und um die Auslastung deines Geräteparks! Und nicht um die Gnade eines menschenwürdigen Todes!«

Es war genug. Es war zuviel. Es war sinnlos. Brinkmann schüttelte den Kopf. »Ich war gekommen, um dir zu helfen, Ignaz, nicht um dir zu schaden.« Er wandte sich zum Gehen.

»Schenk dir deine Sprüche! Mach doch, was du willst!« rief Marker ihm nach. »Für mich ist der Tod eines über Achtzigjährigen etwas Natürliches. Und ich sag dir noch was: Ich komme nicht in deine Folterklinik, wenn ich mal alt und sterbenskrank bin!«

Noch einmal blieb Brinkmann stehen: »Sonst noch was?«

Marker schüttelte den Kopf. »Nein, Klaus. Das war alles…«

*

»Ich glaube, wir beide haben's verdient. Wir sollten uns mal was Hübsches gönnen, meinst du nicht?« Brinkmann hatte Elena Bach nach der Besprechung einfach zum Wagen geschleppt. Einwände ließ er nicht gelten. Und so saß sie und beobachtete ihn, den »King« – nein, den »Ex-King«.

Da fuhr er durch den Schwarzwald, den Kopf zurückgelehnt, jenen verträumten und doch wachen Ausdruck im Gesicht, der ihr verriet, daß er jeden Baum, jeden neuen Ausblick, jede Wiese, jedes alte Haus und jeden Bach registrierte. Ein Klaus Brinkmann, entspannt, zufrieden im rotgoldenen Lichtdunst des Abends.

Auch Elena Bach sprach nicht. Sie wollte den Zauber dieser Stunde nicht stören: das Überblenden von Erinnerungen und Gegenwart, obwohl die Erinnerung mehr und mehr Gewicht gewann. Die Erinnerung an andere Autofahrten, Fahrten unter dem schweren Himmel der Normandie, an den Kreidefelsen des Berner Jura vorbei oder von Genf hinüber nach Locarno, Simplon, Centovalli, dieses unglaubliche Hineingleiten in den Zaubergarten, der das Tessin für sie bedeutet hatte.

Dies war nicht Lago Maggiore und Centovalli. Es war das Kinzigtal! Hier wuchsen keine Palmen; Tannen standen hier, von denen es hieß, daß es sie nicht mehr lange geben würde. Auch das gehörte zu dem anderen, diesem zweiten Gefühl, das jede Minute Verträumtheit begleitete: Das Gefühl der Bedrohung, eines nahenden, nicht abwehrbaren Endes. – »Wir sollten uns was Hübsches gönnen?« Sie hatte keine Illusionen, wirklich nicht. Im Gegenteil. In Elena war eine untergründige Angst vor dieser Fahrt. Und so fragte sie nicht nach dem Wohin, auch nicht nach dem Warum.

Hornberg und Nußbach hatten sie hinter sich gelassen, in St. Georgen waren sie wieder nach Westen gefahren, in Schönwald hatten sie Kaffee getrunken, er friedlich an seiner Pfeife nippelnd, sie in Gedanken versunken. Nun waren sie auf der B 31. Der Wagen rollte Triberg zu. Die Hänge waren dicht bebaut mit kleinen Landhäusern, Hotels und Pensionen. Links ein Sportplatz. Dann der Friedhof.

Er drehte den Kopf, lächelte. »Und jetzt? Eine

Vesper? Abendessen? Großes Dinner? Was darf's denn sein, Frau Doktor?«

»Weder Rauchfleisch noch Himbeerbrand. Einen schönen Salat und ein paar Takte Gespräch. Was hieltest du davon?«

»Aber klar...«

Es wurde dann doch Rauchfleisch. Brinkmann vertilgte Unmengen davon. Und daß sie pflichtschuldig auf Krebsgefahr bei unmäßigem Genuß von Geräuchertem hinwies, entlockte ihm nur die Behauptung, er werde sich den Magen schon selbst rausnehmen. Spielend! Mit der linken Hand.

»Dämlicher Angeber!«

Sie nahm zu ihrem Salat eine Forelle. »Blau und nicht geräuchert, wenn ich bitten darf.« Brinkmann blickte, während sie an ihrem herben, klaren Wein nippte, über den abendlichen Marktplatz der kleinen Stadt. Zu seinen bissigen Bemerkungen über die anderen Gäste von »Wehrle's Parkhotel« zerbröselte sie ihr Brot, wartete, bis er den dritten Himbeergeist gekippt hatte – wartete noch immer mit einem Gefühl der Ohnmacht auf das, was kommen würde.

Es kam nichts. Er kaute an seiner Pfeife und zog mit dem Messer Striche ins Tischtuch.

In ihr war plötzlich eine große Zärtlichkeit. Und dieses Gefühl verstärkte sich, als sie den gesenkten Kopf betrachtete: Mehr und mehr graue Haare. Widerspenstige Wirbel noch immer, doch am Scheitel lichteten sie sich. Diese Haare zu spüren, mit allen Fingern hineinzufahren, ihn heranzuziehen... So wie damals!

»Was ist denn?«

»Was soll schon sein?«

»Doch.«

Er brütete etwas aus. Wie oft hatte er so vor ihr gesessen, zusammengesackt, das Gesicht hilflos und von Zweifel zerfurcht. Das letzte Mal in ihrer Wohnung in Zürich. Und seine Spannung verlor erst den Schmerz, als sie ihn in ihre Arme genommen hatte...

Sie legte ihre Hand auf die seine. »Nun komm schon! Spuck's aus, Rossi.«

»Eigentlich wolltest doch du...«

»Sicher. Aber das ist jetzt nicht so wichtig.«

Seine Mundwinkel verzogen sich zu einem schwachen Grinsen. »Das kennst du doch: Scheinwerfergedanken über einem düsteren Horizont. Vielleicht bin ich auch körperlich fertig, Elena. Der Aufbau hat mir mehr zugesetzt, als ich gedacht habe.«

»Ärger mit dem Verwaltungsrat?«

»Ach was! Erbsenzähler und Korinthenkakker gehören zum Leben. Sie sind wie Blattläuse: man muß sich an sie gewöhnen. Nein, das ist es nicht.«

»Was dann?«

»Immer das gleiche: die Arbeit. Dieser verdammte Beruf. Die Kollegen. Die Brust-Plastik heute morgen...«

»Du meinst Frau Oprecht? War ja auch 'n Ding!«

»Ein Ding? Das sagst du. Du machst die Narkose, sagst ein paar liebe Worte zu einer netten, alten Dame. Und damit hat sich's.«

»Na, jetzt hör aber auf!«

»Entschuldige, Elena.« Nun war es Brinkmann, der ihre Hand streichelte. Ungeschickt schob er dabei mit dem Ellbogen das Besteck über den Tischrand. Es klirrte zu Boden. Ein halbvolles Schnapsglas Schladerer folgte. Er nahm es nicht zur Kenntnis. Auch den Kellner, der herbeieilte, um den Schaden wiedergutzumachen, sah er nicht. Er starrte sie an, mit großen, beschwörenden Augen: »Sei froh, Elena, daß du keine Ahnung hast. Ist zum Alpträumen! ... Ich habe euch allen die Darlegung des Falles erspart. Aber die arme Frau war schon mal in Karlsruhe bei mir. Schon damals hab ich mir die Krankengeschichte zusammengereimt, so gut ich das konnte bei dem bißchen, was ich davon in die Finger bekam...«

»Wann hat der Tumor sich denn zum erstenmal bemerkbar gemacht?«

»Vor drei Jahren. Damals wohnte sie in Hessen. Ich will keine Namen nennen. Ist ja auch nicht notwendig. Schon deshalb nicht, weil du solche Fälle überall findest. Das ist es doch, was mich so erbittert: Wir brauchen eine neue Standesordnung in der Chirurgie! Neue Gesetze. Wir brauchen Spezialkliniken mit Ärzten, die nichts anderes tun.«

»Fangen wir nicht schon wieder davon an, Klaus. Was war mit Frau Oprecht?«

»Was soll schon gewesen sein? Das übliche. Der Gynäkologe stellt Knötchen fest. Sie läßt sich ins nächste Krankenhaus überweisen. Nicht in so eine Provinzklinik, wie wir das sind, nein, in ein Großklinikum. Sie war ja so voll Vertrauen. Wenn sie gewußt hätte... Du kennst das doch. Das Gelabere beim Oberarzt, sie unterschreibt die Generalvollmacht. Und bei der Besprechung ist man sich einig: Die Frau kann ja keine Kinder mehr kriegen – also ran! Die Assistenten müssen schließlich lernen. Bloß keine schwächliche Chirurgie! – Schön, die Biopsie ergab einen Tumor. Aber in dem Alter, bei der verzögerten Wachstumsaussicht? Das Ding war pflaumengroß, Elena. Im medialen Quadranten. Dazu gab's noch ein paar mastopathische Veränderungen... Du weißt doch selbst, wie das läuft bei solchen Probe-Biopsien: Wenn du da nicht ein ganz ausgekochter Krebsoperateur bist, sondern nur Probeausschneider, kannst du ganz schön ins Schwimmen kommen. Für mich ist das alles nicht abgesichert genug. Und diese Hessen, die machen gleich einen Halsted! Wollen alles ausrotten. Tragen nach Lehrbuch die Brustmuskulatur bis auf die Rippen ab, räumen die Achselhöhlen aus, um vielleicht krebsige Lymphknoten mitzuentfernen. Das muß man sich vorstellen! Bei der Diagnose... Du, die Halsted-Operation ist eine der schwierigsten überhaupt. An so etwas irgendein Nullachtfünfzehn-Team ranzulassen, statt einen hundertprozentigen Routinier, ist doch ein Verbrechen! Und das Ergebnis siehst du ja.«

»Du meinst die Atemstörungen?«

»Was sonst? Der ganze Brustkorb ist verschwartet. Und als ob das alles nicht gereicht hätte, wurde die arme Frau ja auch noch nachbestrahlt. Das Resultat: Röntgenverbrennungen! Kein Wunder, daß sie da nicht mehr durchatmen kann und Herzbeschwerden kriegt. Weißt du, man könnte verrückt werden, wenn man sieht, wie Frauen zu Krüppeln gemacht werden.«

Sie schwieg. Am Nebentisch wurde gelacht. Brinkmann verschwand hinter Vorhängen von Pfeifenrauch.

»Mit Kanonen auf Spatzen geschossen – ja. Doch das kommt immer wieder vor.«

»Mit Kanonen? Mit Atombomben! Und das darf nicht mehr vorkommen. Es muß sich ändern.«

»Na du, du bist gut. In deiner Klinik mußt du doch auch alles behandeln.«

»Und meinst du, das macht mir Spaß?«

»Trotzdem. Ein Glück, daß es Operateure wie dich gibt. Im Ernst, Klaus.«

»Mich? Hältst du mich vielleicht für einen begnadeten Chirurgen? Ich bin ein alter Karrengaul, nicht mehr. Aber ich weiß wenigstens, was ich tue. Und ich weiß auch, von was ich die Finger lassen muß.«

Er griff nach dem Weinglas. Es war leer. Doch

vielleicht hatte er gar nicht trinken wollen. Er drehte es hin und her und beobachtete die trägen Bewegungen der Tropfen darin.

Elena begann sich Sorgen zu machen. Würde er morgen operieren?

Jetzt war er schon wieder beim Thema: »Der erlauchte Stand der Mediziner! Die Herren von Gottes Gnaden. Wir können alles – uns kann keiner! Im Straßenverkehr heißt es: Wer ohne Ausbildung fährt oder nicht aufpaßt, der ist dran. Wir aber? Bei uns sollen sich die Spezialisten mit den Brosamen begnügen. Dafür haben sie ja auch zehn Jahre Facharztausbildung. Die genialen Improvisateure aber aus der Allgemeinchirurgie schaffen das schon, die machen den Rest bis zu den Zehennägeln. Wann wird das endlich verboten? Wann wachen die endlich auf, diese Idioten?«

»Was wird das? Einer deiner Vorträge?«

»Nein. Es wird ein Gespräch mit einem Menschen, von dem ich hoffe, daß er mich versteht. – Einen anderen Partner habe ich doch nicht.«

Sie fühlte die Wärme ins Gesicht steigen. Sie nickte. Wachte auch er auf? War er jetzt endlich in der Lage zu beurteilen, was ihm am meisten fehlte? Ein Partner? Nicht nur fürs Bett, wie es diese kleine, blonde Christa vielleicht geworden war – einen Partner, der zumindest so viel Format hatte, daß er seine Gedanken aufnehmen konnte. Und wie ein Brinkmann gebaut war, kreisten sie ja doch nur immer um eines: die Chirurgie.

»Ich muß hier alles machen. Ich kann's mir auch zumuten, noch wenigstens. So ein Laden wie unserer, das ist wie das Frontlazarett im Krieg. Zwanzigtausend Menschen haben wir zu versorgen. Das sind zwei Divisionen. Wo's kracht, wo die Fetzen fliegen, wo's auf die Minuten ankommt, wo gestorben wird, sind wir dran. Selbst Udo hat sich schon entwickelt. Er hat das Zeug dazu. Er ist nur zu unbedenklich. Doch wenn ich dann alles so überlege, sag ich mir, daß mein Freund Ignaz in vielem recht hat.«

»Ignaz Marker? Dieser Landpraktiker?«

Brinkmann nickte. »Einen Ignoranten hat er mich geschimpft. Von meiner Folterklinik hat er gesprochen. Und ich habe ihn angeschissen.«

Die Anklage, sein Zynismus, hinter dem sich gerechter Zorn verbarg, nun seine Melancholie: die typische Brinkmann-Mischung! Er war immer ein Einzelgänger gewesen. Nur, so radikal hatte er noch nie formuliert, was ihn bewegte.

»Was macht das Verfahren gegen Marker? Du solltest doch als Gutachter auftreten?«

»Bin ich bereits. Der Prozeß ging gestern über die Bühne.«

Das also war es, dachte Elena. Davon hatte er nicht gesprochen.

»Ihr wart Schulfreunde, nicht?«

Brinkmann grinste bitter. »Ja. Ein Schulfreund haut den anderen raus, was? Ich hab ihn rausgehauen. Und wie! Sein Anwalt schüttelte mir die Hand. Am liebsten hätte er mich umarmt. – Mein Ignaz aber guckte mich nicht mal an. Ließ mich einfach stehen. Stieg in sein Auto und fuhr weg. Nicht ein einziges Mal hat er sich umgesehen.«

Sie schwiegen.

»Bring's hinter dich«, sagte Elena plötzlich, »ehe du dran erstickst.«

»Was denn?«

»Sprich mit ihm.«

»Und wie stellst du dir das vor?«

»Ruf Marker an, zum Beispiel.«

*

Brinkmann starrte vor sich hin. Er sagte kein Wort. Doch dann lächelte er, erhob sich, ging durch den Raum zu der Glastür, von dort in die Halle, in der sich die Kabinen befanden, öffnete eine, nahm das Telefonbuch.

Mahler... Malzer... MARKER, IGNAZ, DR.

Er wollte die Nummer wählen und zögerte doch. Die Tür der Telefonkabine stand offen. Sie gab den Blick auf getäfeltes Holz frei, auf Wandleuchter, Teppiche und die Holzplastik einer Madonna. Sie blickte ihm direkt in die Augen. Der blaue Mantel, die Krone, dieses Lächeln. Bodensee-Barock. Und zweifellos großartig. Doch etwas war in dem rosigen Gesicht der Heiligen Jungfrau, das Brinkmann gewaltig störte: Verstehen, ja, aber auch Distanz. Ironie, die alles begriff und doch mit nichts zu tun haben wollte. Vor allem nicht mit einem Trottel wie Klaus Brinkmann!

Er zog die Tür zu und wählte. Und während sein Zeigefinger die Nummern drückte und das Freizeichen im Hörer ertönte, sah er die Szene wieder.

Der helle Flur des Landgerichts. Die Anschlagtafel mit der Bekanntmachung des Eröffnungsbeschlusses: GEGEN DR. IGNAZ MARKER WEGEN TÖTUNG AUF VERLANGEN DURCH UNTERLASSENE HILFELEISTUNG.

Auf der Bank neben der Tafel hatte Brinkmann gesessen, Zigaretten geraucht, bis sie ihn schließlich holten. – UNTERLASSENE HILFELEISTUNG?

Im Saal saß Ignaz auf der Anklagebank, den grauen Kopf zwischen die Schultern gezogen. Er hatte sich nicht gerührt, ihm keinen einzigen Blick zugeworfen, während die Prozeßmaschine mit dem Antrag des Verteidigers angeheizt wurde, den Herrn Professor Brinkmann als befangen abzulehnen und statt seiner einen unabhängigen, wissenschaftlichen Gutachter zu bestellen. – Ablehnung des Antrags. Lautstarke Zwischenrufe des Nebenklägers, dieses unsäglichen Mostkopfs von Michael Lutz, der natürlich seine Klappe nicht halten konnte. Dann die üblichen Befragungen: Krankengeschichte, Krankheit, Todesursache. Lange hatte es nicht gedauert. Sie waren auf ihrem Richterpodium gleich zum Punkt gekommen: Schlafmittelvergiftung durch Überdosis.

Ob es schwierig für einen Arzt sei, eine solche Überdosis zu diagnostizieren, hatten sie ihn gefragt. Selbstverständlich mußte er das verneinen. Als Diagnostiker war Ignaz ohnehin Spitze. Und das nicht nur im Vergleich mit anderen Praktikern, die über die Dörfer fuhren.

Und dann war man endlich am Kern.

»Um es einmal anders auszudrücken, Herr Professor«, hatte der Richter gefragt, »war es nicht zwingend, daß der Tod von Herrn Lutz an diesem Tage eintreten mußte?«

»Nein. So etwas läßt sich fast nie sagen. Er hätte eintreten können. Das Gesamtbefinden von Herrn Lutz war auch ohne die Schlafmittelvergiftung sehr schlecht.«

»Machen Sie uns das doch bitte etwas klarer.«

»Eine rechtzeitige Magenspülung hätte vielleicht die Vergiftung reduziert. Es wäre aber durchaus möglich, daß sie den Patienten umgebracht hätte. In einem solchen Zustand, mit versagenden Nieren, bei konstanter Herzschwäche und hochgradiger Diabetes hätte der Tod jederzeit eintreten können. Jede andere Angabe liegt für mich im Bereich unexakter Vermutungen.«

»Aber wenn Dr. Marker Herrn Lutz sofort in die Klinik eingewiesen hätte, wie wären dann die Chancen gewesen? Wie lange hätte Herr Lutz dann noch am Leben gehalten werden können? Wie hoch war die Lebenserwartung?«

»Lebenserwartung? Ich würde den Begriff Sterbenserwartung vorziehen.«

»Aber damit schaffen Sie eine gewisse Verwirrung, Herr Professor. Der ethisch-moralische Fragenkomplex steht hier nicht zur Verhandlung.«

Stand er doch! Darüber hatte Brinkmann zuviel nachgegrübelt. Und sich an zuviel erinnert. Nicht nur an die Szene in Markers Garten, an alles, was er in Jahrzehnten zuvor gesehen und erlebt hatte. Da saß nun Ignaz! Abgelöst von allem und allen. Als er ihn so ansah, war es Klaus Brinkmann unbegreiflich, wieso er an jenem Nachmittag Markers Haltung nicht sofort begriffen hatte. Dies war der Augenblick, zu korrigieren. Zum »ethisch-moralischen Komplex«, wie der Jurist es nannte, gab es nur eine Position: Die von Ignaz. Er, Brinkmann, würde sie vertreten.

»Der Prozeß der Sterbensqualen des Patienten hätte vielleicht um Tage, vielleicht um Wochen hinausgezögert werden können. Es wäre nach all meinen Kriterien und Erfahrungen ein unmenschliches Sterben geworden. Es sind nicht die moralischen Normen allein, die das Handeln eines Arztes bestimmen, es ist auch der Auftrag des Patienten, den er angenommen hat und der ihm vertraut. Die Aufgabe eines Mediziners besteht darin, das Leben zu verlängern – nicht das Sterben! Und schon gar nicht, wenn der Arzt in seinem Handeln von einem Patienten gestützt wird, der menschenunwürdiges Siechtum ablehnt.«

Ja: Er sah sich wieder dort im Saal stehen, sah Marker, der nicht ein einziges Mal den Kopf hochnahm. Und jetzt war da seine Stimme im Hörer! Ein Räuspern zunächst. Dann: »Ja?«

»Ich bin's, Klaus.«

Wieder dieses Räuspern.

Brinkmann wartete. Dann kam gelassen, etwas heiser wie stets die Antwort: »Komisch, ich hätte darauf gewettet, daß du das bist.«

»So?«

»Ja. Vielleicht gibt's doch so etwas wie Telepathie, was? Ich hab dich nämlich schon angerufen. Aber du warst nicht zu Hause. Wo steckst du überhaupt?«

»In Triberg.«

»Ah, deshalb.«

»Und warum hast du angerufen?«

»Warum? Ich fand das prima. Wirklich, Klaus: War gut, was du in der Verhandlung gesagt hast. Wieso fragst du mich überhaupt? Du bist ein alter, eitler Gockel!«

Brinkmann lachte. »Zumindest nicht einer, der ständig auf demselben Misthaufen gräbt wie du.«

»Ja, Positionen kannst du wechseln. Flexibel bist du. Muß man dir lassen. Ach komm, machen wir nicht viele Worte. Weißt du was: Besuch mich bald! Ich hab noch einen guten alten Ruländer im Keller. Was hältst du davon?«

»Sehr viel, Ignaz. Na, dann...«

»Grüß dich«, sagte Marker. »Grüß dich, Klaus. – Danke...«

*

Diesmal war es Brinkmann, der der Jungfrau Maria zulächelte. Sein Lächeln trug er durch die Halle bis zum Eingang des Restaurants. Dort aber war's damit vorbei. Die Tür hatte sich geöffnet.

»Hallo, Klaus!«

Er trug lederne Bundhosen. Und zu den Bundhosen einen Trachtenjanker. Zum Trachtenjanker wiederum die karmesinrote Krawatte. Den Mann kannte Brinkmann. Er hieß Schachner. Friedrich Schachner, wenn er sich recht entsann. Noch ein Schulfreund. Es gab allmählich zu viele davon in der Gegend... »Entschuldige mal, Klaus! Ich hab dich vorhin schon gesehen, aber ich wollte dich und deine Begleitung nicht beim Essen stören.«

Sie gaben einander die Hand.

»Du störst doch nicht.« Die pure Höflichkeit war das.

Schachner blinzelte mit geröteten Augenlidern. Lang und dünn war er. Seine farbige Folklore-Verpackung stand in komischem Gegensatz zu dem blassen, überanstrengten, verbiesterten Gesicht. Was hatte er nun wieder? – Ach ja, dachte Brinkmann: Der Herr Bürgermeister von Kirchstett! Und Finingen mit der »Wunderquelle« gehört zu seinem Gemeindebereich.

»Es ist wegen des Interviews im Kinzigtal-Echo.«

Brinkmann nickte. »Und?«

»Na und, na und«, wiederholte Schachner heftig. »Mußte das sein?«

»Ein Reporter hat mich gefragt, ich habe geantwortet. Du weißt doch selbst, wie so was geht. Du weißt es doch am besten.«

»Du hast geantwortet, gut. Aber für meine Gemeinde und den Quellenbetrieb sind deine Antworten nicht gerade nützlich gewesen.«

Der »Quellenbetrieb«? Brinkmann dachte an Kätes Durchfall. Der war auch nicht nützlich. Und dann dachte er an die Werte, die Schäfer vom Regierungslabor angefordert hatte. Die Analyse war niederschmetternd. Die Brühe wimmelte von Kolibakterien.

»Komm, Klaus! Du kannst dich doch in meine Lage versetzen. So schwierig ist das doch nicht. Finingen, nein, ganz Kirchstett ist mit der Quelle plötzlich für den Fremdenverkehr interessant geworden. Wir haben überall Umsatzsteigerungen. Sogar ein Kurhotel ist in der Planung. Das bedeutet eine Menge Investitionen. Und bei solchen Querschüssen werden unsere Geldgeber natürlich....«

»Ja nun, die Armen...«

»Was soll das heißen?«

»Das weißt du selbst. Das Wasser ist nichts wert, Friedrich.«

»Wir haben Gegengutachten. Und die Heilerfolge lassen sich ja nicht wegdiskutieren.«

»Heilerfolge? Bis jetzt weiß ich nur von einem Knöchel, den jemand beim Gerangel gebrochen hat. Mit dem Wunderwasser konnte er nicht kuriert werden. Wohl aber durch unsere Orthopädie. Außerdem erlitt ein alter Mann beim nächtelangen Anstehen einen Herzinfarkt. Und da konnten nicht einmal wir mehr helfen.«

»Das ist die Unvernunft der Leute. Darüber weißt auch du Bescheid. Wir können daran nichts ändern. Und außerdem, Klaus, glaub mir, jetzt wird alles besser organisiert. Die ganze Planung liegt in meinen Händen. Und wir haben das Projekt richtig generalstabsmäßig aufgezogen.«

»So? Generalstabsmäßig?« Brinkmann beobachtete die blinzelnden Lider.

»Also bitte, fall uns in Zukunft nicht mehr in den Rücken, ja?«

»Du, die Leute bringen die Brühe sogar mit in die Klinik.«

»Und? Schadet das jemand?«

»Meine Haushälterin hatte Durchfall.«

»Komm! Was hat das denn damit zu tun? Wir sind doch alte Freunde, Klaus... Außerdem: Profitiert die Klinik nicht vielleicht auch? Bei den Menschenmassen, die hier anrollen. Und, na ja, du weißt doch...«

Brinkmann massierte sich den rechten Nasenflügel. Er juckte. Das war kein gutes Zeichen. Was sollte er sagen? Was gab's gegenüber einem Friedrich Schachner schon einzuwenden? Das Gutachten lag jetzt bei der Gesundheitsbehörde. Wenn es darauf ankam, würde er ein zweites nachschieben.

»Du weißt doch, wie so was ist...« Schachners Stimme klang fast flehend.

Brinkmann nickte. »O ja, das weiß ich. Wiedersehen.«

Er ging ins Restaurant zurück. Die Lichter waren inzwischen angeschaltet. Auf seinem Tisch brannte eine Kerze. Elena wirkte sehr schmal, nachdenklich, irgendwie verloren. Und als er so auf sie zuging, fühlte er, wie das schlechte Gewissen in ihm hochkroch. Er war ein so verdammter Egoist. Außer zwei, drei Abendessen im Beisein von Käte hatte er sich vor jeder Begegnung mit Elena gedrückt. Elenas Einsatz aber nahm er als selbstverständlich. Dies alles lief unter dem Thema »alte Freunde« und »sachliche Beziehung«. Als ob es so etwas gäbe.

Sie sah kaum auf, als er den Stuhl zurückzog. Er winkte dem Kellner. »Noch zwei!«

»Nein, Klaus.«

»Hör mal, ich hab morgen schulfrei.«

»Aber noch eine ganz schöne Strecke bis nach Hause.«

Brinkmann verzog das Gesicht. »Eine Flasche Mineralwasser«, sagte er. »Ach, Elena... Man hat nichts als Ärger. Und dann wird einem auch noch der Wein mißgönnt.«

Sie lächelte knapp. »Marker?«

»O nein. Das ist schon in Ordnung. Draußen lief mir noch einer über den Weg. Ein Schulfreund. Der Bürgermeister von Kirchstett. Hat völlig abgehoben. Er meint, seine Wunderquelle würde ihn zum Millionär machen, wenn ich ihm nicht dauernd Knüppel in den Weg würfe.«

»Wie kommt er denn darauf?«

»Frag ihn. Vielleicht hat er sogar recht. Aber die Brühe ist allgemeingefährlich. Mit so Zeugs schlägst du dich hier herum. Weißt du, manchmal möchte ich den ganzen Krempel hinschmeißen. Warum bin ich nur Chirurg geworden? Ich hätte Pädiatrie studieren sollen. Nein, Psychologie, das wäre das richtige gewesen.«

»Du bist ein verdammt schlechter Psychologe.«

»Weiß ich. Jetzt red ich schon wieder von mir, nicht?«

»Brauchst dich nicht zu entschuldigen«, sagte sie. »Das macht nichts. Ich bin gern mit dir unterwegs. Nur, du sollst dich auch nicht verpflichtet fühlen.«

»Verpflichtet?«

»Sicher. Deshalb hast du mich ja eingeladen. Oder ist das eine Art Abschiedsspaziergang?«

»Ich versteh überhaupt nichts mehr.« Brinkmann trank. Das Wasser prickelte auf seiner Zunge. »Wenn man nur einen Abend verbringen könnte, ohne Probleme zu wälzen!«

»In meinem Fall nicht wälzen – beim Namen nennen.«

»Ja? Dann nenn sie.«

Sie lehnte sich zurück. Sie sah sich um. »Hübsch! Die Fahrt war schön. Auch das Hotel...« Sie unterbrach und sah ihn voll an. »Jetzt mal ganz ehrlich, Klaus. Es war eine Verpflichtung, nicht wahr? Du wärst viel lieber mit Christa hier, stimmt's?«

Sein Mund wurde trocken. »Elena, wir haben in Karlsruhe vereinbart...«

»Uns zu trennen. Und als Freunde weiterzuwursteln. Dazu haben wir uns schon hundertmal entschlossen. Und haben es doch nie getan. Bitte, nun tu nicht so, als ob wir es wirklich ernst genommen hätten. Doch jetzt ist etwas anderes eingetreten. Du bist mit dieser Schwester liiert.«

»Wie kommst du da drauf?«

»Klaus! Wir waren doch immer ehrlich miteinander. Aber wenn du mich schon fragst...« Ihre Stimme war lauter geworden, der gepreßte, metallene Ton darin irritierte ihn. »Wenn du mich das schon fragst, dann kann ich dir sagen: Die anderen zeigen es mir. Ich bin nicht der Typ, der den Männern in den Taschen gräbt, um Beweise zu fördern. Das weißt du. Ich forsche nicht nach. Die anderen beweisen es mit ihrem Mitleid. Selbst dein Sohn.«

»Was hat denn um Gottes willen Udo damit zu tun?«

»Ja, um Gottes willen! Er hat was damit zu tun.

Jahrelang war er für mich nicht ansprechbar. Jahrelang hat er mich mit seiner Abneigung, oder soll ich Haß sagen, verfolgt. Fast konnte man wirklich von Haß sprechen.«

»Aber Elena, das weißt du doch ganz genau: Für ihn bist du mitschuldig am Tod meiner Frau. Doch aus diesen Gründen der Vergangenheit zu folgern…«

Sie saß ganz steif. Ihr Ausdruck war von einer Starrheit, die er gut kannte. Es gab keine Argumente mehr. Er wußte es. Er winkte dem Kellner. »Die Rechnung bitte.«

Röte stieg so jäh in ihre Wangen, als habe sie eine Ohrfeige empfangen. Ganz im Gegensatz zu der kühlen, stets kontrollierten, ihrer Umgebung bewußten Elena Bach scherte sie sich einen Teufel um den jungen Mann im schwarzen Anzug, der mit hochgezogenen Brauen Speisen und Getränke zusammenrechnete. »Die ganze Klinik spricht davon.«

»Elena, bitte!«

»Warum sagst du mir nicht ganz einfach, daß es zum erstenmal wirklich eine Trennung ist zwischen uns?«

Er sah sie nur an. Und da war so viel Flehen in seinem Blick, daß sie verstummte.

»Sechsundsechzig Mark zwanzig, Herr Professor. Wünschen Sie eine gesonderte Quittung?«

Brinkmann blickte hoch. »Wie bitte? – Ach nein, danke.«

*

Das Schweigen war schwer zu ertragen.

Der Wagen glitt zwischen den dunklen Waldhängen talwärts. Er konzentrierte sich auf das Fahren, nahm die Kurven, als gäbe es nichts Wichtigeres auf der Welt. Sie aber saß in ihrem Kokon aus stummen Vorwürfen und Vergangenheit.

Er ertrug es nicht länger. »Weißt du auch, wieviel mir an dir, wieviel mir an deiner Freundschaft liegt?«

Sie schwieg. Der rote Punkt ihrer Zigarette leuchtete auf. »O ja«, sagte sie. Nichts weiter.

»Nun hör mal zu, Elena. Wenn ich mein Handeln danach richten würde, was andere über mich tratschen, was glaubst du, wo ich gelandet wäre? Und dasselbe gilt für dich... Zwischen mir und Schwester Christa besteht keine Beziehung oder ›Affäre‹, wie man das nennt. Aber es ist richtig, daß ich sie sehr gerne mag.«

»Du bist mir keine Erklärungen schuldig.«

»Auch so ein Satz! Ich will mich aber erklären, verdammt! Wenn ich's nur könnte. Himmel noch mal, ich bin mir doch selbst noch nicht im klaren. Das geht doch nicht so hopplahopp. In meinem Alter, überleg dir doch! Sie ist so jung. Und sie ist Schwester. Ich bin Arzt. Die alte Geschichte. Das alles ist doch nicht so einfach. Himmelherrgott, verstehst du das nicht?«

»Was schreist du denn?«

»Ich schreie, weil's mir danach zumute ist. Was willst du eigentlich? Muß ich gleich den Kopf verlieren, nur weil ich sie gern hab? So was muß doch reifen, oder?«

»Dann laß es mal reifen.« Elena Bach drückte die Zigarette in den Aschenbecher. »Psychologe wärst du gerne geworden? Armer Klaus! Sei froh, daß du Chirurg bist. Als Psychologe wärst du längst ruiniert. Siehst du nicht, was mit diesem Mädchen los ist?«

»Bitte, das herauszufinden, überlaß mir.«

»Warum bestehst du nur darauf, dich selbst zu belügen?«

Er drehte den Kopf. Der blasse Schein der Armaturenbeleuchtung erhellte sein dünnes, klägliches Lächeln. »Weil ich ein Mensch bin, Elena. Und weil der Mensch als einziges Lebewesen in der Lage ist, sich selbst zu betrügen. Aber er ist auch imstande, über sich nachzudenken.«

»Tu das mal, Klaus.« Ihr Kopf sank gegen die Nackenstütze. »Du hast gesagt, dir liege an meiner Freundschaft. Mir an deiner auch. Wenn ich etwas hasse, dann sind das komplizierte Eifersuchtstragödien, Halbheiten und Verstellungen.«

»Gut. Jetzt ist ja nun Klarheit, oder?«

»Ja, Klaus!«

*

»Hört das denn nie auf?« rief das Mädchen.

»Was denn?«

»Was?! Diese Rumkutscherei! Ich kann bald nicht mehr.«

Na gut, das war ihr Problem. Udo fuhr ohnehin schon hundertvierzig auf der verdammten Straße. Das Salzkammergut hatten sie hinter sich, Südbayern durchquert, dann das Allgäu. Und dort vorne, die dunklen Schwünge am Horizont, waren bereits die Schwarzwaldausläufer. Halb neun war es gewesen, als Udo Brinkmann den Alfa aus der Hotelgarage in Bozen geholt hatte. Rekordzeit war er gefahren. Und sie meckerte!

»Hast du eine Zigarette, Susi?«

»'nen Chewing?«

»Einen was?«

»Kaugummi, du Idiot.«

Richtig: du Idiot! – Mit der Feststellung allein war's nicht getan. Es war nicht das erste Mal in den letzten vierzehn Tagen, während dieser Irrsinnsfahrt, daß Udo sich die Frage stellte, was ihn zum Idioten machte, warum jetzt wieder alles schiefgegangen war und er zwar wieder um einige Erfahrungen reicher, aber mit leeren Händen zurückkam. Gut, es war ein Versuch gewesen. Hätte er ihn unterlassen, hätte es auch nichts genützt. Daß er aber fehlgeschlagen war, das war seine Schuld. Jeder normale Mensch schreibt zunächst mal Briefe, mobilisiert seine Beziehungen, greift zum Telefon, wenn er einen Job sucht. Er aber hatte Urlaub genommen, sich einfach ins Auto gesetzt und war losgefahren. Er sah die Gesichter wieder vor sich, verwirrt, ironisch, manche mit einem mitleidigen Lächeln: »So, von der Schwarzwald-Klinik kommen Sie? Ja, haben wir schon gehört...« Schlimmer noch das lapidare: »Ach ja?« – Ironie war zu ertragen, nicht aber die kalte, stumpfe Gleichgültigkeit des: »Tut mir leid. Kein Bedarf.«

All die Namen, selbst die Orte hatte er vergessen, nur an den muffigen Krankenhausflur in Feldkirch erinnerte er sich. Und an das Gesicht einer Verwaltungsassistentin: »Hören Sie mal! Wie stellen Sie sich das eigentlich vor? Wenn da jeder hier reinmarschiert käme...«

Ja, wenn da jeder käme?... Du aber, du bist noch weniger als jeder – darauf lief es am Ende hinaus.

Udo hatte aufgegeben, war weiter nach Süden gefahren, blind beinahe, über Pässe, die er nicht kannte, durch Orte, von denen er nie gehört hatte, zuerst österreichische, dann italienische und war schließlich südlich von Cesenatico an irgendeinem Strand gelandet. Die Hinterlassenschaften des Touristen-Sommers lagen ausgebreitet wie auf einer Müllkippe. Er hatte sich ausgezogen, war ins Wasser gesprungen, geschwommen, bis ihn die Kräfte verließen. Das Meer hatte kalte Unterströmungen; wenn man sich auf den Rücken legte, die Arme ausbreitete, war es zu ertragen.

So trieb er, blickte in einen hohen, fremden

Himmel. Nichts bewegen, nichts denken, auch nicht daran, daß du als Junge mal mit deiner Mutter hier vorbeigefahren bist, auf einem weißen italienischen Dampfer von Venedig nach Ancona, sie neben dir im Liegestuhl auf Deck. Ihre Hand, ihr Gesicht, ihre Stimme: »Weißt du, mein Kleiner, vielleicht ziehen wir mal nach Italien. Nach Venedig. Oder dort in die Berge. Würde dir das gefallen?«

Er hatte eine Tüte Pommes-Chips in den Händen gehalten, daran erinnerte er sich. An den salzigen Geschmack, das Rauschen der Wellen, die Möwen, die über ihren Köpfen kreisten und auf die Pommes-Chips herabstießen. Und an ihre leise Stimme: »Würde dir das gefallen?«

Alles, was sie vorschlug, war gut für ihn gewesen. Doch es gab sie nicht mehr. Nicht ihren Traum von Italien, nicht ihre Stimme...

Am Abend, in einer neonhellen Strandkneipe, hatte er Wein bestellt. Zuviel Wein. Er hatte einen gähnenden Kellner dazu eingeladen, die Katze gestreichelt und, weil ihm das Geld ausging, im Wagen geschlafen. Versucht zu schlafen.

Am nächsten Morgen gab's dann Susi.

Sie stand an der Espresso-Bar einer Tankstelle. Ihre kurzen roten Haare schimmerten. Sie lächelte ihn an und fragte, ob er nach Deutschland zurückfahre. Zunächst hatte er gezögert, doch in der Toilette der Tankstelle beim Rasieren sagte er sich: Warum nicht? – Eichhörnchenhaar. Eine lustige, kurze Oberlippe. Stupsnase. Dazu ein Jeanshintern, der sich sehen lassen konnte. Also?!

Doch das war's ja nicht. Auch nicht, daß er eine Frau brauchte; nicht mehr allein sein müssen, das war es!

Als sie später den Mund aufmachte, wurde Udo klar, daß er trotzdem ziemlich allein bleiben würde. Die Nacht in Bozen änderte nichts daran. Susis Na-wenn's-sein-muß-Gesicht, die kühlen Augen, sein verschwitzter, schlimmer, eher trotziger Versuch, mit ihr Liebe zu machen... Schließlich hielt er sie doch im Arm, bis sie einschlief: Zwei Gestrauchelte auf dem Weg zurück nach Deutschland...

»Was ist denn das für ein Nest, das Offingen?«

»Wirst du ja sehen.«

»Schwarzwald?« fragte sie gedehnt. »Bäume, wa? Gibt's die noch? Und saubere Luft?«

Saubere Luft...

Sie fuhren eine Pappelallee entlang. Udo bog nach rechts ab. Drüben erhob sich die dunkle Masse des Schlosses von Donaueschingen. Saubere Luft, wa!

Wieder spürte Udo den Druck auf dem Magen. Abgeschmettert! Geschlagen. Ein Versager, was sonst? Es war, als pendelten seine Gedanken vor ihm an Fäden. Keiner war zu gebrauchen. Und was blieb? Der Gedanke an den Alten. Sein Lächeln. Oder an Renz' Fragen.

Er legte seinen Arm um Susis Schultern. Er

wußte nicht einmal ihren Nachnamen, und doch war ein brüderliches Gefühl in ihm: Auch sie auf der Flucht, genauso kindisch und besessen auf der Suche nach dem »besseren Leben«. Kellnerin in Rimini, mehr war ihr nicht eingefallen. Und ihm – Assistent in Südbayern oder Vorarlberg? Wo liegt da schon der Unterschied?

»Halt doch mal an«, sagte sie. »Himmelarsch, ich hab solchen Hunger! Hast du's wirklich so eilig?«

Jawohl! Er hatte. Er wollte es hinter sich bringen. Die Straße zog an: Der Rohrhardsberg. Schönenbach. Ihr schien's zu gefallen. Der Alfa rauschte über die Hochstraße, überwand die Höhenkämme zwischen Elz und Kinzig. Dann aber trat Udo so hart auf die Bremse, daß Susi beide Hände gegen das Armaturenbrett stemmen mußte.

»Herrgott noch mal, kannst du nicht aufpassen!« keuchte sie. »Hast du keine Augen im Kopf?«

Er schwieg.

»Was soll das eigentlich. Was wollen die Typen?«

Ja, was? Eine Warnschranke sperrte die halbe Straße. Dahinter parkten zwei Mannschaftswagen der Polizei. Ein Streifenpolizist winkte mit der Kelle. Zuerst hatte Udo an einen Unfall gedacht. Dann sah er die Busse. Weiter hinten auf dem Parkplatz stand ein halbes Dutzend. Personenwagen nahmen die ganze Straßenseite ein.

Udo kuppelte aus und ließ den Wagen rollen.

Der Anblick war unglaublich: Wie eine riesige Raupe wand sich eine Kolonne Menschen von der Straße zwischen den Bäumen den Abhang hoch. Immer neue kamen dazu. Die meisten trugen kleine Plastikkanister oder Flaschen in den Händen. Die Flaschen blitzten in der Sonne. Ordner winkten sie aufgeregt von der Fahrbahn weg, als müßten sie verirrte Schafe scheuchen.

Udo stoppte bei dem Polizisten, der ihn durchwinken wollte. »Sagen Sie mal, was soll das? Suchen die Gold? Oder Ostereier?«

»Sie sind gut. Gesundheit suchen die.« Der Mann verzog nicht mal das Gesicht.

»Mal was ganz Neues. Im Wald?«

»An der Quelle. Da, können Sie nicht lesen? Da steht's doch.«

HEILQUELLE stand da. Es stand in großen blauen Blockbuchstaben auf grauem Karton, der zu einer Pfeilspitze zugeschrägt worden war. Die Spitze deutete in den Wald, den Hang hoch, über den alte Frauen und weißhaarige Rentner neben jungen Leuten keuchten.

»Noch nix von der Wunderquelle gehört?«

»Da steht doch Heilquelle.«

»Wunderquelle! – So hat sie auch die Zeitung genannt. Irgendeinem aus Rastatt gab sie das Augenlicht wieder.« Der Polizist grinste. »Da fing der ganze Wirbel an. Und jetzt können wir uns hier die Beine in den Bauch stehen… Daß Sie das nicht mitbekommen haben?«

»Ich war in Urlaub«, sagte Udo und legte den Gang ein.

Susi drehte sich um. Sie konnte den Blick nicht von der Gruppe Menschen nehmen, die sich zwischen den Bäumen die Schräge hochquälte.

»Na, so was... Augenlicht hat er gesagt?«

»Das ist die Sprache der Wunder«, meinte Udo Brinkmann weise.

*

Er möge doch frische Landeier mitbringen, hatte Käte gesagt. Brinkmann hatte seine Zweifel, ob er dazu kommen würde. Die Verwaltungsratssitzungen wuchsen sich zu Marathonunternehmen aus und blieben zu siebzig Prozent Leerlauf. Er mußte ein System finden, dieser Zeitverschwendung Herr zu werden. Vielleicht konnte er sich von Schäfer vertreten lassen? Anschließend hatte er noch eine »Besprechung« auf dem Programm. In seinem Terminkalender war sie allerdings nicht vermerkt. Zumindest Christas Dienstplan hätte er sich angucken können! Aber wo ein Wille, wo Gefühle sind, finden sich auch Wege...

Er scheuchte Molli in den Flur zurück und ging zur Treppe. Weiter kam er nicht. Ein Wagen fuhr ums Haus, hielt. Der schwungvolle Stil war bekannt: Udo!

Ein Mädchen war auch dabei, klar! Rotbraunes, kurz geschnittenes Haar. Sexy, aber von der

Sorte, die er Udo – trotz allem – nicht zugetraut hätte. Sie blieb im Wagen sitzen, während sein Junge die Kofferraumklappe aufspringen ließ und Gepäck heraushievte.

Käte hat recht, dachte Brinkmann, was geht's dich an? Wann gewöhnst du dich endlich daran, Udo so zu nehmen, wie er ist: als Naturereignis mit unberechenbaren Auswirkungen. Er ging zur Brüstung. Dort unten schien ein Krach im Gange.

»Was ist, Susi? Nimm deinen Krempel raus. Die Karre tut's nicht mehr. Die fährt keinen Schritt weiter. Die muß in die Garage.«

Das Mädchen blieb stur sitzen.

Udo hatte seinen Vater entdeckt. Er stellte die Reisetasche ab. »Tag!«

»Grüß dich, Udo.«

Udo setzte zu einem Lächeln an, es mißlang.

Er tat Brinkmann leid, obwohl er sich an dieses sonderbare Mundwinkelzucken bereits gewöhnt hatte. Zumindest konnte er ihm damit helfen, daß er die Dame im Wagen übersah.

»Wie war's denn?«

»Du, weiß ich selber nicht. Ich habe noch ein paar Tage Urlaub angehängt. Ich war runter bis Cesenatico.«

»Ach nein? Und die neue Stellung?«

»Nichts. In kleinen Häusern ist nichts vakant. Und in den großen habe ich sowieso keine Chance.«

Brinkmann nickte. »War anzunehmen.« Er

sah die unausgesprochene Frage in Udos Augen und sagte rasch: »Hier bist du ja unkündbar.«

»Danke. Wenn du nichts dagegen hast, Vater, wohn' ich auch wieder im Haus. Vorübergehend, versteht sich. Natürlich bemühe ich mich weiter um eine Wohnung.«

»Natürlich… natürlich.«

Ein Glück, daß Udo die Koffer einfielen. Auch Brinkmann holte sich eine Tasche. Gemeinsam setzten sie das Gepäck vor die Haustür. Udos Gesicht hatte sich gerötet, doch als er nun grinste, sah sein Vater plötzlich den kleinen Udo vor sich, der nie richtig wußte, wie er sich aus der Bredouille herauswinden sollte, in die er sich gebracht hatte.

»Weißt du«, er blinzelte zum Auto, »die dort drüben, die nervt mich vielleicht!«

»Ja, nun…«

»Sieh sie dir an! Ich weiß wirklich nicht, an was es liegt, aber mit Frauen hab ich nur noch Pech.«

Wie zur Bestätigung kam ihre Stimme über den Hof: »Was ist denn nun los, verdammter Scheiß?!«

Udo holte tief Luft, dann lief er die Treppe hinab. »Ich sag dir doch, die Karre will nicht mehr. Sprit hab ich auch keinen. Du wirst den Rest schon per Anhalter klarkommen, Susi.«

»Du mieser Macker! Dann gib mir wenigstens das Spritgeld zurück, das ich dir in Bozen geliehen habe. Du bist auch mitgefahren. Schulden machen und Kurve kratzen, so was hab ich gern!«

»Ich hab aber kein...«

Brinkmann beobachtete Udos verzweifeltes Gesicht und beschloß, die vornehme Zurückhaltung des neutralen Beobachters aufzugeben. Er zog einen Hundertmarkschein aus der Brieftasche, gab ihn einem nach Luft schnappenden Udo, wartete, bis alles vorbei war und sich die Gartentür endlich hinter diesem keifenden, rothaarigen Phänomen von Mädchen geschlossen hatte und empfand zum erstenmal seit langem tiefes Mitleid mit seinem Sohn.

»Danke«, sagte der. Und: »Fand ich wirklich prima von dir, Vater.«

»Nicht der Rede wert. Männer müssen schließlich zusammenhalten.« Sie grinsten einander an.

»Wo steckt denn Käte?«

»Die? Die liegt und leidet.«

»Ist sie krank?«

»Hm ja, das ist sie schon. Sie hat eine ziemlich massive Diarrhöe überstanden. Ausgelöst durch Kolibakterien und eine große Portion eigener Dummheit. Weißt du, in der Gegend gibt es einen mächtigen Rummel um eine neue Quelle, die angeblich...«

»Finingen? Die Wunderquelle? Ich hab's gesehen. Die Leute müssen ja total bescheuert sein. Da kommst du überhaupt nicht mehr durch vor lauter Omnibussen und Omas.«

»Genau. Käte mußte unbedingt dabei sein. Sie hat sich den Saft ins Haus bringen lassen. Sie haben das Zeug sogar an den Kiosken und in den Kneipen verkauft.«

Udo lehnte sich gegen das Geländer. Sein Blick wanderte an der Fassade des Hauses hoch in Richtung Kätes Zimmer. Trotz der Hiobsnachrichten wirkte er äußerst zufrieden. »Ach, die Käte! Und warum hast du ihr das Zeug nicht über den Kopf gegossen?«

»Ich? Wie denn? Du kennst sie doch. Weißt du, was sie mir gesagt hat? Ein Schluck, und meine Migräne ist wie weggeblasen! Und du, konntest du je etwas gegen meine Migräne ausrichten? – Nein!«

Udo lachte, bis er sich verschluckte. Sein Vater lächelte melancholisch dazu.

»Und jetzt?«

»Jetzt? Wir sind dabei, diesen Quellengeistern das Handwerk zu legen. Das ist auch schon halb gelungen. Aber ich bin sicher, Käte hat im Keller noch mindestens zwei Dutzend Flaschen versteckt. Und daß der Durchfall sie beutelt, das ist natürlich nicht die Quelle, das sind die unreifen Pflaumen, die ich ihr gebracht habe.«

*

Die Hardt-Straße gehörte zu jenen Gegenden der Stadt, in denen noch alte, würdige, von der Zeit eingefärbte Häuserinseln dem Neubaudrang der siebziger Jahre widerstanden hatten. Viel brauner Sandstein, vorgewölbte Erkerbastionen, weiße

Sprossenfenster, funkelnde Glaskugeln in Gärten, in denen Lauch wuchs und Kastanien blühten.

Brinkmann ließ den Wagen am Parkplatz an der Treppe. Nun ging er langsam, die Hände in den Taschen, durch den Sommerabend. Das Gehen tat gut. Es verscheuchte die Müdigkeit, die der zähe Sitzungsnachmittag in ihm abgelagert hatte. Nummer 46 las er, also noch weiter oben. Dann sah er Christas grünen VW. Sein Herz begann leicht zu klopfen, und er gestand sich zum erstenmal ein, daß es ja nicht allein das geplante Gespräch war, das ihn hierherführte, nein, auch Neugierde. In welcher Umgebung lebte sie? Wie hatte sie sich eingerichtet? Auf welche Weise verbrachte sie ihre Tage, und was geschah in den Stunden, da er sie nicht um sich wußte?

HAUSIEREN UND BETTELN VERBOTEN! Ein verschrammtes Metallschild mit verrosteten Schrauben auf den grauen Latten einer Gartentür aufgeschraubt. Daneben die Namen. Auch: C. MEURER.

Brinkmann unterdrückte den Impuls, umzudrehen, zurückzugehen zu seinem Wagen, alles zu vergessen. Herrgott: keine Blume, keine Flasche Wein, kein Buch – einfach so reinzumarschieren, dazu noch mit dieser Enge im Hals? Was war es? Schüchternheit? Nein, ein Gefühl, das schon Erinnerung geworden war, obwohl er es, bei Gott, oft genug erlebt hatte: Ein Cocktail aus Furcht und Hoffnung, gemischt mit ein wenig Pennälerkomplex; Erschrecken davor, daß ein Mensch, eine Frau wichtiger wurde, als du es dir selbst eingestehen willst.

»He! Schmeiß mal den Ball rüber!«

Die Jungens sah er erst jetzt. Sie kamen aus einer Garage herausgeschossen, abgewetzte Jeans an mageren Beinen, Hockeyschläger in den Fäusten. Der grimmig-entschlossene Ausdruck auf den hitzeroten Gesichtern erinnerte ihn an die Tage, als er mit Udo noch Fußball spielte. – Lange war das her...

Der Eingang des Hauses befand sich auf der von der Straße abgewandten Seite. Eine alte Ulme schob ihre Äste bis an die graufleckige Fassade. Aus einem offenen Küchenfenster keifte eine Frauenstimme. Dann hörte man einen Mann, der mit aufreizender Ruhe antwortete.

Was noch? Abfalltonnen, aus denen Plastikverpackungen herausquollen. Eine Katze, die auf der Mauer einen Sonnenplatz gefunden hatte. Ein verbogenes Kinderdreirad mit verrosteten Speichen. Ja, und ein zerknautschter blauer Ball. Von den Balkons flatterte Wäsche im Wind, der vom Tal heraufstrich.

Dies alles nicht gerade sauber, und trostlos langweilig. Wie hielt sie das durch? Der Gedanke ließ ihn nicht los, als er die Türe aufschob und an der Briefkastenreihe wieder ihren Namen suchte: C. Meurer. »Zweiter Stock«, entzifferte er in der Dunkelheit.

Über blankspiegelnde Treppen hoch. Zwei Türen. Er drückte den Klingelknopf und lauschte dem Schnarrton im Inneren der Wohnung. – Nichts. Kein Geräusch. Keine Schritte. Nur dieses alberne Pochen im Hals.

Brinkmann versuchte es erneut. Wieder ohne Erfolg. Die Erkenntnis, daß sie nicht da war, nachdem er sich doch alles so reiflich überlegt hatte und in dieser sonderbaren Stimmung furchtsamer Erwartung die ganze Straße entlanggewandert war, bedrückte ihn. Vielleicht war es eine unbewußte Rebellion, vielleicht der Trotz in der Niederlage, daß er die Hand auf die Klinke drückte. Sie gab nach. Die Tür ging auf.

Brinkmann stand auf der Schwelle, räusperte sich, als müsse er sofort zu einer Entschuldigung ansetzen und entschloß sich dann doch, die Wohnung zu betreten.

»Christa?«

Nichts. Nur das Ticken eines Weckers.

Brinkmann stand in einem kleinen Korridor. Durch das Glasfenster in der Küchentür fiel ein wenig Licht. An der Garderobe hing ein heller Trenchcoat. Christas Mantel! Und da war auch ihr grüner Schal. Brinkmann strich darüber. Es war eine unbewußte, flüchtige Bewegung, so, als könne er mit ihr Kontakt aufnehmen.

»Christa! Ist da jemand?«

Keine Antwort. Ihr Duft war um ihn. Und so schien ihm ihre Gegenwart wirklicher, als die der

Nachbarn, deren keifende Stimmen noch immer zu hören waren. Der kleine rote Läufer. Er dachte: Jeden Tag geht sie über ihn zur Küche... Das waren nun wirklich pubertäre Assoziationen! Oder Empfindungen mit einem Kern Wahrheit?

Mühsam versuchte Brinkmann so etwas wie Logik in das Chaos von Eindrücken zu bringen, das ihn bedrängte. Es mußte doch möglich sein, den anderen, den rationalen Beobachter in ihm wieder aufzubauen. Und da war er. Er sah ihm aus dem Spiegel entgegen.

Klaus Brinkmann! Ein Chef auf Abwegen? Etwas Schorf an den Lippen, Augen, die kühl schienen und doch nichts sahen. Vor allem Falten! – Grau auch der Haaransatz. Und die Hand dieses Klaus Brinkmann streichelte noch immer über einen Schal, der einem Mädchen gehörte, das gut zwanzig Jahre jünger war. Und von dem er so wenig wußte...

Er rührte sich nicht. Wie eine Zelle war der kleine Raum. Die Mauern erstickten die Gedanken, aber auch den Ansturm der Zeit. Gegenwart zwischen Vergangenheit und Zukunft – der Punkt Null.

Doch es gab ihn ja nicht, diesen Punkt. Genau betrachtet, dachte Brinkmann, ist der Begriff »Gegenwart« nicht haltbar. Es gibt nur Zukunft und Vergangenheit. Nein, Gegenwart ist nichts als eine Illusion.

*

Kaffeestunde. Schwesterntratsch. Gekicher um den kleinen, runden Tisch in der Ecke des Aufenthaltszimmers bei Selbstgebackenem oder Patientenkuchen. Zigarettendampf und aufgerissene Pralinenschachteln. O ja, sie waren in Fahrt! Hatten auch noch Besuch von anderen Stationen. Die da gerade loslegte, war doch die große Dunkle von der Gynäkologie? Ja, das war Lydia.

Im Nachbarzimmer zog Christa Meurer den vom Verbandswechsel verschmutzten Mantel aus. Sie wollte gerade nach einem neuen greifen. Ihr Arm fiel herab:

»Eine fürs Bett, die andere für die Repräsentation. – Ist doch praktisch.«

»Komm – Bett?!«

»Das mit den stillen Wassern ist doch bekannt. – Obwohl man sich's bei der Christa kaum vorstellen kann.«

Christa stützte die Hand gegen den Schrank und fühlte, wie die Kühle des Metalls durch die Finger zum Herzen rieselte. Sie hatte die Augen geschlossen.

Die Sätze flogen hin und her: Stänkereien, gemischt aus Langeweile, Frust, Neid, nicht einmal intelligent genug, um zu treffen. – Oder doch?

»Der Bach, der arroganten Zicke, der gönn ich's ja!«

»Hat der Alte in Karlsruhe wirklich mit ihr...«

»Karlsruhe? Wo lebst du eigentlich? Auf dem Mond? Überall hat er mit ihr! Und das seit Jahren.«

Es tat doch weh. Christas Rücken versteifte sich. Rübergehen, diese Weiber hinauswerfen? Ihr Blick fiel auf einen Stapel Illustrierte: DIE ZEIT DER GROSSEN AUFTRITTE IST GEKOMMEN stand neben einer Uhrenreklame.

»Dann ist ja Christa ganz schön in Schwierigkeiten. Was würdest denn du an ihrer Stelle tun?«

»Bleibt doch in der Familie. Zuerst der Kleine, dann der Alte.«

Es reichte! Sie wollte aufstehen. Sie konnte nicht.

Sie hörte Elke. Klar und hell schnitt ihre Stimme durch das Gekicher: »Ihr seid so gemein! Mies seid ihr! Ich kann euch nicht mehr sehen!«

»Was ist denn mit dir, Elke? Tu doch nicht so! Ist doch auch für dich 'n gutes Thema, gell?«

»Haut ab! – Raus!«

Sie lachten noch immer, zerstörten, was sie nicht begriffen, konnten nicht anders. Christas Augen brannten, sie versuchte zu denken, nicht einmal das gelang. Sie setzte sich in den Korbsessel, stützte den Kopf auf beide Hände und wünschte sich weit fort.

Wie lange sie so gekauert hatte, sie wußte es nicht. Erst als sie Elke hörte, sah sie hoch.

»Du, Christa?« Das Mädchen war blaß, ihre Ohren glühten. Sie starrte Christa an. »Oh, verdammt noch mal, dann hast du also...?«

»Ja. Ich habe alles gehört.«

Elke atmete tief aus, zog einen Hocker heran und ließ sich langsam darauf niedersinken.

»So ein Mist! Ich kann mir vorstellen, wie dir jetzt zumute ist. Aber dieses Gequatsche nimmst du doch nicht ernst, oder?«

Christa schwieg.

»Mensch, Christa! Du heulst ja! Bitte, wegen solchen Weibern heult man nicht. Da!« Sie gab ihr ein Papiertaschentuch.

Christa nahm es. Es stimmte: Tränen waren überflüssig. »Vielleicht haben sie sogar recht«, sagte sie.

Sie dachte an zu Hause. Sie hatte ihre Wohnung nie geliebt, doch nun empfand sie eine fast unbezwingbare Sehnsucht danach. Sieben Uhr? Mischa hatte ihren VW repariert und versprochen, ihn vors Gartentor zu stellen. Sie konnte ihn nehmen, spazierenfahren.

»Elke, ich möchte so gerne weg. Übernimmst du meinen Dienst?«

»Aber klar doch. Frische Luft, was?«

»Soviel wie ich brauche, gibt es gar nicht...«

Doch es war noch nicht zu Ende. Kurz nach sieben stand Christa vor den Türen des Lifts, der sie zur Halle tragen sollte. Sie öffneten sich. Heraus trat Dr. Elena Bach, die Hände in den Taschen ihres cremefarbenen, seidenen Zweiteilers, das schmale Gesicht mit den großen Augen zu einem kühlen Lächeln verzogen.

So können sich nur Frauen anlächeln, die sich

als Rivalinnen fühlen! dachte Christa – und dann: DIE EINE FÜRS BETT, DIE ANDERE FÜR DIE REPRÄSENTATION!

»Ach, Schwester Christa! Ehe ich's vergesse: Ich hab Sie morgen für den Springerdienst eingeteilt.«

»Ich dachte, das ist Sache von Schwester Hildegard?«

Elenas Augen studierten ihr Gesicht, das Lächeln behielten sie bei. »Richtig. Es ist die Sache der Oberschwester. Aber die Oberschwester hat meinen Vorschlag nun mal akzeptiert.«

Christa suchte nach einer Erwiderung.

Elena Bach kam ihr zuvor. »Wenn Sie mich nun nach dem Grund fragen, Schwester, kann ich Sie nur auf die Anordnung des Herrn Professors hinweisen. Und die kennen Sie sicher noch besser als ich.«

Es wäre gut gewesen, einfach weiterzugehen. Die Verhältnisse zu akzeptieren, wie sie nun einmal lagen: Jawohl, Frau Doktor! Aber gewiß, Frau Doktor! Wieso sagte sie es nicht? Warum blieb sie stehen?

»Ich glaube, der Sinn dieser Anordnung besteht darin, junge Schwestern mit dem OP vertraut zu machen. Aber vielleicht darf ich Sie darauf hinweisen: Ich bin schon seit drei Jahren Stationsschwester.«

»Und Sie meinen, deshalb bräuchten Sie nichts mehr zu lernen?«

»Lernen, Frau Doktor? Was soll das?«

Es war nicht ihre Herablassung, auch nicht dieses blasse, distanzierte Gesicht. Nein, nun ging es um sie, um alles, was sie noch an Selbstvertrauen besaß.

»Vielleicht interessiert Sie das nicht, Frau Doktor Bach: Ich habe Medizin studiert und mein Vorexamen abgelegt. Und ich kann Ihnen versichern: Ich liebe meinen Beruf. Ich habe großes Interesse daran. Doch als Springschwester bin ich wirklich ungeeignet.«

Mit betonter Sachlichkeit hatte sie es gebracht, obwohl ihre Stimme doch so vibrierte, daß ihr die Erregung anzumerken war. Was sie überraschte, war die Veränderung, die ihre Worte ausgelöst hatten. Elenas Gesichtsausdruck wechselte von erzwungener Beherrschung zu Staunen. Nun glomm in den Augen etwas wie Verstehen auf.

»Ach so?... Das wußte ich nicht.«

Es gibt vieles, das Sie nicht wissen – auch diese Bemerkung schenkte Christa sich. Sie sagte: »Wenn ich schon eingeteilt bin, dann bin ich morgen auch im OP, Frau Doktor.«

Draußen vor dem Klinikbau sog Christa die Luft in die Lungen, als müsse sie sie sprengen. Sieben Uhr zehn. Sie würde zu Fuß zur Wohnung gehen, und der Weg würde guttun.

Klaus! Sie sehnte sich nach seiner Stimme, nach seinem Lächeln. Und so sehr seine tastende, umständliche, aber stets genaue Art, die Dinge zu betrachten, sie manchmal irritierte, jetzt hätte sie sie gebraucht. Ihn hätte sie gebraucht...

Abnabeln nennt man diesen Prozeß wohl. Oder abseilen?... So schwer es auch sein mochte, sich aus der Umklammerung der Träume zu lösen, es war an der Zeit! Sie würde es ihm sagen. Wenn nicht heute, dann morgen.

Langsam ging sie über die Rampe an der Notaufnahme vorbei zum Ausgang. Hinter ihr Küchengeklapper, Gelächter der Mädchen. Irgendwo rauschten Wasserleitungen, wurden Tragen gerollt, sprachen Menschen. Das Leiden blieb lautlos. Doch all die kleinen, winzigen Geräusche verwoben sich zu einem Ganzen, das ihr so vertraut geworden war wie eine zweite Haut.

Die Klinik.

Meine Klinik? Hatte sie nicht manchmal so gedacht?

Das war vorbei! Auch die nächste Klinik würde es wieder sein. Was blieb ihr schon anderes?

*

Der kleine Reisewecker tickte am Bett. Klaus Brinkmann warf einen Blick darauf. Sieben Uhr zwanzig. Wo Christa nur steckte?

Er sah sich um. Das Zimmer überraschte ihn. Er war sich nicht voll bewußt, was er erwartet hatte – auf keinen Fall einen Raum von einer so einfachen und überzeugenden Klarheit.

Die schrägen, goldenen Lichtbahnen der Abendsonne auf den Regalbrettern. Ein paar Garnknäuel, in denen Stricknadeln steckten. Ein Blumenstrauß, nur wenige Zweige, doch so arrangiert, daß ihr Schattenspiel als vollkommen gelten konnte. Eine breite Couch, Bücher.

Das Gefühl, eingedrungen zu sein in die Intimität eines Menschen, wurde durch das leise Ticktack des Weckers noch gesteigert.

Was tust du hier? Was willst du eigentlich?

Gut: Du suchst sie. Das kannst du dir sagen, suchst vielleicht das, was dir bisher von ihr verborgen blieb, du suchst ein Mädchen, nein, eine Frau, die du liebst, und von der du doch so wenig weißt.

Das Bücherregal war so niedrig, daß Brinkmann sich niederknien mußte, um die Titel zu entziffern. Ein paar Bände Tucholsky, daneben Südamerikaner, Marques, Llosa, sogar Carl Gustav Jung. Vieles, das er kannte, manches, das er selbst gern gelesen hätte. Und jede Menge Medizin natürlich: Fachbücher, Ganzheitsmedizin, Medizin-Psychologie. Sogar ein Handbuch der Chirurgie stand da. »Organ-Bereich-Spezialisierung. Eine Neudefinierung der Chirurgie.« Verfasser: Klaus Brinkmann. Wo hatte sie das bloß aufgetrieben?

Als Brinkmann sich erhob, begann der Raum sich um ihn zu drehen. Er mußte tief atmen, um sein Herz zu beruhigen. Die Situation? Vielleicht rein vegetativ, was sonst?...

Die Sonne war hinter die Waldspitzen gerückt.

Durch Christas Zimmer krochen violette Schatten. Unten hatten die Leute aufgehört zu streiten. Irgendwo spielte ein Radio. Zeit zu gehen!

Und doch, Brinkmann kam nicht los. Es war, als halte ihn etwas in diesem Zimmer fest. Er streichelte den Schreibtisch, setzte sich auf den hübschen, alten Stuhl. Ein Zeichenblock lag hier. Er schlug den grünen Karton auf: Aquarelle. Felsen, Bäume. Auch die Bilder von der gleichen überzeugenden, einfachen Klarheit, die der Raum ausströmte. Der Teil, der über das Ganze aussagt, dachte er. Irgendwie sehr herb. – Ach, Unsinn...

Als er den Block wieder in die Mitte des Tisches schieben wollte, fiel ein Zettel heraus. Dünne Bleistiftbuchstaben standen darauf. Sie waren alle durchgestrichen.

Er beugte sich darüber, suchte seine Brille, fand sie nicht und hob das Papier gegen das Licht.

»Lieber Chef meiner Träume«, das konnte er entziffern und es behagte ihm. Doch dann erlosch sein Lächeln. »Ich wünschte, ich könnte Dich so nennen. Ich kann nicht. Es würde doch nur verstärken, was mich die ganze Zeit seit dem Abend vor meinem Haus beunruhigt: Das Gefühl des Ausgeliefertseins...«

Er nickte. Nun wußte er.

Vorsichtig legte er das Blatt in den Block zurück. Er spürte den Wunsch nach seinen chirurgischen Handschuhen – ganz so, als könnte er sonst Fingerabdrücke hinterlassen...

*

Daß sie sich getäuscht und Elena Bach recht hatte, wußte Christa in dem Augenblick, als sie am Morgen den OP betrat.

Dies war die Wirklichkeit des Berufes: Eine von allem anderen abgesonderte Realität. Selbst die Uhr an der Wand besaß ein eigenes Gesetz. Jede Minute hatte Gewicht, wurde zum Maßstab für handwerkliches Können, Versagen oder Pfusch. Jede Sekunde, zersplittert in die Tausendstelsekunden, nach der die elektronischen Impulse ihre Geräte steuerten, konnte sich endlos dehnen und über das Schicksal eines Menschen entscheiden. – Manchmal auch über sein Ende.

In dieser, in erbarmungsloses Licht getauchten, kachelhellen, von Instrumenten kontrollierten Welt fühlte man sich wie in einer Raumkapsel. Hier gab es weder Lüge noch Betrug. Hier herrschte das Skalpell. Jede Minute im OP zählte mehr als ganze Stunden Bettenmachen, Verbandswechsel oder Wundversorgung.

Mit Christa waren noch zwei andere »Springer« eingeteilt. Die kleinsten Rädchen in der Operationsmaschinerie, zu Handgriffen bestellt, die zwar notwendig waren, aber auch von der OP-Schwester hätten ausgeführt werden können. Die anderen Lernschwestern kamen aus der Gynäkologie. Christa kannte noch nicht mal ihre Namen. Beide hatten die eckigen, verängstigten Bewegungen, die zeigten, wie belastend die Umgebung für sie war.

Auch die Ärzte waren in großer Besetzung vertreten. Schäfer hatte sich entschuldigen lassen, und Christa dachte flüchtig an das Klinik-Tamtam, das besagte, er habe für einige Tage um Freistellung gebeten, weil er sich nicht wohl fühlte. Doch dafür hatte Brinkmann nicht nur Udo und Renz, sondern auch Rebhagen, den Chef der Gynäkologischen, zur Assistenz aufgeboten: Eine große Operation im Bauch! Die Nachoperation bei einem verpfuschten Leistenbruch hatte Verwachsungen und Geschwülste ergeben. Der komplizierte, gefährliche Eingriff wurde also in einem Operationsfeld vorgenommen, in dem auch die Gynäkologen arbeiteten.

Elena Bach hatte die Narkose bereits eingeleitet.

Brinkmann war gerade mit dem Studium der Röntgenaufnahmen fertig, als er Christa entdeckte. Er drehte sich um, kam auf sie zu, die Hände ausgestreckt.

Sie nahm ein Paar Handschuhe, zog sie über seine Finger und dabei war es ihr, als existierten nur diese Hände, braun und kräftig, breit der Handteller, die Fingerspitzen mit den kurz geschnittenen Nägeln auseinandergespreizt. Rötlichblonde Härchen, die im Licht der Operationslampen schimmerten: Seine Hände!

Die Chirurgenhände, auf die er wohl stolz war, denn sonst hätte er nicht so oft von ihnen gesprochen, wenn auch ohne Pathos, eher mit einer liebenswerten Ironie, als seien sie von ihm abgesonderte Lebewesen: »Noch spuren sie. Und hoffentlich noch lange...«

Auch Christas Hände steckten in Handschuhen. Der dünne Kautschuküberzug vermittelte nichts, kein Funke blieb, nicht der winzigste Kontakt. Fremdheit. – Doch da war sein Lächeln und die Augen, die sie musterten, ein Blick, so lange und intensiv, daß ihr plötzlich klarwurde: Elena Bach hat gelogen! Es ging nicht darum, daß Hildegard eine neue Springschwester brauchte, sie wollte dich nicht hier haben – es war allein seine Idee!

Sie spürte, wie ihr Herz zu klopfen begann. Hatte er nicht recht? Dies war seine Welt. Und wenn es für ihn irgendeinen Beweis dafür gab, daß er ihr vertraute, dann lag er in dem Versuch, sie in das Team einzufügen, bei sich zu haben...

Sie lächelten beide hinter ihren Masken. Ein Lächeln, das man nicht sah und von dem doch der andere wußte. Ohne zum Tisch zu sehen, war sich Christa klar, daß auch Elena Bach dieses Lächeln bemerkt hatte.

»Danke, Christa.«

Brinkmann wandte sich um und ging zum Kopfende des Operationstisches. »Wie ist das? Können wir anfangen?«

Elena Bach nickte: »Wir können.«

*

September.

Die Tage waren vorübergeglitten, gleichförmig, ineinandergefügt wie die Glieder einer Kette. Nach lastender Schwüle, nächtlichen Gewitterüberfällen und tagelangem Regen schien der sterbende Sommer all seine Kraft noch einmal sammeln zu wollen. Über den abgeernteten Feldern oder dem von Unwettern zusammengedrückten, feuchtdunstigen Getreide, über reifenden Äpfeln, faulenden Birnen, den Obsthängen, den Tomatenstauden und Asternsternen in den Gärten glänzte Tag um Tag von einem knallblauen Himmel die Scheibe der Sonne.

Es war nicht allein das Wetter, das dem Klinik-Team zusetzte. Auch nicht die Arbeit, obwohl die Ereignisse der letzten Wochen jedem in die Knochen gefahren waren. Nach einem geheimnisvollen, fast gespenstischen, unauslotbaren Gesetz der Serie häuften sich die Todesfälle: Schwere Infarkte. Unfälle. Krebstod. Straßenkatastrophen.

In den beiden OPs der Schwarzwald-Klinik ging es an diesen Tagen zu wie auf einem Verbandsplatz an der Front. Arbeit rund um die Uhr! Schäfer schien wieder auf dem Posten, obwohl er Renz operieren ließ und selbst die Gesellenrolle des ersten Assistenten übernahm; während Udo im zweiten Dienst mehr und mehr große Operationen in eigener Verantwortung übernahm.

Ein Glück war noch, daß Brinkmann seinen zähen Kampf um eine neue Assistentenstelle in der

Chirurgie erfolgreich beenden konnte. »Der Neue«, Manuel Ortega, ein zäher, magerer Chilene, hatte im Auslandsdienst des Roten Kreuzes genügend Erfahrungen gesammelt, um sofort eingesetzt zu werden.

Dies alles prägte den äußeren Ablauf. Die Nervosität blieb. Und so ruderte sich das Team durch die hochgehende Brandung der Katastrophen, so gut es ging.

Christa Meurer aber fühlte sich erschöpft, erschlagen, am Ende ihrer Kraft. Was sie brauchte, waren Erholung, Abstand, Zeit zum Nachdenken. Als wolle sie sich selbst den inneren Zwiespalt, in dem sie lebte, beweisen, half sie, wann immer es möglich war, im OP. So, als ziehe es sie in ein Magnetfeld, dessen einzige Kraftquelle der Chef blieb, ein Brinkmann, der ihre Anwesenheit mehr und mehr als selbstverständlich anzunehmen schien.

Wieso machst du mit? Sie konnte es sich hundertmal fragen, es gab keine Antwort. Warum beantragte sie nicht wenigstens Urlaub? Sicher, die Gemeinsamkeit der Arbeit, das Gemeinschaftsgefühl überhaupt, das Brinkmann jedem vermittelte, hielt die Maschine in Schwung. Das war wie eine Droge. Doch schließlich, Himmel noch mal, mußte sie sie nicht mit jedem teilen?! Mit jedem? Vor allem doch mit Elena Bach...

Nach einem OP-Morgen war es endlich soweit: Christa setzte sich hin und schrieb ihr Urlaubsgesuch. Anschließend fühlte sie sich zum erstenmal befreit. Sie lief wieder die Korridore entlang, tröstete Omas, half frustrierten oder stöhnenden Neueingängen beim Verbandswechsel und es störte sie nicht länger, wenn die Herrschaften von der Chirurgie zigarettenrauchend und fachsimpelnd in den Ärztezimmern verschwanden.

Brinkmann aber warf ihr stets noch einen Blick zu. Und wie immer hob er die Hand: »Danke, Christa!« Sein Lächeln war ein heimliches Streicheln, das Bonbon, das man zugeworfen bekam und das den Rest des Tages versüßen sollte.

Und die Nächte? Wer redete von ihnen? Ein zermürbendes Schwanken zwischen Hoffnung, Traum und einer Bitterkeit, vor der Christa manchmal selbst erschrak. Vielleicht bist du ungerecht? fragte sie sich dann. Bring dich endlich mal dazu, auch seine Lage, die ganze Situation sachlich zu sehen.

Sie wußte, daß sie es doch nicht schaffen würde. Es half nichts, zwecklos, sich was vorzumachen, die Katastrophe war eingetreten: Christa Meurer, stets so ordentlich und kontrolliert in ihren Gefühlen, die skeptische, vernunftgesteuerte Christa, gab's nicht mehr. Du hast dich verknallt! Rettungslos und chaotisch verliebt. Und nicht nur das! Bis zum Hals steckst du in einer Tragikomödie, deren Drehbuch dir nicht gefällt, schon weil das Ende nicht absehbar ist.

Verknallt also! Und in wen? In einen reifen Herrn, der von einer noch reiferen Dame betreut wird, aber auf seine Ex-Geliebte nicht verzichten kann. Und sich gelegentlich anstrengt, dir zu zeigen, wie sehr auch du zu ihm gehörst. Zum Beispiel mit reichlich sonderbaren Einladungen.

»Komm doch heute abend zu uns. Wirklich, Käte besteht darauf. Sie will dich unbedingt wieder bei uns sehen.«

SIE? – Käte...

In ihrer Nähe löste sich alles auf: »Er spinnt einfach, Christa! Er dreht mir noch völlig durch. Soviel Ärger hat er zur Zeit. Mit dem müssen Sie Geduld haben, Christa.«

Dagegen gab's nichts einzuwenden. Und noch weniger gegen das mütterliche Lächeln. Für Käte waren sie alle seine Bräute. Darin lag wohl das Umwerfende an ihr: Sie machte keine Unterschiede. Sie wertete nicht. Ihr war jede recht, die's gut mit Brinkmann meinte.

Manchmal brachte er sie anschließend nach Hause. Und die Hände, die eine so große Rolle in Christas Träumen spielten, lagen nun an ihrem Körper, streichelten sie. Ein unbeholfener Kuß ans Ohr, den Nacken. So wichtig ihm ihre Nähe, die Zärtlichkeit zu sein schien, so zurückhaltend benahm er sich. Er war doch ein Mann, Herrgott! Und sie eine Frau! Doch aus irgendwelchen Gründen schien er den Mann in sich zurückzudrängen. Oder war es etwas anderes? Hatte er Angst? –

»Christa! Hast du schon mal daran gedacht, dein Studium wieder aufzunehmen? Du könntest doch weitermachen? Du hättest wirklich das Zeug dazu...« Auch das gehörte zu solchen Stunden: Eine beschwörende Stimme. Der berufliche Horizont, dessen Möglichkeiten er ihr peinlich genau entwarf.

HAST DU SCHON MAL DARAN GEDACHT? Jahrelang hatte sie nichts anderes gedacht. Was macht man mit einem Mann, der solche Sprüche verzapft? Er wußte es doch... Was macht man mit einem Mann, der sich auf die Vaterrolle versteift und dabei so offensichtlich genießt, als Kind behandelt zu werden? Was macht man mit einem Brinkmann, der auf seine Samthandschuhe nicht verzichten will und mit der Liebe auf eine so altertümlich-gravitätische Weise umgeht, als käme er aus dem letzten Jahrhundert?

Und was stellt man mit dem anderen Brinkmann an, der durch die Klinik tobt, Leute retten will und rettet und dann mit gemartertem Gesicht, als trage er die ganze Last der Welt, vergißt, daß es noch so was gibt wie ein Privatleben?

Was zum Teufel fängt man bloß mit einem Chirurgen an?! Dazu mit einem, der nicht nur aus einer anderen Welt, sondern aus einer anderen Generation stammt?

ICH LIEBE IHN.

Die Antwort war so schrecklich einfach, daß sie schon wieder albern wurde. Und trotzdem, es gab nichts daran zu ändern. Rettungs- und hoffnungslos liebst du ihn. Das Rädchen Christa? Nein, dachte sie, ein Rädchen bist du nicht mehr. Jetzt bist du zwischen alle Räder geraten.

*

»Christa, sehen wir uns heute abend?«

»Weiß nicht.«

»Wieso? Ich habe zu arbeiten. Und du hast doch wieder Nachtdienst?«

Wieder Nachtdienst. Wandern über Korridore, Türen öffnen, Türen schließen, Thermometer, Pflaster, schäumender Wasserstoff auf einer verkrusteten Wunde, schmerzverzerrte Gesichter, blasse, aber auch lächelnde. Sie sehen sie an, sie nicken erlöst, wenn sie die Worte spricht, die sie erwarten. Manche greifen nach ihrer Hand. Verschmitzte, freche, obszöne Bemerkungen fliegen aus den Männerzimmern. Auch das gehört dazu.

Alle spielen wir unsere Rollen, dachte sie. Ärzte, Schwestern, Patienten. Und doch, keine Nacht ähnelt der anderen. Und die Worte, die dir selbst längst abgenutzt erscheinen, hundertmal gesprochen, ewig bewährt, haben noch immer die Magie von Zaubersprüchen. Das ist das Schöne daran.

Im Chefbüro brannte das Licht. Da war das verdunkelte Vorzimmer, das man durchqueren mußte, um zu seinem Raum zu gelangen. Dort saß er dann am Schreibtisch, den Kopf über seine Bücher und Tabellen gesenkt, arbeitete Gutachten aus, holte Versäumtes nach.

SEHEN WIR UNS HEUTE ABEND?

Gewiß. Wenn das Stationstelefon anschlägt und die Luft frei ist. Oder wenn er es wagt, zu einem Plausch in die Teeküche zu kommen. Oder auch in seinem Büro, wie in der vergangenen Woche.

Christa spürte den Schmerz wie einen Widerhaken. Wie kannst du dich so abhängig machen? War es nicht die Neuauflage des alten Spiels: Bereit sein, wenn es ihm beliebte. Was weh tat, war eine Trauer, die sich mehr gegen sie selbst als gegen ihn richtete.

Der Aufenthaltsraum!

Plastiksessel und Gummipflanzen. An der Wand, im matten Licht, ein spanischer Strand. Boote gab's darauf zu sehen. Fischerboote. Braune, rote, gelbe. Und das Meer.

Urlaub!

Etwas anderes sehen. In eine neue Welt eintauchen...

Doch zwanzig Meter links, an einer Tür war ein Messingschild aufgeschraubt: PROFESSOR BRINKMANN. Also besser, streich Spanien nebst Fischerbooten! Besinn dich auf deine Situation, nimm die Dinge, wie sie nun mal liegen: sieh dich im Anzeigenteil nach den Jobmöglichkeiten um...

Christa öffnete die nächste Tür. Aus dem Lichtfleck der Nachttischlampe blickte ihr eine Frau entgegen. Soviel weißes Haar, unbegreiflich, wunderbar weiß und kräftig schmückte es ein vom

Tod gezeichnetes Gesicht. Die Mühe, die der Krebskranken bereits ihr Lächeln kosten mußte, tat weh.

Christa legte das Spritzbesteck am Eingang ab. Sie ging durch den Raum, zog einen Stuhl heran, setzte sich, nahm die Hand der Kranken. Heiß und trocken war sie, als glühe unter Papier ein Feuer.

»Oh, Christa... So lang hab ich gewartet.«

»Das tut mir leid, Frau Scheufele.«

»Braucht's ja nicht. Wirklich nicht. Christa, heute bin ich glücklich.«

Hedwig Scheufele schloß die Augen. »Heute war er da.« Das Lächeln auf dem Gesicht war nun so zart wie der lichtgetränkte Widerschein eines Wasserspiegels.

»Wirklich?« sagte Christa.

»Ja. Den ganzen Nachmittag war er da. Drei Stunden. Und Blumen hat er mir auch gebracht.«

Es gab keine Blumen im Zimmer, es gab auch keine Blumen draußen vor der Tür. »Er« aber hatte einen Namen: Ralf. Groß war er, tüchtig, erfolgreich. Ingenieur bei Dornier. Am Bodensee hatte er sein Haus, Frau und seine drei Kinder – Ralf Scheufele, ihr Neffe.

»Wissen Sie, Christa, ich bin ja immer so allein gewesen. Mein ganzes Leben. Ich hab doch sonst keine Familie. Und wenn Ralf nicht wäre und mich nicht immer besuchen würde...«

Er hatte sie besucht. Ein einziges Mal. Vor vier Monaten. Christa erinnerte sich genau an den riesigen, blonden Typ mit dem verlegenen Grinsen.

Dann war er nie mehr gekommen... Für Hedwig Scheufele aber erschien er jede Woche: Ralf, ein Phantom, ihr Begleiter und Führer durch das Schattenreich der letzten Stunden.

Ihr Kopf war jetzt zur Seite gesunken. Sie sprach weiter, undeutlich, zusammenhanglos. Auf Zehenspitzen ging Christa zu ihrem Tablett und nahm die Morphiumspritze. Kein Zusammenzukken, nicht einmal den Einstich spürte Hedwig Scheufele.

»Christa?«

Sie rührte sich nicht. Sie ließ sich auch nicht beim Desinfizieren unterbrechen, sie sah nicht einmal auf, als Brinkmann den Raum durchquerte und neben das Bett trat. Eine Zeitlang blickte er schweigend auf die Kranke. Sie kannte den Ausdruck seines Gesichtes, ohne es zu sehen. »Man kann nicht jedes Leiden mitleiden und jeden Tod mitsterben« – die goldene Regel jedes Klinikbetriebs. Er hielt sich nicht daran. Ihn nahm es immer mit. Vielleicht war dies einer der Gründe, warum sie ihn liebte.

»Hält sie noch durch?«

Christa nickte. Sie wußte, wie er es meinte. »Ja, sie hat ja ihren Ralf.«

»Wie bitte?«

»Oh, nichts.« Sie fühlte sich zu müde, um ihm eine Erklärung zu geben.

»Kommst du?«

Sie würde kommen. Hier gab es nichts mehr zu

tun. – Kommst du? Wohin? Er stand draußen, unter dem Bild mit diesen verdammten Fischerbooten und sog an seiner Pfeife. Er lächelte sie an, und unter diesem Lächeln beschloß Christa, nicht länger zu warten. »Ich habe Urlaub beantragt.«

Er nickte. »Ich weiß. War ja auch längst überfällig. Wo willst du hin?«

Sie blickte auf die Fischerboote. »Nach Sylt«, sagte sie plötzlich.

»Sylt? Eine schöne Idee. Sylt im September...«

Ja, Sylt im September! Sollte sie ihm sagen, daß sie gerne nach Spanien möchte und dazu das Geld nicht reichte? Daß sie Australien, Südamerika oder Kanada vorziehen würde? Und daß der Name Sylt nur deshalb gefallen war, weil es dort ein Haus gab, dessen massive Backsteinmauern sie seit ihrer Jugend kannte und das für sie immer so etwas wie eine Festung bedeutet hatte.

Er aber lächelte noch immer.

»Es könnte ein längerer Urlaub werden, Klaus.«

Sein Lächeln verschwand, der Blick blieb ohne Verständnis: »Längerer Urlaub? Wieso?«

Die Überraschung, das beinahe kindliche Staunen in dem »Wieso« nahm ihr die Kraft zur Wahrheit.

*

Christa ging in den Schalterraum des Bahnhofs zurück, wo es Zeitungen gab. Sie stöberte am Kiosk, wählte ein paar Frauenmagazine. Sie spürte keine Lust, sich zusätzlich zu ihren eigenen auch noch mit den Problemen der anderen zu beschäftigen.

Als sie an die Kasse trat, um zu bezahlen, entdeckte sie den Hund: Ein braun-weiß geschecktes Strubbeltier, zu dick für seine Größe, ausgestattet mit einem Temperament, das die Köpfe der Menschen im Bahnhof Offingen herumriß. Anscheinend hatte der Hund seinen Herrn für überflüssig erklärt. Am Halsband hing noch die Leine. Die ringelte sich wie eine Schlange über den schmutzigen Boden, während er kreuz und quer Hosenbeine, Koffer und Reisetaschen beschnupperte.

Christas Herz blieb stehen: Molli?!

»Molli!« brüllte es in diesem Augenblick.

Da kam er, den leichten Kamelhaarmantel lässig über die Schulter geworfen, das Gesicht in Zornesfalten – ja, ER persönlich, Häuptling und Klinikchef! Wieso zum Teufel mußte Brinkmann gerade in dem Augenblick auftauchen, in dem sie ihm davonlief? Oder es zumindest versuchte.

Nun hatte er sie entdeckt. Besser, Molli hatte. – Staubige Pfoten klopften an Christas Jeans, runde Augen blickten beschwörend, Mollis rote Zunge hing heraus. Brinkmanns Zornesfalten verschwanden und machten einem Lächeln Platz.

»Siehste«, sagte er. »Da biste ja!«

»Ja, da bin ich. Und du, was tust du denn hier?«

»Ja nun, Abschied sollte schon sein.«

»Mag ich aber nicht, Abschied. Und schon gar keinen Bahnhofsabschied.«

Es schien ihn nicht im mindesten zu beeindrucken. Er grinste freundlich, bedankte sich bei der Zeitungsfrau für ihr überschwengliches »Guten Morgen, Herr Professor!«, sah in die Runde, wo jeder ihn kannte. Christa hatte noch immer nicht bezahlt. Aber er war schneller, hatte bereits die Geldbörse heraus, nahm sogar den ganzen Packen bunt bedruckten Magazinpapiers, war so sehr Herr der Situation, daß sie ihre Wut kaum mehr zu bändigen vermochte.

Ja: Abschied!

Alles, was sich an diesem Vormittag abgespielt hatte, war Abschied gewesen: Aufstehen, Packen, der letzte Blick in die Wohnung, das Geräusch des Schlüssels, der sich im Schloß drehte, die Blicke aus dem Fenster während der Taxifahrt hierher, über den Marktplatz hinaus zum Hang, auf dem das Klinikgebäude stand, der Fahrkartenkauf: »Einmal Sylt!« – Sie war damit fertig geworden, auch mit dem pathetischen und gleichzeitig würgenden Gefühl, dies alles sei endgültig.

Und nun mußte er ihr alles verpatzen!

»Ich hoffe, du hast schönes Wetter auf deinem Sylt!« Das AUF DEINEM SYLT klang ein wenig maliziös.

Christa nickte energisch. Klar, nach Sylt würde sie fahren, wo sie als Kind ihre Sandburgen gebaut hatte, damals, als der Strand noch einsam, die Eltern noch zusammenlebten, die Welt in Ordnung war. In List, Kampen, Morsum und Westerland würde sie sich umtun, mit Erika Harmsen reden und rüber zur Vogelkoje wandern. Dies war ein Abschied. Und wenn Sylt vorbei war, würde der Möbelwagen den Rest besorgen…

»Ist das dein Koffer?«

Sie nickte. Zu mehr war sie nicht fähig. Erschöpft fühlte sie sich und plötzlich wieder verwirrt. Und was sie am meisten irritierte: Ihr Zorn darüber ging unter in einer jäh aufschießenden, kindischen Welle von Glück. Schließlich, war es nicht ungemein aufmerksam von ihm? Ja, richtig lieb benahm er sich. Da ging er vor ihr über den Bahnsteig, die empfindsamen Chirurgenhände um den Griff des schweren Koffers geklammert. Und sie hielt Molli an der Leine und hatte die Zeitungen unter den Arm geklemmt.

Brinkmann hatte den Koffer auf einen Gepäckkarren gestellt und versuchte seinen Atem zu beruhigen.

»Ach, Klaus!« sagte sie gerührt. »Ich weiß nicht, was ich sagen soll, ich find das so lieb. Aber mußte das sein?«

Er nickte ernsthaft. »Ich kann dich doch nicht einfach laufenlassen.«

»Warum nicht?«

Er nahm den Blick nicht von ihr und sie spürte, wie sie rot wurde. Das machte es noch schwerer.

Was gab es noch zu sagen? Vielen Dank, Herr Professor! Nicht nur für das Koffertragen, für alles, aber war ja nun wirklich nicht nötig? – Was, verdammt noch mal, erwartete er?

Das Dröhnen des Lautsprechers erlöste sie. »Der eben einfahrende Schnellzug nach Offenburg...« Türen flogen auf. Christa wollte zum Koffer greifen. Brinkmann schüttelte wieder den Kopf, hievte das Ding hoch, schleppte es durch den Waggon, öffnete ein Abteil, verstaute den Koffer mit kräftigem Schwung auf der Gepäckablage und ließ sich dann seufzend in das Polster sinken. Dann kraulte er gelassen Mollis Fell, blickte zum Fenster hinaus, nickte freundlich, als ihn jemand grüßte.

Christa scheuchte Molli von ihrem Sitz und setzte sich selbst. »Klaus! Der Zug hat nur drei Minuten Aufenthalt. Ich glaube, du mußt jetzt...«

»Müssen? Ich muß gar nichts.«

Sie tätschelte Mollis Kopf. »Dich hab ich schon sehr gemocht, meine Kleine! Nun mach's mal gut...« Sie schaffte ihr schönstes Lächeln und sah ihn an. »Und du auch.«

Er rührte sich nicht.

»Bitte einsteigen und die Türen schließen! Der Zug fährt in wenigen Augenblicken ab!« tönte es von draußen.

»Du! Hast du gehört? Der Zug fährt gleich ab. Beeil dich!«

Er schüttelte den Kopf. »Der fährt nie pünktlich ab.«

Sie spürte den Andruck, als sich der Wagen in Bewegung setzte. Gesichter glitten vorüber. Ein Mann in Uniform. Dann kam die Tafel: OFFINGEN. Christa starrte Brinkmann an.

»Ich fahre mit bis Hornberg. Dann nehme ich ein Taxi.«

»Du bist ja verrückt! Was hast du denn davon?«

»Ich bin eine Viertelstunde länger bei dir.« Er grinste. »Und außerdem, siehst du doch, fährt Molli gerne mit der Eisenbahn.«

Molli... Sie schloß für eine Sekunde die Augen. Überwältigt, erfreut, gerührt? – Nein, er hatte es wieder einmal fertiggebracht, ihr Konzept ins Wanken zu bringen. Und was sie am meisten erregte: Er schien auch noch darauf zu pfeifen, lächelte sein Spiegelbild in der Fensterscheibe an.

Die Welt könnte so schön sein, dachte sie. Verdammt noch mal, warum macht er es dir so schwer? Wieso sagte er nichts? Warum sah er sie nur an. Mit diesen Augen...

Ein Tunnel. Häuser. Der Zug klapperte über Geleise. Ein Bahnhof. Menschen mit Rucksäcken liefen den Zug entlang. Durch die Abteiltüre sah Christa Lodenmäntel, T-Shirts, Pfadfinderhemden und junge, verschwitzte Gesichter. Brinkmann aber rührte sich noch immer nicht, lächelte sein Lächeln.

»Klaus«, sagte Christa, »mach keinen Unsinn!«

»Ich? – Wieso?«

»Du mußt doch jetzt raus. Oder willst du noch bis Offenburg?«

Er lehnte sich zurück, verschränkte die Hände. »Nein, bis Westerland.«

Sie schnappte nach Luft. Ihre Überraschung ließ nicht einmal eine Frage zu.

»Zum Ärztekongreß«, sagte er. »Für drei Tage. Sah ja erst so aus, als ginge es nicht. Dann habe ich ein Arrangement mit dem Kollegen aus Villingen getroffen...«

»Aber du hast ja gar kein Gepäck!«

»Doch, doch. Schon vorher aufgegeben.«

Sie schüttelte den Kopf.

»Was ist denn? Oder bist du nicht der Ansicht, ich hätte auch mal Urlaub verdient? Du, von Westerland bis Kampen sind es nur ein paar Kilometer. Und noch was, Kleine: Der Kongreß tagt ja nicht von früh bis spät in die Nacht...«

Kleine? dachte sie und schnappte nach Luft. »Du bist unmöglich!«

Er nickte feierlich. »Ich weiß.«

»Und verlogen.«

»Was soll ich denn machen? Genaugenommen ist ja die Molli schuld. Weißt du, was die will? Am Strand entlangjagen, im Sand buddeln, ins Wasser springen, tote Fische finden und lauter so schöne Dinge...«

*

Der Cognac, der ihr opulentes Frühstück beschließen sollte, kam zwischen Baden-Baden und Rastatt. Er war notwendig.

Bei diesem Frühstück hatten sie nicht nur Appetit, sondern einen wahren Heißhunger entwickelt. Auf Brinkmanns gerötetem Gesicht breitete sich das Strahlen eines zufriedenen Jungen aus, dem es gelungen ist, der Schule zu entfliehen.

Christa versorgte Molli heimlich mit einem letzten Stück Schweizer Käse und beschwor damit prompt eine Katastrophe herauf: Der Kellner entdeckte zuerst den heftig wedelnden Schwanz. Dann den Rest. Das gehe nicht, unmöglich! Hunde seien hier verboten.

Unter Protesten zogen sie sich in ihr Abteil zurück, regten sich eine Weile auf und lachten dann doch. Was sollte es schon?

Brinkmann sah zum Fenster hinaus. Christa beobachtete ihn und genoß ein Gefühl der Entspannung wie seit langem nicht mehr. Aus der Welt herausgehoben, ja, das war es. Gestern noch hatte sie sich, Schicksalsstürme im Herzen, den Pfad am Kliff entlanggehen sehen, auf der Suche nach Abstand und neuem Gleichgewicht. Und nun? Nun gibt es nur noch uns beide, dachte sie. Und sei es nur für drei Tage. Wir haben abgehoben. Und Abstand?! Zum Teufel damit!

Eine Autobahnbrücke. Das Geläut einer Bahnschranke. Große, graue Wohnblöcke. An den

Hängen Villen. Das mußte Karlsruhe sein. Sein Karlsruhe.

Auch Brinkmann hatte den Kopf zum Fenster gedreht und sah hinaus. Christa folgte seinem Blick. »Wo liegt denn eure Klinik?«

Er zuckte mit den Schultern. »Ist das wichtig? Irgendwo.«

Irgendwo... Vielleicht war seine Gleichgültigkeit gespielt, vielleicht war sie Lüge? Nicht wichtig! Elena Bach, dachte sie. Irgendwo unter einem dieser ungezählten Dächer hatten sie und Klaus sich geliebt, miteinander gestritten, miteinander geschlafen: UNSERE BEZIEHUNG IST NICHT MEHR DAS, WAS SIE EINMAL WAR. SIE IST JETZT REIN SACHLICH...

Vielleicht, dachte sie und streichelte Mollis Kopf. Und wenn – ist das noch wichtig?

*

Bis Hamburg hatten sie ein leeres Abteil gehabt. Nun standen die Menschen bis in den Gängen, und draußen sah Christa in einem letzten rosa Aufleuchten die Marsch, sah Bojen, den violetten Strich der Insel, sah einen Fischkutter, der sich durch seine Fahrrinne zwängte, sah Möwen und einen im Abend verdämmernden Himmel.

Sie nahm Mollis grüne Plastikschüssel und ließ aus dem Hahn des Waschabteils nochmals Wasser hineinlaufen. Doch Molli wollte nicht mehr.

Christa kämpfte sich mit dem Hund durch den Gang zurück. »Du, Klaus! Wir sind schon auf dem Hindenburg-Damm!«

Die Leute im Abteil lächelten sie an. Brinkmann nickte. »Stell dir vor!«

Eine halbe Stunde später saß Christa Meurer auf einer Bank in der Nähe des Bahnhofs, eine schläfrige Molli im Arm. Ein Taxi kam auf sie zugekurvt. Die Lichthupe flammte auf. Und dann stieg Klaus Brinkmann aus.

Christa erhob sich. »Toll!« sagte sie beeindruckt.

»Was heißt hier denn toll? Hast du mir das vielleicht nicht zugetraut?«

»Nein«, sagte Christa. »Schließlich bist du Professor.«

»Aber kein zerstreuter. Die gibt's nur noch in miesen Witzen. Über die ist die Zeit hinweg.« Er war zufrieden, er war stolz, und man sah es ihm an. Er genoß ihre Anerkennung, er war der Held, der es trotz des Ansturms der Sylt-Touristen geschafft hatte, ein Taxi zu erobern, Gepäckträger zu besorgen, das Gepäck zu verstauen. Nun hielt er ihr mit der Eleganz eines englischen Butlers den Schlag auf.

Weit fuhren sie nicht.

Sie hatten Hunger. Und so saßen sie schließlich hinter bleigefaßten Fenstern in einem Raum, der halb einem Störtebeker-Museum und halb der Tenne eines Bauernhofes glich, saßen an einem Holztisch, auf dem Kerzen brannten, tranken unter Wagenrädern und geschnitzten Balken fürchterlichen Wein statt anständigem Bier, aßen sündhaft teueren Fisch, zum Nachtisch ein Soufflé, ohne richtig zu schmecken, was darin war, hielten ihre Hände überkreuz zwischen Hotelsilber, Bauernbrot, Käseresten, sahen einander an und lächelten.

Drei Tage! dachte Christa.

»Was denkst du?«

»Oh, nichts.«

»Doch. Man denkt immer etwas.«

»So?«

»Ja, man denkt immer etwas.«

Fast verwundert hatte sie sich dem Strom des Gefühls überlassen, das die Berührung in ihr auslöste, ein Gefühl, das beides umschloß: Liebe, wie den Wunsch, ins Bett zu gehen, Hoffnung und Erotik zugleich. Der Mann in seinem blauen Anzug, der offene Hemdkragen, dieser Mann mit den hellen Augen und dem forschenden Blick. Sie fühlte, wie es den Rücken herabrieselte, und von den Knien aufwärts.

»Ich denke daran, daß meine Pension zu ist, wenn wir noch lange hier herumsitzen. Außerdem, auch du mußt allmählich ins Hotel und dich anmelden.«

»Wo ist denn deine Pension?«

»Kampen. Weißt du doch.«

»Das ist ja nicht weit. Wir finden schon ein Taxi.«

Nein, es war nicht weit. Als Christa fünfzehn gewesen war, hatte sie zum erstenmal in der kleinen Familienpension »Rotsand« gewohnt. Wie gut sie sich erinnerte, an die Frühstücksstube, den schwingenden Singsang, mit dem Erika Harmsen ihre Gäste zu Tee, Bohnenkaffee und unglaublichen Platten mit Wurst und Käse rief. Lieb war sie, die Erika Harmsen. Doch sie hielt auf ihre Regeln: Schlüssel nicht vergessen, früh nach Hause kommen. »Sonst klappt hier nichts. Wir müssen in die Koje. Wir schuften uns halb tot.« Du lieber Gott! Und sie hatte noch nicht einmal angerufen.

Das tat Christa nun und bekam in Plattdeutsch, freundlich, doch mit metallenem Unterton die Frage gestellt: »So spät?« Warum sie denn um Himmels willen nicht früher angerufen habe, wo man doch bereits den ganzen Abend gewartet und das schönste Zimmer – »Weißt du, Christa, das von früher« – bereitgestellt habe. – »Wie? Immer noch beim Essen in Westerland? Aber um Himmels willen...«

Christa kam zum Tisch zurück. »Du! Bei mir brennt's. Ich muß schleunigst los.«

»Was soll das heißen, schleunigst?« Er sah sie an. »Wenn schon, ich hab im Tagungshotel ein...«

»Doppelzimmer?«

Er nickte und machte ein verlegenes Gesicht.

Sie verschwieg, daß es sich bei Erika Harmsens Zimmer von früher gleichfalls um ein Doppelzimmer handelte.

»Gut«, entschied er. »Ein Hotel hat immer einen Nachtportier. Ich bring dich erst mal nach Kampen.«

*

Der Asphalt brach plötzlich ab. Dann kam noch etwas Schotter und am Ende eine Fahrspur, die über sandige Erde führte.

»Da sind wir!« sagte Christa.

Das Haus lag hinter einem Staketenzaun – grüne Ölfarbe, erinnerte sie sich – und soweit man in der hellen Nacht ausmachen konnte, sah es noch genau so aus wie damals, als sie hier mit ihrem Bruder Albert und den Eltern gewohnt hatte.

Ihr Herz klopfte ein wenig. Von irgendwoher glaubte sie Wellenrauschen zu hören. Das Meer. Hatte sie sich getäuscht? Jedenfalls, man roch es. Und die Luft war angenehm, so angenehm wie ein Streicheln.

»Na, dann...«

»Was dann?«

Brinkmann nahm ihren Koffer, drehte sich zu dem schweigsamen, pfeifekauenden Mann, der sie hierhergebracht hatte und sagte: »Können Sie noch einen Moment warten?«

»Hab sowieso nischt zu tun.«

Sie stapften über den weichen Boden zur Gartentür. Er schob sie auf. Es war ihr ein wenig eng ums Herz. Herrgott, was wird die Harmsen sagen? Was hatte sie damals gesagt, als sie in ihrer Göttinger

Zeit mit Uwe hierhergekommen war? Dieses »damals« lag auch schon lange zurück.

Garten- und Haustür waren nicht verschlossen. In dem kleinen Vorraum mit den wenigen Schlüsseln brannte Licht.

»Hm.« Brinkmann sah sich um. »Richtig nett. Und gemütlich.«

Sie zwinkerte ihn an, legte den Finger auf den Mund und flüsterte: »Was soll's sein? Tee, Kaffee, Mineralwasser...«

Er hatte noch immer denselben beklommenen, halb ungläubigen Blick, der sie amüsierte. Das Spiel war angekündigt, doch die Karten wurden von ihr gemischt. Es war nicht der Wein, sie hatte nur zwei Gläser getrunken, es war eine Art Übermut, die alles sprengte und sie selbst überraschte: Die Luft dort draußen. Das schweigende Haus. Sylt. Ferienstimmung. Neugierde. Einfach alles zusammen...

»Einen Augenblick, gnädige Frau, wenn ich bitten darf. Es scheint mir angemessen, erst mal dem Kutscher Bescheid zu sagen.« Nach drei Minuten hörte Christa draußen einen Motor starten. Dann war Brinkmann zurück. »Ein netter Mensch. Sie sind alle so blitzsauber. Und haben so grundehrliche Gesichter. Deshalb hab ich ihm auch gleich gesagt, er könne meinen Koffer behalten und ihn nach Westerland ins Hotel karren.«

»Ach nein?«

»O ja! Und überdies habe ich mir überlegt,

gnädige Frau: Sie waren so liebenswürdig, mir Tee anzubieten. Ich glaube, ich würde ein Bier vorziehen.«

Sie holte das Bier aus Erika Harmsens Eisschrank in der Küche. Die Treppe war steil, die hölzernen Stufen knarrten. Zimmer 8 hatte schräge Wände, eine Blümchentapete und zwei Betten. Die in das Dach eingelassenen Fenster waren winzig. Sie öffnete eines davon.

Diesmal hörte sie es deutlich: Ja, das war die Brandung!

Es gab auch einen Tisch und zwei Stühle. Und Klaus Brinkmann! Die Hände in den Manteltaschen stand er neben ihrem Koffer, in seinen Augen lag ein verträumtes, ungläubiges Strahlen. Sein Gesicht war fragend: der Ausdruck eines Mannes, der Zeuge einer überirdischen Erscheinung geworden war, zumindest von etwas, das in keinen menschlichen Erfahrungskreis zu bannen war.

»Du siehst aus wie der kleine Junge in dem Film E.T.«

»Bin ich das nicht?«

»Ja nun«, sie mußte lachen, »auch das ist, wie alles, eine Frage der Perspektive.«

Er zog den Mantel aus und warf ihn aufs Bett, setzte sich darauf, hatte die Hände zwischen den Knien und sah zu ihr auf: »Und wie seh ich jetzt aus?«

»Wie einer deiner Patienten.« Sie goß Bier in

die Gläser. »Wie jemand, dem was passiert, das er nicht durchschauen kann.«

»Will ich auch gar nicht. Kannst du es durchschauen?«

Sie schüttelte den Kopf und ging zu ihm. Er nahm ihre Hände.

»Nein«, sagte sie, »will ich bei Gott nicht. Aber das macht's doch eigentlich erst schön.«

Sie sah auf seinen Kopf herab und auf die Hände, die ihre Finger streichelten. Sie spürte, wie sein Mund jeden einzelnen Finger küßte. Die »Karten« waren nicht mehr wichtig. Nicht einmal das Spiel.

Plötzlich ließ er sie los. »Und was werden die Leute sagen, wenn ich morgen früh auftauche?«

»Was werden sie schon sagen? Frau Harmsen kennt mich. Sie weiß, daß ich ein ernstzunehmender Mensch bin. Das bedeutet, daß es sich bei meinen Begleitern um seriöse Herren handelt.«

»Begleitern? Warst du schon öfters hier?«

»Schon lange nicht mehr.«

»Gab's da auch ...?«

»Na, hör mal! – Viel wichtiger: Hier hast du 'ne Zahnbürste.«

Er war aufgestanden und betrachtete den durchsichtigen Plastikbehälter mit zusammengekniffenen Augen. »Selbst daran hast du gedacht?«

»Ja. Selbst daran. Ich hab sie vorhin am Bahnhof in Westerland gekauft.«

»Christa! Du bist ein Phänomen. Ein Phänomen an Voraussicht.«

»Vielleicht«, sagte sie fast zaghaft, als Brinkmann sie an sich zog und auf die Schläfen küßte. »Jetzt nicht mehr. Wirklich nicht...«

»Was ist jetzt?«

»Jetzt hab ich Angst.«

»Wirklich?«

»Nein, nicht mal mehr Angst...«

*

Ein Schiff! Ein Frachter oder Tanker, er verstand ja nichts von Schiffen. Durch die Glaswand des Konferenzsaals beobachtete Brinkmann, wie das Schiff weit draußen mit sturer Beharrlichkeit über den tiefblauen Rand des Horizonts nach Westen krebste. Jetzt hatte es die weiße Linie des französischen Flaggenmasts passiert, nahm Kurs auf den nächsten, an dem die italienische Fahne flatterte. Die Fahnen hatten mit dem Chirurgenkongreß nicht viel zu tun, sie wehten das ganze Jahr für jeden. Sonst aber: Nicht nur die Kongreßmappe auf Brinkmanns Knien, selbst die Hostessen trugen das Verbandszeichen an ihren schicken bordeauxroten Uniformen.

»Und daher, meine verehrten Damen und Herren, ist es wohl an der Zeit, gerade im Bereich des aufgelockerten Drüsenkörpers mit Rückbildungserscheinungen...« klang es durch die Lautsprecher.

Brinkmann nickte grimmig. Bei Gott, es war

an der Zeit! Er stand auf, schob sich durch die Sitzreihe, vorbei an teils verwunderten, teils verständnisinnigen Gesichtern. Er war froh, als die großen Türen hinter ihm zuschwangen und er die Halle des Kongreßzentrums verlassen konnte.

Was nun! Kampen? Sicher doch. Aber zuerst die Badewanne. Als er sein Hotelzimmer betrat, fuhr das weiße Schiff am Horizont noch immer seinem unbekannten Ziel entgegen. Das Schiff hatte es nicht eilig. Wie er. Zeitung und Badewanne! – Bisher war ihm das eine angenehme Vorstellung gewesen, doch nun hatte sie ihren Reiz verloren: Er wollte keine Zeitung. Es war ihm völlig gleichgültig, was bei den Raketenverhandlungen in Genf passierte. Und ebensowenig kümmerte es ihn, ob Neubert sein Hauptreferat »Neue Wege zur Beeinflussung des Gerinnungssystems« als Vorabdruck erscheinen ließ. Es gab ihn – ja, Klaus Brinkmann gab es wieder! Und es war ihm gelungen, die Fäden zu durchschneiden, an denen er sonst auf seiner Bühne zappelte. Und sei es nur für drei Tage.

Christa!

Er dachte den Namen und war erfüllt von einer dankbaren Zärtlichkeit, so tiefgehend, so ausschließlich, daß er darüber erschrak. Und während das Wasser über seinen Kopf rann, über den Rücken zu den Schenkeln strömte, erwachte in ihm gleichsam auf einer anderen Ebene, der zweite, der kontrollierende, ewig beobachtende Brinkmann.

Der sah zu, wie er auf dem grünen Kachelboden der Duschkabine kauerte, die etwas rundlichen Hüften massierend, seine Muskeln befühlte, sah das glückliche, selbstvergessene Lächeln. Verdammt noch mal: Kippt dich eine einzige Nacht so aus den Pantinen? Ist es denn wirklich so erschütternd? – Das war es: Erschütternd! So lächerlich sich das Wort auch ausnehmen mochte, so fragwürdig und schwer faßbar das Wort »Liebe« sein mochte.

Was war denn schon Grandioses passiert!? Lag es nicht an ihm, daß er die Dinge so dramatisch nahm? Dramatisch, nein, es war dieses Gefühl von Freiheit – die Genugtuung, den anderen eine Nase zu drehen: Wir zwei, verschworen gegen diese verrückte Welt, die ohnehin feindlich war. Unsere Festung: ein Zimmer mit einem schrägen Dach...

Es war grandios!

Christa hatte ihn an die Hand genommen? Vielleicht. Wann, in all den letzten Jahren, hatte er es anders erlebt? Elena, selbst Käte – alle schienen darauf zu lauern, ihm die Initiative abzunehmen.

Er sah wieder, wie Christa in das Zimmer gekommen war: Ihr Schatten an der Wand. Ihr Körper so schimmernd, so hell, als leuchte er aus sich selbst. Er sah ihre Augen, ihr Lächeln. Die Haare hatten sich gelöst und webten ein eigenes Muster über ihre Schultern. Nie hatte er sich Gedanken über diese Haare gemacht; sie gehörten unter die Schwesternhaube, oder sie waren zu einem Knoten festgesteckt. Doch nun hatten sie ein eigenes Leben, wurden zum lebenden Vorhang vor diesem Blick, diesem Lächeln...

Es gibt Augenblicke, dachte er, die so vollkommen sind wie ein Kunstwerk.

Die meisten Menschen erleben wenige davon. Doch man vergißt sie nie. Sie beweisen, daß es doch so etwas gibt wie Gegenwart. Was das Leben uns bringt, verweht in der Erinnerung, unter all den anderen Schemen verblaßt es zur Undeutlichkeit wie ein Traumgesicht. Solche Augenblicke aber, sie gehören uns...

Mein Gott, kannst du sentimental sein! Brinkmann stand auf, trocknete sich ab, suchte die Seife, stolperte über ein Handtuch, wäre beinahe gestürzt und setzte sich auf den Badewannenrand, betrachtete sein Gesicht, das ihm im Spiegel entgegenblickte. Die Initiative ergriffen? Wie dämlich! Sie hat dich beschenkt. Sie ist auf der Flucht noch einmal zurückgekehrt, um dich zu beschenken...

*

Sand. Wind. Meer. Und Molli...

Die Brandung, die mit grauweißen, wirbelnden Gischtzähnen die Dünen anging. Der Wind, der Sandkörnchen mit sich trug, die wie Nadelspitzen schmerzenden Geschoßgarben gegen sie schleuderte. Und ein kleiner Hund, der in den Wellentälern auf und ab hüpfte, zu ihrem Entsetzen mitgerissen wurde, wieder hochkam, kläffend durch Wasserschaum preschte, Nordseewasser ausspuckte und doch schon wieder hineinwollte.

»So, jetzt reicht's aber!« Brinkmann zerrte Molli den Strand entlang. Japsend und keuchend setzte sie sich in den Sand und ließ die Zunge hängen.

»Sieh mal!« Christa hielt ihm eine milchweiß und rosa überhauchte Muschel hin, ein Gebilde so zart, daß es im Licht transparent wurde, wie das feine lange Haar, das der Wind ihr über Gesicht und Schultern warf.

Da stand sie vor ihm und lächelte ihn an. Und er konnte dies alles kaum fassen: Der einsame Strand, das Meer, das Mädchen...

»Und sieh mal!« Diesmal war es keine Muschel, sondern ein Stück schwarz verkrustetes Strandholz.

»Öl«, nickte er.

»Diese Tanker-Schweine!«

»Findest du heute aber überall. Selbst in der Südsee. Muß man in Kauf nehmen.«

»Man muß überhaupt nichts in Kauf nehmen.«

Er lächelte. »Gewiß.« Es war charakteristisch für sie, daß sie so reagierte. Sie mußte ja. Und hatte auch noch recht.

Sie ließ das Holz fallen und nickte ihm zu. »So, jetzt werde ich dir zeigen, wie man eine Kuhle baut.«

Alle Touristenläden rings um das Kongreßzentrum hatte Brinkmann am Morgen unsicher gemacht. Eine Schaufel und zwei gelbe Wetterjacken hatte er erworben. Dann war er mit einer Entschlossenheit, als gelte es eine Expedition in unbekannte Länder auszurüsten, durch weitere Geschäfte gezogen, hatte Brot, Butter, Thermosflasche, Pulvertee, Aufschnitt, hartgekochte Eier, sogar zwei Messer erstanden. Am Ende brauchte er einen Seesack, um die Schätze zu verstauen. Und nun schleppte er dieses schwere, unhandliche Ding schnaufend durch den Sand an der Brandung entlang.

»O Gott!« Christa lachte. »Nun übernehmen Sie sich mal nicht, Herr Professor!«

»Tu ich schon die ganze Zeit.«

»Dann gib mal die Schaufel her.«

»Das ist Männersache.«

»In diesem Fall nicht. Nun laß schon. Du bist es ja gewöhnt, verwöhnt zu werden.«

In wenigen Minuten, mit unglaublicher Routine, assistiert von einer kläffenden Molli, grub Christa eine große, wannenförmige Vertiefung in den Sand.

»So!« Zufrieden wischte sie sich ein paar Schweißtropfen von der Stirn. »Jetzt noch die Dekke! Dann haben wir's geschafft. Dann wird's richtig gemütlich. Dann legen wir uns hier rein.«

»Wie die Herrschaften vom FKK? Die rennen doch hier den ganzen Sommer rum. Nackt.«

»Nackt? – Wie du das sagst! Schließlich bist du Chirurg.«

Er grinste sie an. »Schließlich? Was ist das, Chirurg? Wenn ich an die Gesichter dort drüben im Kongreßsaal denke...«

Sie hatte ihre gelbe Jacke ausgezogen, griff in den Nacken und öffnete den Verschluß ihres weißen Bikinioberteils und streckte sich aus.

Er aber kauerte noch immer oben am Rand, betrachtete die zart geschwungenen, festen Hügel der Brüste, die Knospen daran, diesen ganzen, glatten, leuchtenden Körper und war überzeugt, nie im Leben etwas so Schönes gesehen zu haben...

Und da war es wieder: Meine Christa!

»An was denkst du?« Er konnte es nicht lassen. Er mußte es immer wieder fragen.

»An Spanien.« Sie lächelte mit geschlossenen Augen. »An Boote. An den Strand von Alicante oder Valencia. Ibiza könnte es auch sein. Oder Mallorca. Jedenfalls an einen Strand, wo man sich keine Löcher buddeln muß.«

»Warst du schon dort?«

»Ich war ein paarmal in Spanien.«

»Und?«

Ihre Mundwinkel verzogen sich zu einem Lächeln. »Und? Es war schön.«

Er fühlte einen winzigen, schmerzhaften Stich. Eifersucht? Der Gedanke, mit wem sie dort am Strand gelegen, geschwommen oder vielleicht sogar geschlafen hatte? Nein, das war es nicht. Aber vielleicht ein wenig Neid auf die Erlebnisfülle der Jugend, auf die Unbedenklichkeit des Erlebens. Wie wenig Zeit hast du dir genommen in den letzten Jahren! Du hast dich in deiner Meerschweinchentrommel gedreht und mit Mühe ein paar atemlose Absprünge geschafft.

»Und ich denke daran«, sagte Christa, als habe sie das alles erraten, »wie schön es wäre, nie mehr eine Klinik zu sehen.«

Er schwieg.

»Komm, Klaus, du träumst doch auch manchmal...«

»Selten.«

Es war eine Lüge, gestand sich Brinkmann. Nicht selten – oft! All die ungezählten Orchester, die er schon dirigiert hatte, fielen ihm ein, die Bilder, die er malen, die Reisen, die er machen wollte. Zu spät! – Doch wieso eigentlich? Was konnte ihn hindern, wenigstens den Teil seiner Phantasie Wirklichkeit werden zu lassen, der ihm wichtig schien? Was hielt ihn davon ab? Eine Klinik? Eine alte Frau, von deren Fürsorge er sich abhängig gemacht hatte? Ein Sohn, der ihn ablehnte und auf den Tag wartete, wo er ihm das sagen konnte? Dieses ganze Netz von selbstgeflochtenen Abhängigkeiten, das Sechs-Tage-Rennen, das ihm gelegentlich, wenn er ganz außer Atem war, eine Pause gönnte. Gönnte? Die er erkämpfen mußte.

»Machen wir Picknick?« Brinkmann packte den Seesack aus.

»Mensch, Wein hast du auch!«

Ja, Wein hatte er auch. Einen französischen Rosé, von dem er hoffte, daß er gut war.

Er war es! – Sie tranken. Er hatte das Brot aufgeschnitten. Christa gab Butter und Wurst darauf. Und dann lag das alles hinter ihm: Klinik, Meerschweinchentrommel, Sechs-Tage-Rennen.

Christa lachte ihn an. Er lachte zurück. Dann näherten sich ihre Lippen und er spürte noch den Geschmack des Weins darauf. Dann lagen ihre Hände um seinen Nacken und er bettete sich in diese süße, vollkommene Geborgenheit, die ihre Umarmung bedeutete.

Ja, er war in ihr und zugleich außer sich vor Entzücken. Er sah, wie sich Christas Gesicht zum Schmerz der Ekstase spannte, hörte den Atem, ihr Flüstern, sagte: »Ich liebe dich. Ich liebe dich so unsäglich...«

Sagte all diese Dinge, doch nun waren sie kein Unsinn, nun waren sie Wirklichkeit geworden. Ja, er würde sich nie mehr von ihr trennen! Nie mehr würde er sie lassen! Nie mehr würde er erlauben, daß sie sich auf die Flucht begab!

Später lagen sie auf dem Rücken, sahen den ziehenden Wolken nach und den Möwen, die neugierige Kreise über ihren Köpfen zogen.

»Häschen in der Grube!« Sie kraulte die Haare auf seiner Brust.

Er nickte, nahm ihre Hand und führte sie an die Lippen: »Häschen in der Grube...«

*

Wer das Gerücht aufgebracht hatte, Elena Bach habe in selbstmörderischer Absicht ihren Unfall heraufbeschworen, war später nicht mehr festzustellen. Doch es überschattete alle Gespräche und Kommentare, die mit ihrem Tod zusammenhingen.

Daß es überhaupt zu dieser Vermutung kommen konnte, lag einmal daran, daß Elena Bach am Abend der Katastrophe allein ihr weißes Golf-Cabrio steuerte, in der Dämmerung bei schlechter Sicht, denn an diesem Tag herrschte Nebel. Zweitens aber war es wohl auf die Unachtsamkeit eines der Beamten zurückzuführen, die das Unfallprotokoll aufgenommen hatten.

Aus dem Protokoll, das der Versicherung zwei Wochen nach dem Unglück vorlag, ging jedenfalls eindeutig hervor: Die Serpentinenkurve, an deren Ende der Golf an einem Baum zerschmetterte, war nicht allein durch die schwarzen Streifen der Gewaltbremsung gekennzeichnet, die Elena Bach im letzten Augenblick versucht hatte, sondern auch durch andere Bremsspuren: dunkle Striche, die zweifelsfrei von einem Motorrad stammten, das in der Gegenrichtung, die Kurve schneidend, dem VW entgegengekommen sein mußte.

»Länge der Spuren: Zweiachtzig. Abstand zur Außenkante der Fahrbahn: Dreizwanzig«, stand auf dem Formblatt des aufnehmenden Beamten am Unfallort. Im Zusammenhang mit den anderen Ermittlungen hätte diese Beobachtung ein klares Bild vom Ablauf des Unfalls ergeben. Doch der Polizeiobermeister Schimanski hatte versäumt, seine Recherchen zu der Unfallakte zu legen, da er am selben Abend von der Arbeit noch zu einem anderen Einsatz gerufen worden war und anschließend aus familiären Gründen Urlaub genommen hatte.

Vierzehn Tage nach Elenas Tod war also alles klar. Doch als es geschah...

Unter den ersten, die an der Unfallstelle eintrafen, war ein Arzt: Dr. Ignaz Marker. Mit zusammengekniffenen Augen über das Steuerrad gelehnt, fluchend, weil dieser unsägliche Typ in seinem braunen Opel vor ihm wegen des Nebels immer wieder auf die Bremse stieg, quälte sich Dr. Ignaz Marker die steilen Serpentinen nach Elzach hinab. Seine Laune war an einem Tiefpunkt. Ein Bauer hatte ihn nach Oberprechtal gerufen, es wäre dringend! War es auch: Eine Kuh hatte Schwierigkeiten mit dem Kalben, und der Veterinär war nicht aufzutreiben.

So schuftete Marker, bis ihm die Arme erlahmten, im Leib der Kuh herum, hatte das Kalb schließlich wohlauf zur Welt geholt und sich dann auf den Heimweg gemacht. Nun auch noch Nebel!

Eigentlich hatte er beabsichtigt, in Offingen auf einen Sprung bei Brinkmann vorbeizusehen. Doch die Sekretärin hatte mitgeteilt, der Professor sei bei einem Chirurgenkongreß auf Sylt: Eine

Auskunft, nicht gerade dazu angetan, Markers Stimmung zu verbessern.

Nun war sein Vordermann total verrückt geworden. Der Nebel war doch weg! – Und der bremste so brutal, daß Marker noch beinahe draufgeknallt wäre.

Die Tür des Opels flog auf. Ein blonder Mann in Jägerhosen und Windjacke kletterte heraus, sah kurz zu Marker zurück, hob die Hand und begann zu rennen.

Was sollte das, zum Teufel? War da was passiert? Auch Marker stieg aus und setzte sich in Bewegung.

Dann sah er es. Mein Gott! Mehr konnte er nicht denken. Halb auf dem Hintern, durch Zweige, die ihm ins Gesicht schlugen, seine Hände aufrissen, rutschte Ignaz Marker die steile Böschung hinab, lief zu dem qualmenden, verbogenen, schrecklichen Metallknäuel, das einmal ein Auto gewesen sein mußte. Der Blonde in der Windjacke zerrte an einem Türgriff. Vergebens! Er richtete sich wieder auf. Er hatte ein breites, gutmütiges Gesicht, das aussah, als würde es jeden Moment zu weinen beginnen.

»Da ist eine drin!«

»Eine?«

»'ne Frau. Mein Gott, hat's die erwischt...«

Marker nickte. »Haben Sie eine Taschenlampe?«

»Oben im Wagen.« Der Mann blickte ihn mit

dem gläubigen Ausdruck eines Menschen an, der im Augenblick unerwarteter Not froh ist, einen Führer gefunden zu haben. Und unter diesem Blick wurde sich Marker plötzlich klar: Du Idiot bist einfach losgerannt. Du hast die Arzttasche liegenlassen!

»Hören Sie: Gehen Sie zu meinem Wagen. Hinten auf dem Sitz, da liegt eine Tasche. Ich bin Arzt.«

»Arzt?« Der Blonde war schon an der Böschung. Nun sah er sich noch einmal um. »Arzt? Na, so ein Glück.«

Das würde sich zeigen. Kaum vorstellbar, daß die Frau in dem Trümmerhaufen noch lebte. Und wenn, dachte Marker, während er mit einem Stein das Glas der Seitenscheiben einstieß, ob sie überlebt?

Nun sah er sie. Der Fahrersitz war bei dem Aufprall aus seiner Verankerung gerissen. Blut auf dem hellen Kunststoffpolster. Ein Bein. Die Hose daran war zerfetzt. Das andere sonderbar abgeschrägt, der Oberkörper in einer Lederjacke. Nur ein bißchen Gesicht, fahl, zwischen dunklen, blutverschmierten Haaren.

Marker bot all seine Kraft auf. Die Tür bewegte sich nicht. Er keuchte. Verdammte Karre! Aber da kam der Blonde bereits zurück. Er hielt eine Taschenlampe in der Hand, ließ sie aufleuchten, warf Marker die Arzttasche zu.

»Kann ich mal?« Der Lichtstrahl tastete sich

in das Innere des Wagens. »Schrecklich! Haben Sie das Blut gesehen? Mir wird's da immer schlecht... Sie müssen sie rausholen, Doktor!«

Sicher. Aber wie? Mit fliegenden Händen öffnete Marker den Verschluß. Seine Hände fühlten Spritzen, Verbandszeug, Pillenschachteln, Instrumente. Da hatte er es: sein altes Skalpell!

»Prima«, sagte der Mann, als die Klinge den schweren Stoff des Cabrio-Verdecks zerschnitt. Sie zerrten den Spalt weiter auf, weit genug, daß Marker sich zu dem blutenden, verkrümmten Körper hineinbeugen konnte.

Der Arm. Die Haut schweißig, kühl. Darunter, kaum feststellbar, ein winziges, rasendes, um Hilfe flehendes Signal: das dünne Klopfen des Pulses.

»Lebt sie?«

Marker richtete sich auf. »Ja. Noch lebt sie...«

»Und was machen wir jetzt?«

Das war die Frage!

»Passen Sie auf: Nehmen Sie Ihren Wagen. Am Ende der Kurven, auf der rechten Seite ist eine Notrufsäule.«

Der Mann nickte. Er sah zu ihm, dann wieder ins Wageninnere.

»Nun hauen Sie schon ab, Mensch!« schrie Marker.

*

Alles wollten sie haben. Zumindest all das, was sich in drei Tage hineinpressen ließ: Spaziergänge zwischen den Dünen, Liebe im Strandhafer, Stöckchen jagen und Wettrennen mit Molli den Strand entlang. Schwimmen natürlich. Auch wenn das Wasser so verteufelt kalt war, daß sie nachher krebsrot wurden. Gespräche – endlos! – Bootfahren, Fischessen, nein, noch besser Krabben, frisch aus dem Netz, von Salzwasser tropfend, knackig, apfelrot außen, apfelweiß innen.

»Also wenn dat so is...« Der Fischer am eisernen Steg des Bootsverleihs nahm die Pfeife aus den Zähnen, worauf Brinkmann sofort den Tabaksbeutel zückte und meinte, die Sorte müsse er mal probieren.

Für den baumlangen Kerl mit den Strichelfalten im Gesicht und dem ausgebleichten Haar war es kein Angebot. Der schüttelte nur den Kopf und tastete sich zu dem Anfang des Satzes zurück: »Also, wenn dat so is... Krabben? Einen Korb bring ich gleich zu mien Fru.«

»Aha! Die kocht auch? Geht das?«

Er blickte strafend. »Das könnt ihr glauben, daß das geht. Die kocht Ihnen einen ganzen Topf voll. Kriegen Sie bei mir. In der Stube.«

Neun Uhr war es. Der Wetterhahn der Kirche strahlte so hell wie die Sonne, auch die Fenster blinkten Schönwetter und das frühe Licht lag wie Lack auf all den Hausdächern um den Hafen. Und eine See, die sich glatt in die Ferne dehnte.

Brinkmann wollte Christa in das stabile, kleine Boot helfen, doch sie lachte ihn aus und sprang bereits hinein. Etwas umständlich setzte er nach. Der Krabben-Mann oben am Steg hob salutierend die Hand: »Leine los!«

Brinkmann zog entschlossen. Außer einem kleinen asthmatischen Husten gab der Außenborder keine Reaktion von sich.

Der Fischer grinste.

Aber da war schon Christa – »Moment mal!« – hatte diesen verdammten Plastikknebel in der Hand, bog sich zurück – und siehe da: Der Johnson schnurrte los, und in einem weiten Bogen steuerte das Boot zur offenen See.

»Du bist schon was!« knurrte Brinkmann beeindruckt.

»So? Was denn?«

»Was weiß ich? Eine Wundertüte bist du! Ein Überraschungskonto. Die Frau mit den tausend Möglichkeiten.«

Er blinzelte. Und Christa mußte über die leise Erbitterung lachen, die in seiner Stimme schwang.

Später knöpfte sie das Jeanshemd auf und ließ Sonne auf die Haut. Brinkmann jedoch dachte wieder einmal wie so oft in diesen Tagen und mit demselben analytischen Ernst daran, was er im Grunde für ein Glückspilz sei. Im Kongreßsaal in Westerland hatten heute die Gefäßchirurgen das Wort. Interessant, na gut, doch für die Arbeit mit der Lupe wurde er langsam zu alt. Außerdem: Das Wort

»Chirurgie« war aus dem Sprachschatz gestrichen. Christa hatte es gestrichen. Ihr Hemd flatterte im Wind, und er betrachtete zärtlich, was es freigab.

»Laß mich mal an die Pinne!« sagte Christa plötzlich.

»Aha! Schon wieder willst du das Ruder übernehmen?«

»Nein. Ich will dich ansehen. – So habe ich immer die Sonne im Gesicht.«

Sie streckte ihm die Hand hin, als sie die Plätze wechselten. Damit übertrieb sie wirklich. In einer Art Flanke, ziemlich elegant, schaffte er die Bootsmitte.

»Was denkst du?«

»Du hast versprochen, mich das nie mehr zu fragen.«

Sie drosselte den Motor, die Dünung wiegte das Boot hin und her. Es machte kaum mehr Fahrt. Sie lächelte und blickte hinüber zu den Leuchttürmen. Mit ihren rotweißen Ringen erhoben sie sich über einem flachen Streifen Sand.

An was denkst du?

So viel hatten sie gesprochen und ein Thema stets dabei ausgespart, als hätten sie beide Angst davor? Die »Frau mit den tausend Möglichkeiten« hatte er sie genannt. Mit den tausend Gesichtern, das hatte er doch sagen wollen...

Sie beugte sich vor. »Klaus! Wenn du ehrlich bist: Es war wegen Udo, daß du immer so vorsichtig warst! Hattest du vielleicht Skrupel, weil ich...«

Sie brachte den Satz nicht zu Ende.

»Na ja«, sagte er, »Skrupel? Ein großes Wort. Aber ein gewisses Unbehagen schon. Und wenn ich es genau bedenke: Es gibt so Situationen zwischen Vater und Sohn, mit denen man nicht so leicht fertig wird.«

Sie nickte. »Klaus, ich will dir eine Antwort auf die Frage geben, die du nicht gestellt hast. Ich hatte mit Udo nie das, was man ein intimes Verhältnis nennt. Vielleicht...«

»Ja?«

»Vielleicht hätte es eines werden können, wenn...«

»Wenn damals nicht das halbnackte Mädchen bei uns im Garten gelegen hätte?«

»Ja. In etwa. Oder: Wenn Udo nicht Udo wäre. Damals, so glaube ich, habe ich ihn erkannt. War wohl auch nicht zu umgehen.«

Er lächelte. »Da bin ich aber froh, daß dieses nackte Mädchen im Garten gelegen hat.«

»Ich auch. Heute bin ich darüber genauso froh.« Sie ließ das Steuer los, beugte sich über ihn, nahm seinen Kopf in beide Hände und küßte ihn auf die Nase.

Dann richtete sie den Blick wieder hinüber zu den Leuchttürmen. »Du hast ein, nun sagen wir, sehr kompliziertes Verhältnis zu deinem Sohn, nicht?«

»Ja.« Brinkmann sah Christa nicht an, während er weitersprach. »Ja, so kann man das schon formulieren. Es begann kompliziert zu werden, als meine Frau starb.«

Er schwieg. Er spürte ihre Erwartung und fragte sich, wie es damals wirklich gewesen war und mit welchen einfachen Worten er etwas darstellen konnte, das so viele Aspekte hatte – schwierige, schlimme Aspekte.

»Ich war damals weggefahren«, begann er zögernd. »Zu einem Symposium nach Münster. Und da gab es eine – ja, da gab es eine junge Kollegin. Wegen ihr blieb ich einen Tag länger, als ich eigentlich vorgesehen hatte. Sie hatte gerade an einem Forschungslehrgang über moderne Methoden der Anästhesie in San Francisco teilgenommen. Na gut, das interessierte mich. Es waren ja wirklich ganz neue Perspektiven. Jedenfalls, wir aßen zusammen, sprachen und sprachen. Und am Ende begleitete ich sie in ihr Hotel, weil sie dort ihr Material hatte und ich noch mehr wissen wollte.«

»Frau Dr. Bach, nicht wahr?«

»Ja. Als mein Sohn anrief, wie schlecht es um Brigitte, ich meine, wie schlecht es um seine Mutter stand, war ich nicht erreichbar.«

»Und?«

»Nichts und. Im Grunde ist das alles. Ich meine, es ist alles, was ich weiß. Der Rest: Spekulationen. Ich – ich kann nur annehmen, daß er glaubt, ich hätte meine Frau in ihrer Todesnacht betrogen.«

»Und wieso nimmst du das an?«

»Weil sich von diesem Tag an seine Haltung

mir gegenüber vollkommen verändert hat. Grundsätzlich geändert.«

»Und warum hast du das nicht richtiggestellt?«

»Ja, warum?« Dies war genau die Frage. Warum mußte sie davon anfangen?! – Doch hatte sie nicht recht? Sie wollte Klarheit. Sie hatte sie ihm gegeben. Nun war er sie ihr schuldig. Außerdem: Diese Beklemmung, die ihn jedesmal beschlich, war doch im Grunde nichts anderes als eine Vermeidungsstrategie! Also, verdränge nicht länger, sei ehrlich – zumindest zu dir selbst! Willst du weiter davor davonrennen? Liegt nicht gerade darin der Grund deiner Ungeduld gegenüber Udo?

Doch selbst jetzt konnte Brinkmann sich nicht zu einer klaren Antwort aufraffen. Vielleicht, weil sie ihm selbst fehlte. »Weißt du, wenn ein Vorwurf gar nicht formuliert wird, Christa...« begann er.

»Dann korrigierst du ihn auch nicht?«

»Du mußt mal versuchen, dich in meine Lage zu versetzen. Meine Unschuld vor meinem Sohn zu beteuern – welches Bild gäbe ich dabei ab?«

»Das eines Menschen, finde ich.«

Richtig. Das war es! Und er hatte sich an der Rolle festgeklammert.

»Du hast recht. Aber es war nicht so. Sieh mal: Erst viel später, etwa nach einem Jahr, hab ich mich mit Elena Bach befreundet. Vorher hatte ich soviel mit meiner Trauer und mit mir selbst zu tun. Ich besaß einfach nicht die Kraft, auch noch Udo zu helfen. Obwohl er unter diesem Konflikt entsetzlich gelitten haben muß. Ich war feige, ich geb es zu. Doch ich sagte mir damals: Der Sohn als Richter – wie kannst du dies akzeptieren? Es gab doch keinen Grund, dich zu verurteilen. Ja, das sagte ich mir...« Er brach ab.

Und dann kam der Satz, den Christa geahnt, ja erwartet hatte: »Vielleicht wollte ich es einfach deshalb nicht akzeptieren, weil ich mich ja längst schon selbst verurteilt hatte.«

»Du hast dich also auch angeklagt?«

»Ja, das ist es. Sieh mal, Elena, Frau Bach... sie gefiel mir sofort. Und das wissenschaftliche Interesse, so faszinierend sie auch berichten konnte, war nur ein Vorwand, sie näher kennenzulernen.«

Er hoffte, es wäre nun vorbei. Er sah auch nicht mehr hinüber zu den Türmen. Er sah Christa an. Er versuchte ein Lächeln. Es mißlang gründlich.

Sie blieb unbarmherzig. »Dann waren Udos Auftritte, seine Verhaltensstörungen oder wie immer man das nennen will, gar nicht so unbegründet?«

Wieder nickte er. »Wahrscheinlich. Aber Christa! Ich bin doch Chirurg, kein Psychoanalytiker. Ganz abgesehen davon hätte ich damals selbst einen gebraucht.«

Christa erhob sich von ihrem Sitz, kauerte sich zwischen seine Knie und nahm seine Hände. »Klaus, bedrückt es dich, daß ich davon angefangen habe?«

Er drückte sein Gesicht in ihr Haar. »Nein,

Christa. Weißt du, ich bin froh. Jetzt ist es raus. Ich hab's weg. Mit dir kann ich über alles sprechen. Und das ist schön.«

*

Die Meldung von dem schweren Unfall bei Elzach traf kurz nach neunzehn Uhr in der Klinik ein. Für den Bereitschaftsdienst bedeutete sie das Ende der wenigen, bescheidenen Hoffnungen, die man sich auf einen ruhigen Abend gemacht hatte.

Anneliese Happel, die zweite Operationsschwester, die für diese Nacht eingeteilt war, würde den längst fälligen Brief an ihre Eltern nicht schreiben. Die Skatrunde mit Renz, Mischa und Udo Brinkmann fiel aus, und Dr. Wolters, der seine Frau und den Versicherungsagenten in das kliniknahe »Wäldlerstüble« bestellt hatte, würde auch an diesem Abend mit seinen Prämienrechnungen nicht klarkommen.

Längst hatten sie das Fluchen aufgegeben. Selbst zu den üblichen ironischen Bemerkungen, mit dem das Team Frust und Selbstmitleid zu überspielen pflegte, fehlte die Lust.

Um halb acht meldete Mischa: »Sie kommen!«

Als sie durch die Notaufnahme hinaus auf die Rampe eilten, hatte der Krankenwagen gerade mit einem letzten Wippen der Karosserie seine Gewaltfahrt beendet. Renz entriegelte die Hecktüre, ehe es der Sanitäter tun konnte. Als erster sprang ein Mann heraus, den er kannte.

»Dr. Marker? Sie?!«

»Ja, ich. Ich war zufällig in der Gegend, als es passierte. Eine Frau...«

Die Bahre glitt aus dem Wagen. Unter der starken Helligkeit der in das Schutzdach eingebauten Leuchten blickten sie alle in das wächserne, blutverschmierte Gesicht. Und jeder wußte, daß er diese Sekunde nicht so schnell vergessen würde. Markers Stimme begann aufzuzählen, was er gesehen hatte und vermutete. »Schock. Schwere Brustkorbquetschungen. Ich hab trotzdem das Herz massiert. Mußte ich ja, weil sie sonst überhaupt keine Chance gehabt hätte. Zweimal Herzstillstand. Wahrscheinlich eine Tamponade durch Flüssigkeitsansammlung im Herzbeutel. Und dann – Vorsicht im Bekkenbereich!«

»Auch das noch!« Renz regte sich nicht.

»Was ist denn, Herr Renz?«

»Was ist? Wissen Sie, was?! Das ist unsere Anästhesistin, Mensch!«

Udo gelang es als erstem, sich aus dem Bann zu lösen. »Na, los schon! Rein! Sauerstoff. Das Plasma müssen wir nachher doch absetzen. Die Blutgruppe, hat die keiner? Anneliese, schau nach in der Personalkartei. Aber schnell! Und noch was, Anneliese: Rufen Sie sofort Villingen an. Dr. Brösinger. Sagen Sie, was los ist, Sagen Sie ihm, wir brauchen ihn. Er soll sofort kommen!«

Marker dachte: Der Junge hat Angst. Nicht nur der Junge, die anderen auch. Bei Gott, zu Recht! Auch er gab der armen Frau keine Chance. Und Klaus? Auf irgendeinem blödsinnigen Medizinerkongreß. – Na, gute Nacht!

»Mich braucht ihr ja nun wohl nicht mehr«, sagte er müde.

Udo starrte ihn mit aufgerissenen Augen an: »Doch, Herr Marker! Bitte, wenn's irgendwie möglich ist, bleiben Sie. Wir sind jetzt auf jede kollegiale Hilfe angewiesen.«

»Wo ist denn Dr. Schäfer?«

»Ach, Schäfer, den können wir vergessen. Ischias. Oder eine Nervenentzündung. Der kriegt kein Bein auf die Erde.«

Die Verzweiflung in Udo Brinkmanns Blick traf Marker. Daß es den Jungen mitnahm, war zu verstehen. Eine Kollegin. Außerdem, hatte Klaus mit der Anästhesistin nicht zuvor in Karlsruhe zusammengearbeitet? Was gab's noch zu sagen? Zu beten vielleicht! Zu beten, daß der Villinger Chefarzt bald hier war. Aber der brauchte auch mindestens vierzig Minuten.

»Los, Beeilung!«

Zum erstenmal spürte Marker etwas wie Bewunderung. Was man über die Klinik auch sagen mochte, seine Leute hielt Brinkmann in Schuß. Die Burschen schienen ihr Handwerk zu verstehen. Schnell zumindest waren sie.

»Udo! – Das Herz! Adrenalin?...«

Das Wichtigste war der Kreislauf. Wenn sich das Herz mit Flüssigkeit aus der Verletzung gefüllt hatte – was dann?! Alles auf eine Karte setzen? Udo hielt die lange Injektionsnadel in der Hand, mit der er den Herzbeutel davon befreien konnte. Durch den Katheter floß bereits Sauerstoff in Elenas Lungen. Er zögerte und Marker verstand: Was immer er tat in einer solchen Situation, es konnte genausogut helfen oder der entscheidende Fehler sein – der Irrtum, der alle Mühe zunichte machte.

Wieder lauschten sie dem dünnen Jagen des Herzens unter dem verschwollenen, von Quetschungen entstellten Brustkorb. Die Blutkonserven waren bereitgestellt. Noch immer lief der blutgruppenneutrale Plasma-Ersatz.

»Der Sauerstoffwert, Walter!«

Renz nickte. Sie arbeiteten mit fliegenden Händen. Zu wenig Sauerstoff, auch das war die Gefahr: zu wenig von dem lebenswichtigen Stoff, der das Gift der Abfallprodukte einer solchen Katastrophe wegtransportieren konnte. Die Pupillen reagierten nur noch ungenügend auf den Lichtstrahl. Doch sie reagierten. Das Gehirn funktionierte also.

Wieder betrachtete Udo Brinkmann die geschlossenen, bläulich angelaufenen Lider. Was alles war für ihn mit diesem Gesicht, dem Namen Elena Bach verbunden! Nächte des Grübelns, die Qual seiner Visionen, die Qual all dieser Jahre...

Und der Alte nicht da! Auch diesmal nicht... Wie damals!

Längst hatte er gesehen, was auch die anderen mit Panik registrierten: die Schwellung unter dem Rippenbogen. Ein sich aufwölbender Unterleib! Marker hatte recht gehabt: eine schwere innere Blutung. Und das bei einer Frau, die im Koma lag!

»Anneliese! Was ist mit Villingen?«

Anneliese Happel schüttelte den Kopf. Sie war die einzige, deren Gesicht ruhig blieb. »Dr. Brösinger steht nicht zur Verfügung. Da gab's einen Unfall mit einer Privatmaschine. Ein Sportflugzeug. Die haben im Augenblick niemand für uns übrig.«

Udo war es, als habe ihn ein Schlag getroffen. Steh's durch?! Nur: Was gab es noch durchzustehen? Wo lag noch die Möglichkeit? Schon die Lagerung unter dem Röntgenschirm war bedenklich. Den Bauch zu öffnen? – Hoffnungslos...

Was würde der Alte jetzt an deiner Stelle tun?!

»Erst stabilisieren, dann schneiden.« – Aber sicher doch, Herr Professor! Nur, wo mit dem »Stabilisieren« anfangen? Ach, sollte ihn doch der Teufel holen!

»Anneliese!« Udo Brinkmann legte der Schwester beide Hände auf die Schultern. »Anneliese, jetzt kommt's ganz auf dich an. Wirklich, du mußt ihn auftreiben. Ich komm hier nicht weiter. Schließlich: Es ist seine Elena! Soll er sich ein Privatflugzeug mieten, soll er sich herüberschießen lassen – egal! Ruf Westerland an. Sag ihm alles. Sag ihm, wie's um sie steht. Sag: Es geht um Leben und Tod.«

Die anderen hörten es mit. Sie nickten. Er gab den Blick zurück – und sagte leise: »Und um uns…«

*

Zu den Merkwürdigkeiten dieser Stunden gehörte, daß Udo Brinkmann sich auch später an jede Einzelheit erinnerte, so, als hätte eine zweite Magnetspur seines Bewußtseins nicht nur die optischen Eindrücke registriert – hilflose Gesichter, eine nur mit Mühe von Professionalität gebändigte Hektik – sondern auch jedes der Worte, die fielen. Wie in einem Brennspiegel schien das Geschehen zusammengefaßt. Der Ablauf, wie die Zeit.

Dr. Klein zum Beispiel, der Röntgenologe. Zunächst hatten sie ihn nicht erwischt. Dann meldete er sich aus der Wohnung eines Bekannten. Als er schließlich in den OP stürmte, übernahm er alle Konsequenzen bei der Ausführung seines Handwerks.

»Wir müssen sehen! Die Lagerung? Ich hab da Erfahrung. Das schafft sie! Das steht sie durch. Das nehm ich auf meine Kappe.«

Wieder kontrollierten sie die Werte. Der Sauerstoffgehalt des Blutes war weiter abgesunken.

»Das Herz arbeitet. Eines steht fest: Mehr Adrenalin können wir nicht geben.«

Dann waren die Aufnahmen gekommen. – Udo

sah sich wieder vor dem Leuchtschirm stehen, sah Kleins Pokergesicht vor den grauweißen Linienstrukturen des Röntgenbildes: »Da! Die Abbrüche am Rande der Beckenschaufel sind wegen der Blutungsgefahr sehr ernst zu nehmen. Und die Blutung selbst? Wahrscheinlich die Milz... Darm? Eine Mitverletzung des Darms kann ich nicht ausschließen. Alles in allem: schlimm!«

»Und die Atemnot?« fragte Renz.

»Atelektase«, hatte er geantwortet. »Irgendwas in der Lunge. Da muß ein Fremdkörper eingedrungen sein... Aber wie sollen wir das feststellen ohne Operation? Andererseits: Ohne Befund ist jede Operation sinnlos.«

Sinnlos! – Das war das Wort! Die ganze Zeit...

In diesem Augenblick war Anneliese gekommen. Auch Elke hatten sie aus dem Bett getrommelt. Anneliese hatte Neuigkeiten: »Dr. Brösinger kann frühestens in zwei Stunden hier sein.«

Das war das endgültige Urteil. Und falls es noch Zweifel gab, Anneliese behob sie: »Die Temperatur ist jetzt auf 41,5. Sollen wir künstlich senken?«

»Das hält das Herz nie durch.« Udo empfand in dieser Sekunde eine Welle von Bewunderung, eine Achtung vor dem schmalen Körper, der sich so tapfer gegen den Tod wehrte. Soviel Energie, soviel Kraft in jeder Zelle – und alles vergebens verschwendet.

»Wenn wir die Temperatur nicht runterkriegen, kommt es zu einer Hyperpyrexie.«

»So? – Und dann? Warum sollen wir sie noch quälen?« Daß Wolters es aussprach, der ruhige, besonnene und doch so leidenschaftliche Arzt, der stets bis zur letzten Minute kämpfen wollte, gab dem Satz besonderes Gewicht.

WARUM SOLLEN WIR SIE NOCH QUÄLEN?

Und warum hatten die anderen ihn, nachdem der Satz gesprochen war, so angesehen? Weil er Brinkmann hieß? Weil es sich nicht nur um eine Kollegin, sondern auch um die Freundin seines Vaters handelte? – Was hatte er damit zu tun? Warum verließ er nicht den OP, schlug die Tür hinter sich zu, riß sich die sterilen Fetzen vom Leib und lief hinaus in die Nacht? Nichts mehr zu wissen, nicht die Blicke und schon gar nicht ihre Erwartung ertragen zu müssen!

Er stand an der Wand des OPs. Er hatte seine Stimme unter Kontrolle. Er hatte gefragt: »Wer meint, daß wir nicht abwarten sollten, bis Dr. Brösinger eintrifft?«

Keiner sagte ein Wort. Was sollten sie auch antworten? So hatte er nur in das Schweigen genickt: »Gut. Ich schließe mich Ihrer Auffassung an.«

Unten in der Zentrale aber telefonierten sie noch immer nach dem Alten.

*

Keine Krabben, kein Fisch. Weder Scholle, Steinbutt, Kabeljau, noch Granat... Sie würden kein Restaurant besuchen und schon gar nicht einen der Kampener Nachtklubs, wie Christa sich das eigentlich vorgenommen hatte.

Nein: Zu Hause bleiben! Am Ecktisch in Erika Harmsens guter Stube, neben dem Fernseher und dem Zeitungsständer mit den zerlesenen Illustrierten und den Büchern, die frühere Gäste dagelassen hatten. Auf dem karierten Tischtuch die große Käseplatte und die Kanne mit dampfendem, tiefbraunem, kandisgezuckertem Tee, Sonnenwärme noch auf der Haut und jene entspannte Müdigkeit in den Gliedern, die ein Tag am Strand, nein, die das Glück bringen kann. Sie genossen Erika Harmsens Wohlwollen! Blaue Augen, Mittelscheitel, Madonnengesicht über einem Körper, so massiv gebaut wie ein Friesenschrank. Erika Harmsen erinnerte Brinkmann an Käte, als sie gerade, Hände in den Hüften, verkündete: »Und jetzt noch einen Klaren! Der geht auf Kosten des Hauses.« Es war der dritte. Und auch die anderen waren auf Kosten des Hauses gegangen.

Ja, eine nordische, um zwanzig Jahre verjüngte Käte!

Erika ging in die Küche. Sie hatte noch einen »ganz Speziellen«. Den wollte sie holen. Sie war sofort zurück. Ohne Flasche. Auch ohne Lächeln, mit ernstem Gesicht. »Da ist jemand am Telefon, Herr Professor. Für Sie.«

Sie sahen einander an. Sie lasen in ihren Augen die gleiche Frage: Wer zum Teufel wußte, daß sie sich im Haus an den Dünen verkrochen hatten?!

»Der Anruf kommt aus Offingen. Aus der Klinik. Und der Herr scheint ziemlich aufgeregt. Er macht es sehr dringend.«

Es war Brinkmann, als wehte durch das Fenster ein kalter Wind herein. Er erhob sich.

»Die Meis hat meine Urlaubsadresse«, sagte Christa in sein Schweigen. »Vielleicht haben sie zuerst in deinem Hotel angerufen und sich dann was zusammengereimt?«

Er nickte nur, verließ das Zimmer, ging hinaus in den kleinen Vorraum. Das Telefon stand auf der Theke. Unter dem Glas sah man die Silhouette der Insel Sylt. Sein Arm, der nach dem Hörer griff, wog plötzlich schwer.

»Brinkmann.«

»Endlich!« Es war die Stimme seines Sohnes.

»Was gibt's denn?«

»Elena hatte einen Autounfall.«

Brinkmann spürte, wie das Blut zu seinem Herzen strömte. »Wie schwer?« Die Frage machte Mühe.

»Fast aussichtslos. Wir haben versucht, dich zu erreichen. Im Hotel. Aber da warst du ausgezogen.«

»Ja. Gib mir eine kurze Diagnose.«

»Unübersichtliche, schwerste Verletzungen im Bauchraum. Atelektase im Lungenbereich. Abbrüche an der Beckenschaufel.«

Er versuchte, sich das alles vorzustellen, es gelang ihm nicht. »Kann Brösinger nicht kommen?«

»Der hat selbst drei Notoperationen.«

»Und Schäfer?«

»Liegt im Bett. Ischias.«

Klaus Brinkmann schloß die Augen, versuchte sich zu sammeln. Denk nach! Laß dir was einfallen, konzentrier dich! – »Aussichtslos«, hatte Udo gesagt...

Als er die Augen wieder öffnete, fiel sein Blick auf den Fahrplan der Bundesbahn, der neben dem Schlüsselkasten hing. Auch dies war aussichtslos. »Ich bekomme keinen Zug mehr, Udo«, hörte er sich sagen. »Ich kann nur versuchen, morgen früh ein Flugzeug zu bekommen.«

»Morgen?« kam es zurück. Udos Stimme klang erschöpft und bitter.

»Operierst du?«

»Nein. Wenn du da wärst...« In der Pause, die entstand, vernahm Brinkmann hektische Stimmen. – Dann war Udo wieder da: »Mir wurde gerade gesagt, daß Brösinger eingetroffen ist.«

»Ist sie bei Bewußtsein?«

»Nein. Schock! Außerdem vermuten wir eine Gehirnerschütterung. Ohne die Herzmassage von Marker würde sie sowieso nicht mehr leben. Der kam zufällig zum Unfallort.«

»Marker...« murmelte Brinkmann.

»Soll ich dich anrufen, wenn's was Neues gibt? Oder willst du deinen Urlaub genießen?«

Das saß!

»Den Satz hättest du dir sparen können, Udo«, sagte Brinkmann mühsam. »Ruf an, ja? Ich komme so schnell wie ich kann.«

Er blickte hinüber zu der eichenen Tür mit den schweren, schön geschnitzten Kassetten. Der Abstand schien unendlich. Klaus Brinkmann hatte beide Hände auf die Glasplatte gestützt, unter der die Insel Sylt zu bestaunen war. Als er sie löste, hinterließen sie feuchte Flecken. Dann machte er sich auf den Weg.

Christa sah ihm entgegen, als wisse sie bereits alles. Ihre Augen waren voll Angst. »Was ist?«

»Elena Bach. – Autounfall.«

»Dann mußt du zurück?«

Er konnte nur nicken. Die Kraft zu einem Satz brachte er nicht auf.

*

Die lindgrün gestrichenen Karteischränke. Der große Schreibtisch mit der spiegelnden Platte aus Resopal. Sein Sessel. Der Besuchersessel. Die Gemälde an der Wand und die Luftaufnahme von der Klinik. Und schließlich der Blick hinaus über die Stadt, auf die drei großen Birken, das Tal... Alles an seinem Platz, so wie zuvor! Und trotzdem auf unbegreifliche, beängstigende Weise verändert und fremd geworden. So fremd wie das Gesicht Udos, der an der Tür lehnte und ihn anstarrte.

Brinkmann drückte beide Hände gegen die Schläfen. Auf dem Tisch, vor ihm, lag das »Material« zum »Fall Bach«. Kuverts mit Röntgenaufnahmen, Tabellen. Die Kolonnen und Kurven der Meßwerte, die die Instrumente aufgezeichnet hatten, als Elena noch geatmet, als ihr Körper noch gekämpft hatte.

Brinkmann versuchte, sie zu entziffern, sich die ganze schreckliche Dynamik der Katastrophe klarzumachen. Es war ihm nicht gelungen.

Erneut nahm er eine der Aufnahmen hoch, um sie erneut sinken zu lassen. Und der junge Arzt dort drüben, der zumindest sein möglichstes versucht hatte, so begrenzt es auch gewesen sein mochte, beobachtete ihn dabei aus übermüdeten, umschatteten Augen.

»Die Aufnahmen, die du hast, sind etwas unklar. Aber in der Situation! ... Die besten sucht Klein gerade heraus. Du bekommst sie später.«

»Ja«, sagte Brinkmann.

»Willst du sie sehen?«

»Nein. Es ändert ja doch nichts. Wie hat sich Brösinger verhalten?«

»Als er kam, war's sowieso schon zu spät.«

»Ich weiß. Ich hab mit ihm telefoniert.«

Wieder die Pause. Es gibt eine Grenze, hinter der sich die Kontrolle eines Menschen über seine Gefühle selbst aufhebt: Alles ist erstarrt, nichts mehr in Fluß, ein Vakuum, das keine Kraft zuläßt. Brinkmann hatte diesen Zustand erreicht.

»Hättest du operiert?« kam es von der Tür.

Nun nahm er doch den Kopf hoch. »Nein.«

Udo nickte. »Also keine Vorwürfe?«

Vorwürfe – das Wort blieb im Raum wie ein gespenstisches Echo, als sich die Tür von Brinkmanns Büro längst hinter seinem Sohn geschlossen hatte.

*

Es gab in Lüneburg einen alten Herrn, einen pensionierten Landgerichtsdirektor. Brinkmann konnte sich genau an das magere Gesicht erinnern. Dreimal hatte er das Foto von Elenas Vater betrachtet. Es steckte in ihrem Paß. Ihr Bruder lebte, wieso auch immer, in Leipzig. Und wenn ihn sein Gedächtnis nicht im Stich ließ, war eine Schwester in Frankreich verheiratet. Mein Gott: Sie hatte alles von ihm gewußt. Er aber, er hatte noch nicht einmal ihre Einsamkeit gekannt.

Irgendwo im Hause summte Kätes Staubsauger. Das Geräusch schwoll an und ab: Unabweisbares Signal, daß alles weiter lief wie zuvor, daß der Tod der Maschinerie des Lebens keine Pause aufzwingen kann. Sie lief weiter. Ein Bild wischte durch sein Bewußtsein: Christa. Die Nordsee. Die Brandung. Christas Lachen...

Brinkmann blickte auf seine Uhr. Es war Mittag. Nein, er fühlte sich nicht in der Lage, die Klinikarbeit wieder aufzunehmen. Nicht einmal eine Konferenz hatte er einberufen. Und schon gar nicht war er gewillt, Fragen zu beantworten, Kommentare zu geben, Blicke ertragen zu müssen. Um die Beerdigung mußte sich die Meis kümmern. Dann würden die Kollegen aus Karlsruhe anreisen. Sie würden ihm die Hände schütteln. Sie würden sich zusammensetzen und von Elena sprechen.

Ausgeschlossen! dachte er. Das stehst du nicht durch. Nie!

Er verließ das Zimmer, ging die Treppe hinunter und überlegte, ob er sich auf die Terrasse setzen oder einfach in den Garten laufen sollte, den Berg hoch, irgendwohin, wo er sich verkriechen und alles noch mal durchdenken konnte.

Im Treppenhaus stand Udo, die Hände um das hölzerne Geländer, das Gesicht noch blasser als gestern, schmal, unter den Schatten, die das Licht des Treppenfensters zeichnete. Klaus Brinkmann ging an seinem Sohn vorbei. Oder war es nur eine Erscheinung? Er ging weiter, die Treppe hinab in den Garten.

»Er hat mich nicht einmal angesehen, Käte«, sagte Udo.

Käte Marek stellte den Staubsauger ab. Sie nickte nur. »Mich auch nicht. Gestern saß er ganz allein im verdunkelten Zimmer.«

»Geht ihm nahe, was?«

Sie drehte ihm den Kopf zu. »Wieso sagst du das in diesem Ton? Wieso sagst du das überhaupt?«

»Das fragst du, Käte? Hast du nie darüber nachgedacht? Die Tragödie, nicht wahr? So groß, daß man schweigen muß. Zuerst Mist bauen und dann Schweigen. Der große Schweiger.«

»Mir mißfällt das, Udo.«

»Mir auch.«

»Ich meine deinen Ton, Udo.«

Er schüttelte den Kopf, kauerte sich neben den Staubsauger, schaltete ihn an, daß er aufheulte, ließ ihn wieder verstummen. Und so, ohne sie anzusehen, sprach Udo weiter.

»Hast du noch immer nicht begriffen? Sag mal, Käte: weißt du eigentlich, was eine Dublette ist? Ich will es dir erklären. Das, was ihm jetzt mit Elena widerfahren ist, das entspricht genau dem, was vor zwölf Jahren mit meiner Mutter geschah. Selbst die Elemente sind dieselben. A – eine neue Frau. B – er ist unerreichbar, in einem anderen Hotel. C – die große Trauerarie.«

»Udo, was weißt du schon? Und was Frauen angeht, wie kommst du eigentlich dazu...«

»Was Frauen angeht? Ich hatte meine Frauen hintereinander, wie viele auch immer. Und nicht gleichzeitig wie er.«

»Du weißt ja gar nicht, wie das damals war.«

»O doch, das weiß ich. Er war bei Elena Bach im Hotel. – Genauso wie jetzt mit Christa. In einem anderen Hotel.«

*

Brinkmann hatte sich keine Mühe gegeben, leise zu gehen. Er hatte nicht einmal bewußt zugehört, was sie sprachen. Doch als der Name Christa fiel, horchte er auf. Er warf die Tür hinter sich zu. Es klang wie ein Schuß. Und die Stimmen verstummten.

Er ging ganz langsam die Treppen hoch. Sein Herz schmerzte. Er sah Käte an, dann seinen Sohn. Er sagte: »In einer anderen Pension, Udo, nicht in einem Hotel. Was ist? Warum sprichst du nicht weiter? Ich habe nicht genau gehört, wie war das mit der Dublette?«

Udo kauerte noch immer am Boden, doch jetzt schob er sich hoch. »Bitte! Elena hat innerhalb kurzer Zeit drei Informationen bekommen. Die erste lautete, daß du auf Sylt bist. Die zweite, Christa ist auch auf Sylt. Und die dritte: der Weg zum Klinikum nach Karlsruhe zurück ist ihr verbaut. Darüber habe ich nämlich noch mit ihr gesprochen. Kurz vor ihrer Todesfahrt. Kurz bevor sie mit hundert Sachen gegen einen Baum knallte. Und das ohne angeschnallt zu sein.«

Still war es. Irgendwo sang ein Vogel. Es klang unwirklich. Alles ist unwirklich, dachte Brinkmann. Sein Herz schlug wieder ruhig. »Ich bin dir keine Rechenschaft schuldig, Udo. Aber wenn du nun den Ankläger spielst und mir die Schuld geben willst, dann laß dir sagen, daß Elena über mich und Christa Bescheid wußte. Und es akzeptiert hat.«

Udo lehnte sich gegen das Treppengeländer und schüttelte so heftig den Kopf, daß ihm die Lokken über Stirn und Augen fielen. Brinkmann registrierte es, weil sich in seinem Gedächtnis plötzlich die Situationen übereinanderblendeten, in denen Udo mit der gleichen Bewegung, die an ein scheuendes Pferd erinnerte, reagiert hatte. Auch die Stimme hatte sich auf die gleiche Weise verändert, war höher geworden, gepreßt und hektisch: »Das ist doch eine Ausrede. Ja, Ausrede würde ich das nennen. Und willst du wissen, wie du es nennst, wenn ich so argumentieren würde: Schutzbehauptung! – Elena kann ja nicht mehr sagen, daß es anders war.«

»Und du? Kannst du es?«

»Ich? Weißt du, was ich kann: Die Dinge beurteilen.«

»Verurteilen. Das meinst du doch!«

Udo hatte nicht mit Käte gerechnet. Sie schob sich vor ihn, nahm Brinkmann die Sicht auf das von Leidenschaft verzerrte Gesicht seines Sohnes. Leidenschaft? Haß.

Nun sah er es nicht mehr. Nun gab es Käte. Käte, die Udo aufforderte, er möge endlich still sein. Käte, deren Stimme zitterte, die ihn fragte, ob nicht alles schon schlimm genug sei. Doch auch sie konnte diese schneidende, zitternde Stimme nicht ersticken.

»Geh weg, Käte! Ich muß ihm noch etwas sagen...«

»Ja«, fiel ihm Brinkmann bitter ins Wort, »du, mein oberster Richter.«

»Man muß kein oberster Richter sein, weil man

etwas begreift. Und weißt du, was ich begriffen habe? Zuerst dachte ich, es wäre etwas wie Großmut, daß du mir den Vorwurf erspart hast, nicht operiert zu haben. Und die ganze Zeit, als wir oben im OP standen und ich in ihr Gesicht starrte und darum zitterte, daß sie noch Luft in die Lungen bekam, das Herz noch ein wenig mitmachte, die ganze Zeit dachte ich, daß du ihren Tod hättest verhindern können. Zumindest ihr noch eine Chance verschaffen.«

Das Atmen wurde Brinkmann schwer. Er sah die Situation vor sich, die der Junge da beschrieb. Er sah sie nicht nur vor sich – jetzt litt er mit ihm. Er hatte ja recht. Er hatte nur an seinen eigenen Schmerz gedacht. Aber was das Team durchstehen mußte, daran hatte er bisher kaum einen Gedanken verschwendet.

»Das verstehe ich, Udo. Ich kann mir vorstellen, wie...«

»Vorstellen? Du kannst dir überhaupt nichts vorstellen. Du hast mir ja so großzügig weitergeholfen. Du hast mich freigesprochen von aller Schuld und fachlicher Unzulänglichkeit. War es nicht so?! – Und warum hast du das getan? Warum?! Weil es dir in den Kram gepaßt hat! Du hast ja jetzt Christa, stimmt's? So wie es damals vor zwölf Jahren war. Damals, als meine Mutter starb, da bekamst du Elena.«

Meine Mutter, sagte er. Da bekamst du Elena... Wieso hörte er nicht auf? Wieso gehorchte er nicht wenigstens Käte, die ihn anschrie, die ihn anflehte, still zu sein, den Mund zu halten?

»Sei ruhig, Käte! Laß mich los!« Und dann, so dicht vor Brinkmann, daß der den Atem spürte, die brennenden Augen weit aufgerissen, mit diesem leisen Ton, der noch quälender war, als was er zuvor hinausgeschrien hatte: »Du nimmst, was du willst. Du zerstörst, was du nicht mehr brauchst. – Und die anderen haben die Klappe zu halten. So ist es doch?«

Es war genug!

Brinkmann drehte sich um. Er hatte Mühe mit dem Gleichgewicht, Mühe mit seinem Körper. Dort drüben war die Tür. Durchgehen, sie hinter sich zuwerfen, abschließen. Doch war das die Lösung? Wie sollte sie aussehen? Stehenbleiben, zurückgehen, die Hand heben, zuschlagen?...O nein, nicht daß er sich zu schwach dazu fühlte. Udo hatte von Gerechtigkeit gesprochen. Dies wäre nicht gerecht gewesen. Was war gerecht?

Er drehte sich noch einmal um. Er sah seinen Sohn an, sah das Gesicht, die Augen, den Mund, der fragte: »Und jetzt? Kommt jetzt Elena auf den Flügel? Neben Mama?«

Nun war es Käte Marek, die die Hand hob. Sie schlug zu. Eine alte Frau, deren Leben seit Jahren im Grunde nur aus dem Versuch bestand, all das zu verhindern, was hier ausgesprochen wurde. Und es nicht hatte verhindern können.

*

Zuerst hörte man nur das dumpfe Knattern des Motors. Dann kam das Ding den Sandhügel hoch: Eine Wanne auf vier großen Stollenrädern! Ein verrücktes, dröhnendes, hüpfendes Insekt. Die Sonne glänzte auf den goldenen Streifen an den Seiten der himbeerrot lackierten Karosserie, als der Sandbuggy am Dünenkamm eine Rechtskurve beschrieb. Sandfahnen, die hochflogen, mischten sich mit schwarzem Qualm. Die Typen im Buggy grölten. Einer stand, ein Popelinhütchen auf dem fetten Schädel, und winkte. Der Junge mit der Sonnenbrille klammerte sich am Steuer fest. Sie rasten auf sie zu.

Molli war nicht mehr zu halten. Was sie an Haaren zur Verfügung hatte, stellte sich auf dem Rücken zum Kamm. Heulend, rasend vor Zorn, mit den gefletschten Zähnen sah sie richtiggehend bösartig aus.

»He, du! Blondie! Willste mit nach Kampen?«

Christa drehte sich um und zerrte Molli an der Leine hinter sich her. Sand, den die Buggy-Reiter aufwirbelten, flog um ihren Nacken.

»Komm schon! Was willste mit ’ner Frau mit Köter? Die is ja doch nicht zu retten!«

Der Krach hatte die Vögel hochgescheucht. Als es zwischen den Dünen längst wieder ruhig war, zogen sie noch schreiend ihre Kreise, über Nistplätze, die Brandung, das Meer…

Christa kauerte sich in den Sand. Sie fror. Die ist doch nicht zu retten... Eine ziemlich zutreffende Aussage.

Die Hündin schob fiepend den Kopf gegen ihre Knie. Christa legte die Hand darauf, spürte der kleinen Rundung des Schädels nach, kraulte Molli zwischen den Augen. »Sind wir noch zu retten, Molli? Was willst du? Nach Hause? – Kapierst du nicht: Er hätte längst angerufen. Es geht ihm schlecht. Sieh mal, Molli, wenn wir ihm nur irgendwas bedeuteten, hätte er sich gemeldet. Drei Tage, Molli. Drei Tage!«

Es waren ja nicht die Tage, die Nächte waren es. Am Tag konnte man laufen, bis die Füße schmerzten und die Augen brannten. Nachts aber?

Nein, sie würde sich nicht melden. Und Erika Harmsen weiter anlügen: Alles in Ordnung, Erika. Aber sicher doch! In bester Ordnung... Der Herr Professor? Er wurde zu einem dringenden Fall gerufen. Ist nun mal so in dem Beruf. Ob er zurückkommt? Vielleicht. – Sie bleibt, ja. Dem Hund macht das alles hier ja soviel Spaß.

Dem Hund!

Und Erika Harmsen stellte Teewasser auf oder holte die Aquavit-Flasche: »Siehst ja wirklich kümmerlich aus, mien Deern!« Und setzte noch hinzu: »Ist ja so ein netter Mann, dein Herr Professor!« Erika Harmsen war sich auch sicher, daß sich der Herr Professor ganz prima mit Christian verstanden hätte...

Christian? – Von Christas Vater sprach Erika Harmsen, ihre Mutter erwähnte sie nie. Aber der Vater: Christian und Christa! »Den Christian« hatte Erika gemocht.

Hatte sie nicht selbst den gleichen Gedanken gehabt, im Zug nach Norden, als sie irgendwo durchs Ruhrgebiet rasten und Klaus sich an den Grund ihrer seelischen Verletzung herangetastet hatte?

»Ich glaube, mit meinem Vater hättest du dich gut verstanden, Klaus! Er hat alles hingeschmissen. An mich hat er geglaubt. Heute hat er irgendwo eine Kneipe. Und ist selbst sein bester Gast. – Doch von mir wollte er, daß ich weitermache.«

Auch Klaus wollte es. Wie sich die Worte ähnelten, wie ein Gefühl ins andere überleitete: Die patente Christa, die »Das-schaffst-du-schon-Akrobatin« durfte nicht auf der Strecke bleiben!

Daß sie ihre Träume längst begraben hatte, auch ein Klaus Brinkmann ließ es nicht zu: »Nimm dein Studium wieder auf!«

»Bin ich als Krankenschwester für dich nicht akzeptabel?«

»Red doch nicht so einen Quatsch! Die Frage ist...«

»Was denn?«

»Die Frage ist, ob du mal meine Frau oder Ärztin sein willst? Oder beides...«

MEINE FRAU ODER ÄRZTIN. ODER BEIDES!

Und nun? Nun zerrte sie einen Hund durch die

Dünen, das Meer donnerte zu ihren Füßen und der Wind blies ihr ins Gesicht, als habe er eine persönliche Rechnung mit ihr zu begleichen. Was sie wieder auf den Punkt brachte: War es deine Schuld, daß er dir nach Sylt gefolgt ist? Hast du etwas damit zu tun, daß ein weißer Golf aus der Kurve fliegt und an einem Baum zerschmettert? Wie nennt man das? Schicksal? Tragik? Verstrickung? – Das alles war es nicht. Es war ein hundsgemeiner Witz! Und es gab weder Schuld, Verstrickung, noch Verantwortung, es war dieser abgedroschene Witz, den sich das Leben jedesmal mit dir zu leisten beliebt, wenn du dich freust oder auch nur zu hoffen beginnst.

So stand sie, konnte nichts tun gegen die Tränen, auch nichts gegen die Schwäche, die sie zu Boden zwang, sie kämpfte nicht mehr, sie überließ sich dem Schluchzen, dem Zittern und wartete, bis es endlich vorüber war.

Dann ging Christa ins Dorf zurück. Erika Harmsens Telefon wollte sie nicht benutzen. Sie ging in die Telefonzelle beim Supermarkt, warf das Geld ein und wählte Brinkmanns Nummer.

»Hier bei Professor Brinkmann!«

»Ich bin es, Käte.« Kein Ton im Hörer, nur ein Knistern.

»Käte! Ich bin noch immer in Kampen.«

»Ja?«

»Ich wollte nur fragen – ich meine, ich hatte erwartet, daß er sich meldet.«

Wieder diese Pause.

»Die Frau Dr. Bach ist tot, Christa. Wir haben sie schon beerdigt.«

Es dauerte lange, bis Christa zu einem Gedanken fand. Und sie war dankbar, daß Käte am Apparat blieb. Eigentlich hatte sie erwartet, daß sie nach diesem Satz auflegte. Es hätte zu allem gepaßt.

»Meinen Sie nicht, daß er mich sprechen will?«

»Wie soll ich das wissen? Christa, das müssen Sie verstehen... Auch mit Udo gab's einen ganz schlimmen Auftritt. Und seitdem redet er mit niemand mehr.«

»Aber Sie verstehen mich doch... Ich überlege mir, ob ich meinen Urlaub abbrechen soll? Ich – ich meine, vielleicht braucht er mich?«

Wieder das Schweigen. Dann: »Moment mal, Christa, ja?« Sie hörte den Ruf: »Klaus!« Und nochmals: »Klaus! Christa ist am Telefon!«

Sie vernahm Schritte, seine Stimme. »Christa? Du bist das?«

Die müde Sachlichkeit, mit der die Frage kam, war schlimmer als alles, was sie erwartet hatte.

»Christa? Entschuldige, daß ich dich noch nicht angerufen habe.«

»Du brauchst dich nicht zu entschuldigen. Du bist wohl ziemlich fertig, nicht?«

»Ja. Macht dir der Hund zu schaffen?«

»Der Hund? – Ach, Klaus! Wie kommst du denn darauf? Zu schaffen macht mir doch nur die Frage, ob ich zurückkommen soll?«

»Nein, nein.«

»Was heißt das? Bist du sicher?«

»Natürlich. Du hast dir deinen Urlaub doch verdient, Christa. Und weißt du, mit mir ist im Moment sowieso nichts anzufangen.«

»Das ist doch nicht das Problem. Mit dir anfangen? Ich will doch nur wissen, ob ich dir helfen kann. Ob du's gut fändest, wenn ich jetzt in deiner Nähe wäre. Das will ich wissen.«

Sie hörte ihn atmen. »Christa?«

»Ja?«

»In meiner Nähe? Es ist so, ich sitze am liebsten allein im Garten herum. Dann denke ich nach. Dabei merke ich, daß es gar nichts nachzudenken gibt.«

»Und das bedeutet?«

»Das heißt, ich hab es noch nicht verkraftet. Versteh mich, Christa...«

»Aber sicher. Sicher, Klaus. Ich versuch es...«

*

Dr. Brösinger kam zweimal in der Woche von Villingen herüber, am Dienstag und Freitag. An diesen Tagen standen die schwierigen Eingriffe auf dem Programm. Brösinger arbeitete mit einer kühlen Brillanz und Entschiedenheit, die das Team in erleichterte Bewunderung versetzte, zumal mit Schäfer noch immer nicht zu rechnen war. So ging alles seinen Gang.

Der große, schwere, schweigsame Mann aus

Villingen sprach wenig mehr als das Nötigste, doch jeder war sich darüber im klaren, daß ein solcher Einsatz nicht allein in der Dankbarkeit begründet war, die der Villinger Chefarzt seinem alten Lehrer bewahrt hatte, sondern auch eine Form von schlechtem Gewissen ausdrückte, weil er in der Todesnacht Elena Bachs nicht früh genug zur Verfügung gestanden hatte.

»Was willst du?« sagte Renz. »Der Villinger Laden läuft von allein. Er hat drei Oberärzte dort drüben. Und jeder ein As. – Aber trotzdem...«

»Wie lange soll das hier so weitergehen, Udo? Wann fängt er wieder an?«

Die Frage, die sie sich jeden Tag stellten. Wie lange noch? Wie lange wollte der Alte den Laden treiben lassen?

Udo sah Walter Renz nur an. Der zog die Schultern hoch und ging weg. Der Kapitän war von der Brücke, der Steuermann nicht einsatzfähig...

Das Fenster des Ärztezimmers öffnete sich zum Garten, den der Herbst rot und gelb zu färben begann. Irgendwo dort oben am Hang saß sein Vater, ein Buch in der Hand. Er hatte dafür gesorgt, daß der Betrieb weiterlief, gut. Doch wohin er so laufen mußte – war er sich darüber auch im klaren?

In den vergangenen Nächten, auch ohne Kätes besorgte Stimme, war Udo bewußt geworden, wie sehr er selbst nicht nur mit dem Tod Elena Bachs, sondern auch mit der sonderbaren Veränderung im Wesen seines Vaters zu tun hatte.

Warum hatte der Alte sich nicht gewehrt? Herrgott, hätte er mir doch eine geknallt! Warum hatte er gesagt: »Ich verstehe dich...« Wie war das zu deuten? Wie sollte man so etwas nachvollziehen? Selbstverleugnung? Ist doch dein Spezialfach, gestand sich Udo bitter ein. Gut, und deshalb weißt du auch, daß dies zwar eine langsame, aber sichere Methode ist, dich nicht nur um den Verstand, sondern auch um deine Existenz zu bringen. So sicher wie ein tödlicher Unfall.

Du hast es hinter dir! Und er hat dir noch dabei geholfen, als du ihm alles ins Gesicht schreien konntest. Auf was wartest du?

Udo sagte seine Sprechstunde ab, verließ die Klinik, ging durch den Garten. Von Käte erfuhr er, was er ohnehin geahnt hatte: »Dein Vater? Oben, wie immer.«

Wie immer. Die Sandsteintreppen, die Rosenbüsche, dann die Wiese mit den drei Birken. Die Birken, unter denen er damals mit Yvonne gelegen hatte... Sonderbar, wie jede Entwicklung, wie alles miteinander verbunden ist.

Udo ging sehr langsam. Er sah den Liegestuhl, die Bücher, die daneben im Gras lagen. Er sah die Hand seines Vaters, die die Pfeife hielt.

Die letzten Schritte wurden schwer, dann waren auch sie geschafft. Sein Vater schob sich hoch. Das sonnengebräunte Gesicht blieb ausdruckslos, die Augen waren groß und aufmerksam, ein starres Lächeln lag um den Mund.

Udo kauerte sich neben dem Liegestuhl nieder. »Ich hätte schon längst kommen sollen.«

Seine Befangenheit war verflogen. So gründlich, so unerwartet, daß es ihn selbst überraschte. Er zupfte einen Grashalm aus dem Boden und steckte ihn in den Mund. Er konnte auch lächeln. Er konnte seinen Vater ansehen. Er konnte sagen: »Ich bin froh, daß ich endlich hier hocke.«

»So?«

»Ich muß dir einiges sagen...«

Nur der Blick antwortete, vielleicht war da etwas wie ein Lächeln, aber kein Wort.

»Ich will mich entschuldigen. Das heißt – ich muß mich entschuldigen.«

Brinkmann hob die Hand. Es sah aus, als wolle er etwas wegwischen.

Doch Udo schüttelte den Kopf. »Nein, laß mich. Das will ganz klar und deutlich gesagt sein: Ich entschuldige mich!«

»Ist doch schon längst angenommen, Junge.«

»Ich weiß nicht, ob du mich ganz verstehst... All dieser Unsinn, diese Gerüchte, die damals erzählt wurden, an die ich selbst glaubte, nein, die ich selbst erzählte...«

»Müssen wir das...?«

»Ja! – Ich wollte dir sagen: Es gibt ein Protokoll. Die Unfallaufnahme war nicht vollständig. Mit einem Wort, es ist erwiesen, daß Elena einem Motorradfahrer ausweichen wollte. Das war die Ursache ihres Unfalls. Nichts anderes.«

Er hatte sich überlegt, wie er es seinem Vater beibringen sollte. Vor allem aber hatte Udo eine Hoffnung damit verbunden: Wenn er sich schon so quälte, dann hatte dies sicher auch mit der Selbstmordvermutung zu tun. Diesen schrecklichen Verdacht aber konnte er ihm nehmen: Elena Bach war nicht in den Tod gefahren, um sich umzubringen, nein, um ein anderes Leben zu retten.

Aus dem Liegestuhl kam keine Antwort. Brinkmann hatte die Augen geschlossen. Er war so verdammt weit weg.

»Darf ich dir noch etwas sagen?«

»Nun, das weißt du doch.«

»Ich wollte dir dafür danken, daß ich dir alles sagen kann. So weißt du zumindest, was in mir vorgegangen ist. Jetzt ist es raus.«

»Und wie fühlst du dich? Erleichtert?«

»Ja. Ich glaube, die Gründe kann man bei den Psychoanalytikern nachlesen. Die haben darüber ganze Bibliotheken geschrieben.«

Diesmal lächelte sein Vater wirklich.

*

Die Uhr blickte ihn an. Sie war in das Zentrum der Operationsleuchte montiert, umgeben von Batterien von Tiefstrahlern, eine Uhr in der Form eines chromumfaßten, dreieckigen Zifferblattes, eine Uhr, die wie ein Auge aussah, ein grünes Zyklopenauge. Doch dies war nicht das einzig Sonderbare an ihr. Viel schrecklicher: Sie drehte sich und jedesmal, wenn sich das grünschimmernde Uhrenauge ihm zuwandte, erstarrte sein ganzer Körper und er konnte weder die Finger, den Arm, noch die Beine bewegen. Die kreisenden Zeiger legten sein Gehirn lahm, eine bleierne Schwere durchfloß seinen Körper, die alles erdrückte.

Auch als er längst aus seinem Traum erwacht war, fühlte Brinkmann sich noch wie in einer Lähmung erstarrt. Wo er sich befand, darauf besann er sich jedoch sofort: Im Schlafzimmer von Jägers Jagdhaus. Genaugenommen, im Jagdhaus Frau Jägers, einer der Großmann-Erbinnen. Entsprechend war der Raum auch eingerichtet: Holzgetäfelte Wände, Ledersessel, Teppiche, goldgerahmte Jagdstiche. Telefon. Draußen der riesige Raum mit dem gemauerten Kamin, die Küche, Gästezimmer, Bäder, Terrasse, Garage für den Landrover. Vor dem Fenster Wald und am Hang die Herbstwiese.

Brinkmann atmete tief durch. Er schob die Hände unter den Nacken. Die Schwarzwald-Uhr dort drüben an der Wand war Wirklichkeit. Zehn. Spät also! Das Sonnenlicht war bereits über die Terrasse weggewandert.

In den letzten sechs Tagen hatte er den schrecklichen Traum mit dem Auge, das ihn zu bannen vermochte, zweimal geträumt. Er kannte ihn schon von früher. Doch das war lange her, zwanzig Jahre, als er nach dem großen Krach mit seinem alten Herrn seine erste Assistentenstelle in Göttingen angenommen und sich geschworen hatte, nie mehr nach Offingen zurückzukehren... Den Schwur hatte er gebrochen, den Traum nicht mehr geträumt. Bis jetzt. Doch so beklemmend er auch war, er hatte ihm die Erkenntnis gebracht, daß Udos und seine Entwicklung in vielen Dingen ähnlich verlaufen waren! – Das Auge des Wächters, des Vaters, nein, Gottes Auge, unter dessen Blick alles still wird – sie hatten es beide erlebt.

Brinkmann seufzte, stand auf und zog sich an. Er fühlte sich ausgehöhlt und schlapp. Er ging in die Küche, brühte Kaffee auf und holte Eier aus dem Eisschrank. Doch als der heiße Fettgeruch ihm aus der Pfanne in die Nase stieg und das verbrannte Eiweiß sich braun wellte, revoltierte sein Magen, und er mußte ins Bad, um sich zu erbrechen. Er warf die Spiegeleier in den Abfall und trank ein Glas Orangensaft. Dann ging er in den Kaminraum zurück.

Auf dem Eichentisch am Fenster stand seine Schreibmaschine. Ein unberührter Stapel Blätter lag daneben. Auch sein Diktiergerät hatte er nicht angerührt. Er hatte daran gedacht, den Aufenthalt hier oben im Jagdhaus über Menzenschwand dazu zu benutzen, einen längst versprochenen Artikel über Probleme bei Hüftoperationen zu schreiben, doch auch dieser Vorsatz löste sich auf. Nein, jetzt nicht. Jetzt tat er, was er gestern getan hatte. Er trug den Korbsessel hinaus auf die Terrasse, setzte sich, blickte über die Schonung und die weiche

Wölbung des Hügels, auf dem das Haus stand, dem Habichtpärchen nach, das hoch über den Wipfeln seine Bahn zog, und schloß wieder die Augen.

Auch wenn er nichts sah, so nahm er trotzdem teil, lauschte dem Wind, der durch den Wald strich, hörte das Knacken von dürrem Holz, einen Vogel, der aufflog. Und Elena war gegenwärtig. – Wie immer...

Er dachte viel an sie. Und viel an den Tod. Er hatte ihn immer aus der Perspektive seines Berufs gesehen: als Herausforderung. Doch in diesen Tagen änderte sich seine Einstellung. Sie änderte sich gründlich. Er nahm das Blatt eines Haselnußstrauches, betrachtete eine Blüte, untersuchte ihre Strukturen, beeindruckt von der Verästelung der Gefäße, entzückt über die Form und Harmonie, die sich über jede Funktion erhob, dachte über den unerbittlichen Kreislauf von Vernichtung und Erneuerung nach, der hier im Wald herrschte und suchte einen Sinn. Die Buddhisten glauben an die ewige Wiederkehr, nicht der Individualität, sondern des Prinzips, der Ideen, die sich hinter jeder Individualität verbergen. Für sie besteht die Welt aus dem Spiel des Geistes, die Wirklichkeit ist ihnen nichts als Schein, Selbstbetrug des nach seinem Maß und dem Mechanismus seiner Sinne urteilenden Menschen.

Es lag Schreckliches und zugleich Tröstendes in diesem Gedanken. Doch er brachte Brinkmann nicht weiter. Lesen? Was würde es schon ändern?

Auf seinen Spaziergängen suchte er den eigenen Weg – und verlor sich. Und am Ende blieb nur dieses Gefühl von Verlust. Wenn Molli wenigstens hier wäre. Molli, wo sie jetzt wohl steckte?

Weiterzudenken verbot er sich. Er unterdrückte auch den Namen »Christa«, da er wußte, daß sich damit nichts ändern ließ, daß nur die Sehnsucht blieb. Und das Gefühl, wieder einen Fehler begangen zu haben.

Manchmal rief Udo an. Seine Arbeitsberichte waren knapp und präzis. Doch am Ende schwang immer etwas wie kindliche Angst in seiner Stimme, wenn er sagte: »Das ist dir doch recht? Oder bist du anderer Meinung?«

Er war nicht anderer Meinung. Es war ihm recht. »Aber sicher, Udo! Das kriegst du schon hin. Und wenn du meinst, das Programm müßte geändert werden, bitte! Überleg's dir und tu es.«

Tu es! Udo auf der Suche nach seinem Weg. Staffettenübergabe. War es wirklich schon soweit? Nein, das war es nicht.

Brinkmann stand eben auf, um das Fernglas zu holen, als er den Wagen hörte. Gelegentlich kam ein Forstaufseher oder Arbeiter. Doch die fuhren meist einen Diesel. Das Geräusch, das er aus dem Wald hörte, war das Geräusch eines Volkswagenmotors.

Brinkmann blieb stehen. Der Hügel, auf dem das Haus gebaut war, wurde unten von einer schweren Sandsteinmauer gestützt. So hoch, so massiv hatten die Großmanns sie errichten lassen, daß man nur die Dächer der auf dem Forstweg vorüberfahrenden Fahrzeuge erkennen konnte.

Das Dach, das er sah, war grün und gerundet. Ein alter Käfer! Brinkmanns Herz krampfte sich zusammen: Christas Wagen! Christa also...

Er zog sich in den Schatten eines der Pfeiler zurück, die das Dach trugen. Er sah nicht, wie sie ausstieg, doch dann kam sie, stand dort unten am Torgitter, blickte hoch – und er hielt sich noch immer, weiß der Teufel wieso, verborgen, hatte noch immer nicht die Kraft, nach vorne zu gehen, sich zu zeigen.

Das grüne Band in ihrem Haar leuchtete. Es war der Schal. Er dachte daran, wie er dort in ihrer Garderobe gestanden und diesen Schal gestreichelt hatte.

Und dann begann er zu laufen, nahm die Treppe, den kleinen Serpentinenweg zwischen den Tannenschößlingen hindurch, wieder eine Treppe, begann zu rennen, bemerkte die Wurzel nicht, über die er schon so oft geflucht hatte, spürte, wie er flog, aufschlug und ihm der Schmerz in den Knöchel fuhr...

Er rappelte sich hoch, schüttelte den Kopf, versuchte aufzustehen und knickte wieder zusammen. Sie aber stand hiner der Gittertür, zehn Meter entfernt, die Hände um die Stäbe gepreßt, und sah mit aufgerissenen Augen zu ihm herauf.

»Was ist denn, Klaus?«

»Was soll schon sein, verflucht! Ich hab mir den Knöchel verknackst.«

»Hast du's denn so eilig gehabt?«

»Eilig? – Ja sicher.«

»Aber wieso denn?«

Das wußte er nicht. Wirklich nicht. Stöhnend richtete er sich auf. »Du hast recht«, sagte er verwundert. »Wieso eigentlich?«

Sie schüttelte den Kopf, als er auf einem Fuß hüpfend die letzten Meter überwand. Und als er dann auch noch mit seinen Brinkmannschen Flüchen begann, fing sie an zu lachen. So standen sie nun, das Gitter zwischen sich und sahen einander an, während Molli ihre schönste, bewegendste Wiedersehenshymne anstimmte.

»Molli«, flüsterte Brinkmann, »wie geht es dir?«

»Gut«, sagte Christa. »Vermutlich noch besser, wenn du uns reinläßt.«

»Aber sicher!« Er schob die Hände in die Hosentaschen. Doch dann verschwand alle Freude auf seinem Gesicht und machte Entsetzen Platz: »Himmelsakra!« fluchte Brinkmann. »Die Schlüssel!«

Christa sagte keinen Ton, sah ihn nur an. Es war der Blick, den sie immer hatte, wenn sie sich über ihn ihre Gedanken machte.

»Wo, Klaus?«

»Oben im Haus. Auf der Terrasse. Ich bin... ich meine... es war einfach die Überraschung und...«

Doch sie hatte sich bereits an den Eisenstäben

hochgezogen, schwebte einen Herzschlag lang zwischen Himmel und Erde, landete neben ihm auf dem Weg und rannte dann die Treppe hinauf.

Er sah ihr nach, sah das Haar leuchten und den grünen Schal. Und er dachte, wie sonderbar doch alles nebeneinander liegt: Freude, Schmerz, Schwäche, Kraft. Und daß sich dies alles doch verbinden läßt, weil das Leben trotz aller Niederlagen sich lohnt…